TALES OF THE JAZZ AGE
재즈 시대 이야기

F. 스콧 피츠제럴드 지음 | 마이너스 옮김

재즈 시대 이야기

F. 스콧 피츠제럴드 지음 | 마이너스 옮김

일러두기
- 각 주석은 옮긴이의 주이다.
- 한국 독자의 이해를 돕기 위해, 책의 배경이 되는 1920년대 미국의 시대적·문화적 특징을 해설하는 주석을 추가하였다.
- 본문 중 인명과 지명은 외래어 표기법에 따랐으나, 일부 용어의 경우 통상의 발음을 따랐다.
- 표기와 맞춤법은 국립국어원의 현행 기준을 따른다.
- 챕터 옆에 붙은 짧은 글은 저자 F. 스콧 피츠제럴드의 작가 노트이다.

차례

마지막 플래퍼들

젤리빈	9
낙타의 등	43
메이데이	87
도자기와 분홍색	169

환상들

리츠 호텔만큼 큰 다이아몬드	189
벤자민 버튼의 시간은 거꾸로 간다	253
치프사이드의 타르퀸	295
오 루셋 마녀!	309

분류되지 않은 걸작들

행복의 앙금	361
미스터 이키	397
산골소녀 제미나	409

My Last Flappers
마지막 플래퍼들

젤리빈

이것은 남부를 배경으로 한 이야기로, 조지아주의 작은 도시 타를턴[1]을 무대로 한다. 나는 타를턴에 깊은 애정을 가지고 있지만, 이상하게도 그곳을 배경으로 한 이야기를 쓸 때마다 남부 전역에서 나를 비난하는 편지가 쏟아진다. 「젤리빈[2]」이 메트로폴리탄[3]에 실렸을 때도 이런 경고조의 편지를 잔뜩 받았다.

이 작품은 내 첫 번째 장편소설이 출판된 직후, 조금 기이한 상황에서 쓰인 것이며, 게다가 내게는 처음으로 '공동 작업자'가 있던 작품이었다. 나는 주사위 도박[4] 장면을 제대로 다루기 어렵다는 것을 깨닫고 그 부분을 아내[5]에게 맡겼다. 남부 출신인 그녀라면, 그 지역의 오랜 오락인 주사위놀이의 기술과 용어에 익숙하리라 생각했기 때문이다.

~~~~~~

[1] 타를턴(Tarleton): 실제 도시가 아닌 가상의 장소로, 피츠제럴드가 남부 배경 소설에서 자주 사용하는 무대. 그의 다른 작품에서도 등장하며, 남부 상류층의 허영과 몰락을 상징하는 공간으로 쓰인다.

[2] 젤리빈(Jelly-Bean): 1920년대 남부 속어로 '겉만 번지르르한 한량'을 의미한다. 도덕적 의지나 목표 없이 향락을 좇는 인물을 가리킨다.

[3] 메트로폴리탄(The Metropolitan): 1900~1920년대 미국의 인기 대중잡지 중 하나. 피츠제럴드는 이 잡지를 통해 여러 단편을 발표했다.

[4] 주사위 도박 게임(Crap-shooting): 금주법 시대에 남부 지역에서 특히 성행했으며, 당시 '하층 남성의 놀이'로 인식되었다.

[5] 젤다 세이어 피츠제럴드(Zelda Sayre Fitzgerald): 앨라배마 출신의 남부 귀족 가문 여성으로, 피츠제럴드 문학에 반복적으로 등장하는 '남부의 매혹적 여성상'의 모델이다.

젤리빈

1

짐 파월은 젤리빈이었다. 그를 매력적인 인물로 만들고 싶은 마음이 간절하지만, 그 점에 있어서만큼은 여러분을 속일 수 없다. 그는 뼛속까지, 털끝까지, 거의 백 퍼센트에 가까운 젤리빈이었고, 젤리빈들이 사는 땅, 메이슨-딕슨선 아래 먼 남부의 게으른 공기 속에서 사시사철 나태하게 자라났다.

지금도 멤피스 사람에게 '젤리빈'이라 부르면, 그는 아마 허리춤에서 질긴 밧줄을 꺼내 근처 전신주에 당신을 매달아버릴 것이다. 뉴올리언스 사람에게 그렇게 말했다면, 그는 웃으며 "그래, 마르디 그라 무도회에는 누가 네 여자를 데려가나?" 하고 받아칠 것이다. 이 이야기의 주인공이 자라난 젤리빈 밭은 그 둘의 중간쯤, 조지아 남부의 작은 도시 어딘가에 있다. 인구 사만 명 남짓한 그곳은 마치 사만 년 동안 졸고 있던 도시처럼 늘어졌고, 가끔 잠결에 몸을 뒤척이며 오래전에, 어딘가에서, 누군가가 벌였던 전쟁 이야기를 중얼거릴 뿐이었다. 물론 세상 사람들은 이미 그 전쟁을 까맣게 잊은 지 오래였다.

짐은 젤리빈이었다. 이 말을 한 번 더 적는다. 그 말에는 묘하게 듣기 좋은 울림이 있다. 마치 동화의 첫 문장처럼 들려서, 짐이 괜찮은 사람일지도 모른다는 착각을 준다. 머릿속에는 둥글고 탐스러운 얼굴에 모자에서 풀잎과 채소가 자라는 짐의 모습이 떠오른다. 하지만 짐은 전혀 그렇지 않았다. 그는 마르고 길쭉했으며, 당구대 위에 허리를 굽힌 채 살아서 몸이 휘어 있었다. 북부 사람들의 무심한 표현을 빌리자면, 그는 '거리의 한량(corner loafer)'이었다. '젤리빈'이란 말은,

아직 해체되지 않은 옛 남부 연합 전역에서 '한평생 게으름이란 동사를 1인칭으로 활용하는 사는 사람'을 뜻한다. 즉, '나는 빈둥거린다. 나는 빈둥거려왔다. 나는 앞으로도 빈둥거릴 것이다.'라는 식으로.

짐은 초록빛 모퉁이에 서 있는 하얀 집에서 태어났다. 그 집은 앞쪽에 비바람에 닳은 기둥 네 개가 있고, 뒤쪽에는 격자무늬 나무 구조물이 있어 꽃과 햇살로 가득한 마당의 배경을 환하게 해주었다. 원래 그 하얀 집의 주인들은 옆집 땅도, 그다음 집 땅도, 또 그다음 집 땅도 가지고 있었지만, 그것은 너무 오래된 일이라 짐의 아버지조차 희미하게만 기억했다. 게다가 그는 그 일을 별로 중요하게 여기지 않았다. 그래서 싸움 중에 총상을 입고 죽어가면서도, 다섯 살 난 어린 짐에게 아무런 말도 남기지 않았다. 짐은 그때 죽을 만큼 겁에 질려 있었다. 그 뒤 하얀 집은 매콘 출신의 입이 단단히 다문 여인이 운영하는 하숙집이 되었고, 짐은 그녀를 '메이미 아주머니'라고 불렀다. 그러나 그는 온 영혼을 다해 그녀를 싫어했다.

짐은 열다섯 살이 되었고, 고등학교에 다녔다. 헝클어져 있는 검은 곱슬 머리의 짐은 여자아이들이 무서웠다. 그는 자신이 사는 집을 혐오했다. 거기에는 여자 넷과 노인 한 명이 매년 여름마다 끝없이 수다를 이어갔다. 그 수다는 늘 "파월 땅이 원래 어디까지였는가" 혹은 "이번 여름에는 무슨 꽃이 필 차례인가"였다. 가끔 마을의 소녀들 부모가 짐의 어머니를 기억해내며, 그의 검은 눈과 머리카락에서 옛 모습을 떠올려 파티에 초대하기도 했다. 그러나 짐은 파티가 두려웠다. 그는 파티보다 틸리의 자동차 정비소에서 떨어진 바퀴축 위에 걸터

앉아 주사위를 굴리거나, 긴 빨대로 입안 구석구석을 쑤시는 일을 더 좋아했다. 용돈을 벌기 위해 가끔 잡일을 했는데, 그 때문에 파티에 가지 않게 되었다. 세 번째 파티에서 일이 벌어졌다. 어린 마조리 헤이트가 친구들에게 속삭였는데, 너무 크게 속삭인 탓에 짐의 귀에도 들렸다. "걔 있잖아, 가끔 우리 집에 식료품 배달하러 오는 애야." 그 날 이후 짐은 투스텝[6]이나 폴카[7]를 배우는 대신, 주사위로 원하는 눈을 던지는 법[8]을 배웠고, 지난 오십 년 동안 이 근방에서 일어난 모든 충격 사건의 이야기를 듣는 쪽을 택했다.

그는 열여덟 살이 되었다. 전쟁이 터지자 해군에 입대해 찰스턴 해군 조선소에서 일 년 동안 놋쇠를 닦았다. 그리고 기분 전환 삼아 북쪽으로 올라가 브루클린 해군 조선소에서 또 일 년 동안 놋쇠를 닦았다.

전쟁이 끝나고 그는 고향으로 돌아왔다. 스물한 살이었다. 바지는 너무 짧고 너무 꽉 끼었다. 단추 달린 구두는 길고 좁았다. 넥타이는 보라색과 분홍색이 음모처럼 뒤엉킨 무늬였고, 그 위로 햇빛에 오래 바랜 고급 천 조각처럼 빛바랜 푸른 눈이 있었다.

4월 어느 저녁, 회색빛이 목화밭을 따라 내려와 후텁지근한 마을을

---

6 투스텝(Two-step): 19세기 말~1920년대 초 미국에서 유행한 사교 댄스로, 사교 모임이나 파티, 무도회에서 남녀가 짝을 지어 추던 기본적인 춤.

7 폴카(Polka): 체코(보헤미아)에서 유래해 유럽 전역에 퍼진 활기찬 춤으로, 19세기 중반 이후 미국에서도 대유행했다.

8 주사위 도박(Craft-shooting) 기술이 능숙해졌다는 의미.

덮을 때, 그는 잭슨 스트리트의 불빛 위로 떠오르는 달을 바라보며 울타리에 기대 서 있었다. 휘파람을 불며, 한 시간째 머릿속에서 떠나지 않던 문제 하나를 붙잡고 있었다. 젤리빈이 파티 초대를 받은 것이다.

아직 여자아이를 멀리하던 소년 시절, 클라크 대로우와 짐은 같은 반 친구였다. 그러나 짐의 사교적 포부가 정비소의 기름 냄새 속에서 사라진 동안, 클라크는 사랑에 빠지고 깨지기를 반복했고, 대학에 진학했다가 술에 빠졌다가, 또 술을 끊었고, 요컨대 마을 최고의 인기남 중 하나가 되었다.

그럼에도 불구하고 클라크와 짐의 우정은, 비록 느슨했지만 분명한 형태로 이어지고 있었다. 그날 오후, 클라크의 낡은 포드 자동차가 인도 위를 걷던 짐 옆에서 속도를 늦추더니, 아무 예고도 없이 그를 컨트리클럽 파티에 초대했다. 그런 충동이 일어난 이유는, 짐이 그 제안을 받아들인 이유만큼이나 설명하기 어려웠다. 짐에게 그것은 아마도 무의식적인 권태, 그리고 약간 두려운 모험심이 섞인 감정이었을 것이다. 그리고 지금, 짐은 그 일을 곰곰이 되씹고 있었다. 그는 인도 위의 돌 블록에 긴 다리를 올려놓고, 발끝으로 돌을 두드리며 낮고 쉰 목소리로 노래를 흥얼거렸다. 돌은 그 리듬에 맞춰 위아래로 흔들렸다.

"젤리빈 마을엔 진이라는 여왕이 살지.

그녀는 젤리빈의 여왕.

주사위를 사랑하고, 늘 곱게 다뤄주지.

그녀를 거칠게 대할 주사위는 없을걸."

노래를 멈춘 그는 인도를 들썩이며 발로 돌을 차올렸다.

"빌어먹을."

그가 중얼거렸다. 그곳엔 다 모여 있을 것이다. 그 옛 무리들, 오래전에 팔려나간 하얀 집과, 그 벽난로 위에 걸려 있던 회색 군복 차림의 장교 초상화로 보건대, 짐 역시 본래는 그 무리에 속했어야 했다. 하지만 그 무리들은 소녀들의 치맛자락이 해마다 조금씩 길어지고, 소년들의 바지가 어느 날 갑자기 발목까지 내려왔던 것처럼, 오랜 세월을 함께하며 단단한 소집단으로 자라났다.

이름만 부르면 다 통하는 그 친밀한 사회, 이미 잊힌 첫사랑들로 엮인 그 작은 세계 속에서, 짐은 철저한 외부인이었다. 가난한 백인들과 어울려 다니는 사람. 남자들은 그를 알고 있었지만, 언제나 약간의 우월감이 섞인 태도로 대했다. 그가 모자를 벗어 인사하는 여자아이들은 세 명, 많아야 네 명. 그게 전부였다.

어둠이 짙어져 달빛이 푸른 틀처럼 세상을 둘러쌀 즈음, 그는 후덥지근하고 향기로운 마을을 지나 잭슨 스트리트로 걸어갔다. 가게들은 문을 닫고 있었고, 마지막 손님들은 느릿한 회전목마에 실린 사람들처럼 몽롱하게 귀가 중이었다.

거리의 끝에는 작은 유랑 축제가 열려 있었고, 여러 색으로 빛나는 천막들이 이어진 골목이 밤을 환히 밝혔다. 축제의 소리는 밤공기 속에 섞여 퍼졌다. 오르간에서는 동양풍 춤곡이, 괴인 쇼 앞에서는 트럼펫의 쓸쓸한 음이, 그리고 어딘가에서는 손풍금으로 연주하는 "백 홈 인 테네시(Back Home in Tennessee)"가 흥겹게 들려왔다.

젤리빈은 가게에 들러 새 칼라를 하나 샀다. 그리고는 여름 저녁마다 그늘진 거리에 차 세 대쯤은 늘 서 있는 소다 샘(Soda Sam)의 가게 쪽으로 천천히 걸음을 옮겼다. 그곳에서는 언제나 까만 아이들이 아이스크림과 레모네이드를 들고 이리저리 뛰어다니고 있었다.

"안녕, 짐."

그의 팔꿈치 옆에서 들려온 목소리였다. 조 유잉이 자동차 운전석에 앉아 있었고, 그 옆에는 메릴린 웨이드가 타고 있었다. 뒷좌석에는 낸시 라마와 처음 보는 남자가 함께 있었다.

젤리빈은 재빨리 모자를 들어 인사했다.

"안녕, 벤." 그리고 거의 들리지 않을 만큼 짧은 멈춤 뒤에 덧붙였다. "다들 잘 지내나?"

그는 지나치며 느릿한 걸음으로 차를 뒤로하고, 자신이 위층 방을 얻어 살고 있는 정비소 쪽으로 걸어갔다. 그가 내뱉은 "다들 잘 지내나?"라는 말은, 십오 년 동안 한 번도 말을 건 적 없던 낸시 라마에게 한 인사였다.

낸시는 기억 속의 입맞춤처럼 남은 입술과, 그림자 같은 눈, 그리고 부다페스트에서 태어난 어머니에게서 물려받은 푸른빛이 도는 검은 머리카락을 지니고 있었다. 짐은 그녀를 거리에서 자주 보았다. 늘 어린아이처럼 주머니에 두 손을 찔러 넣고 걷는 모습이었다. 그는 낸시가 단짝 친구 샐리 캐럴 호퍼와 함께 애틀랜타에서 뉴올리언스에 이르기까지 수많은 남자들의 마음을 흔들어놓았다는 이야기를 알고 있었다.

잠시 동안 짐은 춤을 출 줄 알았더라면 좋겠다고 생각했다. 그러고는 스스로 피식 웃었다. 문 앞에 다다르자, 그는 조용히 흥얼거리기 시작했다.

"그녀의 젤리롤은 영혼을 뒤흔들고,

그녀의 눈은 크고 갈색빛.

그녀는 젤리빈들의 여왕 중의 여왕—

내 젤리빈 마을의 진."

2

밤 아홉 시 반, 짐과 클라크는 소다 샘 가게 앞에서 만나 클라크의 포드 자동차를 타고 컨트리클럽으로 향했다. 자스민 향이 흩날리는 밤공기를 가르며 차가 덜컹거리자, 클라크가 무심하게 물었다.

"짐, 넌 요즘 어떻게 먹고살아?"

젤리빈은 잠시 생각에 잠겼다가 대답했다.

"글쎄… 틸리네 정비소 위층에 방 하나 얻어서 지내. 오후엔 차 손보는 일 좀 도와주고, 그래서 공짜로 쓰지. 가끔은 택시 몰아서 돈도 좀 벌어. 근데 그건 너무 매일 하면 질리더라."

"그게 다야?"

"음, 일이 많을 땐 하루 일당으로 도와주기도 하지. 주로 토요일에. 그리고 말인데, 잘 얘기하진 않지만 수입원 하나 더 있어. 혹시 기억 안 나겠지만, 나 이 동네에서 주사위 도박 제일 잘하는 사람이야. 이젠 컵 안에 넣고 던지게 해. 손에만 쥐면 주사위가 내 마음대로 굴러

가거든."

클라크가 피식 웃었다.

"난 아무리 해도 주사위를 내 뜻대로 못 던지겠더라. 한번 낸시 라마하고 해봐. 돈 다 따오면 좋잖아. 걔, 요즘 남자애들이랑 도박하느라 아버지가 주는 용돈보다 더 많이 잃는다던데. 지난달엔 빚 갚으려고 반지 하나 팔았다는 소문도 있어."

젤리빈은 아무 대꾸도 하지 않았다.

"엘름가의 그 하얀 집은 아직 네 거야?"

짐은 고개를 저었다.

"팔았지. 동네가 예전 같지 않은데도 꽤 좋은 값에 나갔어. 변호사가 말하길 자유채권(Liberty Bond)에 넣으라더군. 근데 메이미 아주머니가 정신이 좀 이상해지셔서, 지금은 그 이자 전부가 그분 요양원비로 나가."

"흠."

"윗동네에 삼촌이 하나 계셔. 정말 완전히 가난해지면 거기 가서 지낼 수도 있겠지. 농장도 괜찮은데 일꾼이 없어. 흑인 일꾼들이 거의 없거든. 나더러 와서 도와달라 하시는데, 솔직히 별로 내키지 않아. 너무 외로워서 말이지."

그는 말을 멈추더니, 잠시 후 낮게 말했다.

"클라크, 초대해줘서 고맙긴 한데… 차를 그냥 세워주면 좋겠어. 돌아서 걸어가고 싶어졌어."

"헛소리 마." 클라크가 코웃음을 쳤다. "이따금은 나가서 바람도 쐬어야지. 춤출 필요도 없어. 그냥 구경이나 해."

"잠깐만." 짐이 불안한 표정으로 외쳤다. "여자애들한테 날 데려다 주고는 그냥 가버리지 마. 그러면 내가 어쩔 수 없이 걔들이랑 춤춰야 되잖아."

클라크가 웃음을 터뜨렸다. 짐은 거의 절박한 어조로 말을 이었다.

"진짜야. 그 짓 안 하겠다고 맹세 안 하면, 난 지금 당장 여기서 내 두 다리로 잭슨 스트리트까지 걸어 돌아갈 거야."

한참의 실랑이 끝에 둘은 합의했다. 짐은 여자들의 방해를 받지 않고, 무도회장 구석의 외딴 소파에 앉아 구경만 하기로. 그리고 클라크는 춤을 추지 않을 때마다 그 옆으로 돌아오기로 했다.

그리하여 밤 열 시, 젤리빈은 다리를 꼬고 팔짱을 낀 채, 겉보기엔 태연하지만 속으로는 긴장된 얼굴로 무도회의 한편에 앉아 있었다. 그는 최대한 무심한 듯 시선을 돌리며, 춤추는 사람들을 정중히 바라보았다. 하지만 마음속은 두 감정 사이에서 갈팡질팡했다. 하나는 짓누르는 듯한 자의식, 다른 하나는 주변에서 벌어지는 모든 일에 대한 숨 막히는 호기심이었다. 그는 드레스룸에서 여자아이들이 하나씩 나오는 것을 지켜보았다. 그들은 밝은 새처럼 어깨를 펴고, 머리를 다듬으며, 분홍빛 어깨 너머로 시녀들에게 미소를 던졌다. 방 안을 둘러보며, 동시에 방 안의 시선이 자신에게 쏠리는 것을 느끼는 순간 — 그들은 마치 새처럼, 짝이 되어 기다리던 남자들의 차분한 품속으로 날아들었다. 샐리 캐럴 호퍼는 금발에 게으른 눈빛을 한 채, 그녀가 가장 좋아하는 분홍색 드레스를 입고 있었다. 마치 막 깨어난 장미처럼,

부드럽게 깜박이는 눈이었다. 마조리 헤이트, 메릴린 웨이드, 해리엇 캐리, 점심때쯤 잭슨 스트리트를 어슬렁거리던 그 소녀들이, 이제는 곱게 머리를 말리고 향수를 뿌려, 분홍·푸른빛·붉은빛·금빛으로 빛나는 드레스덩어리, 마치 채색 도자기 인형처럼 보였다. 방금 가게에서 꺼낸 드레스들이라 아직 완전히 마르지도 않은 듯했다.

그가 그곳에 앉은 지 반 시간쯤 지났을 때, 클라크는 춤추는 틈틈이 와서 "야, 짐! 잘 버티고 있냐?" 하며 무릎을 툭 치고 갔다. 그러나 그럴 때마다 짐은 점점 더 어색해졌다. 남자 여러 명이 다가와 인사를 건넸지만, 모두 그가 이 자리에 있는 것을 의아하게 여겼다. 몇몇은 심지어 불쾌해 보였다. 그러나 열 시 반이 되자, 짐의 당혹감은 한순간에 사라졌다. 그리고 숨이 막힐 듯한 어떤 끌림이, 그를 완전히 현실 밖으로 이끌어냈다. 낸시 라마가 등장한 것이다.

그녀는 노란 오르갠디(Organdie) 드레스를 입고 있었다. 세 겹의 프릴이 달린, 백 개의 서늘한 주름으로 이루어진 옷이었다. 등 뒤의 커다란 리본이 까만 머리와 어우러져, 그녀 주위에는 노랑과 검정이 어슴푸레한 광채를 흘렸다. 젤리빈의 눈이 크게 뜨였고, 목구멍이 막히는 듯했다. 그녀는 문가에 서서 파트너를 기다렸다. 그는 오후에 조 유잉의 차 안에서 낸시와 함께 있던 낯선 남자였다. 짐은 낸시가 양팔을 허리에 얹고 무언가 낮은 목소리로 말하며 웃는 모습을 보았다. 남자도 따라 웃었다. 그 순간 짐의 가슴에는 설명할 수 없는 새로운 통증이 스쳤다. 둘 사이를 지나간 어떤 빛, 잠시 전까지만 해도 그를 따뜻하게 덮었던 햇살의 한 조각이 이제 그녀와 그 남자 사이로 흘러간 듯했다. 젤리빈은 문득, 자신이 그림자 속의 잡초가 된 기분이었다.

잠시 뒤, 클라크가 반짝이는 눈으로 다가왔다. "야, 짐!" 그가 다소 진부하게 외쳤다. "잘 놀고 있어?"

짐은 예상 가능한 만큼 잘 지내고 있다고 대답했다.

"이리 와." 클라크가 명령조로 말했다. "오늘 밤 좀 더 신나게 만들어줄 게 있어."

짐은 어색한 걸음으로 그를 따라 홀을 가로질러 계단을 올라갔다. 락커룸에 도착하자 클라크는 이름 모를 노란색 액체가 든 플라스크를 꺼냈다.

"좋은 옥수수 위스키지."

곧 생강맛 탄산수(진저에일)가 쟁반에 실려 들어왔다. '좋은 옥수수 위스키' 같은 강한 술은 단순한 탄산수만으로는 도저히 가릴 수 없었다.

"야, 짐." 클라크가 숨을 몰아쉬며 말했다. "낸시 라마, 오늘 진짜 예쁘지 않냐?"

짐이 고개를 끄덕였다.

"정말 예쁘더라."

"오늘 완전 치장했다니까. 그 옆에 있는 남자 봤어?"

"키 큰 사람? 흰 바지 입은?"

"그래. 그 사람이 사바나 출신 오그던 메릿이야. 메릿 안전면도기 만드는 그 집 아들이지. 완전히 낸시한테 빠졌어. 올 한 해 내내 따라다녔대."

클라크가 말을 이었다.

"낸시는 좀 말썽꾸러기야. 그래도 난 좋아해. 다들 좋아하지. 하지만 하는 짓은 정말 별나. 대개는 무사히 빠져나오지만, 그 덕분에 평판엔 상처가 많지."

"그렇담 좋겠네." 짐은 잔을 내밀며 말했다. "이 술, 괜찮네."

"그 정도면 나쁘지 않지. 오, 그 여자 아주 괄괄해. 글쎄, 주사위 놀이도 한다니까! 그리고 하이볼을 또 얼마나 좋아하는지 몰라. 나중에 한 잔 주기로 약속했지."

"저... 메릿이라는 친구를 사랑하는 건가?"

"젠장, 내가 알 바 아니지. 여기 괜찮다는 여자애들은 죄다 남자랑 결혼해서 어딘가로 가 버리는 것 같아."

그는 술을 한 잔 더 따르고 병마개를 조심스럽게 막았다.

"짐, 잘 들어봐. 나 이제 춤추러 가야 하는데, 네가 춤추지 않는 동안 이 옥수수 위스키를 허리춤에 넣어두면 정말 고맙겠어. 누가 내가 마시는 걸 눈치채면 와서 달라고 할 테고, 정신 차리고 보면 술은 동나고 다른 놈이 내 흥을 망치고 있을 거라고."

그렇게 낸시 라마가 결혼을 하는구나. 온 마을의 축배 같은 존재가 흰색 바지를 입은 한 개인의 사유재산이 되다니. 게다가 이 모든 게, 그 흰 바지 입은 남자의 아버지가 이웃보다 더 좋은 면도칼을 만들었다는 이유 때문이라니. 그들이 계단을 내려갈 때, 짐은 그 생각이 도무지 설명할 수 없이 우울하게 느껴졌다. 생전 처음으로 그는 모호하면서도 낭만적인 동경을 느꼈다. 그의 상상 속에서 그녀의 모습이 그려지기 시작했다. 소년처럼 당당하고 멋진 모습으로 거리를 걷는 낸시, 그녀를 숭배하는 과일 상인에게서 십일조처럼 오렌지를 받아 가는 모습, '소다 샘' 가게에서 있지도 않은 외상 장부에 소다를 달아 놓고 마시는 모습, 한 무리의 구혼자들을 모아 개선하듯 차를 몰고 떠나 오후 내내 물장구를 치며 노래하는 모습.

젤리빈은 현관을 지나 잔디밭에 비친 달빛과 무도회장의 불 켜진 문 하나 사이의 어두운 구석으로 걸어 나갔다. 그곳에서 그는 의자를 찾아 담배에 불을 붙이고, 평소 그의 기분이었던 무념무상의 몽상 속으로 빠져들었다. 하지만 지금은 그 몽상이 밤의 분위기와, 가슴이 깊이 파인 드레스 앞자락에 꽂혀 천 가지 풍부한 향을 증류하듯 내뿜으며 열린 문밖으로 흘러나오는 축축한 분첩의 뜨거운 냄새로 인해 관능적으로 변했다. 시끄러운 트롬본 소리에 흐릿해진 음악 자체가 뜨겁고 그늘진 느낌이 되었고, 수많은 구두와 슬리퍼가 끄는 소리에 실린 나른한 여운이 되었다.

갑자기 문을 통해 쏟아지던 노란 불빛의 사각형이 어두운 형체에 가려졌다. 한 소녀가 탈의실에서 나와 3미터(10피트)도 안 되는 거리에 있는 현관에 서 있었다. 짐은 나지막이 내뱉는 "이런!" 하는 소리를 들었고, 그때 그녀가 몸을 돌려 그를 보았다. 낸시 라마였다.

짐은 자리에서 일어섰다.

"안녕?"

"안녕―" 그녀는 잠시 멈칫하다가 다가왔다. "아, 짐 파월이잖아."

그는 살짝 고개를 숙이며, 자연스러운 인사말을 떠올리려 했다.

"저기." 그녀가 재빨리 말을 꺼냈다. "그게―혹시 껌에 대해 알아?"

"뭐라고?"

"신발에 껌이 붙었어. 누가 바닥에 껌을 버려놔서 그만 밟아버렸지 뭐야."

짐은 이유 없이 얼굴이 붉어졌다.

"어떻게 떼어내는지 알아?" 그녀는 짜증스럽게 물었다. "칼로 긁어 봤어. 분장실에서 별짓 다 해봤다니까. 비누랑 물도 써봤고, 향수도 써봤고, 그거에 퍼프까지 망가뜨렸어."

짐은 당황한 채로 잠시 생각에 잠겼다.

"글쎄―가솔린으로 해보면 될지도 모르겠네."

그의 말이 채 끝나기도 전에, 그녀는 그의 손을 덥석 잡고 낮은 베란다를 뛰어내려 꽃밭을 가로질러, 골프장의 첫 번째 홀 근처 달빛 아래 주차된 자동차 쪽으로 그를 이끌며 전속력으로 달렸다.

"가솔린 틀어!" 그녀가 숨을 헐떡이며 외쳤다.

"뭐라고?"

"껌 때문이지, 당연히. 이거 꼭 떼야 해. 껌 붙은 채로는 춤을 출 수 없잖아."

짐은 순순히 차들 쪽으로 향해, 그녀가 원하는 용제를 구할 방법을 궁리하며 차를 살펴보기 시작했다. 그녀가 만약 실린더를 달라 했더라도, 그는 기어이 뜯어내려 했을 것이다.

"여기." 잠시 뒤 그가 말했다. "이건 쉽게 될 것 같아. 손수건 있어?"

"위층에 젖어 있어. 아까 비누랑 물 쓸 때 써버렸거든."

짐은 주머니를 뒤적이며 애써 찾았다.

"나도 없는 것 같아."

"젠장! 뭐, 그냥 밸브 열고 흘려보내자."

그가 꼭지를 돌리자, 가솔린이 한 방울씩 떨어지기 시작했다.

"더!"

그가 더 돌리자, 방울이 흐름으로 변했다. 번들거리는 기름 웅덩이가 생겨, 그 표면 위에 달빛이 수십 갈래로 흔들리며 반사되었다.

"아—좋다." 그녀가 만족스레 한숨을 내쉬었다. "다 흘려버려. 이렇게 흠뻑 해야 제대로 되지."

짐은 체념한 듯 밸브를 끝까지 열었다. 그러자 웅덩이는 순식간에 넓어지며 사방으로 작은 개울과 실개천처럼 퍼져나갔다.

"그래, 그거야. 이제 좀 괜찮네."

그녀는 치맛자락을 살짝 들어 올리고, 우아하게 그 안으로 들어섰다.

"이러면 분명히 떨어질 거야." 그녀가 중얼거렸다.

짐은 미소를 지었다.

"차는 아직 많아."

그녀는 가솔린 웅덩이에서 살짝 발을 빼며, 자동차의 러닝보드에 슬리퍼 옆창과 밑창을 번갈아 문질렀다.

그때까지 참고 있던 젤리빈은 더는 견디지 못하고 폭소를 터뜨렸다. 그는 몸을 반으로 접을 만큼 웃었고, 잠시 뒤 그녀도 함께 웃기 시작했다.

"클라크 대로우랑 같이 온 거지?" 그들이 베란다 쪽으로 걸어가며 그녀가 물었다.

"맞아."

"그 사람이 지금 어디 있는지 알아?"

"춤추러 나갔겠지, 아마."

"이런, 약속했는데. 나한테 하이볼 만들어주기로 했단 말이야."

"음." 짐이 말했다. "괜찮을 거야. 그 친구 술병, 내가 여기 주머니에 가지고 있거든."

그녀는 환하게 미소 지었다.

"그래도 진저에일은 있어야 하지 않을까?" 짐이 덧붙였다.

"난 필요 없어. 그냥 술병만 있으면 돼."

"정말 괜찮겠어?"

그녀는 비웃듯 웃었다.

"한번 시험해봐. 남자가 마시는 건 뭐든 나도 마실 수 있어. 앉자."

그녀는 탁자 모서리에 걸터앉았고, 짐은 옆의 등나무 의자에 털썩 앉았다. 그녀는 마개를 빼고 플라스크를 입술에 대더니 길게 한 모금 들이켰다. 짐은 넋을 잃고 그녀를 바라보았다.

"맛있어?"

그녀는 숨을 고르며 고개를 저었다. "아니, 하지만 이게 주는 느낌은 좋아. 사람들 대부분이 그렇지 않을까 싶어."

짐은 고개를 끄덕였다. "우리 아버지도 그걸 너무 좋아하셨어. 결국 그게 아버지를 망쳤지."

"미국 남자들은 말이야." 낸시가 진지하게 말했다. "술 마실 줄을 몰라."

"뭐라고?" 짐은 깜짝 놀랐다.

"사실은." 그녀는 대수롭지 않게 말을 이었다. "미국 남자들은 뭐든 제대로 하는 게 없어. 내 인생에서 유일하게 후회하는 게 있다면, 내가 영국에서 태어나지 않았다는 거야. 그래. 내가 영국에서 태어나지 않았다는 게 내 인생에서 유일한 후회야."

"그곳을 좋아해?"

"응, 아주 많이. 직접 가본 적은 없지만, 전쟁 때 이쪽에 왔던 영국 남자들을 많이 만났어. 옥스퍼드나 케임브리지 출신들이었지. 그러니까 우리로 치면 서와니나 조지아 대학 같은 곳 말이야. 물론 영국 소설도 엄청 읽었고."

짐은 흥미로우면서도 놀란 눈으로 그녀를 바라봤다.

"'레이디 다이애나 매너스[9]'라고 들어본 적 있어?" 그녀가 진지하게 물었다.

짐은 들어본 적이 없었다.

"바로 내가 되고 싶은 여자야. 나처럼 머리도 까맣고, 마치 죄처럼 위험하고 매혹적인 여자지. 말 타고 성당 계단을 올라갔다나 뭐라나, 그 일 이후로 소설 속 여주인공들이 죄다 따라 했대."

짐은 예의상 고개를 끄덕였다. 사실 무슨 말인지 잘 모르겠었다.

---

9 Lady Diana Cooper (1892-1986): 20세기 초 영국의 귀족이자 배우, 사교계의 아이콘으로, 자유분방하고 세련된 상류층 여성의 상징으로 여겨졌다. 결혼 전 이름이 Lady Diana Manners 였다.

"술병 좀 넘겨줘." 낸시가 말했다. "조금만 더 마실래. 애들한테도 이 정도는 해롭지 않다니까."

그녀는 다시 한 모금 들이켠 뒤, 숨을 고르며 말을 이었다.

"그 사람들은 말이야, 멋이 있어. 여기 사람들하고는 달라. 여기 남자애들은 차려입을 만한 가치도 없고, 뭔가 대단한 짓을 해볼 만한 사람들도 아니야. 몰라?"

"그런가 보지―아니, 그런 것 같기도 하고." 짐이 중얼거렸다.

"그래서 나 혼자 그런 짓을 다 해보고 싶어. 어차피 이 마을에서 '스타일' 있는 여자는 나 하나뿐이잖아." 그녀는 팔을 쭉 뻗으며 느긋하게 하품을 했다.

"오늘 밤, 참 좋다."

"그러게." 짐이 맞장구쳤다.

"보트 있었으면 좋겠다." 그녀가 몽상에 잠긴 듯 말했다. "은빛 호수 위를 떠다니는 거야. 예를 들어 템스강 같은 데서. 샴페인도 있고 캐비아 샌드위치도 가져가고. 한 여덟 명쯤 같이 타는 거야. 그러다 누군가 파티 분위기 띄우려고 물에 뛰어들었다가, 레이디 다이애나 매너스랑 있던 남자처럼 익사[10]해버리는 거지."

"그 여자를 기쁘게 해주려고 뛰어든 거야?"

~~~~~~~

10 1910년대~20년대 영국 상류층서는 '보트 파티 중에 한 남자가 장난으로 강에 뛰어들었다가 익사했다'는 이야기가 여러 번 신문에 등장했다. 그 중 하나가 다이애나 매너스와 함께 있던 남성이 익사했다는 소문이 퍼졌는데, 피츠제럴드는 이를 인용해 낸시의 허영과 상류층에 대한 동경을 드러낸다.

"기쁘게 해주려던 건 아니고, 그냥 웃기려고 뛰어든 거래. 그런데 그만 죽은 거지."

"글쎄, 그럼 다들 배꼽 잡고 웃었겠네."

"음, 조금은 웃었겠지." 그녀가 인정하듯 말했다. "아마 그녀는 웃었을 거야. 꽤 냉정한 여자라던데, 나처럼 말이야."

"네가 냉정하다고?"

"쇠못처럼 단단하지." 그녀는 또 하품을 하고는 말했다. "그 병에서 조금만 더 줘."

짐은 망설였다. 그러나 그녀는 도전적으로 손을 내밀었다.

"나를 어린애처럼 대하지 마." 그녀가 경고하듯 말했다. "나는 네가 본 어떤 여자랑도 달라." 그녀는 잠시 생각하더니 덧붙였다. "그래도 네 말이 맞을지도 모르겠네. 넌 말이야, 어린 얼굴에 늙은 영혼을 가졌어." 그녀는 벌떡 일어나 문 쪽으로 향했다. 젤리빈도 자리에서 일어섰다.

"잘 가." 그녀가 정중히 말했다. "잘 가, 젤리빈. 고마워."

그리고는 안으로 들어가 버렸다. 짐은 베란다에 멍하니 서서 그녀가 사라진 문을 바라보았다.

3

밤 열두 시가 되자, 여성용 탈의실에서 망토를 두른 여자들이 한 줄로 행렬을 지어 나왔다. 그들은 무도회의 커틸리언 춤처럼, 코트를 입은 파트너들과 짝을 맞추며 졸린 듯 행복한 웃음소리를 흘리며 문을 통과했다. 문 밖은 어둠 속에서 자동차들이 뒤로 빠지며 코를 골고, 사람들은 서로에게 소리치며 물통 주변에 모여드는 혼잡한 밤이었다.

짐은 구석에 앉아 있다가 자리에서 일어나 클라크를 찾으러 나섰다. 둘은 열한 시쯤 만났고, 그 후 클라크는 춤추러 들어갔다. 그래서 짐은 그를 찾아다니다가, 예전엔 술집이었으나 지금은 탄산음료 가게로 바뀐 곳으로 들어갔다. 그 방에는 졸고 있는 흑인 점원 하나와, 테이블 한쪽에서 주사위를 굴리며 게으르게 놀고 있는 소년 둘뿐이었다. 짐이 막 나가려는 찰나, 클라크가 들어오는 것이 보였다. 그와 동시에 클라크도 짐을 알아봤다.

"이봐, 짐!" 클라크가 손짓했다. "이리 와서 이 병 좀 같이 비우자. 남은 건 얼마 안 되겠지만, 한 잔씩은 돌릴 수 있겠어."

그 문가에는 낸시, 서배너에서 온 남자, 메릴린 웨이드, 그리고 조 유잉이 느긋하게 기대어 웃고 있었다. 낸시는 짐의 눈을 마주치자 장난스럽게 윙크를 했다. 그들은 테이블 하나를 차지하고 둘러앉아, 진 저에일을 가져다줄 웨이터를 기다렸다. 짐은 어쩐지 불편한 기분으로 낸시를 바라봤다. 그녀는 옆 테이블의 소년 둘과 함께 니켈 주사위 놀이에 빠져 있었다.

"걔들 이리 데려와." 클라크가 말했다.

"사람들 몰릴 거야." 조가 주위를 둘러봤다. "클럽 규칙에 어긋나."

"괜찮아." 클라크가 우겼다. "여기엔 아무도 없어. 테일러 씨만 빼고. 그 양반 지금 완전 미친 사람처럼 왔다 갔다 하면서 자기 차 가솔린 누가 다 빼갔는지 찾고 있다네."

모두 폭소를 터뜨렸다.

"백만 달러 걸지, 낸시가 또 신발에 뭘 묻혔을 거야. 걔만 있으면 꼭 사고가 난다니까."

"오, 낸시! 테일러 씨가 너 찾고 있어!"

낸시는 게임에 푹 빠져 얼굴이 상기돼 있었다.

"그 사람 낡은 찌끄레기 자동차 본 지도 벌써 2주 됐는데."

짐은 갑작스러운 정적을 느꼈다. 돌아보니 나이를 가늠하기 힘든 남자가 문간에 서 있었다. 침묵을 깨며 클라크가 말했다.

"같이 하시죠, 테일러 씨?"

"고맙네."

테일러 씨는 불청객처럼 의자에 퍼지듯 앉았다.

"기다려야지 뭐. 누가 내 차랑 장난을 쳐서 가솔린을 다 흘려보냈어."

그는 눈을 가늘게 뜨며 사람들을 재빨리 훑었다. 짐은 그가 문 밖에서 얼마나 들었을지 생각하며, 방금 누가 무슨 말을 했는지 떠올리려 했다.

"내가 이겼다!" 낸시가 외쳤다. "내 돈 40센트가 판에 걸렸어!"

"끝났어!" 테일러가 갑자기 날카롭게 말했다.

"아니, 테일러 씨, 주사위 치실 줄 아셨어요?"

낸시는 반색하며 외쳤다. 테일러가 자리에 앉자마자 그의 판돈을 덮었다. 사실 그들은 이전부터 사이가 나빴다. 몇 주 전, 그가 노골적으로 구애하다가 그녀에게 단칼에 거절당한 뒤로 말이다.

"좋아, 아가들. 엄마를 위해 한 번만 더 굴려봐. 행운의 일곱 나와라." 낸시는 주사위에 속삭이듯 말했다. 그녀는 과감한 손놀림으로 주사위를 굴렸다.

"아하! 이럴 줄 알았지. 이번엔 1달러 걸고 다시 간다!"

다섯 번 연속 이기자, 테일러는 점점 표정이 굳어갔다. 낸시는 거의 개인적인 싸움처럼 임했고, 던질 때마다 승리의 미소가 얼굴에 번졌다. 그녀는 판돈을 계속 두 배로 걸었다. 하지만 그런 행운이 오래갈 리 없었다.

"이제 그만해." 짐이 조심스럽게 충고했다.

"아냐, 이번 거 봐." 그녀가 속삭였다.

주사위에는 8이 나왔다. 그녀는 그 숫자를 부르며 외쳤다.

"작은 에이다[11], 이번엔 남쪽으로 가는 거야!"

에이다가 테이블 위를 굴러가듯 주사위를 던졌다. 낸시는 얼굴이 상기되고 거의 히스테릭해져 있었지만, 여전히 행운이 따라주고 있었다. 그녀는 판돈을 계속 올려가며, 물러서기를 거부했다. 테일러는 손가락으로 탁자를 두드리며 초조해했지만, 물러날 생각은 없었다.

그때 낸시는 10점을 노리다 주사위를 빼앗겼다. 테일러는 눈을 번뜩이며 그것을 낚아챘다. 그는 말없이 던졌고, 사람들의 숨죽인 긴장

---

11 당시(1920년대 미국 남부)에는 도박판에서 주사위에 여성 이름을 붙여 '행운의 여인'처럼 부르는 관습이 있었다. Decatur(디케이터)는 미국 남부 여러 주(조지아, 앨라배마 등)에 있는 실제 도시 이름인데, 여기서는 남부 지방 출신의 매혹적이고 활달한 여자를 상징적으로 표현

속에서 테이블에 주사위가 부딪히는 소리만 울렸다.

이제 주사위는 다시 낸시의 손으로 돌아왔지만, 그녀의 운은 이미 끊겨 있었다. 시간이 한 시간이나 흘렀다. 주사위는 이쪽에서 저쪽으로 오가며, 둘의 승패는 팽팽했다. 테일러는 계속 이기고 또 이겼다. 결국 낸시는 마지막 다섯 달러까지 잃었다.

"내 수표 받아줄래요?" 그녀가 재빨리 말했다. "오십 달러짜리로 쓸게요. 전부 걸어요."

그녀의 목소리는 약간 떨렸고, 돈을 내밀던 손도 미세하게 흔들렸다. 클라크는 조 유잉과 불안한 눈빛을 교환했다. 테일러가 다시 던졌다. 이제 그는 낸시의 수표까지 손에 넣었다.

"한 판 더 할래요?" 낸시가 거의 광적으로 외쳤다. "은행이 어디든 상관없잖아요. 세상에 돈은 널렸으니까."

그제야 짐은 눈치를 챘다. 그날 그녀가 그렇게 흥분해 있던 건 다 그 '좋은 옥수수 위스키' 때문이었다. 그가 건넨 술, 그리고 그 뒤로 그녀가 계속 마셔온 술이었다. 짐은 끼어들고 싶었지만, 차마 그러지 못했다. 그 나이와 신분의 여자가 은행 계좌를 두 개나 가지고 있을 리 없다는 걸 알았기 때문이다. 시계가 두 시를 알릴 때, 그는 더는 참지 못했다.

"내가… 대신 던지면 안 될까?"

짐의 낮고 느릿한 목소리에 약간의 긴장이 섞였다. 낸시는 갑자기 피곤하고 무기력해진 듯, 주사위를 그의 앞으로 휙 던졌다.

"좋아, 젤리빈. 레이디 다이애나 매너스가 말했잖아. '던져, 젤리빈.'

내 운은 다했어."

"테일러 씨." 짐이 태연하게 말했다. "그 수표 중 하나랑 현금이랑 맞바꾸는 걸로 하죠."

반 시간 뒤, 낸시는 몸을 앞으로 기울이며 짐의 등을 두드렸다.

"내 운을 훔쳤네, 당신." 그녀는 현명한 척 고개를 끄덕였다.

짐은 마지막 수표를 쓸어모아 나머지들과 함께 손으로 찢어, 색종이처럼 바닥에 흩뿌렸다. 누군가 노래를 부르기 시작했고, 낸시는 의자를 뒤로 걷어차며 일어섰다.

"신사숙녀 여러분!" 그녀가 외쳤다. "숙녀 여러분—메릴린, 너도 포함이야. 나는 세상에 알리고 싶어. 이 도시에서 젤리빈으로 유명한 짐 파월 씨가 주사위는 잘 굴리지만 사랑에는 약하다는 그 오래된 격언의 예외라는 걸 말이지! 그는 주사위에도 강하고, 사실은—사실은 내가… 그를 사랑한다는 걸! 신사숙녀 여러분, 낸시 라마! 『헤럴드』지에서 늘 젊은 층의 인기인으로 소개되는 그 낸시 라마가—오늘 이 자리에서 발표합니다—발표한다고요, 아무튼—"

그녀는 비틀거리며 몸을 기울였고, 클라크가 얼른 붙잡아 균형을 잡아주었다.

"내 실수야." 그녀는 웃으며 말했다.

"그녀는 (몸을 굽혀서) 뭐든 해내지, 어쨌든—우리 젤리빈에게 건배하자! 짐 파월 씨, 젤리빈들의 왕에게!"

잠시 후, 짐은 모자를 손에 쥔 채 어둠 속 베란다 구석에서 클라크를 기다리고 있었다. 그때, 가솔린을 찾으러 왔던 바로 그 자리로 낸시가 불쑥 나타났다.

"젤리빈." 그녀가 속삭였다. "여기 있지, 젤리빈? 있잖아, 내 생각엔—" 그녀의 가벼운 비틀거림은 마치 꿈속의 움직임 같았다. "내 생각엔, 이번 일로 당신은 세상에서 가장 달콤한 키스를 받을 자격이 있어."

순간 그녀의 팔이 그의 목에 감겼고, 입술이 그의 입술에 닿았다.

"나는 세상에서 제일 제멋대로인 여자야, 젤리빈. 그래도 당신은 내게 정말 좋은 일을 해줬어."

그리고 그녀는 사라졌다. 베란다를 따라, 귀뚜라미 소리로 가득한 잔디밭을 가로질러. 짐은 메릿이 현관에서 나와 화난 얼굴로 그녀에게 뭐라 말하는 것을 보았다. 그녀는 그저 웃고는, 시선을 돌린 채 차 쪽으로 걸어갔다. 메릴린과 조는 '재즈 베이비' 노래를 졸린 목소리로 따라 부르며 뒤따랐다.

클라크가 나와 계단 위에서 짐 옆에 섰다. "다들 꽤 취했지 뭐." 그가 하품하며 말했다. "메릿은 완전 기분 잡쳤어. 이제 낸시랑은 끝난 모양이야."

골프장 동쪽 너머로 희미한 회색빛이 밤의 발치에 깔리기 시작했다. 자동차 안의 사람들은 엔진이 데워지자 합창을 흥얼거리기 시작했다.

"잘 자, 모두들." 클라크가 외쳤다.

"잘 자, 클라크."

"잘 자."

잠시 정적이 흐른 뒤, 부드럽고 행복한 목소리가 덧붙였다.

"잘 자, 젤리빈."

자동차는 노랫소리를 터뜨리며 멀어져 갔다. 맞은편 농가의 수탉이 외롭게 울어대고, 그 뒤편에서는 마지막 흑인 웨이터가 베란다 불을 껐다. 짐과 클라크는 포드 자동차 쪽으로 걸어갔다. 자갈밭 위를 밟는 그들의 신발 밑에서 거친 소리가 났다.

"야, 대단하다." 클라크가 낮게 한숨처럼 말했다. "너 주사위 진짜 기가 막히게 굴린다."

아직 새벽이 밝지 않아 그는 짐의 볼에 번진 붉은 기운을 볼 수 없었다. 그것이 낯선 부끄러움의 홍조였다는 것도 알지 못했다.

4

틸리의 차고 위층에는 을씨년스러운 방 하나가 있었다. 아래층에서는 하루 종일 엔진의 굉음과 코 고는 듯한 소리, 그리고 바깥에서 차에 물을 뿌리며 노래를 부르는 흑인 세차부들의 목소리가 울려 퍼졌다. 그 방은 침대 하나와 낡은 탁자 하나가 전부인 쓸쓸한 네모난 공간이었다. 탁자 위에는 책 몇 권이 어지럽게 놓여 있었다. 조 밀러의 『아칸소를 지나는 느린 기차 (Slow Train thru Arkansas)』, 오래된 판본의 『루실(Lucille)』에는 누군가의 구식 필체로 빽빽이 주석이 달려 있었고, 해럴드 벨 라이트의 『디 아이즈 오브 더 월드(The Eyes of the World)』, 그리고 1831년 날짜와 '앨리스 파월'이라는 이름이 적힌 영국 성공회 기도서 한 권이 있었다.

짐이 차고로 들어섰을 때, 동쪽 하늘은 잿빛으로 물들고 있었다. 그가 외로운 전등 하나를 켜자, 방 안은 짙은 푸른빛에 잠겼다. 곧 그는 불을 끄고 창가로 가 팔꿈치를 괴었다. 그리고 천천히 밝아오는 새벽을 바라보았다.

감정이 깨어나자, 가장 먼저 찾아온 것은 공허함이었다. 삶이 얼마나 회색빛으로 무의미한지, 그 둔한 고통이 서서히 밀려왔다. 그를 둘러싼 벽이 갑자기 높아진 듯했다. 그것은 눈앞의 허연 벽처럼 뚜렷하고 단단했다. 그 벽을 인식하는 순간, 그가 살아온 낭만—즉흥적이고, 가볍고, 태평했던 그 모든 환상—이 한꺼번에 무너져 내렸다. 잭슨 스트리트를 느릿하게 걸으며 흥얼거리던 젤리빈, 가게마다, 노점마다 모두가 그에게 인사하던 그 젊은 남자, 때로는 그저 '쓸쓸함'이라는 감정 그 자체를 느끼고 싶어 슬퍼하던 그 사람—그 젤리빈은 이제 더 이상 존재하지 않았다.

이제 그 별명조차 부끄러움이자 하찮음이었다. 갑자기 모든 것이 너무도 선명해졌다. 메릿은 분명 자신을 경멸했을 것이다. 심지어 낸시가 새벽에 건넨 키스조차, 질투가 아니라 '자신을 낮춘 낸시에 대한 경멸'을 불러일으켰을 것이다. 그리고 짐 자신도 그녀를 위해 차고에서 익힌 비열한 속임수를 써버렸다. 그는 결국 그녀의 도덕적 빨래터가 되었고, 그 얼룩은 끝내 자신에게 남았다.

회색빛이 파랗게 변하며 밝아지고 방을 가득 채우자, 그는 침대로 가서 몸을 던지며 침대 모서리를 사납게 움켜쥐었다.

"내가 그녀를 사랑한다니." 그는 크게 소리쳤다. "맙소사!"

이 말을 내뱉자 목구멍에 뭉쳐 있던 덩어리가 녹아내리듯 그의 내면에서 무언가가 무너져 내렸다. 공기가 맑아지고 새벽빛으로 빛나기 시작했고, 그는 얼굴을 아래로 돌리고 베개에 대고 둔탁하게 흐느끼기 시작했다.

세 시의 햇살 아래, 잭슨 스트리트를 힘겹게 달리던 클라크 대로우는 조끼 주머니에 손을 찔러 넣은 채 길가에 서 있던 젤리빈의 부름에 차를 멈췄다.

"이봐!" 클라크가 옆에 차를 멈추며 놀랄 만큼 급정거를 하더니 외쳤다. "방금 일어났어?"

젤리빈은 고개를 저었다.

"아예 잠자리에 안 들었어. 좀 뒤숭숭해서, 아침에 시골로 길게 산책을 다녀왔지. 방금 마을에 들어왔어."

"너라면 당연히 뒤숭숭하겠지. 나도 하루 종일 그래—"

"나 마을 떠날까 생각 중이야." 젤리빈은 자신의 생각에 몰두한 채 말을 이어갔다. "농장으로 올라가서 던 삼촌 일 좀 덜어드릴까 해. 내가 너무 오래 빈둥거렸던 것 같아."

클라크는 말이 없었고 젤리빈이 계속했다.

"내 생각엔, 메이미 아주머니가 돌아가시면 내 돈을 농장에 투자해서 뭔가 제대로 만들어 볼 수 있을 것 같아. 우리 집안 사람들이 원래 다 거기서 왔었거든. 큰 땅이 있었지."

클라크가 그를 호기심 가득한 눈으로 바라보았다.

"재미있네." 그가 말했다. "이게... 이게 나한테도 비슷한 영향을 줬어."

 젤리빈은 망설였다.

 "모르겠어." 그는 느릿하게 입을 열었다, "지난밤에 그 여자애가 다이애나 매너스라는 영국 여자에 대해 이야기했는데... 그게 나를 좀 생각하게 만들었어."

 그는 몸을 곧추세우고 클라크를 이상한 눈으로 바라보았다. "나도 한때는 가문이 있었어." 그는 반항적으로 말했다.

 클라크는 고개를 끄덕였다. "알아."

 "그리고 내가 그 마지막이야." 젤리빈은 목소리를 살짝 높여 이어갔다. "근데 난 아무짝에도 쓸모가 없어. 사람들이 나를 부르는 이름(젤리빈) 자체가 젤리, 즉 약하고 흐물흐물하다는 뜻이잖아. 우리 집안이 잘나갔을 때 아무것도 아니었던 사람들이 이제 길에서 나를 지나칠 때 코웃음을 쳐."

 다시 클라크는 침묵했다.

 "그래서 끝내려고, 오늘 떠날 거야. 그리고 이 마을에 돌아올 때는 신사답게 돌아올 거야."

 클라크는 손수건을 꺼내 축축한 이마를 닦았다.

 "이 일로 충격받은 건 너뿐만이 아닐 거야." 그는 침울하게 인정했다. "여자애들이 저렇게 떠돌아다니는 것도 곧 끝이 날 거야. 안타깝지만, 결국 모두가 인정해야겠지."

 "너 지금." 짐이 놀라서 따져 물었다. "그게 전부 소문이 났다는 말이야?"

"소문이 났냐고? 도대체 그걸 어떻게 비밀로 할 수 있겠어. 오늘 밤 신문에 발표될 거야. 라마르 박사가 어떻게든 명예를 지켜야지."

짐은 차 옆면에 손을 대고 길쭉한 손가락으로 금속을 세게 잡았다.

"테일러가 그 수표들을 조사했다는 말이야?"

이번엔 클라크가 놀랄 차례였다.

"무슨 일이 있었는지 못 들었어?"

짐의 놀란 눈빛이 충분한 대답이었다.

"뭐냐면." 클라크가 극적으로 발표했다. "그 네 명이 옥수수 위스키를 한 병 더 구해서 잔뜩 취하더니 마을을 충격에 빠뜨리기로 결정했지. 그래서 낸시와 그 메릿이라는 친구가 오늘 아침 일곱 시에 록빌에서 결혼했어."

젤리빈의 손가락 아래 금속에 아주 작은 흠집이 생겼다.

"결혼했다고?"

"진짜야. 낸시가 술이 깨자마자 마을로 달려 돌아왔는데, 울고불고 난리가 났었지. 전부 실수였다고 주장했대. 처음엔 라마르 박사가 완전히 이성을 잃고 메릿을 죽이려 했지만, 결국 어떻게든 수습이 됐고, 낸시와 메릿은 두 시 삼십 분 기차를 타고 사바나로 갔어."

짐은 눈을 감고 힘겹게 갑작스러운 메슥거림을 이겨냈다.

"참 안됐지." 클라크가 철학적으로 말했다. "결혼식 말이야. 그건 괜찮다고 봐, 비록 낸시가 그 친구를 조금도 신경 쓰지 않았겠지만. 하지만 저렇게 좋은 아가씨가 가족에게 그런 상처를 주는 건 죄악이야."

젤리빈은 차에서 손을 떼고 몸을 돌려 떠났다. 다시 그의 내면에서 무언가가 일어나고 있었다. 설명할 수 없지만 거의 화학적인 변화와 같은 것이었다.

"어디 가?" 클라크가 물었다.

젤리빈은 돌아보며 어깨 너머로 멍하니 바라보았다.

"가 봐야겠어." 그가 중얼거렸다. "너무 오래 깨어 있었어. 몸이 영 안 좋아."

"오."

거리는 세 시에도 뜨거웠고, 네 시에는 더 뜨거워졌다. 4월의 먼지는 태양을 휘감아, 영원의 오후 속에서 끝없이 반복되는 세상의 낡은 농담처럼 다시 내뿜는 듯했다. 그러나 네 시 반이 되자, 첫 번째 고요함의 층이 내려앉고, 차양 아래와 잎이 무성한 나무 밑으로 그림자가 길게 드리워졌다.

이 열기 속에서는 아무것도 중요하지 않았다. 모든 삶은 날씨였고, 사건들은 아무 의미 없는 뜨거운 시간을 지나, 지친 이마에 닿는 여인의 손처럼 부드럽고 어루만지는 시원한 순간을 기다릴 뿐이었다.

조지아 남부에는 (비록 명확히 표현되지는 않더라도) 이것이야말로 남부의 가장 깊은 지혜라는 느낌이 있다. 그래서 잠시 후, 젤리빈은 잭슨 스트리트에 있는 당구장으로 향했다. 그곳이라면 분명 마음이 통하는 사람들을 만날 수 있을 것이고, 그들은 그가 아는 모든 오래된 농담들을 해 줄 것이었다.

낙타의 등

내가 지금껏 쓴 이야기들 가운데 이 작품만큼 수고가 적게 들고, 또 즐겁게 쓸 수 있었던 것은 없었다. 노동의 측면에서 말하자면, 이 이야기는 뉴올리언스[12]에서 단 하루 만에 완성되었다. 오직 육백 달러짜리 백금과 다이아몬드 시계를 사기 위한 목적이었다. 나는 아침 일곱 시에 글을 시작해 그날 밤 두 시에 끝냈다.

이 이야기는 1920년 「새터데이 이브닝 포스트[13]」에 발표되었고, 같은 해 오 헨리 기념 단편집[14]에도 수록되었다. 하지만 이 책에 실린 이야기 중 나는 이 작품을 가장 덜 좋아한다.

다만 즐거운 점이라면, 이야기 속 '낙타' 부분이 실제로 있었던 일이라는 것이다. 사실 나는 그 일에 얽힌 신사와 지금도 하나의 약속을 가지고 있다. 앞으로 우리가 함께 초대받게 될 가면무도회에서는, 그와 내가 낙타의 뒷부분으로 분장해 참석[15]하기로 한 것이다. 그것이 내가 그의 '역사가'가 된 데 대한 일종의 속죄이기 때문이다.

---

12 뉴올리언스(New Orleans): 당시 미국 남부의 대표적 문화 중심지. 재즈 음악의 발상지로, 피츠제럴드가 '재즈 시대'라는 표현을 체험적으로 받아들인 곳.

13 Saturday Evening Post: 19세기 후반~20세기 초 대중문학을 이끈 미국의 대표 잡지. 피츠제럴드의 주요 작품 대부분이 처음 이 잡지를 통해 발표되었다.

14 오 헨리 기념 단편집(O. Henry Memorial Collection): 매년 미국 문학계에서 뛰어난 단편을 모아 출간하던 선집. 피츠제럴드가 이 선집에 포함된 것은 당시 젊은 작가로서 큰 영예였다.

15 실제로 피츠제럴드가 친구와 함께 '낙타 분장'을 했던 일화가 전해진다. 피츠제럴드는 이를 자신의 단편 속에 그대로 차용해 유머러스한 리얼리티를 부여했다.

낙타의 등

1

지친 독자의 멍한 눈이 위의 제목을 힐끗 본다면, 그것을 단지 비유적인 표현이라 짐작할 것이다. 컵과 입술, 불운한 동전, 새 빗자루 따위를 소재로 한 이야기들이 실제로는 컵이나 입술, 동전, 빗자루와 아무 상관없는 경우가 흔하기 때문이다. 그러나 이 이야기는 예외다. 이건 실제로 존재하는, 눈에 보이고 살아 있는 낙타의 등에 관한 이야기다.

목에서부터 시작해 꼬리 쪽으로 가보자. 먼저 페리 파크허스트 씨를 소개하겠다. 스물여덟 살, 변호사, 톨리도 태생이다. 그는 가지런한 치아와 하버드 졸업장을 지녔으며, 머리를 가운데로 나눈다. 당신은 이미 그를 만난 적이 있을지도 모른다. 클리블랜드, 포틀랜드, 세인트폴, 인디애나폴리스, 캔자스시티 같은 곳에서 말이다. 뉴욕의 베이커 형제사는 서부 순회 중에 그를 들러 옷을 맞춰주고, 몽모랑시 앤드 컴퍼니는 삼 개월마다 직원을 급히 보내 그의 구두 펀칭 구멍이 정확히 몇 개인지 점검한다. 지금은 미국산 로드스터를 몰지만, 오래 살면 프랑스산으로 바꿀 것이고, 유행이 바뀌면 중국제 탱크를 살지도 모른다. 그는 석양빛 가슴에 연고를 바르는 광고 속 젊은 남자처럼 생겼으며, 이 년마다 동창회를 위해 동부로 간다.

다음으로 그의 연인을 소개하겠다. 이름은 베티 메딜. 영화에 나와도 손색이 없을 만큼 매력적인 여자다. 그녀의 아버지는 옷차림 비용으로 매달 300달러를 준다. 베티는 황갈색 눈과 머리카락을 지녔고, 다섯 가지 색의 깃털 부채를 모은다. 이제 그녀의 아버지 사이러스 메딜을 소개해야겠다. 그는 겉보기엔 평범하지만, 톨리도 사람들은 그를 '알루미늄맨'이라 부른다. 그가 클럽 창가에서 철강왕 두세 명, 백송(白松)재벌, 황동 사업가와 함께 앉아 있을 때면, 그들은 당신과 나처럼 보인다. 단지, 그보다 조금 더 '당당하게' 보일 뿐이다.

1919년 크리스마스 연휴 동안 톨리도에서는, "그들(the)"이라 불릴 만한 상류층만 세어도 마흔한 번의 저녁 식사 파티, 열여섯 번의 댄스 파티, 여섯 번의 남녀 동반 오찬, 열두 번의 다과회, 네 번의 남자들만의 저녁 식사, 두 번의 결혼식, 그리고 열세 번의 브리지 파티가 열렸다. 바로 그 누적된 사회적 일정의 피로가 12월 29일, 페리 파크허스트로 하여금 결심을 굳히게 만들었다.

베티 메딜은 그를 사랑했다. 그리고 또 사랑하지 않았다. 너무 즐거운 인생을 보내고 있었기에, 결혼이라는 명확한 한 걸음을 내딛는 것이 싫었던 것이다. 그들의 비밀 약혼은 이미 너무 길어져 언제든 스스로 무너질 듯 위태로웠다. 그런 그들의 사정을 잘 아는 작은 키의 남자 워버튼이 페리를 부추겼다.

"그녀에게 초인처럼 굴어! 혼인 허가증을 받아서 메딜 집에 가. 지금 당장 결혼하자고 하든가, 아니면 영원히 끝내버리라고 말해!"

페리는 마음을 다잡고, 자신의 가슴과 결혼 허가증, 그리고 최후통첩을 들고 그녀의 집으로 갔다. 그리고 불과 오 분도 안 되어 두 사람은 맹렬한 말다툼에 휘말렸다. 그건 오랜 전쟁의 말기처럼 불규칙하게 폭발하는 싸움이었고, 사랑하는 두 사람이 갑자기 멈춰 서서 서로를 차갑게 바라보며 "이건 다 실수였어"라고 느끼는 그 끔찍한 공백을 낳았다. 보통 그런 경우, 잠시 후 둘은 서로를 껴안고 "다 내 잘못이야, 전부 내 탓이야" 하며 화해하기 마련이다. "내 탓이라고 말해줘! 제발, 그 말 듣고 싶어!"

하지만 그날, 그 섬세한 화해의 공기가 막 맴돌던 바로 그때, 베티에게 수다스러운 이모의 전화가 걸려왔다. 통화는 20분이나 이어졌고, 18분쯤 지났을 때, 자존심과 의심, 그리고 상처받은 자존감이 뒤섞인 페리는 긴 모피 코트를 걸치고 연한 갈색 모자를 집어 들고, 말없이 그녀의 집 문을 나섰다.

"이제 다 끝났어." 페리는 차를 1단 기어에 넣으려 애쓰며 흐느끼듯 중얼거렸다. "다 끝났다고! 한 시간 동안이라도 네놈 목을 조를 테니까, 빌어먹을!" 마지막 말은 차에게 한 것이었다. 차는 한참 동안 서 있어서 꽤 식어 있었다.

그는 시내 쪽으로 차를 몰았다. 즉, 시내로 이어지는 눈길 자국에 차를 얹어 흘러가듯 내려갔다. 좌석에 몸을 깊이 파묻은 그는 어디로 가든 상관없다는 듯 완전히 기운이 빠져 있었다.

클라렌던 호텔 앞에서, 인도 쪽에서 한 사내가 그를 불렀다. 그 사내의 이름은 베일리였고, 이가 크며, 그 호텔에 살고 있었고, 사랑을 해본 적이 한 번도 없는 사람이었다.

"페리." 로드스터가 인도 옆에 멈춰 서자, 그 사내가 부드럽게 말했다. "내가 말이지, 네가 평생 맛본 적 없는 기막힌 샴페인을 여섯 쿼트나 갖고 있어. 그중 3분의 1은 네 거야, 페리. 위층에 올라와서 마틴 메이시랑 나랑 같이 마시기만 하면 돼."

"베일리." 페리가 팽팽한 목소리로 말했다. "그래, 네 샴페인 마실 거야. 전부 다 마셔버릴 거야. 죽어도 상관없어."

"닥쳐, 이 미친놈아." 베일리가 다정하게 말했다. "샴페인엔 공업용 알코올 같은 거 안 들어간다. 이건 세상이 육천 년보다 오래됐다는 걸 증명하는 물건이지. 너무 오래돼서 코르크 마개가 돌처럼 굳었다니까. 돌 드릴로 뽑아야 할 지경이야."

"올라가자." 페리가 침울하게 말했다. "그 코르크가 내 마음을 보면, 부끄러워서 스스로 빠져나올걸."

위층 방 안은 천진한 호텔 그림들로 가득했다. 사과를 먹거나, 그네를 타거나, 개와 이야기하는 어린 여자아이들 그림 말이다. 그 밖의 장식이라곤 넥타이 몇 개, 그리고 분홍색 타이즈를 입은 여인들이 나오는 잡지를 읽고 있는 분홍빛 남자뿐이었다.

"사람이란 때로는 거리와 골목으로 나가야 하는 법이지." 그 분홍빛 남자가 베일리와 페리를 꾸짖듯 말했다.

"안녕, 마틴 메이시." 페리가 짧게 말했다. "그 석기시대 샴페인은 어디 있어?"

"뭐가 그렇게 급해? 이건 수술이 아니야. 파티라고."

페리는 멍한 표정으로 앉아 넥타이들을 곱지 않은 눈으로 바라봤다. 베일리는 느긋하게 옷장 문을 열고 멋진 병 여섯 개를 꺼냈다.

"그 빌어먹을 모피 코트 벗어!" 마틴 메이시가 페리에게 말했다.

"아니면 창문 다 열어줄까?"

"샴페인이나 줘." 페리가 말했다.

"오늘 밤 타운센드네 서커스 무도회 갈 거야?"

"안 간다고!"

"초대는 받았어?"

"응."

"그럼 왜 안 가?"

"파티 이제 질렸어." 페리가 외쳤다. "정말 지긋지긋해. 너무 많이 다녔더니 이제 진저리가 나."

"혹시 하워드 테이트네 파티 가려는 거야?"

"아니라니까. 파티는 이제 됐다고."

"뭐." 메이시가 달래듯 말했다. "테이트네는 어차피 대학생들 파티잖아."

"말했지—"

"그래도 너는 하나쯤은 갈 줄 알았어. 신문 보니까 이번 크리스마스에 네가 빠진 데가 없더라."

"흥." 페리가 침울하게 콧소리를 냈다.

그는 이제 다시는 파티에 가지 않으리라 다짐했다. 그의 머릿속에는 고전적인 문구들이 맴돌았다. '그쪽 인생은 끝났다, 끝났다.' 남자가 저렇게 "끝났다, 끝났다"라고 말할 때는, 대개 어떤 여자가—말하자면—그에게 두 번이나 끝을 고했다는 뜻이다.

페리는 또 다른 고전적인 생각에 잠겼다. 자살은 비겁한 일이라는 생각이었다. 얼마나 고귀한 생각인가. 따뜻하고 고양되는 위안 같았다. 자살이 비겁한 일이 아니었다면, 세상은 이미 훌륭한 남자들을 잔뜩 잃었을 것이다.

한 시간이 지나 여섯 시가 되었을 때, 페리는 연고 광고 속 젊은이와는 조금도 닮지 않게 변해 있었다. 그는 난장 만화의 초벌 스케치 같았다. 그들은 노래를 부르고 있었다. 베일리가 즉흥으로 만든 즉석 노래였다.

"원 럼프 페리, 응접실의 뱀,

홍차 마시는 폼으로 도시에서 유명하지.

가지고 놀고, 희죽희죽,

소리도 안 내고,

훈련된 무릎 위 냅킨 위에 균형, —"

"문제는 말이야." 베일리의 빗으로 막 머리를 두드려 세우고, 오렌지색 넥타이를 머리에 둘러 율리우스 시저 느낌을 내려던 페리가 말했다. "너희가 노래를 영 꽝이라는 거지. 내가 멜로디 놔두고 테너로 들어가면, 너희도 죄다 테너로 따라 부르잖아."

"나 원래 테너야." 메이시가 엄숙하게 말했다. "목소리가 덜 다듬어졌을 뿐이야. 타고난 성대거든. 이모도 그랬어. 타고난 가수라고."

"가수들, 가수들, 다들 가수들이지." 전화 중이던 베일리가 말했다.

"아니, 카바레 말고, 나이트 에그. 아니 먹을 것 좀 있는 직원 좀 바꿔줘—먹을 것! 먹을 것! 난——"

"율리우스 시저." 페리가 거울에서 돌아서며 선언했다. "철의 의지, 단호한 결단의 사나이."

"닥쳐!" 베일리가 고함쳤다. "여보세요, 베일립니다. 저녁 엄청 푸짐하게 올려요. 알아서 고르고. 당장."

그는 간신히 수화기를 걸쇠에 얹고, 입을 굳게 다문 채 눈에 엄숙한 결의를 띠고는 화장대 아랫서랍으로 가서 그것을 열었다.

"봐!" 그가 명령했다. 그의 손에는 분홍 체크 깅엄으로 된 짤막한 옷 한 벌이 들려 있었다.

"바지." 그가 엄숙하게 외쳤다. "봐!"

그건 분홍 블라우스와 빨간 넥타이, 그리고 버스터 브라운 칼라였다.

"봐!" 그가 되풀이했다. "타운센드네 서커스 무도회 의상이야. 난 코끼리들한테 물 나르는 꼬마거든."

페리는 어이없으면서도, 자신도 모르게 감탄했다.

"난 율리우스 시저로 갈 거야." 페리가 잠시 집중하더니 선언했다.

"안 간다더니?" 메이시가 말했다.

"나? 가야지. 난 파티 안 빠져. 신경에 좋아. 셀러리처럼 말이야."

"시저라고?" 베일리가 비웃었다. "시저는 안 돼! 그건 서커스 인물이 아니잖아. 시저는 셰익스피어지. 광대로 가라."

페리는 고개를 저었다.

"아냐. 시저로 갈 거야."

"시저?"

"그럼. 전차 타는 시저."

베일리의 얼굴에 번쩍 깨달음이 스쳤다.

"그래, 괜찮네. 좋은 생각이야."

페리는 방 안을 둘러보며 말했다. "목욕가운이랑 이 넥타이 좀 빌려 줘."

베일리가 잠시 생각하더니 말했다. "소용없어."

"괜찮아, 그것만 있으면 돼. 시저는 야만족이었잖아. 내가 시저로 간다고 뭐라 하진 못할 거야. 야만인이라도 됐을 테니까."

"아니야." 베일리가 천천히 고개를 저었다. "의상 대여점에서 코스튬 빌려. 놀락스 가게로 가."

"거기 문 닫았을걸."

"확인해 봐."

페리는 전화를 붙잡고 오 분간 씨름했다. 마침내 지친 듯한 작은 목소리가 들려왔고, 페리는 그가 놀락 씨이며 타운센드 무도회 때문에 8시까지 영업을 연장한다는 사실을 알아냈다. 그 말을 듣자 안심이 된 페리는 필레미뇽을 배불리 먹고, 마지막 샴페인 병의 3분의 1을 더 마셨다.

8시 15분, 클라렌던 호텔 앞의 모자 쓴 도어맨은 페리가 로드스터 시동을 걸려고 애쓰는 모습을 발견했다.

"얼어붙었어." 페리가 현명한 척 말했다. "추위 때문에 얼었지. 찬 공기 때문이야."

"얼었다고?"

"그래. 찬 공기가 얼린 거야."

"시동이 안 걸려?"

"안 돼. 그냥 여기에 두지 뭐. 한여름쯤 되면 녹겠지. 8월의 뜨거운 날씨가 다 해결할 거야."

"그냥 세워둘 거야?"

"그래. 그냥 둬. 뜨거운 도둑이라도 와야 훔칠 수 있을걸. 택시 불러 줘."

도어맨이 택시를 불렀다.

"어디로 가실까요, 손님?"

"놀락스—의상 대여점으로 가."

2

놀락 부인은 키가 작고 힘이 없어 보였다. 세계대전이 끝날 무렵, 그녀는 한동안 새로 생긴 어떤 '신생국' 출신이었다. 하지만 유럽 정세가 뒤죽박죽이 된 탓에, 그 이후로 자신이 정확히 어느 나라 사람인지조차 확신하지 못한 채 살고 있었다. 그녀와 남편이 하루하루를 보내는 가게는 어둑하고 음산했다. 그 안에는 갑옷을 입은 기사들, 중국 관리 복장의 마네킹들, 그리고 천장에 매달린 거대한 종이새들이 뒤섞여 있었다. 그 뒤편에는 줄지어 선 가면들이 눈구멍 없이 반짝이며 방문객을 노려보았고, 유리 진열장에는 왕관, 홀, 보석, 커다란 장식 흉배, 분장용 물감, 인조 머리카락, 그리고 온갖 색깔의 가발이 가득했다.

페리가 느릿하게 가게로 들어섰을 때, 놀락 부인은 긴 하루를 마치며 마지막 남은 고생을 분홍색 비단 스타킹이 가득 든 서랍에 접어 넣고 있었다.

"찾으시는 게 뭐죠?" 그녀는 지친 목소리로 물었다.

"전차 경기선수, 율리우스 허(Julius Hur) 복장 하나 빌리려구요."

놀락 부인은 미안하다고 말했다. 그런 복장은 이미 오래전에 전부 대여된 상태였다. 혹시 타운센드네 서커스 무도회 때문이냐고 묻자, 페리는 그렇다고 대답했다.

"미안하지만." 그녀가 말했다, "서커스 분위기 나는 건 이제 하나도 안 남았어요."

이건 꽤 난관이었다.

"흠." 페리가 중얼거렸다. 그러다 갑자기 아이디어가 떠올랐다. "캔버스 천이라도 있나요? 그걸로 텐트 차림으로 가면 되니까."

"유감이지만 그런 건 없어요. 그런 건 철물점에서 찾아야죠. 지금 우리한테는 남부 연합군 복장이 아주 예쁘게 남아 있어요."

"아니, 군인은 싫어요."

"그럼 아주 훌륭한 왕 복장도 있어요."

그는 고개를 저었다.

"몇몇 신사분들은요." 그녀가 희망적으로 덧붙였다, "실크 해트랑 연미복을 입고 '링마스터'로 가신다네요. 하지만 실크 해트는 이미 다 나갔어요. 대신 멋진 콧수염용 인조 머리카락을 드릴 수는 있죠."

"좀 더… 눈에 띄는 게 좋겠어요."

"뭐가 있더라—잠깐만요. 그래, 사자 머리랑, 거위, 그리고 낙타가 있어요."

"낙타?" 그 말이 페리의 상상력을 단숨에 사로잡았다.

"네, 그런데 두 사람이 같이 써야 해요."

"낙타라… 그거야! 보여줘요."

낙타는 선반 맨 위에서 조심스레 내려왔다. 처음 봤을 때는 앙상하고 해골 같은 머리와 큼직한 혹 하나뿐인 것처럼 보였다. 하지만 펼쳐보니 어두운 갈색의 두꺼운 면직물로 만들어진, 보기만 해도 좀 불결한 몸통이 드러났다.

"이건 두 사람이 들어가야 해요." 놀락 부인이 솔직한 감탄을 담은 목소리로 설명했다. "친구가 있다면 같이 하시면 되죠. 이렇게 두 사람용 바지가 달려 있거든요. 앞쪽은 고개를 내밀고 보는 사람 거고, 뒤쪽은 숙여서 앞사람을 따라다니기만 하면 돼요."

"써봐요." 페리가 명령했다.

놀락 부인은 순순히 낙타 머리 속으로 얼굴을 집어넣더니, 고양이 같은 얼굴을 앞뒤로 돌리며 사납게 흔들었다.

페리는 넋을 잃고 바라봤다.

"낙타는 무슨 소리를 내지?"

"뭐라구요?" 낙타 머리에서 얼굴을 빼낸 놀락 부인이, 얼굴에 먼지를 묻힌 채 물었다. "소리요? 글쎄, 좀 나귀처럼 '브레에에엑' 하고 우는 편이죠."

"거울 좀 줘봐요."

페리는 큰 거울 앞에 서서 낙타 머리를 써보고 좌우로 고개를 돌려가며 살폈다. 어둑한 조명 속에서 그 모습은 꽤 근사했다. 낙타의 얼굴은 깊은 비관이 깃든 연구 대상 같았고, 곳곳에 긁힌 자국이 있었다. 솔직히 털가죽 상태는 낙타다운 무심함에 가까웠다. 다림질이 시급했지만, 개성만큼은 확실했다. 위엄이 있었다. 그 처연한 표정과 그림자 진 눈가의 배고픈 기색만으로도 어떤 무도회에 가든 시선을 끌 만했다.

"이건 두 사람이 써야 한다니까요." 놀락 부인이 다시 말했다.

페리는 낙타의 몸통과 다리 부분을 대충 끌어모아 허리에 둘러 묶어 보았다. 결과는 형편없었다. 어디까지나 불경스럽기 짝이 없었다―마치 중세의 악마가 수도사를 짐승으로 바꿔놓은 삽화 같았다. 잘 봐줘도 담요 더미 속에 주저앉은 혹 달린 젖소 비슷했다.

"이건 아무것도 아닌데." 페리가 실망스럽게 말했다.

"그럴 줄 알았어요." 놀락 부인이 말했다. "두 사람이 들어가야 제대로 된다니까요."

그때 페리의 머릿속에 한 가지 해결책이 번쩍 떠올랐다.

"오늘 밤 약속 있어요?"

"아, 전 절대 안 돼요――"

"왜요, 같이 하자니까요. 할 수 있다니까! 자, 이 뒷다리 쪽으로 들어가요."

페리는 낙타의 빈 뒷다리를 찾아내어 정중하게 벌려 보였다. 하지만 놀락 부인은 완강히 뒤로 물러섰다.

"안 돼요."

"자, 앞쪽 하고 싶으면 그래요. 동전 던져서 정하자구요."

"아니요, 절대 안 돼요."

"보상은 충분히 해드릴게요."

놀락 부인은 단호하게 입술을 다물었다.

"그만두세요!" 그녀는 새침함이라고는 전혀 없이 말했다. "손님들 중에 이렇게 굴었던 분은 한 번도 없었어요. 제 남편이…."

"남편이 있어요?" 페리가 물었다. "그 사람 어디 있어요?"

"집에 있죠."

"전화번호가 뭐예요?"

상당한 설득 끝에, 페리는 마침내 놀락 부부의 집 전화번호를 알아냈고, 그날 낮에도 들었던 지친 목소리와 다시 통화가 닿았다. 그러나 놀락 씨는 뜻밖의 전화에 잠시 당황하긴 했으나, 페리의 현란한 논리에도 굴하지 않고 끝까지 자기 입장을 고수했다. 그는 단호하지만 품위를 잃지 않은 태도로, 자신은 절대로 낙타의 엉덩이 역할을 맡지 않겠다고 거절했다.

전화를 끊고 (정확히 말하자면, 끊긴 쪽은 페리였다) 그는 세 다리 달린 스툴에 앉아 생각에 잠겼다. 누구에게 부탁할 수 있을지를 하나씩 떠올려보다가, 흐릿하고 서글픈 마음 속에 베티 메딜의 이름이 떠올랐다. 감상적인 생각이 들었다. 그녀에게 부탁하자. 두 사람의 사랑은 끝났지만, 이 마지막 부탁까지 거절하진 않겠지. 단 하룻밤만이라도 자신의 '사회적 체면'을 지키게 도와달라는 게 그렇게 큰 부탁은 아닐 것이다. 그녀가 고집을 부린다면, 앞쪽 낙타 역할은 그녀가 맡고 자신은 뒤쪽을 하겠다고 하자. 그렇게 너그럽게 양보하는 자신이 뿌듯했다. 심지어 그는 낙타 안에서 두 사람만의 다정한 화해가 이루어지는 장면까지 그려보았다. 세상으로부터 완전히 숨겨진 채 말이다….

"이제 당장 결정을 내려야 해요."

그의 감상적인 상상은 놀락 부인의 현실적인 목소리에 의해 산산이 깨졌다. 페리는 즉시 전화를 들고 메딜 저택으로 전화를 걸었다. 그러나 베티 양은 이미 외출 중이었고, 저녁 식사 자리에 나가 있었다.

모든 것이 허사로 돌아가려는 순간, 낙타의 뒷부분을 맡게 될 사내가 느닷없이 가게 문으로 들어섰다. 그는 감기에 걸린 듯 코를 훌쩍이며, 전반적으로 기운이 쭉 빠진 몰골이었다. 모자는 깊이 눌러쓰고, 턱은 가슴까지 처져 있었으며, 코트 자락은 구두 위로 늘어져 있었다. 닳아빠진 구두 굽에, 구세군조차 손쓸 수 없을 만큼 완전히 지쳐 보이는 인상이었다. 그는 자신이 클라렌던 호텔에서 손님이 부른 택시 운전사라고 설명했다. 밖에서 기다리라는 말을 믿고 한참을 서 있었지만, 그 신사가 뒷문으로 빠져나가 요금을 떼먹은 게 아닌가 싶어 안으로 들어왔다는 것이다. 그는 이윽고 세 다리 의자 위에 털썩 주저앉았다.

"파티 가고 싶나?" 페리가 단호하게 물었다.

"일해야죠." 운전사는 축 처진 목소리로 대답했다. "일 잃으면 안 돼요."

"정말 좋은 파티야."

"내 일도 좋은 일이에요."

"자, 같이 가자니까. 착한 일 한번 해봐." 페리가 재촉했다. "이거 좀 봐, 멋지잖아!" 그는 낙타를 들어 보였다. 운전사는 냉소적으로 바라봤다.

"허?"

페리는 천 조각들 사이를 열심히 뒤졌다. "이거 봐!" 그가 열정적으로 외치며 천 일부를 집어 들었다. "이게 당신 몫이야. 말도 할 필요 없어. 그냥 걷기만 하면 돼. 가끔 앉기만 하면 되고. 생각해봐요. 나는 계속 서 있어야 하지만, 당신은 중간중간 앉을 수도 있잖아. 내가 앉을 수 있는 때는 우리가 완전히 쓰러졌을 때뿐이야. 하지만 당신은 언제든 앉을 수 있어. 이해돼요?"

"그건 뭐요?" 운전사가 의심스러운 눈빛으로 물었다. "수의라도 되는 겁니까?"

"전혀 아니지!" 페리가 분개하며 말했다. "낙타야."

"허?"

그러자 페리는 일정한 금액을 언급했고, 대화는 단순한 투덜거림의 단계에서 벗어나 현실적인 흥정의 분위기를 띠기 시작했다. 페리와 택시 운전사는 거울 앞에서 낙타 복장을 함께 착용해보았다.

"당신은 못 보겠지만." 페리가 눈구멍으로 조심스레 내다보며 설명했다. "정말이야, 친구, 당신 지금 엄청 멋져 보여! 진짜야!"

혹 속에서 '흥' 하는 소리가 들려왔는데, 다소 미심쩍은 칭찬을 그럭저럭 수긍하는 듯했다.

"진짜 멋지다니까!" 페리가 신나게 반복했다. "자, 조금 움직여봐."

낙타의 뒷다리가 앞으로 나왔다. 마치 거대한 고양이 낙타가 몸을 웅크리며 뛰어오를 준비를 하는 모습이었다.

"아니, 옆으로 움직여봐."

낙타의 엉덩이가 부드럽게 비틀리며 돌아갔다. 훌라춤을 추는 무용수라도 질투했을 만한 유연한 움직임이었다.

"좋죠?" 페리가 놀락 부인에게 동의를 구하며 물었다.

"아주 근사하네요." 놀락 부인이 맞장구쳤다.

"그럼 이걸로 할게요." 페리가 말했다.

그들은 낙타 복장을 꾸러미로 싸서 페리의 팔에 끼웠고, 가게를 나섰다.

"자, 이제 파티로 가자고." 페리가 뒷좌석에 앉으며 명령했다.

"파티요?"

"가면무도회야."

"어디서 하는 건데요?"

이건 새 문제였다. 페리는 기억을 더듬었지만, 연휴 동안 파티를 연 사람들의 이름이 머릿속에서 뒤엉켜 춤을 추듯 떠올랐다. 놀락 부인에게 물어볼 수도 있었지만, 창밖을 보니 가게는 이미 어둑하게 불이 꺼져 있었다. 그녀는 눈 덮인 거리를 따라 멀리 사라져 있었고, 이제는 검은 점처럼 보일 뿐이었다.

"시내 쪽으로 가." 페리가 자신만만하게 지시했다. "가다가 파티가 보이면 멈춰. 아니면 내가 도착하면 알려줄게."

그는 멍한 몽상에 빠져들었다. 생각은 다시 베티에게로 흘러갔다.

그녀가 낙타의 뒷부분을 맡지 않겠다며 고집을 부려서 다툰 일 같은 걸 어렴풋이 떠올렸다. 그렇게 차가운 졸음에 빠져들 무렵, 택시 운전사가 문을 열고 그의 팔을 흔들며 그를 깨웠다.

"여긴가 봐요."

페리는 졸린 눈으로 밖을 내다보았다. 인도에서 회색 석조 저택까지 줄무늬 차양막이 이어져 있었고, 그 안쪽에서는 값비싼 재즈의 낮고 둔탁한 울림이 새어나오고 있었다. 그는 그 집을 알아보았다―하워드 테이트의 집이었다.

"맞아." 그가 단호하게 말했다. "거기야! 오늘 밤 테이트네 파티. 다들 간다더라."

"근데요." 운전사가 차양막을 한 번 더 바라본 뒤 불안하게 물었다. "제가 여기 들어가면 사람들한테 맞진 않겠죠?"

페리는 근엄하게 자세를 바로 세웠다. "누가 뭐라 하면, 당신은 내 의상의 일부라고 말해."

자신이 '사람'이 아니라 '물건'으로 간주된다는 발상은 묘하게 그를 안심시킨 듯했다.

"좋아요." 그는 마지못해 대답했다.

페리는 차양막 아래로 나가 낙타 복장을 풀기 시작했다.

"가자." 그가 명령했다.

몇 분 뒤, 한 마리의 낙타가 (쓸쓸하고 배고파 보이는 낙타가) 입에서 연기를 내뿜으며, 그리고 고귀한 혹의 끝에서도 하얀 김을 피워내며 하워드 테이트의 저택 문턱을 넘어섰다. 놀란 하인을 코웃음 하나

없이 지나쳐 곧장 무도회장으로 이어지는 계단을 향했다. 그 짐승의 걸음걸이는 묘했다. 어설픈 보행과 돌진 사이를 오가며, 한마디로 표현하자면 '비틀거림'이었다. 낙타는 비틀거리며 걸었고, 걸을 때마다 거대한 콘서티나처럼 몸을 길게 늘였다가 다시 오므렸다.

3

하워드 테이트 부부는 톨리도 사람이라면 누구나 알다시피 이 도시에서 가장 위압적인 인물들이다. 하워드 테이트 부인은 톨리도 집안에 들어오기 전, 시카고의 토드 가문 출신이었으며, 테이트 일가는 이제 '의식적인 소박함'이라는, 미국 상류층의 새로운 표식이 되어버린 태도를 전형적으로 보인다. 테이트 부부는 이제 돼지나 농장 이야기를 하며, 그걸 재미있게 여기지 않으면 싸늘한 눈빛으로 바라보는 단계에 이르렀다. 그들은 친구보다는 집사나 비서를 저녁 식사 자리에 초대하는 걸 더 선호하고, 조용하지만 막대한 돈을 쓰며, 경쟁심을 완전히 잃은 채 점점 지루한 부류로 변해가고 있었다.

이날 저녁 무도회는 막내 밀리센트 테이트를 위한 자리였다. 연령층은 다양했지만, 춤추는 이들은 대부분 학교나 대학에 다니는 젊은 이들이었고, 결혼한 젊은 부부들은 전부 탤리호 클럽에서 열리는 타운센드 부부의 서커스 무도회에 가 있었다. 테이트 부인은 무도회장 안쪽에 서서 눈길로 밀리센트를 좇았고, 딸과 눈이 마주칠 때마다 미소를 지었다. 그녀 곁에는 중년의 아첨꾼 두 명이 서서, 밀리센트가 얼마나 완벽하게 사랑스러운 아이인지 칭찬하고 있었다. 바로 그때,

열한 살짜리 막내딸 에밀리가 "웃!" 하는 소리를 내며 어머니의 치맛자락을 움켜잡고 품으로 뛰어들었다.

"이런, 에밀리, 무슨 일이니?"

"엄마." 에밀리는 눈을 동그랗게 뜨고 급하게 말했다. "계단에 뭔가 있어요."

"뭐가 있다고?"

"계단에 뭐가 있어요, 엄마. 큰 개인 것 같기도 한데, 개처럼 생기진 않았어요."

"무슨 말이니, 에밀리?"

아첨꾼 두 사람은 걱정스러운 표정으로 고개를 끄덕였다.

"엄마, 그게 낙타 같았어요."

테이트 부인이 웃었다. "그건 무서운 그림자 같은 걸 본 거야, 애."

"아니에요, 진짜예요. 뭔가 있었어요, 엄마. 큰 거였어요. 제가 아래층에 혹시 다른 손님이 오셨나 보러 내려가는데, 그 개 같은 게, 아니 그게, 계단을 올라오고 있었어요. 좀 이상했어요, 절뚝거리는 것처럼요. 그러다 저를 보더니 으르렁거렸고, 계단 끝에서 미끄러지더니⋯ 그래서 제가 도망쳤어요."

테이트 부인의 웃음이 사라졌다. "아이가 뭔가 본 게 틀림없어요."

아첨꾼들도 동의했다. "그렇네요, 분명히 뭔가 본 거예요." 그리고 셋 모두 거의 동시에 본능적으로 문 쪽에서 한 걸음 물러섰다. 바로 그때, 문 밖에서 묵직한 발소리가 들려왔기 때문이다.

곧이어 세 여자의 놀란 숨소리가 터져 나왔다. 어두운 갈색의 거대한 형체가 모퉁이를 돌아서 나타나더니, 그들을 굶주린 듯한 눈으로 내려다보고 있었다.

"웃!" 테이트 부인이 외쳤다.

"오—오—!" 두 여인이 동시에 비명을 질렀다.

낙타는 갑자기 등을 솟구치더니, 그 비명은 곧 날카로운 비명으로 바뀌었다.

"어머, 저거 좀 봐요!"

"저게 뭐예요?"

춤이 멈췄다. 그러나 무도회장으로 몰려온 젊은이들은 전혀 다른 인상을 받았다. 그들은 곧 그것이 단순한 장난, 즉 파티를 즐겁게 하기 위해 고용된 퍼포머라고 짐작했다. 긴 바지를 입은 남학생들은 약간 경멸스러운 표정으로 손을 주머니에 찔러 넣은 채 느긋하게 걸어왔고, 자신들의 지성을 모욕당하고 있다고 느꼈다. 하지만 여학생들은 짧은 탄성을 질렀다.

"낙타다!"

"세상에, 진짜 웃기다!"

낙타는 약간 비틀거리며 그 자리에 멈춰 섰다. 좌우로 흔들리면서 방 안을 천천히 살피는 듯하더니, 갑자기 결심이라도 한 듯 몸을 돌려 재빠르게 문 밖으로 걸어나갔다.

그 시각, 하워드 테이트 씨는 아래층 서재에서 막 나와 복도에서 한 청년과 대화를 나누고 있었다. 그런데 위층에서 외치는 소리가 들려오더니, 곧이어 연속적인 쿵쾅 소리와 함께, 커다란 갈색 짐승 하나가 계단을 굴러 내려오듯 순식간에 등장했다. 그 짐승은 어딘가로 급히 향하고 있는 듯했다.

"이게 도대체 뭐야!" 테이트 씨가 놀라며 소리쳤다.

짐승은 품위를 잃지 않은 채 몸을 일으켰다. 마치 갑자기 중요한 약속이 생각난 사람처럼 태연한 기색을 가장하며, 어정쩡한 걸음걸이로 현관 쪽을 향해 움직였다. 사실 앞다리가 슬슬 뛰기 시작했다.

"이봐, 잠깐!" 테이트 씨가 단호히 외쳤다. "여기! 붙잡아, 버터필드! 잡아!"

젊은이는 낙타의 뒤쪽을 두 팔로 휘감았다. 더 이상 움직일 수 없게 되자, 낙타의 앞부분은 순순히 항복했고, 약간의 당혹스러움을 감춘 채 꼼짝없이 서 있었다. 그때쯤 이미 수많은 젊은이들이 계단 아래로 쏟아져 내려오고 있었다. 테이트 씨는 교묘한 도둑이나 탈출한 미치광이 중 하나라고 짐작하며, 재빨리 지시했다.

"붙잡고 있어! 안으로 데려와. 곧 정체를 보자고."

낙타는 순순히 서재 안으로 끌려 들어갔고, 테이트 씨는 문을 잠그더니 탁자 서랍에서 리볼버를 꺼내 들었다. 그는 젊은이에게 낙타의 머리를 벗기라고 시켰다. 그러나 다음 순간 그는 숨을 내쉬며 권총을 제자리에 집어넣었다.

"이런, 페리 파크허스트 아니야!" 그가 놀라 외쳤다.

"파티를 잘못 왔어요, 테이트 씨." 페리가 멋쩍게 말했다. "놀라게 했다면 죄송합니다."

"글쎄, 덕분에 좋은 구경 했어, 페리." 그는 상황을 이해하더니 고개를 끄덕였다. "타운센드네 서커스 무도회에 가는 길이군."

"그렇죠, 대체로 그런 셈이에요."

"버터필드 씨, 이쪽은 파크허스트 씨예요." 그가 페리에게 돌아서서 말했다. "버터필드는 며칠 우리 집에 머무는 중이오."

"조금 착각을 했나 봅니다." 페리가 중얼거렸다. "정말 죄송합니다."

"괜찮네, 세상에 흔한 실수야. 나도 광대 복장을 해뒀는데, 잠시 뒤 거기로 갈 예정이었거든." 그는 버터필드를 향했다. "자네도 같이 갈래? 생각 바꿔보지."

젊은이는 손사래를 치며 고개를 저었다. 그는 일찍 자려 했다.

"한잔할래, 페리?" 테이트 씨가 제안했다.

"감사합니다, 좋죠."

"그런데 말이야." 테이트 씨가 잊은 듯 말을 이었다. "네 친구를 깜빡했네." 그는 낙타의 뒤쪽을 가리켰다. "무례하게 굴려던 건 아니야. 내가 아는 사람이야? 같이 나오게 해."

"친구가 아닙니다." 페리가 급히 말했다. "그냥 빌린 사람이에요."

"술은 마시나?"

"당신, 술 마시죠?" 페리가 몸을 비틀어 뒤쪽에 물었다.

미약한 긍정의 소리가 들렸다.

"그럼 마셔야지!" 테이트 씨가 즐겁게 말했다. "제대로 된 낙타라면 최소 사흘은 버틸 만큼 마셔야 한다고."

"말이 나왔으니 하는 말인데." 페리가 조심스럽게 말했다. "이 친구가 아직 제대로 차릴 새가 없어서요. 병만 주시면 제가 안으로 전달하겠습니다. 안에서 마시게요."

천 아래쪽에서 이 제안에 열렬히 동의하는 듯한 소리가 났다. 곧 집사가 병과 잔, 그리고 사이펀을 가져왔고, 병 하나가 낙타의 천 밑으로 건네졌다. 그 뒤로 낙타의 '동료'는 짧은 간격으로 긴 한 모금씩 꾸준히 마시는 소리를 냈다.

그렇게 한 시간쯤이 평화롭게 흘렀다. 열 시가 되자 테이트 씨가 출발하자고 제안했다. 그는 광대 복장을 입었고, 페리는 다시 낙타 머리를 썼다. 두 사람은 나란히 걸어서 테이트 저택과 텔리호 클럽 사이 단 한 블록 거리를 이동했다.

서커스 무도회는 이미 한창이었다. 무도회장 안에는 거대한 천막이 쳐져 있었고, 벽을 따라는 서커스 곁마당의 각종 볼거리를 재현한 부스들이 늘어서 있었다. 지금은 모두 비어 있었지만, 그 자리를 가득 메운 건 웃고 떠드는 젊은이들의 무리였다. 광대, 턱수염 여인, 곡예사, 맨등 탄 기수, 링마스터, 문신남, 전차 경기선수까지 온갖 인물들이 뒤섞여 있었다. 타운센드 부부는 이번 파티의 성공을 위해 몰래[16] 집에서 술을 대량으로 가져왔고, 지금 그 술은 거리낌 없이 흐르고 있었다. 무도회장 벽에는 초록색 리본이 둘러져 있었고, 그 위엔 화살

---

16 1920년부터 1933년까지 미국에서는 금주법(Prohibition)이 시행되어, 주류의 제조·판매·운반이 불법이었다. 그러나 실제로는 많은 사람들이 개인적으로 술을 숨겨 두거나 밀주를 만들어 마셨으며, 사교 모임이나 파티에서도 종종 은밀히 술이 제공되었다. 당시 이런 음주 행위는 '몰래 마시는 자유'의 상징이자 재즈시대 특유의 방탕함과 해방감을 드러내는 문화적 코드로 작용했다.

표와 함께 이렇게 쓰여 있었다. "초록색 선을 따라오세요!" 초록색 선은 바로 바(bar)로 이어졌고, 거기엔 순한 펀치, 독한 펀치, 그리고 검은 유리병들이 줄지어 기다리고 있었다.

그 위 벽에는 또 다른 화살표가 있었다. 이번엔 빨갛고 물결무늬였다. 그 아래엔 문구가 쓰여 있었다. "이제 이걸 따라오세요!"

화려한 복장과 들뜬 분위기로 가득한 그 무도회장에서도, 낙타의 등장은 단연 눈길을 끌었다. 페리가 낙타 차림으로 문가에 서자, 호기심 어린 젊은이들이 몰려들어 웃으며 그 괴이한 짐승의 정체를 알아내려 했다. 그 낙타는 넓은 출입문 옆에서 슬프고 굶주린 듯한 눈으로 댄서들을 바라보고 있었다.

그때 페리는 한 부스 앞에 서 있는 베티를 보았다. 그녀는 우스꽝스러운 경찰 복장을 한 남자와 이야기하고 있었다. 그녀의 차림은 이집트의 뱀춤[17] 무희였다. 황금빛 머리는 땋아 청동 고리에 꿰었고, 그 위엔 반짝이는 동양풍 티아라가 얹혀 있었다. 하얀 얼굴에는 따뜻한 올리브빛이 도는 화장을 했고, 팔과 등에는 초록 눈을 가진 뱀들이 꿈틀대듯 그려져 있었다. 샌들을 신은 그녀의 다리에는 무릎까지 트인 치마 사이로 맨 발목 위에 또 다른 가느다란 뱀 문양이 드러났다. 목에는 반짝이는 코브라가 감겨 있었다. 전체적으로 완벽한 의상이었다. 그래서 그녀가 지나갈 때마다 신중한 부류의 중년 여성들은 몸을 움츠렸고, 혀가 긴 부류는 "이런 건 허락돼선 안 된다" "정말 부끄러운

---

17 '뱀춤(Snake Dance)'은 1910~1920년대 미국의 재즈 클럽과 바케트홀(ballroom)에서 유행하던 관능적이고 유연한 춤 동작이며, 플래퍼(Flapper) 문화와 맞닿아 있었다.

일이야"라며 수군거렸다.

 하지만 페리는 낙타의 흐릿한 눈구멍 너머로 오직 그녀의 얼굴만을 보았다. 흥분으로 빛나고, 생기가 넘치며, 생동감으로 물든 그 얼굴. 그리고 그녀의 팔과 어깨—움직임이 풍부하고 표현이 살아 있는 제스처 덕분에 언제나 어느 무리 속에서도 단연 돋보이던 부분이었다. 그는 넋을 잃고 바라보았다. 그리고 그 매혹은 오히려 그에게 잠시나마 이성을 되찾게 했다. 서서히 하루 동안 있었던 일들이 또렷이 떠올랐다. 분노가 치밀었다. 그는 그녀를 그 무리에서 끌어내겠다는 충동에 사로잡혀 그녀 쪽으로 걸음을 옮기려 했다—아니, 정확히 말하면 몸을 조금 앞으로 내밀었다고 해야 할 것이다. 왜냐하면 그는 낙타를 움직이게 하는 신호를 미처 보내지 않았기 때문이다.

 그러나 바로 그때, 하루 종일 그를 냉소적으로 가지고 놀던 변덕스러운 운명, 키스메트가 이번에는 그의 헛된 노력에 대한 보상을 주기로 한 듯했다. 키스메트는 뱀춤 무희의 황갈색 눈길을 낙타 쪽으로 이끌었고, 그녀는 옆에 앉은 남자에게 몸을 기울이며 이렇게 물었다.

 "저 사람 누구예요? 저 낙타?"

 "모르겠는데요."

 하지만 모든 걸 알고 있다고 자부하던 작은 키의 남자, 워버튼이 끼어들었다.

 "테이트 씨랑 같이 왔어요. 앞부분은 모르겠지만, 뒷부분은 아마 뉴욕에서 온 건축가 워런 버터필드일 겁니다. 지금 테이트네 머물고 있거든요."

그 말에 베티 메딜의 마음속에서 어떤 것이 움직였다. 시골 소녀 특유의, 방문객 남자에 대한 오랜 호기심이었다.

"아." 그녀가 잠시 뜸을 들이다가 무심한 듯 대답했다.

다음 곡이 끝날 무렵, 베티와 그녀의 파트너는 낙타에서 몇 피트 떨어진 곳에 멈춰섰다. 그날 밤의 자유분방한 분위기를 대표하듯, 베티는 손을 뻗어 낙타의 코를 부드럽게 쓰다듬었다.

"안녕, 늙은 낙타."

낙타는 불편하게 몸을 뒤틀었다.

"나 무서워?" 베티가 눈썹을 치켜올리며 장난스럽게 물었다. "겁내지 마. 난 뱀을 다루지만, 낙타도 꽤 잘 다루는 편이거든."

낙타는 고개를 깊이 숙여 인사했다. 누군가가 '미녀와 야수' 이야기를 꺼내며 뻔한 농담을 던졌다.

그때 타운센드 부인이 다가왔다.

"아, 버터필드 씨." 그녀가 다정하게 말했다. "못 알아봤어요."

페리는 다시 한 번 고개를 숙이며, 천 아래에서 흡족한 미소를 지었다.

"그런데 이분은 누구시죠?" 타운센드 부인이 물었다.

"아." 페리가 두꺼운 천에 가려진 목소리로 대답했다. 알아듣기 힘든 음성이었다. "그는 제 친구가 아니에요, 타운센드 부인. 그냥 제 의상의 일부예요."

타운센드 부인은 웃으며 자리를 떠났다. 페리는 다시 베티에게 시선을 돌렸다.

'그래, 이게 그녀가 날 아끼는 정도지.' 그가 속으로 생각했다. '우리 관계가 끝난 바로 그날, 다른 남자에게—게다가 처음 보는 남자에게—추파를 던지기 시작하다니.'

순간적인 충동이 그를 사로잡았다. 그는 어깨로 그녀를 살짝 밀며, 머리를 홀 쪽으로 기울였다. 그녀에게 파트너를 두고 자신과 함께 나오라는 신호였다.

"잘 가, 러스." 그녀가 파트너에게 외쳤다. "이 낙타가 날 데려간대. 어디로 가는 거야, 야수 왕자님?"

고귀한 짐승은 대답하지 않았다. 대신 의젓한 걸음으로 구석진 계단 옆 자리로 그녀를 이끌었다.

그곳에서 베티는 자리를 잡고 앉았다. 낙타는 그 사이 안쪽에서 거친 명령과 언성이 오가는 혼란스러운 몇 초를 보낸 뒤, 마침내 그녀 옆에 자리를 잡았다. 낙타의 뒷다리는 불편하게 계단 두 칸에 걸쳐 뻗었다.

"자, 낡은 알 껍데기 같은 친구." 베티가 명랑하게 말했다. "우리 이 멋진 파티 어때?"

낙타는 고개를 황홀하게 굴리고, 발굽으로 즐겁게 차는 시늉을 하며 마음에 든다는 뜻을 전했다.

"하인하고 단둘이 이런 자리 가져보긴 처음이네." 그녀가 낙타의 뒷다리를 가리키며 말했다. "아니면 뭐가 됐든 간에."

"아, 그는 귀머거리이자 장님이에요." 페리가 웅얼거렸다.

"그래도 꽤 불편할 것 같네요. 원하면 이리저리 춤추지도 못하잖아요."

낙타는 한껏 시무룩하게 고개를 숙였다.

"뭐라도 말 좀 해요." 베티가 다정하게 말했다. "내가 마음에 든다고 해봐요, 낙타 씨. 내가 예쁘다고 말해봐요. 예쁜 뱀춤 무희의 낙타가 되고 싶다고 말해봐요."

낙타는 그러겠다고 했다.

"그럼 나랑 춤출래요, 낙타 씨?"

낙타는 시도해보겠다고 했다.

베티는 낙타에게 삼십 분을 바쳤다. 그녀는 늘 모든 방문객 남자에게 최소한 그 정도의 시간을 쏟았다. 그것이면 충분했다. 그녀가 새 남자에게 다가오면, 근처의 신참 사교계 아가씨들은 기관총 앞의 보병 대열처럼 좌우로 흩어지는 것이 관례였다. 그리고 그렇게 해서 페리 파크허스트는 처음으로, 다른 사람들이 보던 그대로의 자신의 연인을 바라보았다. 그녀는 격렬한 눈빛으로, 온몸으로 그를 유혹했다.

4

불안정하게 유지되던 낙원같은 분위기는 무도회장으로 사람들이 몰려드는 소리에 깨졌다. 코틸리온 무도회[18]가 시작되는 참이었다. 베티와 낙타도 군중 속으로 섞여들었고, 그녀는 갈색 손을 낙타의 어깨 위에 가볍게 얹으며 그를 완전히 자기 파트너로 받아들인다는 듯 당

18　코틸리온 무도회(Cotillion Ball): 1920년대 미국에서 상류층 청춘들의 사회 진출을 알리는 행사이자 '도시 사교계의 절정' 같은 이벤트.

당한 태도를 보였다.

그들이 들어섰을 때 이미 커플들은 벽을 따라 늘어선 탁자에 앉아 있었고, 타운센드 부인은 다소 통통한 종아리를 자랑하며 화려한 맨등 기수 복장 차림으로 서 있었으며, 한편엔 행사 진행을 맡은 링마스터가 서 있었다. 신호와 함께 밴드가 연주를 시작하자 모두가 일어나 춤을 추기 시작했다.

"정말 멋지지 않아요?" 베티가 숨을 내쉬며 말했다. "혹시 춤출 수 있겠어요?"

페리는 열정적으로 고개를 끄덕였다. 갑자기 기분이 들떴다. 어쨌든 그는 지금 가면 속에서 자신이 사랑하는 여자와 함께 있고, 세상에 대고 여유 있게 윙크할 수도 있는 입장이었다.

그래서 페리는 코틸리온[19]을 '췄다'. 하지만 '춤췄다'라는 표현은, 그 어떤 재즈풍 무용수의 상상력을 총동원해도 따라가지 못할 과장된 말일 것이다. 그는 파트너가 자신의 무기력한 어깨를 붙잡고 이리저리 끌어다니는 대로 몸을 맡긴 채, 거대한 머리를 그녀의 어깨 위로 얌전히 늘어뜨리고 발로는 의미 없는 시늉만 했다. 낙타의 뒷다리는 자기만의 방식으로 춤을 췄다. 한쪽 발에서 다른 쪽 발로 폴짝거리며, 음악이 시작될 때마다 무조건 몇 가지 기본 동작을 반복했다. 그래서 종종 낙타의 앞부분은 한가롭게 서 있는데 뒷부분만 끊임없이 들썩이며 에너지를 분출하는 기괴한 광경이 연출되곤 했다. 그 모

---

19 코틸리온(Cotillion): 18세기 프랑스에서 시작된 사교춤(dance of society). 프랑스어 cotillon은 원래 "작은 치마, 옷자락"을 뜻하는 단어였다.

습은 착한 사람이라면 누구나 연민 섞인 땀을 흘리게 만들 만큼 열정적이었다.

그는 자주 인기 있는 파트너로 뽑혔다. 처음엔 짚단으로 온몸을 감싼 키 큰 여인과 췄다. 그녀는 명랑하게 자신이 '건초 더미'라 소개하며, 낙타에게 자길 먹지 말아 달라고 수줍게 부탁했다.

"먹고 싶은걸요. 아주 달콤하시네요." 낙타가 신사답게 말했다.

링마스터가 "남자 앞으로!" 하고 외칠 때마다, 페리는 판지로 만든 소시지나 턱수염 여인의 사진 등 주어진 선물을 들고 맹렬히 베티 쪽으로 돌진했다. 어떤 때는 그가 먼저 도착하기도 했지만, 대부분은 실패로 끝났고 낙타의 내부에서는 격렬한 논쟁이 벌어졌다.

"제발 좀 정신 차려!" 페리가 이를 악물고 속삭였다. "조금만 더 빨리 움직였으면 이번엔 그녀 잡았을 거야!"

"그러면 미리 신호라도 줘야죠!"

"줬잖아, 이 멍청아!"

"안에선 아무것도 안 보여요!"

"그냥 나만 따라오면 돼. 널 데리고 걷는 건 모래주머니를 끌고 다니는 기분이라니까."

"그럼 자리가 바뀌길 원하세요?"

"닥쳐! 네가 이 방 안에 있는 걸 사람들이 알면 평생 잊지 못할 매질을 당할 거야. 택시 면허도 박탈당하겠지!"

페리는 자신이 그런 말까지 쉽게 내뱉는다는 사실에 놀랐다. 그러나 그 괴물 같은 협박은 뜻밖에도 상대에게 최면처럼 작용했다. 남자는 "흥, 됐어요." 하고 투덜거리더니 이내 주눅 든 침묵 속으로 가라앉았다.

그때 링마스터가 피아노 위로 올라서더니 손을 들어 조용히 하라고 신호했다.

"이제 시상 시간입니다!" 그가 외쳤다. "모두 모이세요!"

"예이! 시상이다!"

사람들이 들썩이며 원형으로 모여들었다. 턱수염을 단 여인 복장을 한 제법 예쁜 여자는, 그 흉한 분장을 견뎌낸 보상을 받을 생각에 흥분해 몸을 떨었다. 한편, 오후 내내 문신 무늬를 그려 넣느라 고생한 남자는 군중 가장자리에 서서, 누군가 "이번엔 당신이 받을 거야." 하고 말할 때마다 얼굴을 새빨갛게 물들이며 쭈뼛거렸다.

"신사 숙녀 여러분, 오늘의 서커스 공연자들이시여!" 링마스터가 쾌활하게 외쳤다. "모두 즐거운 시간을 보냈다는 데 이견이 없으리라 믿습니다. 이제 수상자를 발표할 시간입니다. 타운센드 부인께서 제게 시상할 수 있는 영예를 주셨습니다. 자, 첫 번째 상은 오늘 밤 가장 눈길을 끌고, 가장 잘 어울리며"—이 대목에서 턱수염 여인이 체념한 듯 한숨을 쉬었다—"가장 독창적인 의상을 선보인 여성에게 돌아갑니다." 이때 건초더미 차림의 여인은 귀를 쫑긋 세웠다. "이번 심사 결과는 아마도 이 자리에 계신 모두가 만장일치로 동의하실 겁니다. 첫 번째 상의 주인공은 매력적인 이집트의 뱀춤 무희, 베티 메딜 양입니다!"

박수가 터졌다. 대부분 남성 쪽에서였다. 올리브빛 화장을 한 베티 메딜 양은 부끄러움 섞인 미소를 띠며 앞으로 나갔고, 링마스터는 다정한 눈빛으로 커다란 난초 꽃다발을 그녀에게 건넸다.

"그리고 이제." 그가 다시 주위를 둘러보며 말했다. "다음 상은 가장 우스꽝스럽고 독창적인 복장을 한 남성에게 드립니다. 이 상은 논란의 여지가 없습니다. 우리 손님 중 한 분이며, 이 도시를 방문 중이지만 모두가 그가 오래 머물며 즐거운 시간을 보내길 바라는 분이지요. 요컨대, 배고픈 눈빛과 눈부신 춤으로 우리를 즐겁게 해준 고귀한 낙타입니다!"

그가 말을 마치자 열렬한 박수와 환호가 터졌다. 모두가 납득하는 결과였다. 상은 큼직한 시가 상자였지만, 낙타는 해부학적으로 직접 받을 수 없는 관계로 옆에 따로 두었다.

"그리고 이제." 링마스터가 계속했다. "코틸리온의 마지막 순서로, '유쾌함과 어리석음의 결혼식'을 거행하겠습니다! 웨딩 행진의 선두는 아름다운 뱀춤 무희와 고귀한 낙타입니다!"

베티는 명랑하게 앞으로 뛰어나가 낙타의 목에 올리브빛 팔을 감았다. 그들 뒤로 어린 소년, 소녀들, 시골뜨기, 뚱뚱한 여자, 홀쭉한 남자, 칼 삼키는 곡예사, 보르네오의 야인, 팔 없는 기이한 사람들까지 행렬을 이루었다. 그들 중 상당수는 이미 술에 취해 있었고, 모두 흥분하고 들떠 있었다. 화려한 빛과 색이 넘실거리는 무도회장, 낯설게 보이는 분장 아래 익숙한 얼굴들이 이어졌다. 트롬본과 색소폰에서 나온 불경스러운 싱코페이션의 웨딩 행진곡이 황홀한 혼돈 속에서 섞여 울려 퍼지며, 행진이 시작되었다.

"여기 낙타야, 기쁘지 않아?" 베티가 발을 옮기며 다정하게 물었다. "우리가 이제 결혼한다는 거, 그리고 네가 평생 예쁜 뱀춤 무희의 소유가 된다는 거, 기쁘지 않아?"

낙타의 앞다리는 우쭐거리며 기쁨을 과장되게 표현했다.

"신부님! 신부님! 목사님 어디 계세요?" 잔치 소리 속에서 목소리들이 외쳤다. "누가 성직자가 될 건가요?"

타리호 클럽에서 오랫동안 일하던, 배가 불룩한 흑인 종업원 점보의 머리가 반쯤 열린 팬트리 문 사이로 성급히 나타났다.

"오, 점보!"

"점보를 데려와라. 걔다!"

"자, 점보, 우리 결혼 좀 시켜줘 봐."

"예이!"

점보는 네 명의 익살꾼들에게 붙들려 앞치마를 벗겨지고 무도회장 맨 앞의 단으로 안내되었다. 그곳에서 그의 칼라가 벗겨져 뒤집혀 교회용 의식처럼 자리 잡혔다. 행렬은 양쪽으로 갈라져 신랑 신부를 위한 통로를 만들었다.

"맙소사." 점보가 소리쳤다. "성경도 있고, 별별 게 다 있구먼, 이건 확실해."

그는 안주머니에서 낡은 책 한 권을 꺼내 보였다.

"봐! 점보가 성경을 들고 다닌다니까!"

"면도칼도 있겠지! 틀림없어!"

뱀춤 무희와 낙타는 환호를 받으며 그 통로를 따라 올라가 점보 앞에 멈춰 섰다.

"네 면허증은 어디 있나, 낙타야?" 한 사람이 페리를 쿡 찔렀다.

"종이 한 장 줘. 아무거나 돼."

페리는 주머니를 더듬다 접힌 종이 하나를 찾아 낙타의 입으로 내밀었다. 점보는 그것을 거꾸로 들고서도 열심히 훑어보는 시늉을 했다.

"이건 특별 낙타 면허증이로군." 그가 말했다. "반지 준비해라, 낙타야."

낙타 내부의 페리는 돌아서며 그의 불운한 반쪽에게 말했다.

"제발 반지 좀 줘, 제발!"

"없어요." 지친 목소리가 항변했다.

"있어. 내가 봤어."

"손에서 빼지 않을 거야."

"안 그러면 널 죽여버릴 거야."

공기가 정적을 깨고 숨죽이는 소리가 났고, 페리의 손에는 크고 반짝이는 라인스톤과 황동으로 된 거대한 장식이 끼워졌다.

다시 밖에서 누군가가 그를 재촉했다.

"큰 소리로 말해!"

"제가 합니다!" 페리가 재빠르게 외쳤다.

페리는 베티의 대답을 들었다. 가볍고 우아한 어조였다. 그 우스꽝스러운 상황 속에서도 그 목소리를 듣는 순간, 그는 전율했다.

그는 낙타 옷의 틈 사이로 라인스톤 반지를 밀어 넣으며, 점보가 읊는 고색창연한 결혼 서약의 문장을 따라 중얼거렸다. 아무도 이 일을 알게 하고 싶지 않았다. 그의 유일한 생각은, 자신의 정체를 드러내지 않고 조용히 빠져나가는 것이었다. 테이트 씨가 지금껏 비밀을 잘 지켜주고 있었기 때문이다. 그는 체면을 중시하는 젊은 변호사였다. 이런 일은 막 시작한 그의 법률 사무소에 치명적일 수 있었다.

"신부를 포옹하시오!"

"가면을 벗고 키스해요, 낙타 씨!"

베티가 웃으며 돌아서서 종이로 된 낙타의 주둥이를 쓰다듬기 시작하자, 페리의 심장은 본능적으로 터질 듯 뛰었다. 그는 스스로를 제어하기가 점점 어려워졌다. 팔로 그녀를 감싸 안고, 자신의 정체를 밝히고, 바로 눈앞에서 미소 짓는 그 입술에 입맞추고 싶은 충동이 치밀어 올랐다.

그러나 그때, 그들 둘을 둘러싸고 있던 웃음과 박수 소리가 갑자기 뚝 끊겼다. 홀 안에 이상한 정적이 흘렀다. 페리와 베티는 놀라서 고개를 들었다. 점보가 커다란 "이런!" 하고 외쳤다. 놀란 목소리가 너무 커서 모든 시선이 그에게 쏠렸다.

"이런!" 그가 다시 외쳤다. 그는 지금까지 거꾸로 들고 있던 낙타의 결혼 허가증을 뒤집고, 안경을 꺼내어 초조하게 들여다보고 있었다.

"이게 말이죠." 그가 말했다. 홀 전체가 숨죽인 채 그의 입을 주목했다. "이건 진짜 결혼 허가증이에요."

"뭐라고?"

"응?"

"다시 말해봐, 짐보!"

"확실히 읽을 줄 아는 거야?"

짐보는 손을 들어 모두를 조용히 시켰다. 그 순간 페리의 피는 불길처럼 끓어올랐다. 자신이 저지른 실수를 깨달은 것이다.

"그렇다니까요!" 짐보가 힘주어 말했다. "이건 진짜 결혼 허가증이에요. 그리고 여기에 적힌 두 사람은—이 젊은 아가씨, 베티 메딜 양, 그리고 다른 한 명은 페리 파크허스트 씨로 되어 있소."

순식간에 숨죽인 탄성이 터졌다. 웅성거림이 일었고, 모든 시선이 낙타에게 쏠렸다. 베티는 잽싸게 그에게서 물러섰다. 그녀의 황갈색 눈동자에서는 분노의 불꽃이 튀었다.

"당신... 파크허스트 씨 맞아요? 당신이... 낙타야?"

페리는 대답하지 못했다. 사람들은 더욱 바짝 다가와 그를 뚫어지게 바라봤다. 그는 부끄러움에 온몸이 굳어버린 채 꼼짝도 하지 못했다. 종이 가면 속의 낙타 얼굴은 여전히 배고프고 냉소적인 표정을 띤 채, 불길한 짐보를 바라보고 있었다.

"이제 입 다물지 말고 말하시오." 짐보가 느릿하게 말했다. "이건 아주 심각한 일이오. 이 클럽에선 내가 종업원이지만, 사실은 제일 흑인 침례교회의 정식 목사요. 내 보기엔, 당신들⋯ 진짜 결혼한 것 같군요."

5

다음에 벌어진 광경은 탤리호 클럽의 연대기에 영원히 남을 것이다. 풍채 좋은 부인들이 기절했고, 전형적인 '백 퍼센트 미국인[20]'들이 욕설을 퍼부었으며, 눈이 번쩍 뜬 데뷔당원들은 순간적으로 모였다가 순식간에 흩어지는 전광석화 같은 무리를 이루어 떠들어댔고, 혼돈의 무도회장에는 독하고도 어쩐지 억눌린 기운의 수군거림이 윙윙 울려 퍼졌다. 열정에 사로잡힌 젊은이들은 페리나 점보나 아니면 자기 자신이나 누군가를 죽이겠노라 맹세했고, 침례교 목사인 점보는 성난 아마추어 변호사 무리의 포위공격을 받았다. 그들은 질문을 쏟아내고 위협을 가하며 선례를 요구하고 결혼 보증을 무효로 하라 명령했고, 특히 이번 사태가 사전에 짜인 연극이 아닌지 어떤 단서를 찾아내려 애썼다.

구석에서는 타운센드 부인이 하워드 테이트의 어깨에 기대어 조용히 울고 있었고, 테이트는 위로하려 애썼지만 소용이 없었다; 둘은 서로 '다 내 잘못'이라는 말들을 거침없이 주고받고 있었다. 바깥 눈 덮인 길 위에서는 '알루미늄 맨' 사이러스 메딜이 두 건장한 전차 경기 선수들 사이를 천천히 왔다 갔다 걸으며, 때로는 입에 담기 힘든 욕설을 쏟아내고 때로는 그저 점보를 내버려두라고 애원하기도 했다. 그는 농담 삼아 '보르네오의 야인' 복장을 하고 나왔는데, 어떤 연출가라도 이 배역에 그보다 더 잘 어울리는 배우는 찾지 못했을 것이다.

한편, 진짜 무대의 중심에는 두 당사자가 서 있었다. 베티 메딜—아니, 베티 파크허스트인가?—는 분노에 차서 소란을 피우며, 비교적 평

---

20 백 퍼센트 미국인(100 percent American): 제1차 세계대전 이후 미국에서 유행한 구호로, 애국심을 앞세워 이민자와 소수 인종을 배척하던 배타적 민족주의자들을 풍자하는 표현.

범한 소녀들에게 둘러싸여 있었다—더 예쁜 아이들은 그녀에 대해 떠들느라 신경을 별로 쓰지 못했다—그리고 홀 다른 쪽에는 아직 머리장식만 달린 채로 온전한 모습의 낙타가 서 있었고, 그 머리장식은 처량하게 가슴팍에 늘어져 있었다. 페리는 성난, 당혹스러운 남자들 무리에게 진심으로 자신의 무죄를 주장하며 애쓰고 있었다. 몇 분마다, 마치 자신의 주장을 입증이라도 하려는 듯 누군가 결혼증서를 거론하면 다시 심문이 시작되곤 했다.

톨리도의 차석 미녀로 여겨지던 마리온 클라우드라는 소녀가 베티에게 한 말이 상황의 결을 완전히 바꿔놓았다. "글쎄." 그녀가 악의적으로 말했다. "이 일은 곧 잦아들 거야, 애. 법원이 문제 삼지 않고 무효 처리해 줄걸." 베티의 화난 눈물은 기적처럼 눈가에서 말라붙었고, 그녀의 입술은 단단히 다물렸으며 그녀는 마리온을 돌처럼 응시했다. 그러더니 그녀는 일어서서 좌우로 성원들을 흩뜨리며 페리에게로 곧장 걸어갔다. 페리는 공포에 질려 그녀를 바라보았다. 다시금 방 안에 정적이 흘렀다.

"적어도 예의상 내게 오 분쯤은 할애할 예의는 있겠지, 아니면 그런 건 당신 계획에 포함되지 않았나?" 그녀가 냉정하게 물었다.

그는 말문이 막혀 고개만 끄덕였다. 그녀는 그가 뒤따르라 냉랭하게 지시하자 턱을 치켜들고 홀로 나가 작은 카드룸 하나의 사적 공간으로 향했다. 페리는 그녀를 따라 나섰으나, 뒷다리가 말을 듣지 않아 갑작스레 멈춰 섰다. "여기 있어!" 그가 거칠게 명령했다. "못해요." 혹에서 나는 신음소리가 떨리며 대답했다.

"네가 먼저 나와줘야 내가 나갈 수 있단 말이야." 페리는 주저했지만, 더 이상 호기심 어린 사람들 시선을 견디지 못해 명령을 중얼거렸고 낙타는 네 발로 조심스레 방을 빠져나갔다.

베티는 그를 기다리고 있었다. "자, 이봐." 그녀가 격앙되어 말을 시작했다. "당신이 무슨 짓을 한 건지 봐! 네놈과 그 엉터리 허가증! 네가 그걸 따지 말았어야 한다고 말했잖아!"

"사랑하는 내 아가씨, 내 말 좀 들어봐…."

"나한테 '내 사랑하는 아가씨' 따위로 말하지 마!" 베티가 날카롭게 소리쳤다. "그런 말은, 당신이 앞으로 또 결혼할 수 있다면 그 진짜 아내에게나 해. 그리고 모르는 척하지도 마. 그 흑인 종업원에게 돈 준 거, 당신이 그랬잖아! 나랑 결혼하려고 한 게 아니라고 말할 셈이야?"

"아니—그건 물론—"

"그래, 인정하는 게 나을 거야! 당신은 시도했어, 그리고 이제 어쩔 건데요? 우리 아버지가 거의 미칠 지경인 거 알아? 당신을 죽이려 들어도 꼴 좋을 거야. 총을 들고 당신 몸에 차가운 납덩이를 쏴 넣을지도 몰라. 설사 **이 결혼**이 무효가 된다 해도, 그건 평생 내 그림자처럼 따라다닐 거야!"

페리는 저항할 수 없었다. 낮게 읊조리듯 인용했다.

"오, 낙타여, 예쁜 뱀춤 무희의 소유가 되고 싶지 않소—"

"닥쳐!" 베티가 외쳤다.

잠시 정적이 흘렀다.

"베티." 페리가 마침내 입을 열었다. "이 상황을 완전히 끝내는 방법은 단 하나뿐이야. 당신이 나랑 결혼하는 거지."

"결혼하자고?"

"그래. 사실 그게 유일한—"

"닥쳐! 난 당신이랑 결혼 안 해, 절대 안 해, 만약—만약—"

"알아. 세상에 남자가 나 혼자뿐이어도 싫겠지. 하지만 당신이 명예를 조금이라도 생각한다면—"

"명예?" 그녀가 비웃듯 외쳤다. "내 명예 생각할 자격이 당신한테 있어, 지금? 왜 그 끔찍한 첩보를 고용해서 이런 짓을 꾸미기 전에 내 명예는 생각하지 못했는데?"

페리는 절망스럽게 두 손을 번쩍 들었다. "좋아. 당신이 원하는 대로 해. 하나님도 아시다시피, 난 모든 걸 포기하겠어!"

"하지만." 새로운 목소리가 말했다. "나는 포기 안 해."

페리와 베티는 깜짝 놀라 몸을 돌렸다. 베티는 가슴에 손을 얹었다. "세상에, 그게 뭐야?"

"나야." 낙타의 등에서 목소리가 들렸다.

순간 페리는 낙타 가죽을 확 벗겨냈다. 축 늘어진 인물 하나가 서 있었다. 옷은 땀에 젖어 축축했고, 손에는 거의 비어 있는 술병이 꼭 쥐어져 있었다. 그는 비틀거리면서도 당당하게 서 있었다.

"세상에!" 베티가 비명을 질렀다. "날 놀래키려고 그 괴상한 사람을 데려온 거야? 귀머거리라고 했잖아—그 끔찍한 사람!"

낙타의 등은 만족스러운 한숨을 내쉬며 의자에 털썩 앉았다.

"그렇게 말하지 말아요, 아가씨. 난 사람도 아니오. 난 당신 남편이

오."

"남편이라고요!"

베티와 페리의 입에서 동시에 비명이 터져 나왔다.

"그래요, 난 그 남자만큼 당신 남편 자격이 있소. 그 흑인 녀석이 당신을 낙타의 앞부분하고만 결혼시킨 게 아니잖소. 낙타 전체랑 결혼시킨 거라고. 봐요, 당신 손가락에 끼워진 그건 내 반지잖소!"

베티는 짧게 비명을 지르더니 손가락의 반지를 낚아채 바닥에 격렬하게 내던졌다.

"이게 다 뭐야?" 페리가 멍한 목소리로 물었다.

"그냥 간단하지. 당신이 나를 제대로 챙겨줘야 한단 말이오. 안 그러면 나도 당신만큼 그녀에게 결혼할 자격이 있소!"

"그건 중혼이에요." 페리가 진지하게 베티를 향해 말했다.

그다음은 페리 인생의 절정이자, 모든 운명을 걸어야 할 순간이었다. 그는 일어나서, 이번 사태로 완전히 기운이 빠진 채 넋이 나간 베티를 먼저 바라보고, 이어 의자에 비틀거리며 앉아 있는 그 남자를 보았다. 남자는 불안하게, 그러나 위협적인 태도로 몸을 흔들고 있었다.

"좋아." 페리가 천천히 말했다. "그녀는 당신 거예요. 베티, 내가 당신에게 증명해 보이겠어. 우리 결혼은 순전히 사고였다는 걸. 난 남편으로서의 권리를 완전히 포기하고, 당신을—그 반지를 준 남자에게, 당신의 합법적인 남편에게 넘기겠어."

순간, 공포에 질린 네 개의 눈이 그를 응시했다.

"잘 있어, 베티." 페리가 부서질 듯한 목소리로 말했다. "새로 찾은

행복 속에서도 날 잊지 마. 난 내일 아침 기차를 타고 서부로 떠날 거야. 부디 나를 좋게 기억해줘, 베티."

그는 마지막으로 그녀를 바라보고는 고개를 떨군 채 문고리에 손을 올렸다.

"잘 있어요." 그가 다시 말했다. 문고리가 돌아갔다.

그러자 뱀 비늘 장식과 비단 옷, 황금빛 머리칼이 한꺼번에 그를 향해 달려들었다.

"오, 페리, 가지 마! 페리, 페리, 나도 데려가!"

그녀의 눈물이 그의 목을 적셨다. 페리는 침착하게 그녀를 끌어안았다.

"이제 상관없어." 그녀가 울먹이며 말했다. "사랑해. 그리고 만약 지금이라도 목사님을 깨워 다시 결혼식을 올릴 수 있다면, 당신이랑 서부로 갈게."

그녀의 어깨 너머로 낙타의 앞부분이 낙타의 뒷부분을 바라봤다. 그리고 두 낙타는 오직 진짜 낙타들만 이해할 수 있는, 은밀하고도 미묘한 윙크를 주고받았다.

메이데이[21]

이 다소 불쾌한 이야기는 1920년 7월 「스마트 셋[22]」에 중편으로 발표되었으며, 그 전해 봄에 실제로 일어났던 여러 사건을 바탕으로 하고 있다. 그 세 사건은 모두 내게 강렬한 인상을 남겼다. 현실에서는 서로 아무런 관련이 없었지만, 재즈 시대의 서막[23]을 알린 그 봄의 전반적인 광란이란 공통된 배경을 지니고 있었다. 나는 그것들을 한데 엮어 어떤 '패턴[24]'을 만들고자 했다. 그 시절 뉴욕에서 젊은 세대의 한 사람이 느꼈던 그 몇 달의 분위기를 재현하고자 했던 것이다. 하지만 아마도 그 시도는 그리 성공적이지 못했을 것이다.

~~~~~~

21 May Day(메이데이): 1919년 5월 1일, 실제로 뉴욕에서 벌어진 노동자 시위('적색 공포' 시기). 이 사건은 피츠제럴드에게 '이념의 혼란 속의 젊은이들'이라는 주제를 인식하게 했다.

22 The Smart Set: 1900~1920년대 뉴욕에서 발행된 문예지로, 당대 지성인과 보헤미안 예술가들이 즐겨 읽었다. 피츠제럴드가 대중 작가에서 문학 작가로 인정받는 계기가 된 잡지다.

23 피츠제럴드는 이 작품을 통해 '재즈 시대(Jazz Age)'라는 표현을 처음 사용했다. 이후 이 단어는 1920년대 미국의 방탕과 자유, 젊음의 열정을 상징하는 용어가 되었다.

24 패턴(pattern): 피츠제럴드가 자주 쓰는 상징으로, 삶의 혼돈 속에서 의미를 찾으려는 인간의 시도를 비유한다.

메이데이

전쟁은 승리로 끝났고, 승전국의 거리는 개선문으로 가로질러졌으며 흰색, 붉은색, 장밋빛 꽃들이 뿌려져 환희로 물들었다. 길고 긴 봄날 내내, 귀향한 병사들은 둥둥거리는 북 소리와 유쾌하고 울려 퍼지는 금관악기 소리를 뒤따르며 주요 도로를 행진했다. 그동안 상인들과 사무원들은 말다툼과 계산을 멈추고, 창문으로 몰려나와 창백한 얼굴로 밀집해 지나가는 군대를 엄숙하게 바라보았다.

그 어느 때보다 도시가 눈부셨다. 승리의 전쟁이 가져온 풍요 덕분이었다. 남부와 서부의 상인들이 가족을 데리고 몰려와 성대한 연회와 화려한 공연을 즐겼다. 그들은 여인들을 위해 다음 겨울을 대비한 모피와 황금 실로 짠 그물 가방, 비단과 은, 장밋빛 새틴, 금실로 수놓인 갖가지 색의 슬리퍼를 사들였다.

그리하여 평화와 번영의 시대를 찬미하는 노래가 도시를 가득 채웠다. 열정적이었고, 시끄러웠다. 작가들과 시인들이 그것을 노래하자, 더 많은 향락가들이 지방 곳곳에서 몰려들어 흥분의 포도주를 마셨다. 상인들은 더욱 빠른 속도로 장신구와 슬리퍼를 팔아치웠다. 마침내 그들은 하늘을 향해 외쳤다.

"더 많은 장신구를! 더 많은 슬리퍼를! 사람들의 욕망을 채우려면 아직 멀었다!"

그리고 몇몇은 두 손을 허공에 내저으며 절망했다.

"이런, 슬리퍼가 다 떨어졌구나! 이런, 장신구도 더는 없구나! 하늘이시여, 어찌해야 한단 말입니까!"

그러나 그들의 절규를 들은 이는 아무도 없었다. 사람들은 너무 바빴기 때문이다. 날마다 보병들이 경쾌한 발걸음으로 대로를 행진했고, 사람들은 환호했다. 귀향한 젊은이들이 모두 건강하고 용감하며, 하얀 치아와 붉은 뺨을 가진 청년들이었기 때문이다. 그들의 나라의 젊은 여성들은 얼굴도 몸매도 눈부시게 아름다운 처녀들이었다.

그리하여 이 찬란한 시기 동안, 이 도시에서는 수많은 이야기가 피어나고 사라졌다. 그리고 그중 몇 가지, 어쩌면 단 하나의 이야기가 지금 이곳에 기록되어 있다.

1

1919년 5월 1일 아침 아홉 시, 한 젊은 남자가 빌트모어 호텔의 프런트 데스크에 다가와 "필립 딘 씨가 묵고 있는지, 그리고 방으로 연결해줄 수 있는지" 물었다. 그는 잘 재단되었지만 해진 양복을 입고 있었고, 키는 작고 마른 체형에다 검은 머리를 가진 잘생긴 남자였다. 그의 눈은 길고 짙은 속눈썹 아래로 푸르스름한 다크서클이 드리워져 있었고, 얼굴에는 지속적인 열병처럼 붉은 빛이 감돌았다.

딘 씨는 실제로 그곳에 묵고 있었다. 젊은 남자는 안내받은 전화기로 다가가 수화기를 들었다. 곧 연결되자 위층 어딘가에서 졸린 목소리가 들려왔다.

"딘이냐? 필, 나야, 고든. 고든 스태럿이야. 지금 아래층이야. 네가 뉴욕에 왔다는 말을 듣고 왠지 여기 있을 것 같았어."

졸음에 잠긴 목소리는 점점 반가움으로 바뀌었다. 고든이라니, 정말 놀랍고 반갑다고 했다. 제발 위층으로 올라오라고!

잠시 뒤, 파란색 실크 잠옷을 입은 필립 딘이 문을 열었다. 두 사람은 약간 어색하면서도 반가운 표정으로 인사를 나누었다. 둘 다 스물네 살, 전년도 예일대 졸업생이었다. 그러나 닮은 점은 거기까지였다. 딘은 금발에 붉은 기운이 도는 얼굴, 단단한 체격에 건강한 기운이 넘쳤다. 그는 자주 웃었고, 그때마다 크고 하얀 치아가 번쩍였다.

"너한테 연락하려고 했어!" 딘이 환하게 웃으며 말했다. "며칠 휴가 중이야. 잠깐만 앉아 있어. 샤워 좀 하고 올게."

딘이 욕실로 들어가자, 고든의 눈은 방 안을 불안하게 훑었다. 한쪽 구석에는 커다란 영국제 여행 가방이 놓여 있었고, 의자 위에는 비단 셔츠들과 값비싼 넥타이, 양말이 어지럽게 쌓여 있었다.

고든은 일어나 노란색 바탕에 연한 파란 줄무늬가 들어간 셔츠를 집어 들었다. 두꺼운 비단으로 만든 고급 셔츠였다. 그는 자신의 셔츠 소매를 내려다보았다. 해지고 가장자리는 보풀이 일어나 희미한 잿빛이 배어 있었다. 셔츠를 내려놓은 그는 서둘러 코트 소매를 당겨 낡은 커프스를 감췄다. 거울 앞에 서서 자신을 물끄러미 바라보았다. 예전엔 명품 넥타이를 매고 다녔던 그였지만, 지금은 색이 바래고 구겨져 칼라의 해진 단추 구멍조차 가리지 못하고 있었다. 불과 삼 년 전, 그는 예일대 졸업반에서 '가장 멋진 옷차림을 한 남자'로 손꼽혔던 사람이었다.

욕실에서 나온 딘은 수건으로 몸을 닦으며 말했다.

"어젯밤 네 친구 한 명을 봤어. 로비에서 지나치는데 이름이 생각이 안 나더라. 네가 졸업 전에 뉴헤이븐에 데려왔던 그 여자 말이야."

고든은 움찔했다.

"이디스 브래딘? 그 애 말이야?"

"그래, 그 여자. 여전히 예쁘더라. 인형 같은 타입이지. 손대면 번질 것 같은." 딘은 거울을 보며 만족스럽게 웃었다.

"이제 스물셋쯤 됐겠네."

"지난달에 스물두 살이었어." 고든이 무심히 대꾸했다.

"지난달? 그래, 그럴 줄 알았어. 아마 감마 사이 댄스 때문에 뉴욕에 내려온 거겠지. 오늘 밤 델모니코스에서 예일 감마 사이 무도회가 열려. 너도 와라, 고디. 반쯤은 뉴헤이븐 사람들이 올걸. 초대장 구해줄게."

딘은 새 속옷을 입으며 창가로 다가가 담배를 피웠다. 햇살이 방 안으로 쏟아져 들어왔고, 그는 여유로운 표정으로 자신의 종아리와 무릎을 내려다보았다. 그의 몸에서는 아침의 여유와 부의 냄새가 났다.

"앉아, 고디." 딘이 말했다. "지금까지 어떻게 지냈는지, 요즘은 뭘 하는지 전부 얘기해봐."

고든은 갑자기 힘이 풀린 듯 침대 위로 주저앉았다. 그는 완전히 의욕을 잃은 채 누워 있었고, 평소에도 약간 벌어진 그의 입술은 한층 더 무력하고 초라하게 보였다.

"무슨 일이야?" 딘이 재빨리 물었다.

"세상 모든 일이 다 그렇지 뭐." 고든이 괴로운 목소리로 중얼거렸다. "난 완전히 망했어, 필. 이제 끝장이야."

"뭐라고?"

"끝났다고." 그의 목소리는 떨리고 있었다.

딘은 그를 좀 더 유심히 바라봤다. 맑고 냉정한 파란 눈에 평가하는 기색이 스쳤다.

"정말 엉망진창이 됐군."

"그래. 모든 걸 망쳐버렸어." 고든은 잠시 말을 멈추었다가 다시 입을 열었다. "처음부터 얘기해야겠지? 지루하진 않겠어?"

"아니, 해봐." 하지만 딘의 목소리에는 미묘한 망설임이 섞여 있었다. 이번 뉴욕행은 오랜만의 휴가였는데, 이런 골치 아픈 친구를 만나게 되다니 그는 이미 짜증이 났다.

"어서 계속해." 그가 덧붙였다. "빨리 끝내자고."

"좋아." 고든이 불안하게 말을 이었다. "2월에 프랑스에서 돌아왔어. 한 달 동안 해리스버그 집에 있다가 뉴욕으로 와서 직장을 구했지. 수출 회사에 들어갔는데, 어제 잘렸어."

"잘렸다고?"

"잠깐만, 필. 다 말할게. 솔직하게 털어놓으려는 거야. 이런 일로는 너밖에 의지할 사람이 없어. 괜찮지, 필?"

딘은 몸을 약간 굳혔다. 무릎을 두드리던 손동작이 점점 형식적으로 변했다. 그는 자신이 원치 않는 책임을 떠맡고 있다는 느낌을 받았다. 사실 이런 이야기 따위는 듣고 싶지 않았다. 고든이 사소한 문제를 일으킨 적은 종종 있었지만, 지금의 이 초라한 절망감에는 뭔가 불쾌하고 불길한 냄새가 났다.

"그래, 계속해."

"여자 문제야."

딘은 속으로 한숨을 내쉬었다. '젠장, 이번 여행은 망했군.' 그는 결심했다. 고든이 계속 이 분위기라면 곧 떨어져 나올 생각이었다.

"그녀 이름은 주얼 허드슨이야." 고든의 목소리는 피곤하고 흐릿했다. "처음엔 착한 애였어. 일 년 전까지만 해도 말이지. 뉴욕에서 가난하게 살았고, 부모는 돌아가셨고 지금은 늙은 이모와 같이 지내. 내가 전쟁에서 돌아오던 무렵, 온 도시가 귀환병들로 북적였잖아. 나도 반가운 마음에 친구들이랑 계속 술 마시고 놀다 보니 자연스럽게 애가 내 주위에 생긴 거야."

"좀 더 이성적으로 행동했어야지."

"알아." 고든이 힘없이 대답했다. "이제 난 완전히 혼자야, 필. 그런데 난 가난하게 사는 건 도저히 못 견디겠어. 그때 이 여자가 내게 반했나 봐. 나도 의도한 건 아니었는데, 이상하게 자꾸 마주쳤지. 너도 알다시피 그 수출 회사에서 내가 하는 일은 시시했어. 원래는 잡지 일러스트레이터가 되려고 했거든. 돈도 잘 벌잖아."

"그럼 그렇게 하지 그랬어? 성공하려면 버티고 노력해야지." 딘의 말투는 차갑고 교훈조였다.

"조금 해봤어. 근데 내 그림은 거칠고 미숙했어. 재능은 있지만, 제대로 배운 적이 없어. 미술학교에 가야 하는데 그럴 돈이 없지. 그러다 일주일 전쯤, 모든 게 터져버렸어. 가진 돈이 거의 바닥나자, 그 여자가 돈을 달라고 들이댔어. 안 주면 곤란하게 만들겠다고 협박까지 했지."

"그녀가 정말 그럴 수 있어?"

고든은 대답하지 못하고 고개를 떨구었다. 방 안의 공기는 무겁게 가라앉았고, 그의 얼굴에는 절망과 자포자기가 교차했다.

"그녀가 정말 그럴 수 있을 것 같아. 그게 내가 해고된 이유 중 하나야. 그 여자가 회사로 계속 전화를 걸어댔거든. 결국 그게 마지막 한 방이 됐지. 심지어 우리 집에 보낼 편지도 써놨어. 그녀가 날 완전히 쥐고 있어, 필. 지금 당장 돈이 필요해."

잠시 어색한 침묵이 흘렀다. 고든은 가만히 누워 손을 꽉 쥔 채 움직이지 않았다.

"난 완전히 무너졌어." 그가 떨리는 목소리로 말했다. "미칠 지경이야, 필. 네가 동부로 온다는 걸 몰랐다면 아마 자살했을지도 몰라. 나한테 300달러만 빌려줘."

딘의 손이 멈췄다. 방금 전까지만 해도 맨발의 발목을 두드리던 손길이 굳어버렸다. 두 사람 사이의 공기는 팽팽하게 긴장되었다.

잠시 후 고든이 말을 이었다.

"가족한테는 더 이상 손 벌릴 면목이 없어."

딘은 여전히 아무 대답도 하지 않았다.

"주얼이 200달러는 꼭 필요하대."

"그럼 그 여자더러 꺼지라고 해."

"말은 쉽지. 하지만 내가 술에 취해서 쓴 편지가 몇 통 있어. 게다가 그 여자는 네가 상상하는 그런 멍청한 타입이 아니야."

딘은 얼굴을 찌푸렸다.

"그런 여자는 질색이야. 애초에 엮이지 말았어야지."

"알아." 고든이 지친 목소리로 인정했다.

"세상을 있는 그대로 봐야 해. 돈이 없으면 일하고, 여자는 멀리해야지."

"그건 너니까 할 수 있는 말이지." 고든의 눈이 가늘어졌다. "넌 돈이 많잖아."

"그렇지도 않아." 딘은 억울하다는 듯 말했다. "우리 집에서도 내 지출을 꼼꼼히 관리해. 약간의 여유는 있지만, 그만큼 더 조심해야 해."

그는 커튼을 올려 햇살을 더 들였다.

"난 도덕군자 같은 인간은 아니야." 딘이 천천히 말을 이었다. "즐거운 걸 좋아하고, 휴가 땐 마음껏 즐기고 싶어. 하지만 넌… 넌 상태가 정말 엉망이야. 이런 식으로 말하는 건 처음이네. 네가 지금은 돈뿐 아니라 마음까지 파산한 것 같아."

"그 둘은 보통 함께 오잖아." 고든이 피식 웃었다.

딘은 조급하게 고개를 저었다.

"네 주위엔 뭔가 이상한 기운이 돌아. 일종의 불길한 냄새랄까."

"그건 가난과 걱정, 그리고 잠 못 이루는 밤의 냄새야." 고든이 도전적인 눈빛으로 말했다.

"글쎄."

"그래, 나 우울한 놈이야. 나 스스로도 질려. 하지만, 제기랄, 필, 단 일주일만 쉬고, 새 옷이랑 약간의 현금만 있으면 예전처럼 돌아갈 수 있어. 난 그림을 잘 그려, 너도 알잖아. 하지만 재료 살 돈조차 없고, 피곤하고 절망적인 상태에선 아무것도 못 해. 돈이 조금만 있으면 몇 주만이라도 제대로 다시 시작할 수 있다고."

"그 돈을 또 다른 여자한테 써버리지 않는다는 걸 어떻게 믿지?"

"그걸 왜 굳이 들춰내?" 고든이 낮게 말했다.

"그게 아니라, 널 이렇게 보니까 참 안 됐다는 거야."

"그럼 돈을 빌려줄래, 필?"

"지금 당장 결정하기는 어렵다. 그건 꽤 큰돈이고, 나도 곤란해질 거야."

"넌 곤란하겠지만, 난 지옥이 될 거야. 이렇게 징징대는 거 알아, 다 내 잘못이야. 그래도 상황이 바뀌는 건 아니잖아."

"언제 갚을 수 있는데?"

그 말에 고든은 잠시 희망을 느꼈다. 솔직히 말하는 게 좋겠다고 생각했다.

"다음 달에 갚겠다고 말할 수도 있지만, 세 달은 봐야 해. 잡지에 그림을 팔기 시작하면 바로 보낼게."

"그림을 팔 수 있다는 보장은?"

딘의 냉담한 어조가 고든의 마음에 차가운 불안을 흘렸다. 정말 그가 돈을 빌려주지 않을 수도 있단 생각이 스쳤다.

"넌 나를 조금은 믿는다고 생각했는데."

"예전엔 그랬지. 하지만 지금 너 꼴을 보니 모르겠군."

"내가 이렇게까지 왔다는 게 무슨 뜻인지 몰라? 이렇게 굴고 싶어서 온 줄 알아?" 고든의 목소리에 분노가 비쳤다. 하지만 이내 자신이 구걸하는 처지임을 깨닫고 입술을 깨물었다.

"꽤 자연스럽게 하고 있잖아." 딘이 화를 내며 말했다. "넌 지금 나를 진퇴양난으로 몰아넣고 있어. 돈을 안 빌려주면 내가 못된 놈이 되는 상황이잖아. 그리고 말인데, 300달러는 나한테도 쉬운 액수가 아니야. 내 수입이 그렇게 많지 않다고. 그만큼 빠져나가면 꽤 타격이 크단 말이야."

딘은 의자에서 일어나 옷을 골라 입기 시작했다. 고든은 침대 모서리를 움켜쥔 채 팔을 쭉 뻗었다. 고개를 들면 눈물이 쏟아질 것 같았다. 머리는 깨질 듯이 아프고, 입안은 바짝 말랐으며, 온몸엔 열이 오르며 규칙적인 맥박처럼 두근거림이 이어졌다.

딘은 넥타이를 정성스레 매고, 눈썹을 빗고, 이를 사이에서 담배조각 하나를 꺼냈다. 그런 다음 담배 케이스를 채우고 빈 상자를 쓰레기통에 던졌다. 케이스를 조끼 주머니에 넣은 그는 물었다.

"아침은 먹었냐?"

"아니. 요즘은 아침을 안 먹어."

"그럼 나가서 먹자. 돈 얘기는 나중에 하자. 이제 그 얘기는 질렸어. 난 이번 여행을 즐기러 온 거야. 예일 클럽으로 가자." 그러곤 잠시 멈추더니, 약간의 비난조로 덧붙였다. "넌 지금 일도 없잖아. 할 일도 없고."

"돈만 좀 있으면 할 일은 많아." 고든이 꼬집듯 말했다.

"제발 그 얘긴 그만해! 내 휴가 분위기 다 망치고 싶어? 자, 여기 돈 좀 가져."

딘은 지갑에서 5달러짜리 한 장을 꺼내 던졌다. 고든은 그것을 조심스럽게 접어 주머니에 넣었다. 그의 뺨에 희미한 붉은 기운이 돌았고, 그것은 병의 열기와는 다른 생기였다.

둘은 문 쪽으로 향했다. 잠시 서로의 시선이 마주쳤다. 그 짧은 순간, 두 사람은 말없이 고개를 돌렸다. 그리고 그 찰나에, 둘은 갑작스럽고 명확하게 서로를 증오하게 되었다.

2

피프스 애비뉴와 44번가에는 점심 무렵 인파가 몰려 있었다. 부유하고 행복한 태양빛이 세련된 상점의 두꺼운 유리창을 통과해 잠시 금빛으로 반짝였다. 그 빛은 회색 벨벳 진열함 속의 망사 가방과 지갑, 진주 목걸이를 비추고, 다채로운 깃털 부채와 값비싼 드레스의 레이스와 실크 위에도 흘러내렸다. 또한 실내 장식가의 호화로운 전시실에 놓인 서투른 그림들과 고급 앤티크 가구 위에도 그 따스한 빛이 번졌다.

직장 여성들은 둘씩, 무리 지어 이 창가 앞을 서성였다. 어떤 이는 화려한 전시 속에서 남자의 실크 잠옷까지 정성스럽게 침대 위에 놓인 것을 보며, 언젠가 꾸게 될 자신의 침실을 상상했다. 또 다른 이들은 보석상 앞에 서서 약혼반지와 결혼반지, 백금 손목시계를 고르며, 다음에는 깃털 부채와 오페라 망토를 구경하러 옮겨 갔다. 그들은 샌드위치와 선데를 점심으로 먹은 뒤, 그 여운을 곱씹으며 천천히 걸었다.

군복 차림의 남자들도 인파 속에 섞여 있었다. 허드슨 강에 정박 중인 대함대의 선원들, 매사추세츠에서 캘리포니아까지 각 사단의 표식을 단 군인들이었다. 그들은 간절히 주목받길 원했지만, 이 대도시는 이제 군인들에게 진저리가 난 듯했다. 예외가 있다면, 무거운 군장과 소총을 메고 '보기 좋게 정렬된' 행진 대열 속에 있을 때뿐이었다.

이 혼잡한 거리 속을 딘과 고든이 걸었다. 딘은 흥미롭고 활기찬 눈으로 이 인간 군상의 가장 거품 같고 화려한 모습을 관찰했다. 반면 고든은 예전 자신도 이 인파의 일부였던 시절을 떠올렸다. 지치고, 허기를 달래며, 과로하고, 방탕했던 시절이었다. 딘에게 이 광경은 젊고 생기 넘치는 투쟁처럼 보였지만, 고든에게는 허무하고 끝없는 소음일 뿐이었다.

그들은 예일 클럽에서 예전 동급생 몇 명을 만났다. 뉴욕을 방문한 딘을 반갑게 맞이한 친구들은 소파와 큰 안락의자에 반원형으로 앉아 위스키 한 잔씩을 들었다. 고든은 그들의 대화를 지루하고 끝도 없다고 느꼈다.

점심을 함께하며 술기운이 오르자 분위기는 한층 뜨거워졌다. 그들은 모두 그날 밤 열릴 감마 프시 댄스에 갈 예정이었다. 전쟁 이후 가장 좋은 파티가 될 거라고들 했다.

"이디스 브래든도 온대." 누군가 고든에게 말했다. "전에 너랑 사이가 좀 있지 않았어? 둘 다 해리스버그 출신 아니었나?"

"맞아." 그는 화제를 돌리려 했다. "가끔 걔 오빠를 봐. 약간 사회주의에 빠져 있더라고. 뉴욕에서 무슨 신문을 낸다나 봐."

"누나랑은 정반대네, 그렇지? 이디스는 사교계의 꽃이잖아. 오늘 밤엔 피터 히멜이라는 주니어 학생이랑 온대."

고든은 밤 8시에 주얼 허드슨을 만나기로 되어 있었다. 그녀에게 돈을 주기로 약속했기 때문이다. 그는 몇 번이고 초조하게 손목시계를 확인했다. 오후 4시가 되자 다행히 딘이 일어나, 리버스 브라더스 상점에 가서 칼라와 넥타이를 사야겠다고 했다. 그러나 클럽을 나서는 순간, 다른 친구 한 명이 동행하겠다고 나서 고든은 속이 쓰려졌다. 딘은 완전히 들뜬 기분이었다. 그날 밤의 파티를 기대하며, 살짝 취한 듯 유쾌했다.

리버스에 도착하자 딘은 넥타이 12개를 샀다. 하나하나를 고를 때마다 다른 남자에게 의견을 물었다. "요즘은 폭이 좁은 게 다시 유행일까?" "리버스가 이제 웰시 마고트슨 칼라를 못 구한다니 아쉽지 않아? '코빙턴'만 한 칼라는 없었는데."

고든은 점점 초조해졌다. 당장 돈이 필요했다. 게다가 마음 한켠에는 감마 프시 댄스에 가고 싶은 충동도 피어올랐다. 이디스를 보고 싶었다. 전쟁에 가기 직전, 해리스버그 컨트리클럽에서의 그 낭만적인 하룻밤 이후 한 번도 만나지 못한 그녀였다. 그 일은 전쟁의 혼란 속에 묻혀 완전히 잊힌 줄 알았지만, 갑자기 그녀의 생기 넘치고 명랑한 얼굴이 떠올랐다. 사소한 말들을 쏟아내던 그녀의 목소리, 눈빛, 웃음이 한꺼번에 되살아났다.

그는 대학 시절 내내 그녀를 그리며, 약간은 거리를 둔 채 애정 어린 감탄으로 바라봤었다. 그녀를 그린 스케치가 방 안 곳곳에 걸려 있었다. 골프를 치거나 수영을 하는 모습 등, 그는 눈을 감고도 그녀의 발랄하고 매력적인 옆모습을 그릴 수 있었다.

그들은 5시 반쯤 리버스를 나와 인도 위에 잠시 섰다.

"자." 딘이 쾌활하게 말했다. "이제 다 됐네. 호텔로 돌아가서 면도하고, 머리 자르고, 마사지나 받아야겠어."

"좋아." 다른 남자가 말했다. "나도 같이 가지."

고든은 결국 또 실패하는 게 아닐까 싶었다. 그는 간신히 참으며 속으로 "꺼져, 제발 좀 가버려!"라고 외치고 싶은 충동을 억눌렀다. 절망스럽게도 딘이 일부러 그를 붙잡아 둔 건 아닐까, 돈 문제로 마찰이 생기는 걸 피하려고 저 남자를 끼워 넣은 건 아닐까 하는 의심이 들었다.

그들은 빌트모어 호텔로 들어갔다. 그곳은 수많은 여자들로 북적였다. 대부분 서부와 남부에서 온 미모의 아가씨들이었고, 명문대의 유명 사교클럽 무도회에 참석하기 위해 모인 각지의 화려한 데뷔 무도회 주인공들이었다. 그러나 고든에게 그들은 모두 꿈속의 얼굴처럼 멀게 느껴졌다. 그는 마지막 부탁을 할 기운을 모았다. 뭐라 말할지도 모른 채 입을 열려던 찰나, 딘이 갑자기 다른 남자에게 양해를 구하고 고든의 팔을 붙잡아 그를 한쪽으로 데려갔다.

"고디." 딘이 빠르게 말했다. "곰곰이 생각해봤는데, 돈은 빌려줄 수 없겠어. 도와주고 싶긴 하지만, 이번 달은 나도 빠듯할 것 같아."

고든은 멍한 표정으로 그를 바라보다가, 이제껏 한 번도 알아차리지 못했던 딘의 윗니가 유난히 앞으로 튀어나와 있다는 걸 새삼 깨달았다.

"정말 미안해, 고든." 딘이 말을 이었다. "하지만 어쩔 수 없어."

그는 지갑을 꺼내 천천히 75달러를 세어 돈을 내밀었다.

"자." 그는 말했다. "여기 75달러야. 지금까지 합치면 80달러가 되겠지. 내가 여행 경비로 쓸 돈 말고는 현금이 이게 전부야."

고든은 자동적으로 주먹을 움켜쥐었다가, 마치 집게를 쥐듯 손을 펴고, 다시 그 돈을 꼭 쥐었다.

"무도회에서 보자." 딘이 계속 말했다. "이제 이발소에 가야겠어."

"잘 가." 고든이 힘 빠지고 쉰 목소리로 말했다.

"잘 있어."

딘은 잠시 미소를 지으려다 말고, 가볍게 고개를 끄덕이며 사라졌다. 고든은 그 자리에 서 있었다. 잘생긴 얼굴은 고통으로 일그러졌고, 손에는 지폐 뭉치가 단단히 쥐어져 있었다. 그리고 갑자기 눈물이 앞을 가리자, 그는 비틀거리며 빌트모어의 계단을 더듬듯 내려갔다.

3

그날 밤 9시쯤, 사람 두 명이 식스 애비뉴의 허름한 식당에서 나왔다. 그들은 추하고, 영양실조에 시달렸으며, 이미 생기라곤 찾아볼 수 없었다. 지쳐버린 눈빛 속에는 인간다움의 마지막 불씨조차 희미하게 남아 있을 뿐이었다. 낯선 나라의 더러운 도시에서 추위와 굶주림, 그리고 이가 들끓는 생활을 견디며, 삶의 색을 잃은 채 하루하루를 버티고 있었다. 그들은 가난했고, 친구 하나 없었으며, 태어날 때부터 표류하던 존재들이었고, 죽을 때까지도 그럴 운명이었다. 그들은 미군 제복을 입고 있었고, 어깨에는 뉴저지에서 징집된 사단의 표식이 달려 있었다. 사흘 전, 그들은 막 상륙한 병사들이었다.

둘 중 키가 큰 쪽은 캐럴 키라는 이름을 가진 남자였다. 그 이름은, 아무리 미약하게나마 그 혈관 속에 잠재된 가능성의 흔적이 흐른다는 걸 암시했지만, 턱이 없는 긴 얼굴과 흐릿한 눈, 높은 광대뼈를 아무리 들여다보아도 조상의 가치나 타고난 영리함의 흔적은 찾아볼 수 없었다.

그의 동료는 구릿빛 피부에 다리가 휘었고, 쥐 같은 눈과 여러 번 부러져 굽은 매부리코를 가진 사내였다. 그는 세상에 맞서며 살아온 사람 특유의 거칠고 도전적인 표정을 짓고 있었지만, 그것은 허세였다. 언제나 위협과 허풍이 지배하는 세계에서 살아남기 위해 몸에 익힌 방어 수단이었다. 그의 이름은 거스 로즈였다.

식당을 나선 두 사람은 성냥개비처럼 마른 이쑤시개를 입에 문 채, 태평스럽게 식스 애비뉴를 걸었다.

"이제 어디로 가지?" 로즈가 물었다. 그의 어조에는 키가 남태평양이라도 가자고 해도 놀라지 않겠다는 뉘앙스가 담겨 있었다.

"술이나 좀 구해볼까?" 키가 제안했다. 금주법은 아직 시행되지 않았지만, 군인에게 술을 파는 건 법으로 금지돼 있었다. 그 불법의 향기가 오히려 그를 들뜨게 했다.

로즈는 기꺼이 동의했다.

"좋은 생각이 있어." 키가 잠시 생각하다가 말했다. "형이 하나 있거든."

"뉴욕에?"

"그래. 나보다 좀 나이 많아. 음식점에서 웨이터로 일해."

"그럼 형이 술 좀 구해줄 수 있겠네."

"물론이지!"

로즈가 말했다. "믿어봐, 난 내일 이 빌어먹을 군복을 벗어버릴 거야. 다시는 입지 않을 거고. 이제 좀 제대로 된 옷을 입고 다녀야지."

"글쎄, 아닐지도 모르지."

두 사람의 합친 돈이 5달러도 채 되지 않았으므로, 그 말은 사실상 아무 해도 끼치지 않는 말장난에 불과했다. 그럼에도 그들은 그 말을 기분 좋게 받아들이며 킥킥 웃었고, 성경 속 인물들의 이름을 거론하며 "오, 이런!" "알지?" "틀림없지!" 같은 말들을 수차례 되풀이했다.

이 두 사람의 정신세계라 할 만한 것은, 오랫동안 자신들을 먹여 살려온 제도(군대, 직장, 빈민원 같은 곳)와 그 안에서 자신들을 지휘하던 상급자에 대한 불평뿐이었다. 그날 아침까지만 해도 그들에게 그 제도는 '정부'였고, 상급자는 '대위님'이었다. 그러나 이제 그 틀에서 벗어난 그들은 다음 구속을 찾기 전의 막연한 불안 속에 있었다. 자유로워졌다는 사실이 오히려 낯설고 불편했다. 겉으로는 군대를 벗어나 속이 다 시원하다는 듯 호들갑을 떨며, 다시는 군대의 규율에 얽매이지 않겠다고 큰소리쳤지만, 실제로 그들은 감옥에 있을 때보다 이 자유 속에서 훨씬 더 불안하고 어색했다.

그러다 문득 키가 걸음을 재촉했다. 로즈는 그가 쳐다보는 곳을 따라가며, 거리 아래로 사람들이 모여드는 것을 보았다. 키는 킥킥 웃으며 그 무리 쪽으로 달리기 시작했고, 로즈도 마치 신호를 받은 듯 짧고 휘어진 다리를 번쩍이며 그를 따라 달렸다.

군중의 바깥자락에 도착하자마자 그들은 순식간에 그 무리 속으로 섞여들었다. 사람들은 누더기를 걸친 술 취한 민간인들과, 각기 다른 사단의 군인들로 뒤섞여 있었다. 그 가운데에는 긴 검은 수염을 기른 왜소한 유대인이 팔을 휘두르며 열정적으로 연설을 하고 있었다. 키와 로즈는 몸을 비집고 안쪽으로 파고들어 그를 의심스럽게 바라보았다. 그의 목소리가 군중의 웅성임 속을 뚫고 그들의 귀에 꽂혔다.

"전쟁에서 너희가 얻은 게 뭐야?" 그가 격렬하게 외쳤다. "주위를 봐, 다들 봐! 부자가 됐어? 돈이라도 좀 벌었어? 아니지. 살아 돌아온 것만으로도 운이 좋은 거야. 다리라도 멀쩡하면 말이야. 집에 돌아와 보니 아내가 다른 남자랑 도망가지 않은 것, 그게 운이지! 누가 이 전쟁에서 이득을 봤는데? J. P. 모건이나 존 D. 록펠러 같은 놈들 말고 누가 있냐고!"

그때였다. 수염 난 그의 턱 끝에 날아든 주먹이 정확히 꽂혔다. 그는 뒤로 나자빠지며 길바닥에 쓰러졌다.

"빌어먹을 볼셰비키 놈!" 그를 때린 건 팔뚝 굵은 대장장이 출신의 군인이었다. 주위에서 "잘했다!"는 함성이 터져 나오며 사람들이 앞으로 몰려들었다.

유대인은 비틀거리며 일어섰다가, 다시 여섯 개의 주먹에 얻어맞고 길바닥에 쓰러졌다. 이번에는 움직이지 않았다. 안팎으로 찢긴 입에서 피가 배어나왔고, 거친 숨소리만이 들렸다.

군중은 아수라장이 되었고, 몇 분 뒤 키와 로즈는 여느 때처럼 그 흐름 속에 휩쓸려 있었다. 그들은 삐쩍 마른 중절모 쓴 사내와, 유대인을 때린 건장한 병사가 선두에 선 무리의 일부가 되어 식스 애비뉴를 따라 행진했다. 어느새 그 무리는 놀라울 만큼 커졌고, 길가의 구경꾼들까지 가세해 "잘한다!"는 함성을 보탰다.

"우리 어디로 가는 거야?" 키가 옆사람에게 소리쳤다.

그가 앞쪽을 가리켰다.

"저 앞의 남자가 말이야. 저놈들이 모여 있는 데를 안다더군! 우리가 보여줄 거야!"

"우리가 보여줄 거야!" 키가 흥분해서 로즈에게 속삭였다. 로즈는 그 말을 홍얼거리듯 따라 하며 옆의 사람에게까지 전했다.

행렬은 식스 애비뉴를 따라 내려가며 여기저기서 군인과 해병, 그리고 몇몇 민간인을 끌어들였다. "나도 방금 제대했어!"라고 외치며 합류하는 자들도 많았다. 마치 새로 생긴 '오락 클럽'의 회원 증명서라도 내미는 듯했다.

곧 행렬은 한 골목으로 꺾어 들어가 피프스 애비뉴 방향으로 향했다. 그리고 이내 사람들 사이로 속삭임이 퍼졌다. 목적지는 톨리버 홀에서 열리는 적군(赤軍) 집회라는 소문이었다.

"거기가 어디야?"

질문이 행렬의 앞쪽으로 전해졌고, 잠시 후 대답이 뒤로 흘러왔다. 톨리버 홀이 10번가에 있다는 것이었다. 이미 그곳에 다른 군인들이 가서 그 모임을 때려 부수려 한다는 소식도 덧붙었다.

하지만 '10번가'라는 말이 어딘가 멀게 들리자, 군중 속에서 한숨과 불평이 터져 나왔고, 그중 스무 명가량이 흥미를 잃고 떨어져 나갔다. 로즈와 키도 그중 하나였다. 둘은 걸음을 늦추며, 여유롭게 인도 쪽으로 빠져나왔다.

"난 차라리 술이나 한잔하고 싶다." 키가 말했다. 그들은 "겁쟁이!" "포탄 구덩이에서 나온 놈들!" 같은 야유를 들으며 길가로 걸어갔다.

"네 형은 이 근처에서 일하나?" 로즈가 물었다. 겉보기엔 사소한 대화였지만, 마치 인생의 근본으로 파고드는 듯한 어조였다.

"그럴 거야." 키가 대답했다. "몇 년 동안 못 봤거든. 펜실베이니아 쪽에 있었으니까. 지금도 밤에는 일 안 할지도 몰라. 이 근처쯤이야. 형만 있으면 술 좀 얻을 수 있을 거야."

몇 분간 거리를 돌아다닌 끝에 그들은 낡은 테이블보가 걸린 허름한 식당을 찾았다. 피프스 애비뉴와 브로드웨이 사이였다. 키는 안으로 들어가 형 조지를 찾았고, 로즈는 밖에서 기다렸다.

"이제 여기서 일 안 한대." 키가 나와 말했다. "델모니코스에서 웨이터로 일한대."

로즈는 마치 예상이라도 했다는 듯 고개를 끄덕였다. 유능한 사람이라면 직장을 옮길 수도 있는 법이었다. 그는 예전에 알던 한 웨이터 이야기를 꺼냈고, 두 사람은 잠시 '웨이터는 급여보다 팁으로 더 버나?' 하는 문제로 길게 토론했다. 결국 결론은, 웨이터의 수입은 일하는 식당의 격조에 달렸다는 것이었다. 두 사람은 델모니코스에서 백만장자들이 샴페인을 마시며 50달러짜리 지폐를 내던지는 상상을 하다가, 문득 '나도 웨이터나 될까' 하는 생각을 품었다. 키는 속으로 형에게 일자리를 부탁할 결심까지 세웠다.

"웨이터면 손님이 남긴 샴페인도 마음껏 마실 수 있잖아." 로즈가 맛있다는 듯 말했다. 그러곤 덧붙였다. "오, 멋진데!"

델모니코스에 도착했을 때는 이미 10시 반이었고, 문 앞에는 택시들이 줄지어 서 있었다. 차마다 모자를 쓰지 않은 젊은 여자들이 내렸고, 그 곁에는 턱시도를 입은 젊은 남자들이 동행하고 있었다.

"파티인가 봐." 로즈가 감탄 섞인 목소리로 말했다. "지금 들어가면 방해될지도 몰라."

"괜찮아. 형은 바쁘지 않을 거야."

조금 망설인 끝에 그들은 가장 소박해 보이는 문으로 들어갔다. 그러나 안에 들어서자마자 우왕좌왕하며, 식당 구석의 눈에 잘 띄지 않는 자리에 서 있었다. 두 사람은 모자를 벗어 손에 들고 있었고, 어쩐지 마음이 어두워졌다. 잠시 후, 한쪽 문이 쾅 열리며 혜성처럼 빠른 웨이터 한 명이 번개처럼 지나가 다른 문으로 사라졌다. 그렇게 세 번이나 웨이터들이 휙휙 지나간 뒤에야 두 사람은 용기를 내어 그중 한 명을 불렀다. 웨이터는 의심스러운 눈빛으로 그들을 훑어보고, 언제든 도망칠 태세로 살금살금 다가왔다.

"저기요." 키가 말을 꺼냈다. "혹시 우리 형 아세요? 여기서 일해요."

"이름이 키예요." 로즈가 덧붙였다.

웨이터는 고개를 끄덕였다. 키를 안다고 했다. 위층에 있을 거라며, 위에서는 큰 무도회가 열리고 있다고 설명했다. 자신이 가서 전해주겠다고 했다. 10분 뒤, 조지 키가 나타났다. 그는 동생을 보자마자 눈빛부터 경계로 물들었다. 첫 생각이 '돈을 빌려달라 하려나'였던 것이다.

조지는 키보다 키가 크고 턱이 약간 빠져 있었지만, 그 외의 점에서는 전혀 닮지 않았다. 그의 눈은 흐릿하지 않았고, 반짝이며 영리했다. 말투는 부드럽고 세련되었으며, 실내에서 일하는 사람 특유의 약간의 우월감이 배어 있었다. 인사는 형식적이었다. 조지는 결혼해 아이가 셋 있었다. 그는 동생이 군대에서 돌아온 이야기에 어느 정도 관심은 보였지만, 감탄하거나 자랑스러워하진 않았다. 그 점이 캐럴 키를 은근히 실망시켰다.

"조지." 의례적인 인사를 마친 동생 캐럴이 말을 꺼냈다. "우리 술 좀 구하려고 하는데, 어디서도 안 팔아줘. 좀 구해줄 수 있겠어?"

조지는 잠시 생각하더니 말했다.

"그래, 아마 구할 수 있을 거야. 그런데 한 삼십 분쯤 걸릴지도 몰라."

"괜찮아." 캐럴이 대답했다. "기다릴게."

로즈가 근처 의자에 앉으려는 순간, 조지가 불같이 외쳤다.

"야! 조심해! 거기 앉으면 안 돼! 이 방은 열두 시에 있을 연회 준비 다 해놨단 말이야."

"내가 망치기라도 하겠어?" 로즈가 억울하다는 듯 대꾸했다. "소독도 다 하고 왔는데."

"그건 상관없어." 조지가 단호히 말했다. "여기서 나랑 얘기하는 거 누가 보면, 특히 수석 웨이터[25]가 보면 나한테 난리칠 거야."

"아, 그렇군."

'수석 웨이터'라는 말에 두 사람은 더 이상 묻지 않았다. 그만큼이면

---

25 수석 웨이터(Head Waiter): 식당, 호텔, 혹은 연회장 등에서 서빙 담당 직원들(웨이터·웨이트리스)을 총괄하는 책임자를 말한다.

충분한 설명이었다. 두 사람은 손에 들고 있던 제대 모자를 만지작거리며 조심스레 다음 말을 기다렸다.

잠시 후, 조지가 말했다.

"좋아, 기다릴 데가 있어. 나 따라와."

그는 그들을 데리고 부엌 쪽으로 난 문을 지나, 텅 빈 식기실을 통과해 어두운 나선형 계단을 올라갔다. 계단 끝에는 희미한 전구 하나가 켜진 작은 방이 있었다. 그 안에는 뒤집어 놓은 양동이들과 청소용 솔이 잔뜩 쌓여 있었다. 조지는 거기서 그들을 내려놓고, 위스키 한 병을 구해오겠다는 약속과 함께 2달러를 받아갔다.

"조지는 돈 꽤 버는 거 같아." 키가 침울하게 말했다. 양동이를 거꾸로 엎어 놓고 그 위에 앉으며 덧붙였다. "한 주에 오십 달러는 벌겠지."

로즈는 고개를 끄덕이며 침을 뱉었다.

"나도 그럴 거 같아."

"아까 춤추는 건 누구들 파티래?"

"대학 놈들이래. 예일이라나."

둘은 서로를 보며 진지하게 고개를 끄덕였다.

"그 폭동 일으키던 군인들은 지금쯤 어딨을까?"

"몰라. 하지만 난 그 먼 데까지는 못 걸어."

"나도 마찬가지야. 그렇게 멀리는 절대 안 가."

10분쯤 지나자 두 사람은 점점 안절부절못했다.

"밖에 뭐 있나 보고 올게." 로즈가 조심스럽게 문 쪽으로 다가갔다.

그 문은 녹색 천으로 덮인 흔들문이었고, 그는 살짝 한 뼘쯤 열어보았다.

"뭐 보여?"

로즈는 숨을 들이마시며 낮게 외쳤다.

"세상에! 술이 잔뜩 있잖아!"

"술이라고?"

키가 재빨리 다가와 그의 어깨 너머로 들여다봤다.

"이건 진짜 술이네." 그는 잠시 눈을 빛내며 속삭였다.

그들이 있는 방의 두 배쯤 되는 공간이 보였다. 그 안에는 눈이 부실 정도로 화려한 술잔치가 차려져 있었다. 흰 보자기를 씌운 긴 테이블 두 줄 위에는 병들이 번갈아 늘어서 있었고, 위스키, 진, 브랜디, 프랑스와 이탈리아산 베르무트, 오렌지 주스까지 다양했다. 거기에 소다 사이펀 여러 개와 커다란 펀치볼 두 개가 준비되어 있었다. 그 방은 아직 아무도 들어오지 않은 상태였다.

"이건 아까 말한 무도회용이야." 키가 속삭였다. "저기 바이올린 소리 들리지? 야, 나도 한바탕 춤이나 추고 싶다."

그들은 조심스럽게 문을 닫고 서로 눈을 마주쳤다. 말이 필요 없었다. 둘 다 이미 같은 생각을 하고 있었다.

"저 병 몇 개만 손에 넣을 수 있으면 좋겠는데." 로즈가 단호하게 말했다.

"나도 그래."

"근데 들키면 어쩌지?"

키는 잠시 고민했다. "지금은 좀 위험할지도 몰라. 아직 다 진열해 놨잖아. 몇 병 있는지도 다 알고 있을 거야. 사람들이 마시기 시작할 때쯤이 낫겠어."

두 사람은 그 문제를 두고 몇 분간 실랑이를 벌였다. 로즈는 당장이라도 병 하나를 코트 안에 숨기고 나가자고 주장했다. 반면 키는 조심해야 한다고 맞섰다. 괜히 형이 곤란해질 수도 있다는 걱정 때문이었다. 병들이 열리기 시작한 뒤라면, 슬쩍 가져가도 대학생들 중 누군가인 줄 알 테니 괜찮다는 계산이었다.

그들이 여전히 의견을 주고받고 있을 때, 조지 키가 급히 방을 가로질러 지나가며 짧게 인사만 하고는 녹색 문으로 사라졌다. 잠시 후, 그들은 펑펑 터지는 코르크 소리와 얼음이 부서지는 소리, 그리고 술이 따르는 찰랑임을 들었다. 조지가 펀치를 만들고 있는 것이었다.

두 병사는 서로 만족스럽게 웃었다.

"이거야, 제대로 걸렸네." 로즈가 속삭였다.

조지가 다시 나타났다.

"얌전히 있어, 애들아." 그가 빠르게 말했다. "5분 안에 술 가져다줄게."

그리고 그는 다시 내려가는 문으로 사라졌다. 그의 발소리가 계단 아래로 멀어지자, 로즈는 잠시 주변을 살피더니 재빨리 '천국의 방'으로 뛰어들었다. 잠시 후 그는 손에 병 하나를 들고 돌아왔다.

"이제 내 생각은 이래." 로즈가 말했다. 그들은 첫 잔을 마시며 황홀한 표정으로 앉아 있었다. "조지가 오면, 그냥 여기서 마시게 해달라고 하자. 마실 데가 없다고 하면 되잖아. 그러면 틈날 때마다 저 방에 살짝 들어가서 병 하나씩 숨기면 돼. 며칠은 거뜬하겠지, 안 그래?"

"물론이지." 키가 열성적으로 동의했다. "오, 완벽해! 원하면 군인들한테 팔 수도 있잖아."

그들은 잠시 아무 말 없이, 그 근사한 계획을 상상하며 흐뭇하게 미소 지었다. 그러다 키가 손을 들어 코트 깃을 풀며 말했다.

"여기 너무 덥지 않아?"

"지독히 덥지." 로즈가 진지하게 맞장구쳤다. "지옥만큼 덥네."

4

드레스룸에서 나와 홀로 이어지는 응접실을 건널 때, 이디스는 여전히 화가 나 있었다. 하지만 그녀의 분노는 사건 그 자체보다는, 그런 일이 하필이면 오늘 밤에 일어났다는 사실에 대한 것이었다. 이런 일은 그녀의 사회 생활 속에서 흔한 일이었고, 그녀 자신에게는 아무 잘못이 없었다. 그녀는 언제나 그랬듯, 품위와 은근한 연민이 섞인 완벽한 태도로 그를 냉정하게 무시했다.

그 일은 빌트모어 호텔을 떠나던 택시 안에서 벌어졌다. 차가 겨우 반 블록쯤 나갔을 때, 피터가 어색하게 오른팔을 들어—그녀는 그의 오른쪽에 앉아 있었다—그녀의 붉은색 털 장식이 달린 오페라용 망토 위로 팔을 두르려 했다. 그건 처음부터 실수였다. 여자의 반응이 확실치 않을 때는, 가까운 팔이 아니라 먼 쪽 팔을 먼저 두르는 게 훨씬 자연스러웠다. 그래야 팔을 들어 올리는 어색한 동작을 피할 수 있었다.

두 번째 실수는 무의식적인 것이었다. 이디스는 그날 오후 미용실에서 머리를 손질받았다. 그녀에게 머리에 손상이 가는 일은 상상만으로도 불쾌했다. 그런데 피터가 그 어색한 시도를 하는 순간, 팔꿈치 끝이 살짝 그녀의 머리를 건드린 것이다. 두 번의 실수면 충분했다.

그가 웅얼거리기 시작하자, 이디스는 즉시 그가 그저 어린 대학생일 뿐이라는 판단을 내렸다. 이디스는 스물두 살이었고, 무엇보다 이 무도회—전쟁 이후 처음 열리는 이 행사—는 그녀의 기억 속에서 다른 무도회와 또 다른 남자를 떠올리게 했다. 그 남자에게 느꼈던 감정은 그저 애잔하고 서글픈 십대 식의 감상에 불과했지만, 그 기억은 여전히 생생했다. 이디스 브래딘은 지금, 고든 스테릿에 대한 추억에 사랑에 빠지고 있었다.

그녀는 델모니코스의 드레스룸을 나와 문가에 서서, 앞에 선 검은 드레스를 입은 여자의 어깨 너머로 계단 위의 예일 대학생들을 바라보았다. 그들은 마치 장중한 검은 나비들처럼 계단 난간을 따라 흩어져 있었다. 그녀가 있던 방 안에서는 수많은 향수와 분가루의 잔향이 공기 속에 남아 있었다. 그 향은 복도를 따라 나와 담배 연기와 뒤섞였고, 감마 프시 무도회가 열릴 볼룸까지 내려가 감각적으로 퍼져나갔다. 그것은 이디스에게 너무나 익숙한 냄새였다. 자극적이고, 흥분되며, 달콤하게 불안한—세련된 무도회의 향기였다.

이디스는 자신의 모습을 떠올렸다. 맨팔과 어깨에는 크림빛 파우더가 곱게 발라져 있었다. 부드럽고 매끈한 그 살결은 오늘 밤, 검은 턱시도 차림의 남자들 곁에서 우유처럼 빛날 것이었다. 머리는 완벽히 세팅되어 붉은빛이 감도는 머리칼이 유려한 곡선을 이루며 화려하게 땋여 있었다. 입술은 짙은 카민색으로 단정히 그려졌고, 눈동자는 섬세하고 깨질 듯한 도자기빛의 푸른색이었다.

그녀는 머리끝에서 발끝까지 흐트러짐 없는 완벽한 아름다움의 결정체였다. 정교하게 쌓인 머리에서부터 가늘고 작은 두 발끝까지, 한 줄기의 매끄러운 선처럼 이어지는, 완벽히 조율된 하나의 예술 작품이었다.

이디스는 무도회장 안에서 울려 퍼지는 웃음소리와 발소리, 계단을 오르내리는 커플들의 움직임을 들으며, 오늘 밤 어떤 대화를 나눌지 생각했다. 그 밤 그녀가 할 말들은 언제나 그래왔듯, 세련된 대화의 '라인'으로 짜여 있을 것이다. 유행어와 잡지체 문장, 대학가의 속어를 섞어 아무렇지 않게 이어붙인 문장들. 가볍고, 약간 도발적이며, 은근히 감상적인 어투였다.

그때 근처 계단에 앉은 여자가 "넌 아직 반도 몰라, 자기야!"라고 말하는 소리가 들렸다. 이디스는 웃음을 지었다. 순간, 화가 스르르 가라앉았다. 그녀는 눈을 감고, 깊은 숨을 들이쉬었다. 만족감이 밀려왔다. 팔을 내려 옆구리에 붙이자, 얇은 드레스 천 너머로 몸의 매끄러운 곡선이 느껴졌다. 자신의 부드러움을, 자신의 팔의 희고 매끈한 결을 이토록 생생히 느낀 적은 없었다.

"내 몸에서 향기가 나." 그녀는 낮게 중얼거렸다. 그리고 곧 또 다른 생각이 이어졌다. "나는 사랑을 위해 태어났어."

그 말이 마음에 들어, 한 번 더 되뇌었다. 그러자 자연스럽게 고든에 대한 생각이 밀려왔다. 두 달 전부터 시작된 그 막연한 그리움—그를 다시 보고 싶다는 욕망은 결국 오늘 밤, 이 무도회를 향해 있었던 것 같다.

화려한 외모와는 달리, 이디스는 사려 깊고 진지한 성격의 여자였다. 그녀에게는 오빠 헨리 브래딘과 닮은 면이 있었다. 세상을 깊이 생각하고, 이상을 좇으려는 기질. 헨리는 코넬 대학에서 경제학 강사로 일하다가 뉴욕으로 와 급진적 주간지에 기고하며 사회 개혁을 외치는 사람이었다.

이디스는 그보다 현실적이었다. 그녀는 세상을 고치는 대신, 고든 스테릿을 고치고 싶었다. 그에게는 돌봐주고 싶은 나약함이 있었고, 지켜주고 싶은 무력함이 있었다. 게다가 그녀는 자신을 오래전부터 알고, 오래 사랑해온 누군가를 원했다. 이제 조금 지쳐 있었고, 결혼을 원했다.

편지 몇 통, 사진 몇 장, 그리고 가물가물한 기억과 함께, 그녀는 결심했다. 다음에 고든을 만나면, 그와의 관계를 바꿔놓겠다고. 무언가 달라질 말을 하겠다고. 그리고 그 기회가 바로 오늘 밤이었다. 오늘 밤은 그녀의 밤이었다. 언제나 그렇듯, 모든 밤은 그녀의 밤이었다.

그때, 한 남자가 다가왔다. 지나치게 정중하고, 어딘가 상처받은 듯한 얼굴을 한 대학생이었다. 바로 그녀가 함께 온 피터 히멜이었다. 그는 키가 크고, 뿔테안경을 썼으며, 익살스러운 인상을 가진 남자였다. 하지만 이디스는 갑자기 그가 마음에 들지 않았다. 아마 그가 아까 그녀에게 키스하지 못했기 때문일 것이다.

"그래요." 그녀가 먼저 말을 꺼냈다.

"아직도 화났어요?"

"전혀요."

이디스는 앞으로 나서며 그의 팔을 잡았다.

"미안해요." 그녀가 부드럽게 말했다. "왜 그렇게 신경질적으로 굴었는지 모르겠어요. 오늘은 좀 이상하게 기분이 안 좋네요. 미안해요."

"괜찮아요." 피터가 중얼거렸다. "신경 쓰지 마요."

그는 어색하고 불쾌했다. 그녀가 자신의 실패를 일부러 상기시키는 것만 같았다.

"그건 실수였어요." 이디스는 여전히 조심스러운 어조로 덧붙였다. "그냥 둘 다 잊자고요." 그 말에 피터는 속으로 그녀를 미워했다.

잠시 후, 두 사람은 춤추는 사람들 사이로 나왔다. 특별히 고용된 재즈 오케스트라의 연주가 울려 퍼졌다. 색소폰과 재즈 보컬이 속삭였다.

"색소폰이랑 나, 둘만 있으면 그게 바로 듀엣이지!"

콧수염이 있는 남자가 다가와 말을 걸었다.

"안녕하시오." 그는 서운하다는 듯 말했다. "절 기억 못 하시나 봐요."

"이름이 생각이 안 나네요." 이디스가 가볍게 웃으며 말했다. "분명 잘 아는 분인데."

"우리가 예전에—" 남자는 말끝을 흐렸다. 그때 금발의 남자가 그들 사이로 끼어들었다.

이디스는 "고마워요, 다음에 또 춤춰요."라고 가볍게 인사하며 그를 물러나게 했다. 금발의 남자는 반갑게 악수를 청했다. 그녀는 그를 '짐'이라는 이름으로 기억해냈다. 성은 생각나지 않았지만, 춤출 때 특유의 리듬감이 있었던 남자였다. 그 리듬이 그대로였다.

"얼마나 있을 거예요?" 그가 속삭이듯 물었다.

이디스는 몸을 뒤로 젖히며 올려다보았다.

"몇 주쯤요."

"어디 묵어요?"

"빌트모어 호텔이에요. 나중에 전화해요."

"진심이에요." 그가 장담했다. "꼭 전화할게요. 함께 차 마시러 가요."

"정말요—꼭 그래요."

그때 어두운 얼굴의 남자가 지나치게 격식을 차린 태도로 다가왔다.

"절 기억 못하시죠?" 그가 진지하게 물었다.

"아니요, 기억하죠. 이름이 할런이었죠."

"아니요. 바로우예요."

"아, 음절은 맞췄네요. 하워드 마셜 별장 파티에서 우쿨렐레 잘 치던 분이잖아요."

"치긴 했는데, 그렇게 잘하진 않았죠—"

그때 커다란 앞니가 드러나는 남자가 끼어들었다. 이디스는 그가 풍기는 가벼운 위스키 향을 느꼈다. 그녀는 남자가 약간 술에 취해 있을 때를 좋아했다. 그들은 훨씬 더 쾌활하고, 다정하며, 칭찬도 아끼지 않았다. 말도 훨씬 편하게 통했다.

"내 이름은 필립 딘이야." 그가 명랑하게 말했다. "당신은 날 기억 못하겠지만, 내가 예일 마지막 학년 때 룸메이트였던 친구랑 같이 뉴 헤이븐에 놀러 왔었잖아요. 그 친구 이름이 고든 스테릿이었죠."

이디스는 고개를 들며 눈을 반짝였다.

"맞아요. 두 번 갔었어요. 펌프 앤 슬리퍼 무도회랑 주니어 프롬 때요."

"당연히 그를 봤겠죠." 딘이 아무렇지 않게 말했다. "그도 오늘 와 있어요. 방금 전에 봤어요."

이디스는 놀랐다. 하지만 어쩐지 그는 분명 이곳에 있을 거라고 확신하고 있었다.

"아니요, 아직은 못 봤어요—"

그때 붉은 머리의 뚱뚱한 남자가 끼어들었다.

"안녕, 이디스."

"아—안녕하세요."

그녀는 순간 발을 헛디뎠다. 살짝 흔들리며 "미안해요."라고 무심히 중얼거렸다. 하지만 그때 그녀는 그를 보았다.

고든이었다. 창백하고 지쳐 보이는 얼굴로, 문가에 기대어 담배를 피우고 있었다. 넓은 어깨가 축 늘어져 있었고, 담배를 드는 손이 미세하게 떨리고 있었다. 그녀는 숨이 멎는 듯 그를 바라보았다. 그와 점점 가까워지고 있었다.

"—남자를 너무 많이 초대해서 말이죠—" 파트너가 계속 말을 이어가고 있을 때, 이디스는 그의 어깨 너머로 불렀다.

"안녕, 고든."

그녀의 심장은 미친 듯이 뛰었다. 고든의 깊고 어두운 눈이 그녀를 바라보고 있었다. 그는 천천히 그녀 쪽으로 한 걸음 내딛었다. 하지만 그 순간 그녀의 파트너가 몸을 돌리며 그녀를 다른 방향으로 이끌었다. 파트너의 목소리가 희미하게 들렸다.

"—근데 절반은 금방 취해서 나가버리니까—"

그때 낮고 간절한 목소리가 귓가에 닿았다.

"나랑 춤춰도 될까?"

그리고 그녀는 어느새 고든의 품에 있었다. 그의 팔이 그녀의 허리를 감싸며 불규칙하게 조여들었다. 그의 손가락이 등에 닿아 퍼져 있었다. 그녀의 손, 그 속의 작은 레이스 손수건은 그의 손에 짓눌려 있었다.

"고든, 왜—" 그녀가 숨차게 말을 꺼냈다.

"안녕, 이디스."

그녀는 또다시 균형을 잃고 비틀거렸다. 중심을 잡으려다 그의 검은 디너 재킷에 얼굴이 닿았다. 그 순간, 그녀는 자신이 여전히 그를 사랑하고 있음을 깨달았다. 확실히, 깊이. 그러나 바로 이어 낯선 불안감이 밀려왔다. 무언가 이상했다. 그녀의 가슴이 철렁 내려앉았다. 이유를 깨닫는 순간, 마음이 뒤틀리듯 아파왔다. 그는 초라했다. 지쳐 있었고, 약간 취해 있었으며, 고통스럽게 피곤해 보였다.

"아—" 그녀는 저도 모르게 외쳤다.

그가 그녀를 내려다보았다. 이디스는 그제야 그의 눈이 피로 붉게 충혈되어 있고, 제멋대로 흔들리고 있다는 걸 알아차렸다.

"고든." 그녀가 낮게 말했다. "우리 앉자. 나, 앉고 싶어."

그들은 무도회장의 한가운데에 있었지만, 이디스는 양쪽에서 자신을 향해 다가오는 남자 두 명을 보았다. 그녀는 걸음을 멈추고, 고든의 축 늘어진 손을 붙잡아 인파를 헤치며 그를 이끌었다. 입술은 꽉 다물려 있었고, 분홍빛 화장 아래 얼굴이 창백했다. 눈동자는 흔들렸고, 눈물은 금세라도 떨어질 듯했다.

그녀는 계단 위, 푹신한 양탄자가 깔린 곳에 자리를 잡았다. 고든은 그녀 옆에 무겁게 주저앉았다.

"그래." 그가 불안정한 시선으로 그녀를 바라보며 말했다. "정말 반갑다, 이디스."

이디스는 아무 말 없이 그를 바라보았다. 하지만 그 순간, 그녀 안에서는 말로 표현할 수 없는 충격이 일었다. 그녀는 지금까지 술 취한 남자들을 수도 없이 보아 왔다. 삼촌에서부터 기사까지, 정도의 차이만 있을 뿐이었다. 그녀의 반응도 늘 비슷했다. 가볍게 웃어넘기거나, 역겨움을 느끼거나. 그러나 지금 그녀가 느낀 것은 그 어느 때보다 강렬한 공포였다.

"고든." 그녀가 거의 울먹이며, 나무라듯 말했다. "지금 당신 모습, 지옥 같아."

그는 천천히 고개를 끄덕였다. "문제가 좀 있었어, 이디스."

"문제라니?"

"온갖 문제들 말이야. 가족한테는 말하지 마. 난 완전히 무너졌어. 엉망이야, 이디스."

그의 아랫입술이 축 처져 있었다. 그는 거의 그녀를 똑바로 보지도 못했다.

"고든, 당신… 당신 그 얘기 나한테 해줄 수는 없어? 난 항상 당신 일에 관심이 있었잖아."

그녀는 입술을 깨물었다. 사실은 더 진심 어린 말을 하고 싶었지만, 끝내 입 밖에 나오지 않았다.

고든은 힘없이 고개를 저었다. "못 말하겠어. 당신은 착한 여자야. 그런 여자가 들어서는 안 될 얘기야."

"터무니없는 말." 그녀가 단호하게 말했다. "'착한 여자'라니, 그건 모욕이야. 그런 식으로 말하는 건 비열하다고. 당신 술 마셨지, 고든."

"고마워." 그는 고개를 숙이며 중얼거렸다. "좋은 지적이야."

"왜 술을 마시는 거야?"

"너무 괴로워서."

"그게 나아지게 할 거라고 생각해?"

"왜, 설교라도 하려는 거야?"

"아니. 도와주고 싶어서 그래, 고든. 나한테 얘기해줘."

"난 완전히 엉망이야. 넌 그냥 모르는 척하는 게 나을 거야."

"왜?"

"아까 네 춤 끼어든 거 미안해. 널 곤란하게 했어. 넌 순수한 여자야… 뭐 그런 거지. 자, 내가 다른 남자에게 데려다줄게."

그는 비틀거리며 일어섰다. 하지만 이디스는 손을 뻗어 그를 다시 옆으로 잡아당겼다.

"그만해, 고든. 지금 당신 우스워. 날 아프게 해. 마치… 미친 사람 같아."

"맞아. 나 조금 미쳤어. 뭔가 잘못된 거야, 이디스. 내 안에서 무언가가 사라졌어. 하지만 이제 상관없어."

"상관있어. 말해, 고든. 무슨 일이 있었던 건데?"

"그냥 그래." 그가 말했다. "난 항상 좀 이상했어. 다른 애들이랑은 좀 달랐지. 대학에 있을 땐 괜찮았는데, 지금은 모든 게 엉망이야. 지난 넉 달 동안 내 안에서 무언가가 자꾸 끊어졌어. 마치 드레스의 고리들이 하나씩 떨어져 나가는 것처럼. 이제 몇 개만 더 끊어지면 완전히 벗겨질 거야. 점점 미쳐가고 있어."

그는 그녀를 똑바로 바라보며 웃기 시작했다. 이디스는 본능적으로 몸을 뒤로 물렸다.

"무슨 일이야?"

"그냥 나 자신이지." 그가 되풀이했다. "나 미쳐가고 있어. 여기도 그래, 이 델모니코스란 곳도 다 꿈속 같아—"

그의 말을 듣는 동안 이디스는 그가 완전히 변해버렸다는 걸 느꼈다. 예전의 가벼움이나 명랑함, 부드러운 태도는 사라지고, 깊은 무기력과 절망이 그를 뒤덮고 있었다. 이디스의 마음속에 갑작스런 혐오가 일었다. 그 뒤엔 뜻밖의 권태가 따라왔다. 그의 목소리는 마치 멀리, 공허한 어둠 속에서 울려오는 것 같았다.

"이디스." 그가 말했다. "예전엔 내가 똑똑하고, 재능 있고, 예술가라고 생각했어. 하지만 이제 알겠어. 난 아무것도 아니야. 그림도 못 그려. 왜 이런 얘길 너한테 하는지도 모르겠어."

그녀는 대답하지 않은 채 고개만 끄덕였다.

"그림도 못 그리고, 아무것도 할 줄 몰라. 완전히 거지야." 그는 쓴웃음을 터뜨리며, 너무 큰 목소리로 말했다. "친구들한테 구걸하는 신세가 됐어. 기생충 같아. 실패자야. 완전히 망했어."

이디스의 얼굴에는 점점 냉기가 돌았다. 그녀는 이제 거의 고개만 끄덕이며, 언제 일어나야 할지 타이밍을 재고 있었다. 갑자기 고든의 눈에 눈물이 차올랐다.

"이디스." 그가 말했다. 억지로 감정을 눌러 참는 듯한 목소리였다. "아직 나한테 관심 있는 사람이 너 하나라도 있다는 게… 얼마나 큰 의미인지 몰라."

그는 그녀의 손을 잡고 가볍게 토닥였다. 이디스는 반사적으로 손을 빼냈다.

"정말 고마워." 그가 다시 말했다.

"그래." 그의 눈을 바라보며 그녀가 천천히 말했다. "오랜 친구를 만나면 누구나 반갑지. 하지만 이렇게 된 당신을 보니 마음이 아파, 고든."

둘은 잠시 서로를 바라봤다. 그의 눈 속에 잠깐 떠오른 희미한 기대가 흔들리며 사라졌다. 이디스는 일어나 그를 내려다보았다. 얼굴에는 아무 표정도 없었다.

"춤출까요?" 그녀가 차분히 제안했다.

'사랑은 연약한 것'이라고 그녀는 생각했다. 하지만 어쩌면 그 조각들은 남을지도 모른다. 입술 끝에 맴돌던 말들, 차마 하지 못한 고백들. 새로운 사랑의 말, 배운 다정함들은 다음 사랑을 위해 고이 간직되는 것이다.

5

매력적인 이디스의 파트너였던 피터 히멜은 냉대를 받아본 적이 없는 남자였다. 그런 그가 퇴짜를 맞자, 상처받고 당황했으며 스스로가 부끄러웠다. 지난 두 달 동안 그는 이디스 브래딘과 '특급 우편' 같은 관계를 유지해왔다. 감정이 오가는 친밀한 편지에나 쓰이는 방식이었다. 그는 그런 관계의 유일한 정당성이 바로 '서로에게 특별한 감정이 있다'는 점이라는 걸 알고 있었기에, 자신이 확고한 자리를 잡았다고 믿고 있었다. 그래서 그녀가 단순한 키스 한 번을 거절하며 그렇게 차가운 태도를 보인 이유를 아무리 생각해도 납득할 수 없었다.

그래서 콧수염 난 남자가 그녀에게 끼어들자, 피터는 복도로 나와 혼잣말로 문장을 만들어 몇 번이고 되뇌었다. 수정과 생략을 거듭한 끝에 그 문장은 이랬다.

"세상에, 남자를 그 정도로 유혹해놓고는 갑자기 밀어내다니, 그런 여자는 처음이야. 그러니까 내가 나가서 기분 좋게 취하더라도 할 말은 없겠지."

그는 그렇게 중얼거리며 식당을 지나 옆에 붙은 작은 방으로 걸어갔다. 이미 일찍이 눈여겨본 곳이었다. 방 안에는 커다란 펀치볼이 여러 개 놓여 있었고, 그 양옆에는 수많은 술병이 가지런히 서 있었다. 피터는 술병이 놓인 테이블 옆 의자에 앉았다.

두 번째 하이볼을 마실 즈음, 지루함과 불쾌함, 시간의 단조로움과 세상의 혼탁함이 서서히 희미한 배경으로 가라앉았다. 그 위로는 반짝이는 거미줄 같은 환상이 얽혀들었다. 세상의 모든 것이 저절로 정리되고, 각각의 위치에 조용히 안착했다. 하루의 근심들이 차례로 정돈되어, 그의 짧은 명령 한마디에 맞춰 사라져버렸다. 걱정이 떠나자, 반짝이는 상징적 기분이 그를 휘감았다. 이디스는 더 이상 신경 쓸 만한 존재가 아니었다. 그저 가볍고 하찮은 여자, 웃어넘기면 될 사람이었다. 그녀는 이제 그의 환상 속 인물처럼, 그를 둘러싼 유리 같은 세계의 일부가 되었다. 그리고 그는 자신이 한층 상징적인 존재로 변했다고 느꼈다. 대륙의 쾌락주의자, 삶을 즐기는 빛나는 몽상가의 한 전형이 된 것이다.

그러나 그 상징적인 기분도 오래가진 않았다. 세 번째 하이볼을 홀짝이자, 상상은 따뜻한 열기에 잠식되었다. 그는 마치 물 위에 몸을 띄운 듯, 부드럽고 나른한 평온함에 젖어들었다. 바로 그때였다. 근처에 있던 녹색 펠트로 덮인 문이 약 두 인치쯤 열려 있었고, 그 틈 사이로 누군가의 눈 한 쌍이 자신을 뚫어지게 바라보고 있는 것을 발견했다.

"흠." 피터가 태연하게 중얼거렸다.

문은 천천히 닫혔다가 다시 아주 살짝, 이번에는 반 인치쯤 열렸다.

"까꿍." 피터가 조용히 말했다.

문은 그대로 멈춰 있었다. 그리고 이내 그는 문 너머에서 들려오는 긴장된 속삭임을 들었다.

"한 놈 있네."

"뭐 하고 있어?"

"앉아서 보고만 있어."

"빨리 나가라 그래. 우리 병 하나 더 구해야 돼."

그 말들이 서서히 피터의 의식 속으로 스며들었다.

"이거, 정말 흥미로운걸." 피터가 생각했다. 그는 들떴다. 신이 났다. 무언가 수수께끼를 발견한 듯한 기분이었다. 그는 일부러 아무렇지 않은 척하며 테이블 주변을 천천히 돌았다. 그리고 재빨리 몸을 돌려 문을 확 열었다. 그러자 이등병 로즈가 앞으로 고꾸라지듯 방 안으로 뛰어들었다.

피터는 가볍게 허리를 숙여 인사했다.

"안녕하십니까."

로즈는 한쪽 발을 앞으로 내디디며, 싸움이든 도망이든 타협이든 무엇이든 대비하는 듯한 자세를 취했다.

"안녕하십니까." 피터가 다시 공손하게 인사했다.

"네, 안녕하세요." 로즈가 대답했다.

"한잔하시겠습니까?"

로즈는 그를 의심스럽게 쳐다보았다. 혹시 비꼬는 말이 아닌가 싶었다.

"좋습니다." 그가 마침내 대답했다.

피터는 의자를 손짓으로 가리켰다.

"앉으시죠."

"안에 친구가 한 명 있어요." 로즈가 말했다. "안에 친구가 있거든." 그는 녹색 문을 가리켰다.

"그럼 꼭 데려오세요."

피터는 문을 건너 열고 들어오라고 불러, 매우 의심스럽고 불안해하며 죄책감이 있는 표정의 이등병 키를 들여보냈다. 의자들이 놓였고 셋은 펀치볼 주위에 앉았다. 피터는 각자에게 하이볼 한 잔씩과 담배 케이스에서 한 대씩 권했다. 그들은 다소 머뭇거리며 둘 다 받았다.

"그런데요." 피터가 한결 부드럽게 말을 이었다. "겉보기엔 이 방이 거의 청소용 솔로만 가득한 것 같은데, 왜 이런 곳에서 한가한 시간을 보내고 계신지 여쭤도 될까요?"

그는 잠시 말을 멈췄다. 로즈와 키는 멍하니 그를 바라보았다.

"말해보시겠어요?" 피터가 다시 물었다. "왜 물을 한쪽에서 다른 쪽으로 옮기는 도구 위에 몸을 기대고 쉬고 계신 거죠?"

이때 로즈가 대화에 꿀꿀거리는 소리를 보탰다.

"마지막으로." 피터가 말을 맺었다. "이 아름답게 장식된 샹들리에가 빛나는 건물 안에서, 왜 이렇게 초라한 전등 하나 아래에 앉아 저녁 시간을 보내고 계신가요?"

로즈는 키를 바라보았고, 키는 로즈를 바라보았다. 두 사람은 동시에 웃음을 터뜨렸다. 그들은 서로만 보면 웃음을 참을 수 없었지만, 이 남자와 함께 웃는 것이 아니라 그를 비웃고 있었다. 그들 눈에는 이런 식으로 말하는 사람은 술에 취했거나 미친 사람일 뿐이었다.

"당신들은 예일 학생들이죠, 맞죠?" 피터가 하이볼을 비우며 다시 잔을 채웠다.

그들은 또다시 웃었다.

"아니요."

"그럼 어디였죠? 저는 혹시 당신들이 대학의 천한 부서로 알려진 셰필드 과학부 학생들인 줄 알았어요."

"아니요."

"흠, 그렇다면 하버드군요. 신문들이 말하듯, 보랏빛 파라다이스 속에서 익명으로 지내려는 그곳 말입니다."

"아니요." 키가 비웃듯 말했다. "우린 그냥 누군가를 기다리는 중이었어요."

"아." 피터가 외치며 일어나 두 사람의 잔을 채웠다. "흥미롭군요. 혹시 청소부 아가씨와 약속이라도 있었습니까?"

그들은 분개하며 손사래를 쳤다.

"괜찮습니다." 피터가 그들을 안심시켰다. "사과할 것 없어요. 청소부 아가씨도 세상에서 다른 어떤 숙녀와 다를 바 없죠. 키플링 말처럼 '껍질 속엔 모두가 한결같아요.'"

"그렇지." 키가 로즈에게 활짝 윙크하며 말했다.

"제 경우를 말씀드리자면." 피터가 잔을 비우며 말을 이었습니다. "제가 아는 위층 아가씨는 철이 없고, 아주 버릇없어요. 제가 지금까지 본 사람 중에 가장 버릇없죠. 키스를 해달라고 해놓고는, 이유도 없이 거절하더군요. 분명 절 유혹했어요. 제가 그걸 원한다고 믿게 만들어 놓고는, 딱! 내팽개쳤죠. 요즘 젊은 세대는 대체 왜 이러는 걸까요?"

"그건 불운이네요." 키가 말했다. "정말 불운이군."

"오, 맙소사!" 로즈가 말했다.

"한 잔 더 드시겠습니까?" 피터가 물었다.

"우리는 한동안 싸웠었죠." 키가 잠시 후 말했다. "그런데 너무 멀었어요."

"싸웠다니?―그런 건 헛소리야!" 피터가 비틀거리며 자리잡고 말했다. "걔네 다 잡아부숴버려야 해! 난 군대에 있었어."

"그건 붉은 놈이랑 한 거였어." 로즈가 말했다.

"헛소리야!" 피터가 열정적으로 외쳤다. "내가 말하는 건 그거지! 볼셰비키를 죽여라! 전멸시켜라!"

"우린 미국인이야." 로즈가 말했고, 굳건하고 도전적인 애국심을 내비쳤다.

"물론이지." 피터가 말했다. "세계에서 가장 위대한 민족이지! 우린 모두 미국인이야! 한 잔 더 하자." 그들은 또 한 잔을 마셨다.

6

 새벽 한 시, '특별한 오케스트라'가 델모니코스에 도착했다. 요즘 같은 시대에도 손꼽히는 최고의 악단이었다. 단원들은 거만하게 피아노 주위에 자리를 잡고, 감마 프시 사교클럽 무도회[26]의 음악을 맡을 준비를 했다. 이 악단의 리더는 뉴욕 전역에서 유명한 플루트 연주자였는데, 그는 머리를 거꾸로 세우고 어깨로 셔미 댄스를 추면서 최신 재즈 곡을 플루트로 연주하는 묘기로 이름을 알린 인물이었다. 그의 공연이 시작되자, 홀의 조명은 모두 꺼지고, 플루트 연주자를 비추는 스포트라이트 하나와 무용수들 위를 돌아다니며 깜빡이는 또 다른 빛줄기 하나만 남았다. 그 빛은 춤추는 사람들의 무리 위에서 그림자를 흔들며, 만화경 같은 색채의 파도 속으로 그들을 몰아넣었다.

 이디스는 춤을 추며 피로와 몽롱함이 뒤섞인 상태에 빠져 있었다. 데뷔 무도회에 나온 아가씨들만이 아는, 일종의 달뜬 황홀감이었다. 마치 몇 잔의 하이볼을 마신 뒤, 고결한 영혼이 느끼는 빛과도 같은 감정이었다. 그녀의 마음은 음악의 품 위를 부유했다. 춤 파트너들은 색채가 바뀌는 어둠 속에서 유령처럼 바뀌어 갔고, 그녀는 마치 이 춤이 시작된 지 며칠은 지난 듯한 착각에 빠져 있었다.

 수많은 남자들과 단편적인 대화를 나누었고, 한 번은 키스를, 여섯 번은 사랑의 고백을 받았다. 처음에는 여러 대학생들과 함께 춤을 췄지만, 시간이 흐르자 인기 있는 아가씨들처럼 그녀에게도 자신만의

---

[26] 감마 프시 사교클럽 무도회(Gamma Psi Fraternity Dance): 미국 대학의 남학생 사교클럽(프래터니티) 중 하나로, 이 단체가 주최하는 무도회는 당시 상류층 대학생들의 주요 사교 행사.

'작은 무리'가 생겼다. 반듯하게 차려입은 신사 여섯 명이 번갈아 그녀와 춤을 추거나, 다른 미녀들과 그녀 사이를 오가며 차례로 끼어들고 있었다.

그녀는 몇 번인가 고든을 보았다. 그는 오랫동안 계단에 앉아 있었고, 한 손으로 머리를 짚은 채 흐릿한 눈으로 바닥의 한 점을 멍하니 바라보았다. 우울하고, 몹시 취한 모습이었다. 이디스는 그때마다 황급히 시선을 돌렸다. 그러나 그 일은 지금의 그녀에게 아주 오래전 일처럼 느껴졌다. 이제 그녀의 정신은 완전히 나른했고, 감각은 최면에 걸린 듯 둔해져 있었다. 움직이는 건 오직 발뿐이었고, 그녀의 목소리는 희미한 농담과 감상적인 말들로 이어졌다.

그러나 피터 히멜이 그녀에게 끼어들었을 때 (그가 황홀할 만큼 기분 좋게 취해 있을 때) 이디스는 여전히 도덕적 분노를 느낄 만큼 정신이 또렷했다. 그녀는 숨을 내쉬며 고개를 들어 그를 보았다.

"세상에, 피터!"

"나… 좀 취했어, 이디스."

"피터, 참 예쁘게도 마셨네! 하지만 말이야, 나랑 있을 때 이러는 건 좀 별로지 않니?"

그녀는 억지로 웃었다. 피터가 올빼미 같은 감상적인 눈빛으로 그녀를 바라보며, 그 틈틈이 어리석은 미소를 지었기 때문이다.

"사랑하는 이디스." 그가 진지하게 말했다. "내가 널 사랑하는 거 알지?"

"말은 잘하네."

"난 널 사랑해. 그리고 그냥… 네가 키스해줬으면 했을 뿐이야." 그가 슬픈 어조로 덧붙였다.

이제 그는 더 이상 부끄러워하지 않았다. 수치심도 사라졌다. 그에겐 그녀가 세상에서 가장 아름다운 여자였다. 별빛 같은 눈동자를 가진, 세상에서 가장 고운 존재였다. 그는 사과하고 싶었다—첫째, 키스를 시도한 무례함에 대해, 둘째, 술을 마신 것에 대해. 하지만 그녀가 자신에게 화가 났다고 생각하니 너무 낙심했었다고 말이다. 그때 붉은 머리의 뚱뚱한 남자가 끼어들었다. 이디스는 그를 올려다보며 환하게 웃었다.

"누구랑 같이 왔어요?" 그녀가 물었다.

없었다. 그는 혼자 온 남자, '스태그[27]'였다.

"그럼, 혹시 괜찮다면… 나 좀 집에 데려다줄 수 있어요? 많이 번거로울까요?" (이런 지나친 수줍음은 이디스의 연출된 매력이었다. 그녀는 그가 당장이라도 기쁨의 탄성을 지를 거라는 걸 알고 있었다.)

"번거롭다니요? 세상에, 영광이죠! 정말 기쁘게 모시겠습니다!"

"정말 고마워요. 당신, 너무 다정하네요."

이디스는 손목시계를 흘깃 보았다. 새벽 한 시 반이었다. 그리고 마음속으로 "한 시 반"이라고 되뇌는 순간, 점심때 오빠가 말했던 이야기가 희미하게 떠올랐다. 그는 신문사 사무실에서 매일 밤 한 시 반이 넘도록 일한다고 했었다.

---

27 스태그(stag): 원래 수사슴을 뜻하지만, 무도회나 파티에 짝 없이 참석한 남자를 일컫는 말로도 쓰인다. 여기서는 두 의미가 겹쳐져, 외로운 남성의 이미지를 풍자적으로 표현하고 있다.

이디스는 갑자기 함께 춤추고 있던 파트너를 돌아보았다.

"델모니코스가 무슨 거리였죠?"

"거리요? 아, 물론 피프스 애비뉴죠."

"그게 아니라, 교차로가 몇 번가였냐고요."

"왜, 보자… 44번가일 거예요."

그 대답은 그녀가 생각한 것과 일치했다. 오빠 헨리의 사무실은 바로 길 건너 모퉁이에 있는 셈이었다. 그 순간, 그녀는 문득 그를 깜짝 놀라게 해주겠다는 생각이 들었다. 새로 산 붉은색 오페라 망토를 두르고, 반짝이는 모습으로 찾아가 그를 "기분 좋게 해주는" 것. 이런 즉흥적이고 대담한 행동은 이디스가 가장 즐기는 일이었다. 그 발상이 그녀의 상상력을 강하게 자극했고, 잠깐의 망설임 끝에 그녀는 결심했다.

"머리가 완전히 풀어질 것 같아요." 그녀가 파트너에게 부드럽게 말했다. "잠깐 가서 고쳐도 괜찮죠?"

"물론이죠."

"당신, 정말 다정하네요."

몇 분 뒤, 붉은 오페라 망토를 여미고, 이디스는 옆 계단을 따라 가볍게 내려갔다. 작은 모험에 대한 설렘으로 그녀의 볼이 발그레했다. 출입문 근처에 서 있던 한 쌍의 남녀—턱이 약한 웨이터와 과하게 분을 바른 젊은 여자—가 언성을 높이는 곁을 재빨리 지나쳐, 그녀는 바깥문을 열고 따뜻한 5월의 밤공기 속으로 발을 내디뎠다.

7

 진한 화장을 한 젊은 여자는 이디스를 잠깐 노려보며 신랄한 눈빛을 던졌다. 그리고 다시 턱이 약한 웨이터 쪽으로 몸을 돌려 언쟁을 이어갔다.

 "가서 그 사람한테 나 왔다고 전해." 그녀가 도전적인 어조로 말했다. "안 그러면 내가 직접 올라갈 거야."

 "안 돼." 조지가 단호하게 말했다.

 그녀는 냉소적인 미소를 지었다.

 "안 된다고? 그래? 좋아, 그럼 말해줄게. 나는 대학생 친구가 얼마나 많은지 몰라. 그 애들이 나를 얼마나 좋아해서 파티에 데려가주는지도 몰라. 너 평생 본 적도 없을 만큼 많다고."

 "그럴지도 모르지—"

 "그럴지도 모르지?" 그녀가 말을 끊었다. "그렇겠지! 하지만 방금 뛰어나간 그 여자 같은 애들—도대체 어디로 갔는지 하나님만 아시겠지만—그런 애들은 초대만 받으면 언제든 오고 가도 괜찮은 거야. 그런데 내가 친구 좀 만나겠다고 하면, 이런 싼티 나는 도넛 심부름 웨이터를 세워서 날 막는 거지."

 "이봐." 조지가 분개한 얼굴로 말했다. "나도 일자리 잃을 순 없잖아. 아마 네가 찾는 그 친구가 널 만나고 싶지 않은 걸지도 몰라."

 "아니, 만나고 싶어할 거야." 그녀가 확신에 차서 말했다.

 "어쨌든, 그 많은 사람들 속에서 내가 그를 어떻게 찾겠어?"

 "그는 거기 있을 거야." 그녀는 단호했다. "그냥 아무한테나 물어봐. '고든 스테릿 어딨죠?' 하면 다들 가리켜줄 거야. 그 사람들끼리는 다 아는 사이라니까."

그녀는 망사 가방을 열어 1달러 지폐를 꺼내 조지에게 내밀었다.

"자." 그녀가 말했다. "이건 뇌물이야. 가서 그 사람 찾아서 내 말 좀 전해. 5분 안에 안 내려오면 내가 직접 올라간다고."

조지는 비관적인 표정으로 고개를 저었다. 한참 생각하더니 마음이 흔들렸고, 결국 체념한 듯 자리를 떴다. 정해진 시간보다 훨씬 이른 순간, 고든이 계단을 내려왔다. 그는 아까보다 훨씬 더 취해 있었다. 술기운이 몸속에 딱딱한 껍질처럼 굳어버린 듯했다. 그는 무겁게, 비틀거리며 걸었고, 말할 때조차 거의 알아듣기 힘들 정도로 흐릿했다.

"안녕, 주얼." 그가 흐릿하게 말했다. "바로 왔어, 주얼. 그 돈은 못 구했어. 최선을 다했는데."

"돈 같은 건 됐어!" 그녀가 날카롭게 쏘아붙였다. "열흘 동안 나한테 코빼기도 안 비췄잖아. 도대체 왜 그래?"

그는 천천히 고개를 저었다.

"기분이 아주 나빴어, 주얼. 아팠어."

"아팠으면 나한테 말이라도 했어야지. 난 돈 때문에 그런 게 아니야. 네가 나를 무시하기 시작했을 때부터 화가 난 거야."

그는 또 고개를 저었다.

"무시한 적 없어. 전혀 아니야."

"무시 안 했다고? 지난 3주 동안은 취해서 기억도 못 하는 때 빼곤 나한테 온 적이 없잖아."

"아팠다니까, 주얼." 그가 지친 눈으로 그녀를 바라보며 반복했다.

"그래? 근데 여기선 멀쩡하게 사교 친구들이랑 놀고 있네. 나랑 저녁 먹기로 했었잖아. 돈도 좀 갖고 온다더니 전화 한 통도 없더라."

"돈을 구할 수가 없었어."

"내가 아까부터 그건 상관없다고 했잖아? 난 그냥 널 보고 싶었어, 고든. 그런데 넌 다른 여자 쪽이 더 좋은가 보네."

그는 격렬하게 부정했다.

"그럼 모자 챙기고 나랑 가자." 그녀가 제안했다. 고든은 잠시 머뭇거렸다. 그러자 주얼이 갑자기 그의 가까이 다가와 두 팔을 그의 목에 걸었다.

"같이 가자, 고든." 그녀가 속삭이듯 말했다. "데비너리즈에 가서 술 한잔하고, 그다음엔 내 아파트로 가자."

"안 돼, 주얼——"

"아니, 돼." 그녀가 강한 어조로 말했다.

"나 몸이 개떡같이 아파."

"그럼 여기서 춤추고 있을 때가 아니잖아."

고든은 주위를 둘러보았다. 안도와 절망이 뒤섞인 눈빛이었다. 잠시 망설이던 그는 결국 그녀에게 팔을 이끌렸다. 주얼은 그를 확 끌어당겨, 부드럽고 축축한 입술로 그를 키스했다.

"좋아." 그가 무겁게 말했다. "모자 가져올게."

8

이디스가 맑은 5월의 푸른 밤공기 속으로 나왔을 때, 거리는 텅 비어 있었다. 대형 상점들의 진열창은 어둠에 잠겨 있었고, 문 위에는 쇠로 된 셔터가 내려져 낮의 화려함은 그림자 속 묘지처럼 잠들어 있었다. 42번가 쪽을 바라보니 밤새 문을 여는 식당들의 불빛이 뒤섞여 번지고 있었다. 6번가 쪽에서는 고가열차가 불꽃처럼 거리를 가로질러 달리며, 역의 조명 사이로 번쩍이는 선을 그었다가 어둠 속으로 사라졌다. 하지만 44번가에는 고요만이 감돌았다.

이디스는 망토를 바짝 여미고 길을 건넜다. 마침 한 남자가 지나가며 쉰 목소리로 "어디 가는 거야, 아가씨?"라고 속삭이자, 그녀는 깜짝 놀라 걸음을 재촉했다. 그 순간, 어린 시절 파자마 차림으로 동네를 한 바퀴 돌다가 커다란 마당 어둠 속에서 개 짖는 소리에 놀랐던 기억이 떠올랐다.

곧 그녀는 목적지에 도착했다. 44번가의 2층짜리, 꽤 오래된 건물이었다. 위층 창문에는 희미하지만 반가운 불빛 한 줄기가 새어 나오고 있었다. 바깥 불빛 덕에 창문 옆 간판의 글자를 읽을 수 있었다—'뉴욕 트럼펫(The New York Trumpet)'. 그녀는 어두운 복도로 들어섰고, 눈이 익숙해지자 구석에 놓인 계단이 보였다.

그녀는 곧 낮은 천장의 긴 방 안에 들어섰다. 방 안에는 책상들이 빼곡히 놓여 있었고, 벽에는 신문 백본이 빽빽이 걸려 있었다. 그 안에는 단 두 사람만이 있었다. 방의 양쪽 끝에 떨어져 앉아, 초록색 차광 안경을 쓴 채 각자의 책상 위 램프 불빛 아래에서 글을 쓰고 있었다.

이디스는 문가에 서서 잠시 망설였다. 그때 두 사람이 동시에 고개를 돌렸고, 그녀는 그중 한 명이 오빠임을 알아보았다.

"이런, 이디스!" 그가 놀란 표정으로 자리에서 일어나며 말했다. 그는 안경을 벗었다. 헨리는 키가 크고 마르고, 검은 눈과 두꺼운 안경테를 지닌 남자였다. 그의 시선은 언제나 대화하는 사람의 머리 위 어딘가 먼 곳을 바라보는 듯했다.

그는 이디스의 팔을 잡고 뺨에 입을 맞췄다.

"무슨 일이야?" 약간 놀란 듯 다시 물었다.

"델모니코스에서 무도회가 있었어, 헨리." 그녀가 들뜬 목소리로 말했다. "그런데 도저히 그냥 지나칠 수가 없어서, 언니를 깜짝 놀라게 해주고 싶어서 왔지."

"잘 왔어." 헨리는 미소를 지으며 말했다. 그러나 그의 눈빛은 곧 평소의 멍한 분위기로 돌아왔다. "하지만 이렇게 밤에 혼자 돌아다니면 안 되잖아, 그렇지?"

방 반대편의 남자가 호기심 어린 눈빛으로 그들을 지켜보고 있었다. 헨리가 손짓하자 그가 다가왔다. 그는 몸집이 크고 살이 쪘으며, 반짝이는 작은 눈을 가졌다. 목에는 넥타이도, 칼라도 없어 어딘가 일요일 오후의 중서부 농부 같은 인상이었다.

"내 여동생이야." 헨리가 말했다. "잠깐 들렀어."

"안녕하세요." 그 남자가 웃으며 말했다. "바르톨로뮤라고 합니다, 브래딘 양. 아마 당신 오빠는 제 이름을 진작 잊었을 겁니다."

이디스는 공손히 웃었다.

"그렇죠, 우리 사무실도 근사하진 않아요." 그가 덧붙였다. "그렇죠?"

이디스는 방 안을 둘러보았다.

"아주 괜찮은데요." 그녀가 대답했다. "폭탄은 어디에 두셨어요?"

"폭탄?" 바르톨로뮤가 웃음을 터뜨렸다. "이거 참, 폭탄이라니! 들었어요, 헨리? 여동생이 폭탄이 어디 있냐고 묻네요. 참 기가 막히게 재밌네."

이디스는 빈 책상 위로 올라가 다리를 흔들며 앉았다. 헨리는 그 옆 의자에 앉았다.

"그래." 그가 멍하니 물었다. "이번에 뉴욕은 어때?"

"나쁘지 않아. 일요일까지 호이트 부부랑 빌트모어에 묵을 거야. 내일 점심 먹으러 올 수 있지?"

헨리는 잠시 생각에 잠겼다.

"특히 바쁜 때라서 말이야. 그리고 난 여럿이 모인 여자 무리는 질색이야." 그가 말했다.

"좋아. 그럼 우리 둘이 점심을 같이 해." 이디스가 침착하게 말했다.

"좋지."

"열두 시에 데리러 올게."

바르톨로뮤는 얼른 자기 자리로 돌아가고 싶어 하는 눈치였지만, 인사 한마디 없이 떠나는 건 무례하다고 생각한 듯 망설였다.

"저기요—" 그가 어색하게 말을 꺼냈다.

두 사람이 동시에 그를 돌아보았다.

"저희가—저희가 오늘 저녁에 꽤 흥미로운 일을 겪었어요."

두 남자는 눈빛을 주고받았다.

"좀 더 일찍 왔어야 했어요." 바르톨로뮤가 약간 용기를 내어 말을 이었다. "정말 완전 버라이어티 쇼였죠."

"정말요?"

"세레나데였어요." 헨리가 말했다. "거리 아래에 군인들이 몰려와서 간판을 향해 고함을 질렀죠."

"왜요?" 이디스가 물었다.

"그냥 군중이지." 헨리가 건성으로 대답했다. "군중은 항상 짖어대야 하거든. 그 무리에도 주도적인 놈이 있었다면, 아마 이 건물로 쳐들어와서 난장판을 만들었을지도 몰라."

"맞아요." 바르톨로뮤가 다시 이디스를 향해 말했다. "정말 오셨어야 했어요."

그는 이 말이 작별 인사로 충분하다고 여긴 듯, 갑자기 몸을 돌려 자기 책상으로 돌아갔다.

"군인들이 사회주의자들을 적대시하나요?" 이디스가 오빠에게 물었다. "그러니까 폭력적으로 공격하거나 그런 식으로요?"

헨리는 차광 안경을 다시 쓰며 하품을 했다.

"인류는 꽤 멀리 발전했지." 그가 태연하게 말했다. "하지만 우리 대부분은 아직 퇴행적이야. 군인들은 자기들이 뭘 원하고, 뭘 싫어하고, 뭘 좋아하는지도 몰라. 그들은 집단으로 행동하는 데 익숙하고,

늘 뭔가 시위를 해야만 직성이 풀리지. 그래서 지금은 우리를 상대로 하는 거야. 오늘 밤 도심 곳곳에서 폭동이 일어났어. 5월 1일이잖니."

"여기도 많이 심했어요?"

"전혀." 헨리가 비웃듯 말했다. "저녁 아홉 시쯤 군인 스무댓 명이 거리 한복판에서 달을 향해 고래고래 소리나 질렀지."

"아—" 이디스는 화제를 바꿨다. "오빠, 나 만나서 반가워?"

"그럼."

"그렇게는 안 보이네."

"반갑다니까."

"오빠는 내가—낭비벽 있는 사람이라고 생각하지? 세상에서 제일 한심한 나비 같은 여자라고."

헨리가 웃었다.

"전혀 아니야. 젊을 땐 즐겨야지. 왜 그래? 내가 너무 근엄하고 도덕적인 청년 같아 보여서?"

"아니." 그녀는 잠시 말을 멈췄다. "하지만 문득 생각이 들었어. 내가 있는 그 파티가 오빠가 하는 일과는 정말 완전히 반대된다는 걸. 내 파티 같은 세상을 없애겠다는 게 오빠의 목표라면, 참 모순된 일이잖아. 그렇지 않아?"

"난 그렇게 생각하지 않아." 헨리가 말했다. "넌 젊고, 네가 자라온 방식대로 행동하고 있을 뿐이야. 괜찮아, 즐겨."

이디스는 책상 끝에 매달려 있던 발을 멈추고, 한 톤 낮은 목소리로 말했다.

"오빠도… 해리스버그로 돌아와서 좀 쉬었으면 좋겠어. 오빠가 가는 길이 맞다고 정말 확신해?"

"그 스타킹 예쁘다." 헨리가 불쑥 말을 잘랐다. "도대체 무슨 재질이야?"

"자수 놓은 거야." 이디스가 아래를 내려다보며 대답했다. "예쁘지 않아?" 그녀는 치마를 살짝 들어 올려, 비단에 감싸인 가느다란 종아리를 드러냈다. "아니면 비단 스타킹은 마음에 안 들어?"

헨리는 약간 짜증이 난 듯한 표정을 지으며 그녀를 똑바로 응시했다.

"이디스, 내가 너를 비난이라도 한다고 생각하는 거야?"

"그럴 리가——"

그녀가 말을 멈추었다. 바르톨로뮤가 낮게 소리를 냈기 때문이다. 그녀는 돌아서서 그가 책상에서 일어나 창가에 서 있는 것을 보았다.

"무슨 일이에요?" 헨리가 물었다.

"사람들입니다." 바르톨로뮤가 대답했다. 잠시 후, 그는 덧붙였다. "사람들이 몰려와요. 6번가 쪽에서 옵니다."

"사람들이라고?"

뚱뚱한 남자가 유리창에 코를 바짝 대고 말했다.

"군인들이에요, 맙소사!" 그가 확신에 찬 어조로 말했다. "돌아올 줄 알았어요."

이디스는 벌떡 일어나 달려가 창문 옆에 선 바르톨로뮤 옆으로 갔다.

"엄청 많아요!" 그녀가 흥분한 목소리로 외쳤다. "이리 와, 헨리!"

헨리는 차광 안경을 고쳐 썼지만 자리에서 일어나지 않았다.

"불을 끄는 게 낫지 않겠나?" 바르톨로뮤가 제안했다.

"아니. 금방 가겠지."

"안 가요." 이디스가 창밖을 내다보며 말했다. "갈 생각이 전혀 없어 보여요. 오히려 더 몰려오고 있어요. 봐요—6번가 모퉁이를 돌고 있는 군중이 저기 또 와요."

가로등의 노란 불빛과 푸른 그림자 속에서 그녀는 인도로 몰려드는 남자들의 무리를 볼 수 있었다. 대부분 군복 차림이었고, 어떤 이들은 술에 취해 있었으며, 어떤 이들은 제정신이었다. 그들 위로는 불규칙한 고함과 웅성거림이 뒤섞여 퍼졌다.

헨리는 자리에서 일어나 창가로 다가갔다. 사무실 불빛을 등지고 선 그의 키 큰 실루엣이 창문 너머로 드러나자, 즉시 함성은 더 거세졌고, 담배 상자 모서리, 담배 덩어리 조각, 심지어 동전 같은 작은 물건들이 창문을 향해 쏟아졌다. 유리창에 부딪히는 잔소리 같은 소리와 함께, 아래층에서 문이 열리며 소음이 계단을 타고 올라왔다.

"올라오고 있어요!" 바르톨로뮤가 외쳤다.

이디스는 불안한 눈으로 헨리를 바라보았다.

"헨리, 그 사람들이 올라오고 있어."

아래층 복도에서는 이제 그들의 외침이 또렷하게 들렸다.

"빌어먹을 사회주의자 놈들!"

"독일 편드는 친보슈[28] 놈들!"

"2층이다, 앞으로 가!"

"놈들을 잡아라——"

그다음 5분은 꿈처럼 흘러갔다. 이디스는 그 고함 소리가 마치 폭우처럼 세 사람 위로 쏟아져 내리는 것을 느꼈다. 수많은 발소리가 계단을 울렸고, 헨리가 그녀의 팔을 붙잡아 사무실 안쪽으로 끌어당겼다. 그때 문이 벌컥 열리며 남자들이 밀려 들어왔다. 선동자들이 아니라, 그저 앞쪽에 있던 취객들이었다.

"이봐, 붉은 놈들!"

"아직도 안 자고 있냐?"

"거기 여자랑 있냐, 이 자식아!"

이디스는 두 명의 심하게 취한 군인이 앞으로 밀려나오는 걸 보았다. 한 명은 키가 작고 거무스름했으며, 다른 한 명은 키가 크고 턱이 약했다.

헨리는 앞으로 나서며 손을 들어 올렸다.

"여러분!" 그가 외쳤다.

함성은 잠시 잦아들었고, 대신 낮은 중얼거림이 이어졌다.

"여러분!" 헨리가 다시 외쳤다. 그의 시선은 군중의 머리 위 어딘가 먼 곳을 향하고 있었다. "오늘 밤 여기 들어와 난동을 부린다고 해서

---

28 친보슈(Chinboshu): 피츠제럴드가 만든 가상의 단어로, '친독파(pro-German)' 혹은 '볼셰비키(Bolshevik)'를 비틀어 풍자한 말이다. 1차 세계대전 직후 미국 사회의 과도한 애국주의와 반사회주의 정서를 희화화한 표현이다.

손해를 보는 건 결국 여러분 자신입니다. 우리가 부자처럼 보입니까? 우리가 독일 사람처럼 보입니까? 공정하게 묻겠소—"

"닥쳐라!"

"그래, 딱 부자처럼 생겼네!"

"그 여자 누구야, 친구?"

한 민간인이 탁자 위를 뒤적이다가 신문을 들어 올리며 외쳤다.

"여기 있어! 이놈들은 전쟁에서 독일이 이기길 바랐던 놈들이야!"

그 순간, 계단 쪽에서 또 다른 무리가 밀려들어 방 안이 순식간에 남자들로 꽉 찼다. 그들은 방 안쪽, 창백한 세 사람을 향해 몰려들었다. 이디스는 턱이 약한 키 큰 군인이 여전히 맨 앞에 서 있는 것을 보았다. 반면, 키가 작고 어두운 얼굴의 군인은 어디론가 사라져 있었다.

이디스는 조금 뒤로 물러나, 열린 창가 곁에 섰다. 차가운 밤공기가 맑게 스며들어왔다. 그리고 방 안은 순식간에 폭동이 되었다. 군인들이 밀려드는 것을 느꼈고, 그 와중에 바르톨로뮤가 의자를 휘두르는 모습이 스치듯 보였다. 바로 그때 불이 꺼졌다. 거친 천에 싸인 따뜻한 몸들이 밀려왔고, 그녀의 귀에는 고함과 발 구르는 소리, 거친 숨소리가 가득 찼다.

어디선가 한 인물이 그녀 곁을 스쳐 지나가더니 휘청이며 비틀렸고, 이내 옆으로 밀리듯 창밖으로 떨어져 나갔다. 짧고 끊긴 비명소리가 고함의 물결 속으로 삼켜졌다. 창문 밖으로 비쳐 들어오는 희미한 빛 속에서, 이디스는 그것이 턱이 약한 키 큰 군인이었다는 걸 본능적으로 알아차렸다. 그녀의 안에서 분노가 거세게 치밀었다. 팔을 휘두르며, 무작정 사람들 틈 속으로 몸을 밀었다. 거친 숨소리, 욕설, 둔탁한 주먹 소리가 뒤섞여 들렸다.

"헨리!" 그녀가 필사적으로 외쳤다. "헨리!"

얼마의 시간이 흘렀는지 모를 순간, 이디스는 방 안에 다른 사람들이 들어온 것을 느꼈다. 낮고 위압적인 목소리가 들렸다. 노란 빛줄기들이 사방을 휩쓸며 어둠 속을 비췄다. 고함은 점점 흩어졌고, 몸싸움이 짧게 이어지다 이내 멎었다.

갑자기 불이 켜졌다. 방 안은 경찰들로 가득 찼고, 그들은 몽둥이를 휘두르며 사방을 제압했다.

"이봐! 이봐! 이게 뭐야, 전부 조용히 해!" 낮고 묵직한 목소리가 울렸다.

"조용히 하고 전부 나가! 들었지?"

방 안은 세면대의 물이 빠지듯 순식간에 비어갔다. 구석에서 군인 하나를 붙잡고 있던 경찰이 그를 밀어내듯 문 쪽으로 보냈다. 낮은 목소리가 다시 울렸다. 이제 이디스는 그것이 문가에 서 있는, 목이 굵은 경찰서장의 목소리임을 알아차렸다.

"이봐, 이건 말도 안 되는 짓이야! 너희 중 한 놈이 창문 밖으로 밀려나 떨어져 죽었다고!"

"헨리!" 이디스가 외쳤다. "헨리!"

그녀는 앞에 서 있는 남자의 등을 두 주먹으로 마구 내리쳤다. 두 사람 사이를 밀치고, 소리치며, 싸우듯 몸을 밀어붙여 나아갔다. 그리고 마침내 책상 옆 바닥에 앉아 있는 창백한 형체를 발견했다.

"헨리!" 그녀가 절규하듯 외쳤다. "무슨 일이야? 다친 거야? 어디 아파?"

그의 눈은 감겨 있었다. 그는 신음하며 얼굴을 찡그리더니, 고통에 찬 목소리로 말했다.

"다리가 부러졌어. 이런 젠장, 멍청한 놈들."

"이봐! 이봐!" 경찰서장의 목소리가 다시 울렸다. "이게 대체 뭐야! 이봐, 이봐!"

9

아침 여덟 시의 '차일즈(Childs) 59번가점'은 미국 전역의 다른 지점들과 거의 다를 바가 없다. 대리석 테이블의 폭이나 프라이팬의 광택 정도가 다를 뿐이다. 그곳에는 눈가에 아직 잠이 덜 깬 가난한 사람들이 모여 앉아 있다. 그들은 마주보는 다른 가난한 사람들을 보지 않기 위해 억지로 시선을 접시 위 음식에 고정시킨다. 하지만 그보다 네 시간 전, 새벽의 차일즈는 오리건 주 포틀랜드에서 메인 주 포틀랜드에 이르는 어느 지점과도 전혀 다른 세상이 된다. 창백하지만 위생적인 그 식당 안에는 코러스 걸, 대학생, 데뷔 무도회에 데뷔한 아가씨들, 난봉꾼들, 밤의 여자들이 뒤섞인 소란스러운 무리가 모여 있다. 그것은 브로드웨이, 나아가 피프스 애비뉴의 가장 화려한 단면을 그대로 옮겨놓은 듯한 풍경이었다.

5월 2일 새벽, 그곳은 평소보다 더 붐볐다. 대리석 테이블 위로는 흥분한 얼굴들이 늘어져 있었고, 아버지가 '자기 마을 하나쯤은 소유한' 아가씨들이 메밀 팬케이크와 스크램블 에그를 맛있게 먹고 있었다. 불과 네 시간 뒤라면 절대 그렇게 먹지 못할 음식들이었다. 그곳의 거의 모든 손님들은 델모니코스에서 열린 감마 프시 무도회 참석자들이었고, 몇몇은 자정 공연을 마친 코러스 걸들이었다. 그녀들은 쇼가 끝나고 화장을 조금 더 지웠어야 했다고 후회하며 구석 테이블에 앉아 있었다. 한편, 이 화려한 나비 떼들 사이에는 몇몇 초라한 사람들이 어색하게 섞여 앉아 있었다. 쥐처럼 보잘것없는 그들은 피곤하고 당혹스러운 눈빛으로 이 젊은이들을 바라보았다. 하지만 그런 초라한 존재는 예외적인 풍경이었다. 5월 1일 노동절의 다음 날, 축제의 여운이 여전히 공기 속에 남아 있었기 때문이다.

거스 로즈는 제정신이었지만 어딘가 멍했다. 그는 분명 이 '초라한 사람들'의 한 명이었다. 폭동 이후 자신이 44번가에서 59번가까지 어떻게 걸어왔는지 희미한 기억조차 없었다. 그는 캐럴 키의 시체가 들것에 실려 구급차로 실려 가는 것을 본 뒤, 몇몇 군인들과 함께 북쪽으로 향했다. 그러나 그 길 어딘가에서 군인들은 여자를 만나 사라졌고, 로즈 혼자만 남았다. 그는 콜럼버스 서클까지 걸어가다 반짝이는 차일즈의 불빛을 보고, 커피와 도넛으로 속을 달래기 위해 안으로 들어갔다. 그리고 자리에 앉았다.

주변에서는 가벼운 농담과 높게 웃는 목소리가 공중을 떠다녔다. 처음엔 그가 이해하지 못했다. 그러나 몇 분의 어리둥절한 시간이 지나자, 이것이 어떤 흥겨운 파티의 여파라는 걸 깨달았다. 이따금 흥분한 젊은 남자들이 테이블 사이를 누비며 친구든 낯선 사람이든 가리지 않고 악수를 청했고, 장난스럽게 말을 붙였다. 웨이터들은 팬케이크와 에그를 들고 분주히 뛰어다니며 그들을 흘겨보았지만, 욕설을 삼키며 그들을 밀쳐냈다. 로즈가 앉은 곳은 가장 눈에 띄지 않고 덜 붐비는 테이블이었다. 그의 눈앞에서 펼쳐진 풍경은 그저 미와 환락이 뒤섞인 화려한 서커스 같았다.

얼마 지나지 않아, 그는 자신과 대각선 방향으로 앉은 커플이 이 화려한 방 안에서 결코 평범하지 않다는 사실을 깨달았다. 남자는 취해 있었다. 연미복 차림에 넥타이는 헝클어졌고, 와인과 물이 쏟아져 셔츠가 부풀어 있었다. 핏발 선 눈은 비정상적으로 이리저리 굴러갔고, 입술 사이로 짧게 숨을 몰아쉬었다.

'미친 듯이 퍼마셨군.' 로즈는 생각했다.

여자는 거의 술이 깨 있었다. 아니면 완전히 깼다고 해도 좋았다. 그녀는 어두운 눈과 달아오른 볼을 가진 예쁜 여자였다. 그리고 독수리처럼 예리한 눈으로 남자를 계속 지켜보고 있었다. 그녀는 이따금 고개를 숙여 그에게 진지하게 속삭였고, 그는 고개를 무겁게 끄덕이거나 기괴하게 눈을 찡긋하며 대답했다.

로즈는 몇 분간 멍하니 그들을 바라보다가, 여자가 자신을 향해 불쾌한 시선을 던지자 황급히 시선을 돌렸다. 그리고 지나치게 떠들썩한 젊은이 두 명에게 시선을 옮겼다. 그들은 식당을 빙빙 돌며 친구든 처음 보는 사람이든 상관없이 반갑게 인사하고 있었다. 그중 한 명의 얼굴을 본 순간, 로즈는 깜짝 놀랐다. 델모니코스에서 자신을 우스꽝스럽게 '접대'하던 바로 그 청년이었다.

그 순간 로즈는 캐럴 키를 떠올렸다. 애매하게 감상적이고, 어딘가 경외심이 섞인 감정이었다. 키는 이제 죽었다. 35피트 아래로 떨어져 머리가 깨져버렸다.

'참 좋은 놈이었는데.' 로즈는 슬프게 생각했다. '정말 좋은 놈이었어. 운이 너무 나빴지.'

두 명의 젊은이가 다가와 로즈의 테이블 옆 통로를 지나며 친구와 낯선 이들에게 모두 유쾌하게 인사를 건넸다. 그때, 금발에 커다란 앞니를 가진 남자가 문득 걸음을 멈추더니, 대각선 맞은편의 남녀를 불안정하게 바라보다가 고개를 천천히 좌우로 흔들었다. 핏발 선 눈의 남자가 고개를 들어 그를 보았다.

"고디." 앞니가 도드라진 남자가 말했다. "고디."

"안녕." 얼룩진 셔츠 차림의 남자가 탁한 목소리로 대답했다.

앞니가 큰 남자는 고디에게 비관적인 손짓을 하며 손가락을 흔들었고, 여자를 향해서는 냉담한 경멸의 눈길을 보냈다.

"내가 뭐랬어, 고디?"

고든이 의자에서 몸을 움직였다.

"지옥이나 가!" 그가 말했다.

딘은 여전히 그 자리에 서서 손가락을 흔들고 있었다. 여자의 얼굴에는 분노가 떠올랐다.

"꺼져!" 그녀가 날카롭게 외쳤다. "너야말로 취했잖아, 술에 쩔었어!"

"저 사람도 마찬가지지." 딘이 손짓을 멈추며, 손가락을 고든 쪽으로 향하게 했다.

그때 피터 히멜이 비틀비틀 다가왔다. 그는 완전히 취해 부엉이 같은 눈을 하고, 설교라도 하려는 듯한 태도로 입을 열었다.

"이봐요." 그가 말하기 시작했다. 마치 아이들 싸움을 중재하듯 진지한 어조였다. "무슨 일이에요?"

"당신 친구 데려가요." 주얼이 냉정하게 말했다. "우릴 괴롭히고 있잖아요."

"뭐라고요?"

"들었을 거예요!" 그녀가 한층 날카롭게 말했다. "당신 친구 취했잖아요. 이리저리 시비 걸고 있잖아요."

그녀의 목소리가 식당 안의 소음을 뚫고 울려 퍼졌다. 웨이터가 허겁지겁 달려왔다.

"조용히 좀 하세요!"

"저 사람이 취했어요." 주얼이 소리쳤다. "우릴 모욕하고 있다니까요."

"아하, 고디." 딘이 고집스럽게 말했다. "내가 뭐랬어." 그러고는 웨이터를 향해 돌아서서 말했다. "고디랑 난 친구야. 내가 저 사람 도와주려는 거였어, 안 그렇나, 고디?"

고디가 고개를 들어 올렸다.

"날 도와줘? 웃기지 마, 빌어먹을!"

주얼은 갑자기 자리에서 일어났다. 그리고 고든의 팔을 잡아 일으켰다.

"가요, 고디." 그녀가 몸을 가까이 기울이며 속삭이듯 말했다. "나가자. 저 사람은 술에 취하면 성질 더럽게 굴어."

고든은 그녀에게 이끌려 일어서더니 문 쪽으로 발을 옮겼다. 주얼은 잠시 돌아서서 그들을 따라오던 딘을 향해 날카롭게 말했다.

"당신 같은 인간, 나 다 알아!" 그녀가 분노에 차서 외쳤다. "좋은 친구랍시고? 웃기지 마! 그가 당신 얘기 다 했어."

그리고 나서 주얼은 고든의 팔을 움켜잡았고, 둘은 호기심에 모여든 사람들 틈을 헤치며 계산서를 치르고 밖으로 나갔다.

"이제 앉으셔야겠어요." 그들이 나가자 웨이터가 피터에게 말했다.

"뭐라고? 앉으라고?"

"네, 아니면 나가셔야 합니다."

피터가 딘을 돌아보았다.

"이봐, 딘." 그가 제안했다. "우리 저 웨이터 좀 두들겨 패자."

"좋아."

두 사람은 얼굴을 굳힌 채 웨이터 쪽으로 걸어갔다. 웨이터는 겁을 먹고 뒤로 물러섰다. 그때 피터는 옆 테이블의 접시 위에 손을 뻗더니, 해시 브라운 한 움큼을 집어 들고 공중에 던졌다. 감자 조각들이 느릿한 포물선을 그리며 눈송이처럼 흩어져 근처 사람들의 머리 위로 떨어졌다.

"이봐! 그만해!"

"쫓아내라!"

"앉아, 피터!"

"그만두라고!"

피터는 웃으며 허리를 굽혀 인사했다.

"신사 숙녀 여러분, 따뜻한 박수에 감사드립니다. 누가 해시 좀 더 빌려주고, 키 큰 모자 하나만 씌워주면, 공연을 계속하겠습니다."

그때 덩치 큰 관리인이 뛰어왔다.

"지금 당장 나가셔야겠어요!" 그가 피터에게 말했다.

"말도 안 돼!"

"그는 내 친구야!" 딘이 분개하며 끼어들었다.

웨이터들이 몰려들었다.

"쫓아내!"

"피터, 나가는 게 좋겠다."

짧은 실랑이 끝에 두 사람은 문 쪽으로 밀려났다.

"내 모자랑 코트 여기 있다!" 피터가 외쳤다.

"그럼 얼른 가져와! 서둘러!"

관리인이 피터의 팔을 놓자, 피터는 과장된 교활한 표정으로 반대쪽 테이블로 달려가더니, 비웃는 웃음을 터뜨리며 분노한 웨이터들을 향해 코끝에 손가락을 세웠다.

"좀 더 기다리는 게 낫겠는데." 그가 선언했다.

쫓고 쫓기는 난장판이 시작됐다. 웨이터 넷은 한쪽으로, 또 넷은 다른 쪽으로 돌았다. 딘은 그중 두 명의 코트를 붙잡아 실랑이를 벌였고, 그 사이 피터는 설탕 그릇과 커피 잔 몇 개를 엎지르며 달아났다.

결국 그가 붙잡히자, 계산대 근처에서 또 다른 말다툼이 벌어졌다. 피터가 "경찰에게 던질 해시를 한 접시 더 포장해 달라"며 사정을 늘어놓은 것이다.

하지만 그가 나가며 벌인 소동조차, 식당 안 모든 사람들의 시선을 단숨에 사로잡은 새로운 장면 앞에서는 미미하게 느껴졌다.

식당 정면의 거대한 유리창이 짙은 푸른빛으로 변한 것이다. 마치 맥스필드 패리시의 달빛 그림처럼, 유리 위로 밀려드는 듯한 푸른색이었다. 콜럼버스 서클 위로 새벽이 떠오르고 있었다. 마법처럼 고요하고 숨 막히게 아름다운 새벽. 그것은 불멸의 탐험가 크리스토퍼 콜럼버스 동상을 실루엣으로 드러내며, 식당 안의 노란 전등빛과 묘하고도 신비로운 방식으로 뒤섞이고 있었다.

10

'인 씨(Mr. In)'와 '아웃 씨(Mr. Out)'라는 이름은 인구조사 기록에 없다. 사회 명부에서도, 출생·결혼·사망 신고서에서도, 혹은 동네 식료품점의 외상 장부에서도 그들을 찾을 수 없다. 망각이 그들을 삼켜버렸고, 그들이 한때 존재했다는 증거는 모호하고 희미하여 법정에서 증거로 채택될 수도 없다. 그럼에도 나는 확실한 권위자의 말에 의하면, 잠시 동안 인 씨와 아웃 씨는 분명히 살아 숨 쉬었고, 이름에 대답했으며, 그들만의 생생한 개성을 빛냈다고 들었다.

그 짧은 생애 동안 그들은 자신들의 낯익은 옷차림 그대로 위대한 나라의 위대한 거리 위를 걸었다. 사람들에게 조롱당하고, 욕을 먹고,

쫓기기도 했으며, 또 도망쳤다. 그러고는 사라졌다. 다시는 그들의 소식이 들리지 않았다.

그들이 형체를 띠기 시작한 것은 희미한 5월 새벽빛 속에서였다. 지붕이 열린 택시 한 대가 브로드웨이를 따라 달리고 있었고, 그 안에는 인 씨와 아웃 씨의 영혼이 앉아 있었다. 그들은 콜럼버스 동상 뒤의 하늘이 갑자기 푸르게 물든 이유를 신기해했고, 거리 위를 종이조각처럼 떠다니는 회색 얼굴들의 새벽 출근자들을 어리둥절하게 바라보았다. 그들은 모든 것에 의견이 일치했다. 차일즈 식당의 관리인이 얼마나 우스꽝스러웠는지에 대해서나, 인생이라는 사업이 얼마나 어처구니없는지에 대해서나. 그들의 영혼 속에는 새벽이 불러일으킨 감상적인 행복감이 어지럽게 소용돌이쳤다. 삶이 이토록 신선하고 힘차게 느껴진 적은 없었고, 그 기쁨은 외쳐야만 할 것 같았다.

"예—야—오—오!" 피터가 두 손을 확성기 모양으로 만들고 외쳤다.

딘도 그에 맞춰 응답했다. 그의 외침은 의미로는 동등했으나, 발음이 불분명한 탓에 더 묘한 울림을 가졌다.

"요호! 예! 요호! 요부바!"

53번가에서는 짙은 머리를 단발로 자른 아름다운 여자가 탄 버스가 지나갔다. 52번가에서는 길 청소부가 간신히 피하며 고함을 질렀다.

"어디를 보고 운전하는 거야!"

50번가에서는 새하얀 건물 앞 하얀 보도 위에 서 있던 남자들이 돌아서서 그들을 쳐다보며 외쳤다.

"좋은 파티였나 보네, 친구들!"

49번가에서 피터가 딘을 돌아보았다.

"아름다운 아침이군." 그가 심각하게 말하며 부엉이 같은 눈을 가늘게 떴다.

"아마 그렇겠지."

"가서 아침 먹을까?"

딘이 고개를 끄덕이며 덧붙였다.

"아침과 술."

"아침과 술." 피터가 반복했다. 그리고 둘은 서로를 바라보며 고개를 끄덕였다. "논리적이군."

그러고는 동시에 큰소리로 웃음을 터뜨렸다.

"아침과 술! 하하, 세상에!"

"그런 건 없어." 피터가 선언했다.

"안 판다고? 상관없어. 우린 강제로 시키면 돼. 압박을 가하자."

"논리로 압박하지."

택시는 갑자기 브로드웨이에서 벗어나 골목길로 들어섰고, 이내 피프스 애비뉴의 거대한 무덤 같은 건물 앞에 멈춰 섰다.

"이게 뭐야?"

운전사가 그곳이 델모니코스라고 알려주었다.

둘은 잠시 어리둥절했다. 만약 그런 목적지로 가라고 지시했다면, 분명 이유가 있었을 것이다. 그들은 몇 분간 진지하게 집중했다.

"아마… 코트 때문일 거예요." 운전사가 제안했다.

바로 그거였다. 피터의 외투와 모자. 그는 그것들을 델모니코스에 두고 왔던 것이다. 결론이 나자, 두 사람은 택시에서 내려 서로 팔짱을 끼고 입구 쪽으로 걸어갔다.

"이봐요!" 택시 운전사가 불렀다.

"응?"

"지금 계산해야지."

운전사가 말했다.

피터와 딘은 놀란 듯 고개를 저었다.

"나중에, 지금은 안 돼. 우리가 명령하면 너는 기다리는 거야."

하지만 운전사는 고집을 꺾지 않았다. 그는 당장 돈을 원했다. 거대한 자제력을 발휘하는 사람들 특유의 경멸 섞인 태도로, 두 사람은 마지못해 그에게 요금을 지불했다.

안으로 들어가자 피터는 어둡고 텅 빈 휴대품 보관소를 더듬으며 자신의 코트와 모자를 찾았다.

"없어졌네. 누가 훔쳐갔나 봐."

"아마 셰필드 학생일 걸."

"그럴 가능성이 높지."

"괜찮아." 딘이 너그럽게 말했다. "그럼 나도 여기에 두고 갈게. 우리 둘이 똑같이 차려입은 셈이지."

딘은 외투와 모자를 벗어 걸어두려다, 문 위쪽에 붙은 커다란 종이 팻말 두 개에 시선이 꽂혔다. 왼쪽 문에는 'IN(입구)'이라는 굵은 글씨가, 오른쪽 문에는 'OUT(출구)'이라는 글씨가 똑같이 큼지막하게 적혀 있었다.

"이봐, 봐봐!" 그가 신이 나서 외쳤다.

피터가 손가락이 가리키는 곳을 바라보았다.

"뭐가?"

"저 표지판들 말이야. 우리 저거 가져가자."

"좋은 생각이야."

"아주 희귀하고 값진 표지일지도 몰라. 언젠가 쓸모 있을 거야."

피터는 'IN' 팻말을 떼어내 몸에 숨기려 했다. 하지만 생각보다 커서 쉽지 않았다. 그는 잠시 고민하다가 재치 있는 생각을 떠올렸다. 신비한 표정을 짓고 등을 돌리더니, 다시 몸을 확 돌리며 팔을 쫙 벌렸다. 'IN' 표지판을 조끼 속에 끼워 넣어 셔츠 앞면을 완전히 가려버린 것이다. 결과적으로 그의 셔츠에는 큼직한 검은 글씨로 'IN'이 새겨진 셈이었다.

"요호!" 딘이 환호했다. "인(In) 씨!"

그는 자기 표지판을 똑같이 넣었다.

"아웃(Out) 씨!" 딘이 의기양양하게 선언했다. "자, 인 씨, 아웃 씨를 만나게."

그들은 서로 다가가 악수했다. 그리고 또다시 웃음을 터뜨리며 몸을 앞으로 숙였다.

"요호!"

"이제 제대로 된 아침 먹자!"

"가자—코모도어로!"

그들은 팔짱을 끼고 문을 나섰다. 그리고 44번가를 동쪽으로 걸으며 코모도어 호텔을 향했다.

그때 길가에서 창백한 얼굴의 작고 검은 군인이 피곤한 발걸음으로 걷다가 그들을 보았다. 그는 무언가 말을 걸려다, 두 사람이 자신을 완전히 모르는 사람 취급하자 멈춰 섰다. 두 사람이 비틀거리며 멀어지자 그는 약 40걸음쯤 뒤에서 따라오며 중얼거렸다.

"오, 맙소사." 그는 혼잣말로, 그러나 기대에 찬 어조로 계속 되뇌었다. "오, 맙소사."

한편 인 씨와 아웃 씨는 앞으로의 계획을 논의하며 즐겁게 걸었다.

"우린 술이 필요해. 그리고 아침도. 둘 중 하나만은 안 돼. 둘은 하나야."

"둘 다 가져야지!"

"둘 다!"

이제 완전히 날이 밝았다. 길을 지나는 사람들은 두 사람을 흥미롭게 바라봤다. 둘은 마치 세상에서 가장 재밌는 토론이라도 하는 듯 웃음을 터뜨리며 팔짱을 끼고 거의 허리를 굽힐 정도로 웃어댔다.

코모도어에 도착하자, 그들은 졸린 눈의 도어맨에게 몇 마디 재치 있는 농담을 던지고, 회전문을 겨우 통과해 들어갔다. 한산하지만 놀란 눈길이 가득한 로비를 지나 식당으로 향했다. 종업원은 그들을 구석진 자리로 안내했다. 그들은 메뉴를 받아 들고 어리둥절한 얼굴로 서로 중얼거리며 읽었다.

"여기 술이 없잖아." 피터가 불만스럽게 말했다.

웨이터는 무슨 말을 했지만 알아듣기 힘들었다.

"다시 말해봐요." 피터가 관대한 어조로 말했다. "메뉴 어디에도 술이 없다는 건 이해할 수 없는 일이오. 아주 불쾌하단 말이오."

"이리 줘봐." 딘이 자신 있게 나섰다. 웨이터를 향해 말했다. "가져와요―가져와요―" 그는 메뉴를 훑으며 말했다. "샴페인 한 병이랑― 아마 햄 샌드위치 하나."

웨이터는 난처한 표정을 지었다.

"가져와!" 인 씨와 아웃 씨가 동시에 고함쳤다.

웨이터는 헛기침을 하고 사라졌다. 그들이 모르는 사이, 매니저가 그들을 유심히 살펴보았다. 잠시 후 샴페인이 도착하자 두 사람은 환호했다.

"아침에 샴페인을 마신다고 뭐라고 하다니, 상상도 못하겠네."

그들은 그 가정이 얼마나 어처구니없는지 상상하려 했지만 도저히 그려지지 않았다. 세상 어디에 누군가가 아침에 샴페인을 마신다고 이의를 제기하는 사람이 있을 수 있을까. 웨이터가 '펑' 소리를 내며 코르크를 땄고, 두 사람의 잔에는 옅은 황금빛 거품이 넘쳐올랐다.

"건배, 인 씨."

"당신도, 아웃 씨."

웨이터는 물러났고, 시간이 흘렀다. 병 속의 샴페인은 어느새 바닥을 드러냈다.

"이건―이건 모욕적이야." 딘이 갑자기 말했다.

"뭐가?"

"아침에 샴페인을 마신다고 뭐라 하는 게 말이야."

"모욕적이라고?" 피터가 생각에 잠겼다. "그래, 맞아. 그게 딱 그 단어야—모욕적."

두 사람은 또 웃음을 터뜨렸다. 몸을 흔들며, 의자 위에서 앞뒤로 기울며, '모욕적'이라는 단어를 수십 번 되풀이했다. 그 말이 나올 때마다 더 우스꽝스럽게 느껴졌다.

몇 분간의 황홀한 웃음 끝에, 그들은 샴페인 한 병을 더 시키기로 했다. 그러나 웨이터가 상사에게 물었고, 상사는 단호히 지시했다— 더는 샴페인을 내주지 말라고. 곧 계산서가 도착했다.

5분 뒤, 두 사람은 다시 팔짱을 끼고 42번가를 따라 나섰다. 호기심 어린 눈길이 그들을 따라왔다. 그들은 밴더빌트 애비뉴를 지나 빌트모어 호텔로 향했다. 그리고 그곳에 들어서자, 문득 번뜩이는 재치가 떠올랐다. 그들은 빠른 걸음으로, 마치 술에 전혀 취하지 않은 양, 부자연스러울 만큼 꼿꼿이 선 채 로비를 가로질러 걸었다.

식당 안으로 들어서자, 두 사람은 다시 한 번 그들의 '공연'을 반복했다. 그들은 갑작스러운 발작적인 웃음과 정치, 대학, 그리고 자신들의 '유쾌한 기분 상태'에 대한 단속적인 대화 사이를 오갔다. 시계를 보니 아홉 시였다. 그제야 두 사람의 머릿속에 어렴풋한 생각이 떠올랐다. 지금 자신들이 있는 이 자리는 기억될 만한 '역사적인 파티'라는 것, 평생 잊지 못할 순간이라는 것. 그들은 두 번째 병을 천천히 비웠다. 둘 중 누가 "모욕적이야(mortifying)"라는 단어를 입에 올리기만 해도, 두 사람은 다시 폭소를 터뜨리며 숨을 헐떡였다. 식당 안은 이제 빙글빙글 도는 듯 어지럽고, 묘하게 가벼운 공기가 무겁던 분위기를 희석시켰다.

그들은 계산을 마치고 로비로 나왔다.

바로 그때였다. 그날 아침 천 번째는 돌았을 듯한 회전문이 돌아가며, 한 여인이 로비 안으로 들어왔다. 그녀는 얼굴이 창백했고, 눈 밑에는 깊은 다크서클이 드리워져 있었다. 구겨진 이브닝드레스를 입은 그녀는 곁에 어울리지 않는 체격의 뚱뚱한 남자와 함께였다.

계단 위에서 그 커플은 인 씨과 아웃 씨을 마주쳤다.

"이디스!" 인 씨가 환하게 웃으며 한 발 다가섰다. 그는 과장된 몸짓으로 허리를 숙였다. "사랑스러운 사람, 좋은 아침이야."

뚱뚱한 남자는 이디스를 바라보며, '저 남자를 바로 밀쳐내도 되겠습니까?' 하고 묻는 듯한 표정을 지었다.

"실례." 피터가 덧붙였다. "이디스, 좋은 아침."

그는 딘의 팔꿈치를 잡고 앞으로 밀어냈다.

"이디스, 여기 인 씨야. 내 가장 친한 친구. 우리는 떨어질 수가 없지. 인 씨, 그리고 아웃 씨."

아웃 씨가 앞으로 나서 인사했다. 사실 그는 너무 깊숙이 인사하는 바람에 몸이 앞으로 기울었고, 간신히 균형을 잡으려 이디스의 어깨에 손을 살짝 얹었다.

"나는 아웃 씨이야, 이디스." 그가 흐릿하게 웃으며 말했다. "스… 스미쓰… 뭐시기 아웃 씨 말이야."

"스미쓰 뭐시기 아웃 씨!" 피터가 자랑스럽게 따라 말했다.

하지만 이디스는 그들 곁을 스치듯 지나치며, 시선을 로비 위쪽의 먼 공간 어딘가에 고정했다. 그녀는 살짝 고개를 끄덕이더니, 곁의 뚱뚱한 남자가 앞으로 나서며 두 사람을 황소처럼 밀어내게 했다. 남자는 단호한 손짓으로 인 씨와 아웃 씨를 양쪽으로 밀어냈고, 그 사이를 지나 이디스와 함께 걸었다.

그러나 열 걸음쯤 간 뒤, 이디스는 멈춰 섰다. 그녀는 다시 돌아서서 손가락으로 가리켰다. 로비 한쪽, 군중을 멍하니 바라보고 있던 키 작고 검은 군인이었다. 그의 시선은 사람들 전체를 향해 있었지만, 특히 인 씨과 아웃 씨의 장면에 매혹된 듯 고정되어 있었다.

"저기!" 이디스가 외쳤다. "저기 봐요!"

그녀의 목소리가 높아졌고, 약간 날카로운 울림이 섞였다. 그녀의 손가락이 떨리고 있었다.

"저 군인이에요. 내 오빠 다리를 부러뜨린 사람!"

주변에서 외침이 터졌다. 잘 다려진 코트를 입은 남자가 접수대 근처에서 앞으로 나섰고, 뚱뚱한 남자는 번개처럼 군인에게 달려들었다. 이내 로비의 인파가 그 작은 무리를 에워싸며, 인 씨과 아웃 씨의 시야에서 완전히 가려버렸다.

하지만 인 씨과 아웃 씨에게 그 광경은 그저 빠르게 회전하는 세상의 일부분, 색색으로 빛나는 한 조각에 불과했다. 그들은 고함소리를 들었고, 뚱뚱한 남자가 달려드는 것도 보았다. 그리고 모든 장면이 갑자기 뒤섞이며 흐릿해졌다. 다음 순간, 그들은 엘리베이터 안에 있었다. 위로 올라가는 중이었다.

"몇 층입니까?" 엘리베이터 직원이 물었다.

"아무 층이요." 인 씨가 대답했다.

"맨 위 층." 아웃 씨가 말했다.

"여기가 맨 위 층입니다." 엘리베이터 직원이 말했다.

"그럼 하나 더 올려요." 아웃 씨가 말했다.

"더 높이." 인 씨가 말했다.

"하늘로." 아웃 씨가 말했다.

11

6번가 근처의 허름한 작은 호텔 방 안에서, 고든 스테릿은 머리 뒤쪽이 찢어질 듯한 통증과 온몸의 혈관이 고동치는 듯한 메스꺼움 속에 눈을 떴다. 그는 방 구석의 어둑한 회색 그림자를 바라보다가, 한쪽 모서리가 닳아 벗겨진 낡은 가죽 안락의자를 보았다. 바닥에는 구겨지고 뒤섞인 옷가지들이 널브러져 있었고, 공기에는 오래된 담배 연기와 술 냄새가 배어 있었다. 창문은 꽉 닫혀 있었다. 바깥에서는 밝은 햇살이 창틀을 가로질러 들어와 먼지로 가득한 빛줄기를 만들고 있었고, 그 빛은 그가 자고 있던 넓은 나무 침대 머리맡에서 끊겨 있었다. 그는 꼼짝도 하지 않은 채 누워 있었다. 혼수상태에 가까운, 마치 약에 취한 사람처럼 멍한 상태였다. 눈은 멀쩡히 떠 있었지만, 그의 머릿속은 기름칠도 되지 않은 기계처럼 요란하게 덜컹거리고 있었다.

햇살 속 먼지를 처음 알아차리고, 낡은 가죽의자의 찢어진 부분을 본 지 약 삼십 초쯤 지났을 때, 그는 자신 곁에 생명의 기척이 있음을 느꼈다. 그리고 또 삼십 초가 지난 후에야 그는 자신이 주얼 허드슨과 돌이킬 수 없이 결혼했다는 사실을 깨달았다.

그는 삼십 분 뒤 방을 나와 스포츠용품점에서 권총을 샀다. 그리고 택시를 타고 이스트 27번가에 있는 자신의 하숙방으로 향했다. 그곳에서 그는 자신의 그림 도구가 놓인 책상 위로 몸을 기울이더니, 관자놀이 바로 뒤에 총구를 대고 방아쇠를 당겼다.

도자기와 분홍색[29]

"혹시 다른 잡지에도 글을 쓰시나요?" 젊은 여인이 물었다.
"물론이죠." 나는 대답했다. "가령 '스마트 셋' 같은 데에 단편이나 희곡을 몇 편 썼습니다."
젊은 여인은 몸을 떨었다.
"'스마트 셋'이라니요!" 그녀가 외쳤다. "어떻게 그런 데에 글을 쓰세요? 거긴 파란 욕조[30] 속의 여자들 이야기 같은 바보 같은 걸 싣잖아요."
나는 말할 수 없이 통쾌했다.[31] 그녀가 언급한 그 '파란 욕조 속의 여자들' 이야기가 바로 몇 달 전 그 잡지에 실린 내 작품 「도자기와 분홍색」이었기 때문이다.

~~~~~~

29 짧은 희곡 형식의 풍자극으로, 욕실 속 여성의 대화를 통해 1920년대 젊은 세대의 가벼운 허영을 풍자한다.

30 "blue bathtub(파란 욕조)": 당시 대중문화 속 '모던 걸'의 상징적 이미지. 여성의 사생활과 성적 자유를 상징했기에 보수층에게는 비난의 대상이었다.

31 피츠제럴드의 유머: 작가는 자신의 작품이 '저속하다'고 비난받을수록 오히려 즐거워했다. 이 일화는 그가 스스로 '재즈 시대의 연대기 작가'로서 의식했음을 보여준다.

도자기와 분홍색

여름 별장 1층의 방. 벽 위쪽을 따라 길게 예술적 장식띠가 둘러져 있다. 어부 한 명이 발치에 그물을 쌓아두고 있고, 그 뒤로는 붉게 물든 바다 위에 배 한 척이 떠 있다. 다시 어부가 나오고, 또 그물이 나오고, 또 배가 나오고, 그렇게 이어진다. 그런데 한 부분에서 무늬가 어긋나 있다. 어부의 반쪽과 그물의 반쪽이, 바다 위 배의 반쪽과 눅눅하게 겹쳐져 있다. 그 장식띠는 줄거리에 아무 관련이 없지만, 솔직히 말해서 나는 그게 무척 흥미롭다. 나는 그것에 대해 얼마든지 더 말할 수 있겠지만, 방 안에 있는 두 개의 사물 중 하나가 시선을 빼앗는다—하나는 파란 도자기 욕조다.

욕조에는 성격이 있다. 요즘 나오는 유선형 '스피드형' 욕조가 아니라, 차체가 작고 뒷좌석이 높다. 금방이라도 뛰어오를 것처럼 보이지만, 짧은 다리 때문에 낙담한 듯 환경에 순응하며 하늘빛 페인트를 뒤집어쓰고 있다. 그러나 투덜거리듯 욕조는 사용자가 다리를 완전히 뻗는 것을 절대 허락하지 않는다. 그리고 이쯤에서 자연스럽게 두 번째 사물로 시선이 옮겨간다.

소녀다. 욕조의 부속물처럼, 머리와 목 (아니, 아름다운 여자에겐 '목'이 아니라 '목선') 그리고 어깨의 일부만이 욕조 가장자리 위로 보인다. 극의 첫 10분 동안 관객들은 그녀가 정말로 알몸인 채로 연기하는지, 아니면 옷을 입은 상태로 속이고 있는지 궁금해하며 몰입하게 된다.

그 소녀의 이름은 줄리 마비스. 욕조 안에서 당당히 앉은 자세로 보아 키는 크지 않지만, 자세가 고운 편임을 알 수 있다. 그녀가 웃을 때면 윗입술이 살짝 말리며 부활절 토끼를 떠올리게 한다. 나이는 스무 살 언저리다.

한 가지 더. 욕조의 오른쪽 위에는 창문이 하나 있다. 폭이 좁지만 턱이 넓고, 햇살이 가득 들어온다. 그러나 밖에서 들여다보는 사람은 욕조 안을 볼 수 없도록 설계되어 있다. 이제 이야기가 어떻게 흘러갈지 감이 잡히나?

극은 다소 전통적인 방식으로 노래로 시작한다. 다만 관객들이 놀라서 숨을 들이마시느라 앞부분이 거의 들리지 않으니, 마지막 부분만 옮기겠다.

줄리 (공기처럼 가벼운 소프라노, 열정적으로)
시저가 '시카고'를 출 때
그는 참으로 우아한 아이였지.
그 신성한 닭들은
완전히 미쳐버렸고,
베스타 신전[32]의 처녀들도 난리가 났다네.

---

32 베스타 신전(Temple of Vesta): 고대 로마의 여신 베스타(Vesta)에게 바쳐진 신전으로, '가정과 순결'을 상징한다. 주로 로마의 베스타 여사제(처녀 사제)들이 신성한 불을 지키는 장소로, '순결한 여성' 혹은 '성스러운 의무'를 은유할 때 자주 언급된다.

네르비이 족[33]이 까불기 시작하면

그는 멋지게 조롱했지,

놈들은 신발 속에서 벌벌 떨었어,

집정관의 우울을 타고

로마 제국식 재즈가 울려 퍼졌지!

(관객의 폭발적인 박수가 쏟아지는 동안, 줄리는 겸손하게 팔을 흔들며 물 위에 잔물결을 만든다—적어도 그렇게 보인다. 그때 왼쪽 문이 열리고 로이스 마비스가 등장한다. 옷을 입은 채로, 수건과 옷가지를 들고 있다. 로이스는 줄리보다 한 살 많고, 얼굴과 목소리가 거의 똑같지만 옷차림과 표정에는 보수적인 기운이 묻어난다. 그래, 짐작했겠지만—이 연극의 오래된 장치, '착각된 정체'가 여기서 이야기를 움직인다.)

로이스: (깜짝 놀라며) 어머, 미안. 네가 여기 있는 줄 몰랐어.

줄리: 안녕. 지금 작은 콘서트 중이야—

로이스: (말을 자르며) 문은 왜 안 잠갔어?

줄리: 안 잠갔었나?

로이스: 물론이지. 내가 문을 뚫고 들어온 줄 알아?

줄리: 언니가 자물쇠 따고 들어온 줄 알았지, 사랑하는 언니.

로이스: 넌 정말 부주의해.

줄리: 아니, 난 행복해. 마치 쓰레기꾼의 개처럼. 그리고 지금 작은 콘서트를 하는 중이야.

---

33 네르비이 족(Nervii): 고대 갈리아(오늘날 벨기에 지역)에 살던 켈트계 부족으로, 율리우스 카이사르의 『갈리아 전쟁기』에 등장한다. 로마 제국에 강하게 저항한 용맹한 부족으로 묘사되며, 피츠제럴드는 이를 인물의 과장된 용기나 전투적 태도를 풍자하는 데 인용했다.

로이스: (딱딱하게) 철 좀 들어라!

줄리: (분홍빛 팔을 흔들며 방 안을 가리킨다) 소리가 벽에 반사되는 거 알아? 욕조 안에서 노래하면 아주 아름다운 울림이 생겨. 정말 감미로운 효과야. 한 곡 불러줄까?

로이스: 빨리 나왔으면 좋겠어.

줄리: (생각하듯 고개를 젓는다) 서두를 수는 없어. 지금은 내 왕국이거든, 거룩하신 자매님.

로이스: 왜 나를 그런 이름으로 불러?

줄리: 너는 '청결(Cleanliness)' 바로 옆에 있으니까. 아무것도 던지지 마, 제발!

로이스: 언제 끝낼 거야?

줄리: (잠시 생각하고) 최소 15분, 길어도 25분 안엔.

로이스: 부탁이야. 10분 안에 끝내면 안 돼?

줄리: (회상하듯) 오, 거룩하신 분, 지난 1월의 추운 날 기억나? 어느 날, 부활절 토끼 같은 미소로 유명한 줄리 양이 목욕하려고 욕조를 가득 채웠을 때, 사악한 언니가 와서 먼저 들어가 버려서, 어린 줄리가 차가운 크림으로 씻어야 했던 그 끔찍한 날을? 그건 비싸고 아주 귀찮았단 말이야.

로이스: (성가시게) 그럼 안 서두르겠단 거네?

줄리: 왜 서둘러야 하지?

로이스: 나 약속 있어.

줄리: 여기서 만나기로 했어?

로이스: 상관하지 마.

(줄리는 어깨끝을 살짝 으쓱이며 물 위에 파문을 만든다.)

줄리: 좋아, 그렇게 해.

로이스: 하, 정말. 그래, 여기서 만나기로 했어—정확히 말하자면, 집 앞에서.

줄리: '정확히 말하자면'?

로이스: 그 사람이 안으로 들어오는 건 아니야. 나를 데리러 오기로 했어. 같이 산책할 거야.

줄리: (눈썹을 치켜올리며) 아, 이제야 이야기의 윤곽이 잡히네. 그 문학적인 콜킨스 씨 말이지? 엄마한테는 그 사람 집에 안 부르겠다고 약속했던 거 아니야?

로이스: (다급하게) 엄마가 너무 이상하단 말이야. 그 사람이 이혼했다고 그 이유 하나로 싫어하신다니까. 물론 엄마가 나보다 경험이 많긴 하지만—

줄리: (현명한 척) 언니, 엄마 말에 너무 휘둘리지 마. '경험'이란 게 세상에서 제일 사기 같은 금덩어리야. 나이 든 사람들은 그걸 다 팔려고 들지.

로이스: 난 그 사람 좋아. 우리, 문학 얘기해.

줄리: 아, 그래서 요즘 집안에 두꺼운 책들이 굴러다니는 거구나.

로이스: 그 사람이 빌려줬어.

줄리: 그래, 그럼 그의 방식대로 놀아줘야지. 로마에서는 로마인이 되고 싶은 대로 하라잖아. 하지만 난 책은 이제 끝이야. 공부 다 했거

든.

로이스: 넌 정말 모순덩어리야. 작년 여름엔 매일 책 읽었잖아.

줄리: 내가 일관적이었으면 아직도 젖병으로 따뜻한 우유 마시고 있겠지.

로이스: 맞아, 아마 내 젖병이었을 거야. 하지만 난 콜킨스 씨가 좋아.

줄리: 난 그 사람 본 적도 없어.

로이스: 그럼 빨리 좀 해.

줄리: 응. (잠시 멈추며) 난 물이 미지근해질 때까지 기다렸다가 다시 뜨거운 물을 틀어.

로이스: (비꼬며) 정말 대단하네!

줄리: 우리 어릴 때 '비누 미끄럼' 놀이 했던 거 기억나?

로이스: 기억나. 열 살 때쯤이었지. 아직도 그거 하고 있는 게 더 놀랍네.

줄리: 나 아직도 해. 금방 또 할 거야.

로이스: 유치한 놀이야.

줄리: (흥분하며) 아니야, 신경 안정에 좋아! 언니 그거 하는 법 벌써 잊었지?

로이스: (도전적으로) 아니, 안 잊었어. 욕조를 비누 거품으로 가득 채워서 욕조 끝에 올라가 미끄러지는 거잖아.

줄리: (비웃으며) 허, 그건 절반밖에 몰라. 손이나 발을 안 대고 미끄러져야 진짜지—

로이스: (짜증내며) 세상에! 그게 뭐가 중요해? 제발 이제 여름마다 여기 오는 거 그만두던가, 욕조 두 개 있는 집으로 이사 가자!

줄리: 그럼 언니는 깡통 욕조 하나 사서 써. 아니면 호스로 씻든가.

로이스: 아, 입 좀 다물어!

줄리: (뜬금없이) 수건은 두고 가.

로이스: 뭐라고?

줄리: 나갈 때 수건은 두고 가라고.

로이스: 이 수건 말이야?

줄리: (달콤하게) 그래, 내 수건을 깜빡했거든.

로이스: (처음으로 주위를 둘러보며) 뭐라고? 세상에, 바보 같긴! 기모노[34]도 안 입었잖아!

줄리: (역시 둘러보며) 그러게, 정말 그렇네.

로이스: (점점 의심스러운 눈빛으로) 어떻게 여기까지 온 거야?

줄리: (웃으며) 글쎄… 날아온 것 같아. 흰 형체가 계단을 슉 내려와서—그런 식으로 말이야.

로이스: (경악하며) 세상에, 이 망할 애! 자존심도, 체면도 없는 거야?

줄리: 둘 다 있지! 오히려 그게 증거야. 난 아주 괜찮아 보였다고. 내 자연스러운 모습, 꽤 귀엽더라니까.

---

34 1910~20년대 미국과 유럽에서는 이국적인 동양풍 스타일(Orientalism)이 대유행했다. 특히 젊은 여성들은 실내복이나 아침 가운(dressing gown)으로 '기모노 스타일'의 옷을 입는 것이 세련됨과 자유로움을 상징했다. 피츠제럴드가 '기모노를 안 입었다'고 한 것은, 당시 사교 모임에서 여성이 갖춰야 할 '세련된 감각'이나 '패션 의식'을 빗댄 농담이다.

로이스: 너 정말—

줄리: (생각하듯 혼잣말로) 세상 사람들이 옷을 안 입고 다니면 좋겠어. 나, 아마 이교도나 원시인으로 태어났어야 했나 봐.

로이스: 넌 정말—

줄리: 어젯밤 꿈에 그랬어. 교회에서 어떤 꼬마가 자석을 들고 들어왔는데, 그게 천을 끌어당겼거든. 그러자 사람들 옷이 몽땅 달라붙어서 다 벗겨진 거야. 모두가 난리 났지. 울고 소리 지르고, 마치 자기 피부를 처음 본 사람들처럼 말이야. 그런데 나만 아무렇지 않았어. 그냥 웃었지. 아무도 헌금 바구니를 돌리려 하지 않아서 결국 내가 돌렸어.

로이스: (이 긴 이야기를 무시하며) 그럼 내가 안 왔으면, 넌 그대로 방으로—그… 그 상태로 돌아갔겠다는 거야?

줄리: 알몸으로 있는 게 훨씬 낫잖아.

로이스: 거실에 누가 있었으면 어쩔 뻔했어?

줄리: 아직 한 번도 그런 적 없었어.

로이스: 아직까진? 세상에! 도대체 얼마나—

줄리: 게다가 보통은 수건이라도 있지.

로이스: (기겁하며) 어휴, 넌 매 좀 맞아야 돼. 제발 걸려라. 나갈 때 거실에 목사 열두 명이랑 그들의 부인, 딸들이 다 있었으면 좋겠어.

줄리: 그 사람들 다 거실에 들어올 자리 없을걸요—세탁구역의 '깨끗한 케이트'가 말씀드림.

로이스: 좋아. 네가 스스로 욕조를 만들었으니 거기나 누워 있어.

(로이스가 단호하게 문 쪽으로 향한다.)

줄리: (놀라서) 이봐! 이봐! 기모노야 상관없지만 수건은 줘야지. 비누랑 젖은 수건으로는 몸을 못 닦잖아.

로이스: (완강하게) 그런 애를 어떻게 봐주겠니. 알아서 말려. 옷도 안 입는 동물들처럼 바닥에나 굴러다녀.

줄리: (태연하게) 좋아. 나가!

로이스: (거만하게) 흥!

(줄리가 찬물을 틀어 손가락으로 포물선을 그리며 물줄기를 로이스에게 쏜다. 로이스는 비명을 지르며 도망치고, 문을 쾅 닫고 나간다. 줄리가 웃으며 물을 잠근다.)

줄리: (노래하며)[35]

애로 칼라 신사[36]가

디저키스 아가씨[37]를 만나네,

매연 없는 산타페 열차[38] 위에서.

---

35 광고송 패러디 노래인데, 원문에서는 1920년대 미국의 유명 브랜드들을 엮어 유머러스하게 풍자한 부분.

36 애로 칼라 신사(Arrow-collar man): 애로 칼라는 실제 남성 셔츠 브랜드 광고의 상징적인 '완벽한 신사' 모델.

37 디저키스 아가씨(Djer-Kiss girl): 향수 브랜드 Djer-Kiss('디저키스')의 광고 속 우아한 여성 이미지.

38 산타페 열차(Santa Fé): 고급 여행의 상징이던 Santa Fé 철도 노선.

그녀의 페베코 미소[39],

그녀의 루실 스타일[40],

데덤 다디덤, 어느 멋진 날—

(그녀는 휘파람으로 멜로디를 바꾸며 몸을 앞으로 숙여 수도꼭지를 트려 하지만, 갑자기 파이프에서 세 번의 큰 쿵 소리가 난다. 잠시 정적이 흐르고, 줄리는 수도꼭지에 입을 대고 마치 전화기인 양 말한다.)

줄리: 저기요?

(대답 없음) 배관공인가요?

(대답 없음) 수도국이에요?

(텅 빈 듯한 쿵 소리 하나)

뭐 원해요?

(대답 없음) 귀신인가 봐요. 맞죠?

(대답 없음) 그럼 두드리지 마요.

(따뜻한 수도꼭지를 돌리지만 물이 나오지 않는다. 다시 입을 가까이 댄다.)

배관공이면 너무 못됐어요. 좀 틀어줘요.

(쿵쿵—두 번 울린다.) 말대꾸 말고! 나 물 필요해—물! 물이요!

(그때 창문에 젊은 남자의 얼굴이 나타난다. 가느다란 콧수염과 부드러운 눈매가 있는 얼굴이다. 그는 안을 볼 수 없지만, 벽화 속 어부들과 붉은 바다를 바라보다가 결국 말을 건다.)

젊은 남자: 누가 기절했나요?

줄리: (깜짝 놀라며) 뭐라고요, 고양이가 뛰었다고요?!

젊은 남자: (도우려는 듯) 발작엔 물이 소용없어요.

---

39 페베코 미소(Pebeco smile) → 치약 브랜드 페베코 광고에 나온 하얗고 매끈한 미소.

40 루실 스타일(Lucile style): 유명 디자이너 루실(Lucile)의 패션 스타일.

줄리: 발작? 누가 발작이라 그래요!

젊은 남자: 방금 고양이가 뛰었다고 하셨잖아요.

줄리: (단호하게) 안 그랬어요!

젊은 남자: 뭐, 나중에 이야기하죠. 이제 나갈 준비됐어요? 아니면 아직도 나랑 같이 나가면 사람들이 수군거릴까 봐 걱정돼요?

줄리: (미소 지으며) 수군거릴까요? 그 정도가 아니라 대형 스캔들이 나겠죠.

젊은 남자: 너무 과장하시는군요. 가족들이야 좀 언짢아하겠지만, 순수한 사람들에겐 모든 게 그저 암시적일 뿐이에요. 다른 사람들은 신경도 안 써요. 몇몇 노파들이나 수군거리겠지. 자, 갑시다.

줄리: 당신은 내가 뭘 부탁하는지 모르시네요.

젊은 남자: 우리가 나가면 인파가 몰릴 거라고 생각해요?

줄리: 인파? 그 정도가 아니에요. 뉴욕에서 한 시간마다 특별 열차가 떠날걸요.

젊은 남자: 그런데, 집 대청소 중이에요?

줄리: 왜요?

젊은 남자: 벽에 그림이 하나도 없네요.

줄리: 이 방엔 원래 그림이 없어요.

젊은 남자: 이상하네. 그림이든 천장 장식이든 뭐든 하나쯤은 있는 방을 본 적이 없는데.

줄리: 여긴 가구도 하나 없어요.

젊은 남자: 이상한 집이네요.

줄리: 보는 각도에 따라 달라요.

젊은 남자: (감상적으로) 이렇게 당신과 목소리로만 대화하니까 참 좋네요. 오히려 당신을 볼 수 없어서 다행이에요.

줄리: (감사하게) 저도 그래요.

젊은 남자: 무슨 색 옷을 입고 있어요?

줄리: (자신의 어깨를 훑어보며) 음… 아마 분홍빛이 살짝 도는 하얀색인 것 같아요.

젊은 남자: 당신한테 잘 어울리나요?

줄리: 아주요. 좀 오래됐어요. 오랫동안 가지고 있었거든요.

젊은 남자: 당신은 낡은 옷 싫어하잖아요.

줄리: 맞아요. 하지만 이건 생일 선물이라 어쩔 수 없이 입어요.

젊은 남자: 분홍빛 하얀색이라… 분명 멋질 거예요. 요즘 유행이에요?

줄리: 꽤 그래요. 아주 단정한, 표준형 모델이죠.

젊은 남자: 당신 목소리는 정말 좋아요! 울림이 있는 게, 눈을 감으면 마치 외딴 섬에서 나를 부르고 있는 당신이 그려져요. 나는 파도를 헤치며 당신에게 달려가죠. 당신은 그곳에 서서, 양옆으로 물이 펼쳐진 채 나를 부르면서—

(그 순간 비누가 욕조 옆에서 미끄러져 떨어지며 첨벙 소리가 난다. 젊은 남자가 눈을 깜박인다.)

젊은 남자: 뭐였죠 방금? 내가 꿈을 꾼 건가요?

줄리: 그래요. 당신은… 참 시인이네요, 그렇죠?

젊은 남자: (몽상적으로) 아니요. 난 산문을 써요. 시는 감동이 올 때만 쓰죠.

줄리: (작게 중얼거리며) 감동이라… 숟가락으로 저을 때 오는 감동 말이죠.

젊은 남자: 전 언제나 시를 사랑했어요. 아직도 처음 외운 시를 기억해요. '에반젤린'이었죠.

줄리: 거짓말이네요.

젊은 남자: '에반젤린'이라 했나요? 아니, '무장한 해골(The Skeleton in Armor)'이었어요.

줄리: 난 교양 없는 편이에요. 하지만 나도 처음 외운 시가 있어요.
파커와 데이비스가 울타리에 앉아
15센트로 1달러를 만들려 애썼지.

젊은 남자: (열정적으로) 문학을 좋아하게 된 건가요?

줄리: 너무 오래됐거나 복잡하거나 우울하지 않다면요. 사람도 그래요. 너무 오래되거나 복잡하거나 우울한 사람은 싫어요.

젊은 남자: 물론 난 책을 많이 읽었죠. 어젯밤엔 당신이 월터 스콧을 좋아한다고 했잖아요.

줄리: (생각하며) 스콧? 음, 그래요. 『아이반호』랑 『최후의 모히칸』을 읽었어요.

젊은 남자: 그건 쿠퍼 작품이에요.

줄리: (화내며) 『아이반호』가요? 말도 안 돼요! 내가 읽었는데 내가 모르겠어요?

젊은 남자: 『최후의 모히칸』이 쿠퍼 거예요.

줄리: 그래서 뭐요? 난 오 헨리가 좋아요. 감옥에서도 그렇게 글을 썼다니 믿기지 않아요. 『레딩 감옥의 발라드』도 감옥에서 썼잖아요.

젊은 남자: (입술을 깨물며) 문학… 문학! 내 인생에 얼마나 큰 의미였던가!

줄리: 음, 개비 데슬리(Gaby Deslys)가 베르그송한테 했던 말이 생각나네요. '내 외모와 당신의 머리를 합치면 못할 게 없겠네요.'

젊은 남자: (웃으며) 정말 따라가기 힘들어요. 하루는 참 다정하다가도, 다음 날엔 도무지 종잡을 수 없고. 당신 성격을 이해하지 못했다면 진작 포기했을 거예요.

줄리: (불쾌하게) 아, 또 그런 성격분석가 타입이군요? 사람을 오 분 만에 파악했다고 떠벌리며, 그 사람 얘기만 나오면 현자처럼 고개 끄덕이는. 난 그런 거 정말 싫어요.

젊은 남자: 난 당신을 그렇게 단정짓지 않아요. 단지… 당신은 정말 신비로워요.

줄리: 세상에 신비한 사람은 딱 두 명뿐이에요.

젊은 남자: 누구요?

줄리: 철가면을 쓴 남자, 그리고 통화 중일 때 "우글럭 우글럭" 소리 내는 전화의 그 사람.

젊은 남자: 당신은 정말 신비로워요. 사랑해요. 아름답고, 똑똑하고, 품위까지 갖췄으니―그건 세상에서 가장 희귀한 조합이죠.

줄리: 당신은 역사학자잖아요. 역사에 욕조가 등장한 적 있나요?

너무 홀대받은 존재 같아요.

젊은 남자: 욕조라… 생각해보죠. 아가멤논은 욕조에서 찔려 죽었고, 샤를로트 코르데는 욕조에 있던 마라를 찔렀죠.

줄리: (한숨 쉬며) 벌써 그렇게 옛날 이야기라니! 세상엔 새것이 태양 말고는 없다더니, 어제만 해도 20년은 된 뮤지컬 악보를 봤어요. 제목이 『노르망디의 시미』였는데, 재미있는 건 '시미'(춤 이름)가 옛날식으로 C를 써서 'Chimmie'라고 되어 있더라니까요.

젊은 남자: 난 요즘 춤들이 너무 싫어요. 아, 로이스, 당신을 볼 수 있으면 좋을 텐데. 창가로 와요.

(그때 수도관에서 큰 쾅 소리가 나며 갑자기 틀어져 있던 수도꼭지에서 물이 세차게 쏟아진다. 줄리가 황급히 수도꼭지를 잠근다.)

젊은 남자: (당황하며) 세상에, 이게 무슨 소리죠?

줄리: (재치 있게) 나도 들었어요.

젊은 남자: 흐르는 물소리 같던데요.

줄리: 그렇죠? 참 이상했어요. 사실 금붕어 어항에 물을 채우고 있었거든요.

젊은 남자: (여전히 의아하게) 그럼 그 쾅쾅거린 소리는 뭐죠?

줄리: 금붕어가 금빛 입을 탁탁 다무는 소리였어요.

젊은 남자: (갑자기 결심한 듯) 로이스, 난 당신을 사랑해요. 난 세속적인 남자가 아니에요. 하지만 난 위조자예요—

줄리: (즉시 흥미롭게) 아, 세상에, 흥미진진하네요.

젊은 남자: —미래를 위조하는 남자요. 로이스, 난 당신이 필요해요.

줄리: (의심스러운 투로) 흥! 당신이 진짜 원하는 건 세상이 당신 앞에서 '차렷!' 하고 서 있다가, 당신이 '쉬어!' 할 때까지 꼼짝 못 하는 거겠죠.

젊은 남자: 로이스, 나—로이스, 나—

(그때 문이 열리며 로이스가 들어와 문을 쾅 닫는다. 그녀는 짜증 섞인 표정으로 줄리를 노려보다가, 창가의 젊은 남자를 보고 경악한다.)

로이스: (경악하며) 콜킨스 씨!

젊은 남자: (놀라서) 뭐라고요? 당신이 분홍빛 하얀색을 입었다고 했잖아요!

(로이스는 절망적인 눈빛으로 줄리를 바라보더니, 비명을 지르며 두 손을 들어올리고 그대로 바닥에 쓰러진다.)

젊은 남자: (크게 당황하며) 세상에! 기절했어! 금방 안으로 들어갈게요!

(줄리의 시선이 로이스의 손에서 미끄러져 떨어진 수건으로 향한다.)

줄리: 그렇다면, 난 금방 나갈게요.

(그녀는 욕조 옆을 짚고 몸을 일으킨다. 관객석에서 탄성과 숨죽인 한숨이 동시에 터져 나온다. 순식간에 무대 위에 '벨라스코의 자정'—깜깜한 암전이 내려온다.)

막 내림.

Fantasies
환상들

리츠 호텔만큼 큰 다이아몬드

이 다음의 이야기들은, 만약 내가 좀 더 거창한 표현을 쓸 자격이 있다면, 내 '두 번째 문체[41]'로 쓰인 작품들이라 할 수 있다. 「리츠 호텔만큼 큰 다이아몬드[42]」는 작년 여름 「스마트 셋」에 발표되었는데, 오로지 나 자신의 즐거움을 위해 쓴 작품이었다. 그때 나는 사치에 대한 완벽한 갈망에 사로잡혀 있었고, 이 이야기는 그 욕망을 상상의 향연으로 달래보려는 시도에서 비롯되었다.

유명한 한 평론가는 이 기이한 작품을 내가 쓴 어떤 것보다 더 좋아한다고 말해주었다. 그러나 개인적으로는 「해적 소녀(The Offshore Pirate)[43]」를 더 선호한다. 링컨의 말을 조금 비틀어 표현하자면 이렇게 될 것이다.

"이런 류의 이야기를 좋아한다면[44], 아마도 이 이야기가 바로 당신이 좋아할 그런 류일 것이다."

~~~~~~

41 Second manner(두 번째 문체): 피츠제럴드가 스스로의 문체 변화를 인식하며 사용한 표현. 초기작의 낭만적 사실주의에서 벗어나, 상상력과 풍자, 과장된 환상을 탐구하던 시기의 작품들을 가리킨다.

42 현실과 환상이 뒤섞인 풍자극으로, 부의 절대성과 미국식 사치의 허무함을 다룬다. '리츠'는 고급 호텔 체인 리츠칼튼(Ritz-Carlton)을 가리키며, "리츠만큼 큰"이라는 제목 자체가 당시 미국 상류사회의 과시적 소비문화를 비꼰 것이다.

43 피츠제럴드의 초기 낭만주의적 단편으로, 젊은 남녀의 모험과 낭만을 경쾌하게 그린 작품.

44 "If you like this sort of thing...": 링컨이 했던 농담을 패러디한 문장으로, 피츠제럴드 특유의 자기풍자적 유머를 보여준다.

리츠 호텔만큼 큰
다이아몬드

1

 존 T. 언거는 미시시피강가의 작은 마을, 헤이디스에서 몇 세대에 걸쳐 이름난 집안의 아들이었다. 존의 아버지는 수많은 치열한 경기 끝에 아마추어 골프 챔피언 자리를 지켜왔고, 어머니 언거 부인은 지역 사람들이 말하듯 "기관차에서 침대까지" 유명할 만큼 활발한 정치 연설로 알려져 있었다. 이제 막 열여섯이 된 존 T. 언거 주니어는 긴 바지를 입기 전부터 뉴욕에서 유행하는 최신 춤들을 모두 배웠다. 그리고 이제 그는 한동안 고향을 떠나게 되었다. 뉴잉글랜드식 교육에 대한 존경심—모든 지방 마을의 골칫거리이자, 해마다 가장 유망한 젊은이들을 빨아들이는 그 매력—이 부모에게도 옮겨붙은 것이다. 그들은 아들이 반드시 보스턴 근처의 세인트 미다스 학교에 가야 한다고 주장했다. 헤이디스는 그들의 귀하고 재능 있는 아들을 담아두기엔 너무 작은 도시였다.

 헤이디스에서는—혹시 그곳에 가본 적이 있다면 알겠지만—유명한 명문 예비학교나 대학의 이름이 거의 의미가 없다. 주민들은 오랫동안 세상과 동떨어져 살아왔기에, 비록 옷차림이나 예절, 문학에서 최신 유행을 따라가는 듯 보이지만, 실제로는 대부분 풍문에 의존한다. 헤이디스에서 '성대하다'고 여길 만한 행사는 시카고의 고기상 백만장자 부인 눈에는 "조금 촌스럽다"고 평가될 게 뻔했다.

 존 T. 언거는 출발을 앞두고 있었다. 언거 부인은 다소 어리석은 모성애를 발휘해 그의 여행가방을 리넨 정장과 전기 선풍기로 가득 채웠고, 언거 씨는 석면으로 만든 지갑을 꺼내 돈을 잔뜩 넣어 건넸다.

"명심해라, 여긴 언제든 네게 열려 있다."

"알아요." 존이 쉰 목소리로 대답했다.

"네가 누구고, 어디 출신인지 절대 잊지 마라." 아버지는 자랑스럽게 말했다. "그걸 잊지 않는다면 너는 절대 잘못될 일이 없다. 넌 헤이디스 출신의 언거니까."

늙은 아버지와 젊은 아들은 그렇게 손을 맞잡았고, 존은 눈물을 흘리며 길을 나섰다. 십 분쯤 후, 그는 마을 경계를 벗어나 잠시 멈춰 마지막으로 뒤돌아보았다. 성문 위의 고풍스러운 빅토리아식 표어가 묘하게 그를 끌었다. 아버지는 여러 차례 그것을 좀 더 활기차고 현대적인 문구로 바꾸려 애쓴 적이 있었다. 예를 들어 "헤이디스—당신의 기회!"라든가, 아니면 전등으로 빛나는 악수 모양 아래에 단순히 "환영합니다"라고 쓰인 간판으로 바꾸려 한 것이다. 오래된 표어는 다소 침울하다고 언거 씨는 생각했지만, 지금 이 순간만큼은….

존은 그 표어를 마지막으로 바라본 뒤, 결심하듯 목적지를 향해 얼굴을 돌렸다. 그리고 발걸음을 뗄 때자, 하늘 아래 불빛에 물든 헤이디스는 따뜻하고 열정적인 아름다움으로 가득 차 보였다.

세인트 미다스 학교는 보스턴에서 롤스-피어스 자동차로 삼십 분 거리에 있다. 정확한 거리는 아무도 모른다. 왜냐하면 존 T. 언거를 제외하고는 그곳에 도착한 사람이 모두 롤스-피어스를 타고 갔기 때문이다. 그리고 아마 앞으로도 그럴 것이다. 세인트 미다스 학교는 세상에서 가장 배타적이고 명망 높은 남학생 사립학교였다.

세인트 미다스 학교에서 보낸 존의 첫 두 해는 꽤 즐거웠다. 그 학교에 다니는 모든 소년들의 아버지는 돈의 제왕들이었고, 존은 여름이면 그 친구들의 초대를 받아 유행하는 휴양지를 전전했다. 그는 그들을 무척 좋아했지만, 친구들의 아버지들은 하나같이 비슷한 사람들로 보였다. 어린 마음에 그는 그들이 놀랍도록 닮았다는 것에 자주 의아해했다. 존이 고향을 이야기하면, 그들은 늘 같은 농담으로 물었다. "거긴 꽤 덥지?" 그러면 존은 힘없이 웃으며 대답했다. "그렇죠, 정말 더워요." 하지만 그들이 모두 똑같은 말을 반복하지 않았다면, 그의 대답에는 훨씬 더 진심이 담겼을 것이다. 그들이 겨우 바꾸는 말이라고는 "그쪽은 충분히 덥겠지?" 정도였는데, 그 말 역시 존은 똑같이 싫었다.

학교 2학년이던 어느 봄, '퍼시 워싱턴'이라는 조용하고 잘생긴 소년이 존의 반에 새로 들어왔다. 그는 세인트 미다스의 학생들 중에서도 유난히 품위 있고 옷차림이 세련된 아이였지만, 이상하리만치 다른 학생들과 거리를 두었다. 그가 마음을 연 유일한 사람은 존 T. 언거였고, 존과 함께 있을 때조차 집이나 가족 이야기는 전혀 하지 않았다. 그가 부자라는 것은 말할 필요도 없었지만, 그 외의 것은 존이 알 수 있는 게 거의 없었다. 그래서 퍼시가 여름 방학 동안 "서부"에 있는 자기 집으로 초대했을 때, 존의 호기심은 폭죽처럼 터졌다. 그는 조금의 망설임도 없이 초대를 받아들였다.

기차에 오른 뒤에서야 퍼시는 처음으로 조금 말이 많아졌다. 하루는 식당칸에서 점심을 먹으며 학교 친구들의 성격에 대해 이야기하던 중, 퍼시가 갑자기 목소리를 낮추더니 뜬금없이 말했다.

"우리 아버지는 세상에서 단연코 가장 부자야."

"그렇군." 존은 공손하게 대답했다. 뭐라 덧붙여야 할지 떠오르지 않았다. "참 좋겠네."라고 말할까 생각했지만, 너무 공허하게 들릴 것 같았다. "정말이야?"라고 물어볼까 했으나, 그건 퍼시의 말을 의심하는 것처럼 보일까 봐 참았다. 그렇게 놀라운 말이라면, 차라리 의심하지 않는 편이 나았다.

"단연코 제일 부자야." 퍼시가 다시 말했다.

"내가 『월드 앨마낙』에서 읽었는데." 존이 말을 꺼냈다. "미국에서 연간 500만 달러 이상 버는 사람이 한 명 있고, 300만 달러 이상 버는 사람은 네 명이라던데—"

"그 사람들은 아무것도 아니야." 퍼시의 입가에 경멸의 미소가 걸렸다. "한 푼이라도 더 벌어보겠다고 허우적대는 잡상인들, 잔챙이 금융가들, 소액 대부업자들일 뿐이지. 우리 아버지는 그 사람들을 몽땅 사버려도 눈치조차 못 챌 걸."

"그럼 도대체 어떻게—"

"왜 우리 아버지의 소득세 기록이 없을 것 같아? 세금을 안 내니까 그렇지. 아주 조금 내긴 하지만, 진짜 수입에는 세금을 내지 않아."

"정말 대단한 부자시구나." 존이 단순하게 말했다. "좋네. 난 부자들이 좋아."

그의 얼굴엔 진심 어린 열정이 스쳤다. "난 부자가 많을수록 더 좋더라. 지난 부활절엔 슈닐처-머피네 집에 갔었는데, 비비안 슈닐처-머피는 달걀만 한 루비를 가지고 있었어. 안에 불빛이 도는 구슬 같은 사파이어도 있었지."

"보석이라면 나도 사랑해." 퍼시가 열정적으로 동의했다. "학교에선 아무한테도 말한 적 없지만, 나도 꽤 모으고 있어. 난 우표 대신 보석을 수집했거든."

"다이아몬드도!" 존이 열을 올려 말했다. "슈닐처-머피네엔 호두만 한 다이아몬드도 있었어—"

"그건 아무것도 아니야." 퍼시가 몸을 앞으로 기울이며 속삭였.

"정말 아무것도 아니야. 우리 아버진 리츠칼튼 호텔보다 더 큰 다이아몬드를 가지고 계셔."

2

몬태나의 석양은 두 산 사이에 길게 번진 거대한 멍처럼 드리워져 있었고, 그 어둡게 퍼진 핏줄들이 독에 물든 하늘로 스며들고 있었다. 그 광대한 하늘 아래, 한없이 멀리 떨어진 곳에 피시라는 마을이 웅크리고 있었다. 작고, 음울하며, 세상에 잊힌 마을이었다. 그곳에는 열두 명의 남자가 살고 있다고들 했다. 피시의 열두 사람, 이해할 수 없는 음침한 영혼들이었다. 그들은 거의 맨바위나 다름없는 대지에서 기적처럼 태어나, 그로부터 가냘픈 생명을 빨아내며 버텨온 존재들이었다. 자연이 한때의 변덕으로 만들어 놓고는 금세 흥미를 잃어버려, 스스로 싸우다 멸종하도록 내버려둔 어떤 종족처럼 그들은 세상과 따로 떨어진 존재가 되어 있었다.

멀리 그 푸르스름한 멍 자국 속에서, 긴 불빛의 행렬이 황량한 대지

위로 기어 나오듯 다가왔다. 피시의 열두 남자는 유령처럼 판잣집 역 앞에 모여, 시카고에서 오는 일곱 시 대륙횡단 특급열차가 지나가는 광경을 지켜보았다. 해마다 서너 번 정도, 어떤 알 수 없는 이유로 그 열차는 피시에 정차했는데, 그럴 때면 누군가가 내려 어둠 속에서 불현듯 나타난 마차에 올라타, 석양이 남긴 붉은 상처를 향해 달려갔다. 피시의 남자들에게 그 이해할 수 없는 광경은 일종의 의식이 되어 있었다. 그들은 그저 지켜볼 뿐이었다. 더 이상 경이로움이나 상상력을 품을 힘조차 남아 있지 않아, 그 일이 신비한 방문으로 여겨질 가능성도 없었다. 만약 그들에게 그런 감정이 남아 있었다면, 그 광경은 종교가 되었을지도 모른다. 그러나 피시의 남자들은 이미 모든 신앙을 넘어선 존재들이었다. 가장 원시적인 형태의 기독교조차 그 황량한 땅에서는 뿌리내리지 못했다. 그래서 제단도, 사제도, 희생도 없었다. 오직 매일 저녁 일곱 시, 판잣집 역 앞의 침묵뿐이었다. 그곳에서 그들은 어렴풋하고 창백한 경이로움의 기도를 올렸다.

그해 6월의 어느 밤, '위대한 차장'이—만약 그들이 신을 만든다면 주인공으로 삼았을지도 모를 그 인물이—일곱 시 열차가 피시에 사람(혹은 인간이 아닐지도 모를 존재)을 내려놓도록 명했다. 일곱 시 이 분, 퍼시 워싱턴과 존 T. 언거가 열차에서 내렸다. 그들은 피시의 열두 남자가 넋을 잃은 듯 벌린 눈길을 외면한 채 황급히 지나쳐, 어둠 속에서 갑자기 나타난 마차에 올라탔다. 그리고 어스름 속으로 달려갔다.

반 시간이 지나 황혼이 완전히 어둠으로 엉겨붙을 즈음, 마차를 몰던 말없는 흑인이 전방 어딘가에 있는 검은 형체를 향해 외쳤다. 그 외침에 응답하듯, 그 어둠 속 형체는 그들을 향해 눈부신 원형의 빛을 돌렸다. 그것은 마치 밤의 심연 속에서 그들을 노려보는 악의적인 눈 같았다. 가까이 다가가자 존은 그것이 지금껏 본 것 중 가장 거대하고 화려한 자동차의 후미등이라는 것을 알아차렸다. 차체는 니켈보다 윤기나고 은보다 가벼운 금속으로 만들어졌으며, 바퀴의 허브에는 녹색과 노란색의 기하학 무늬가 새겨진 보석 같은 장식이 박혀 있었다. 그것이 유리인지, 진짜 보석인지는 감히 짐작조차 할 수 없었다.

자동차 옆에는 런던의 왕실 행렬 그림에서나 볼 법한 반짝이는 제복을 입은 흑인 하인 둘이 서 있었다. 두 젊은이가 마차에서 내리자, 그들은 정체불명의 언어로 인사를 건넸다. 존은 알아듣지 못했지만, 남부 흑인들의 사투리를 극단적으로 변형한 듯한 말투였다.

"타." 퍼시가 친구에게 말했다. 하인들이 여행가방을 던져 리무진의 흑단빛 지붕 위에 올려두었다. "이런 불편한 마차로 여기까지 오게 해서 미안하지만, 기차에 있던 사람들, 아니면 저 피시의 불쌍한 녀석들한테 이런 차를 보여줄 순 없잖아."

"세상에, 이런 차는 처음 봐!" 존이 감탄을 터뜨렸다. 그건 차 내부를 보고서였다.

그의 눈앞에는 수천 개의 정교한 실크 태피스트리로 장식된 실내가 펼쳐져 있었다. 자수와 보석이 수놓인 그것은 금사로 짜인 천 위에 덧대어 있었다. 소년들이 몸을 기대 앉은 두 개의 안락의자는 부드러운 듀베틴처럼 보였지만, 실은 타조 깃털 끝의 무수한 색실로 짜여 있었다.

"정말 대단한 차야!" 존이 다시 외쳤다. 놀라움에 숨이 막힐 지경이었다.

"이거?" 퍼시가 웃었다. "그냥 역까지 탈 때 쓰는 고물차야."

그즈음 그들은 이미 어둠을 뚫고, 두 산 사이의 길목을 향해 미끄러지듯 달려가고 있었다.

"한 시간 반이면 도착해." 퍼시가 시계를 보며 말했다. "이걸로 네가 이제까지 본 것과는 전혀 다를 거라는 말은 미리 해두는 게 낫겠어."

만약 이 자동차가 존이 보게 될 것들의 징표라면, 그는 실로 크게 놀랄 준비가 되어 있었다. 헤이디스에 만연한 단순한 신앙심은 부에 대한 숭배와 존경을 교리의 첫 조항으로 삼고 있다. 존이 그들 앞에서 그렇지 않고 겸손치 못하게 행동했더라면, 부모는 그 신성모독을 보고 공포스럽게 등을 돌렸을 것이다. 그들은 이제 두 산의 갈라진 틈으로 들어섰고, 거의 즉시 길은 훨씬 험해졌다.

"달빛이 비추면 여기가 큰 협곡이라는 걸 알게 될 걸." 퍼시가 창밖을 들여다보며 말했다. 그는 수화기 비슷한 것에 몇 마디를 내뱉었고, 즉시 종업원이 탐조등을 켜서 거대한 빔으로 산비탈을 훑었다.

"바위투성이야, 보이지? 보통 차로는 반 시간도 못 가 부서지고 말 거야. 사실 길을 모르면 탱크가 필요해. 지금 우리가 오르막길로 가는 거 눈치챘지?"

그들은 분명히 상승 중이었고, 몇 분 안에 차는 높은 능선을 건너가며 먼 곳에 갓 떠오른 옅은 달을 힐끗 보았다. 차가 갑자기 멈추자 어둠 속에서 몇몇 형체가 모습을 드러냈다—역시 흑인이었다. 다시 두 젊은이는 알아들을 수 없는, 그러나 남부 흑인 사투리의 극단적 변형으로 들리는 인사말을 받았고, 흑인들은 작업을 시작해 머리 위에서 늘어진 거대한 네 개의 케이블을 거대한 보석 박힌 바퀴 허브에 갈고리로 연결했다. "헤이-야!" 하는 울림과 함께 존은 차가 천천히 땅에서 들려 올려지는 것을 느꼈다—위로 위로—양쪽의 가장 높은 바위들보다 높이—그런 다음 더 높이 올라가자, 물결치는 달빛의 계곡이 방금 지나온 바위의 늪과 선명한 대조를 이루며 펼쳐졌다. 한쪽만 겨우 바위가 있었고, 그다음 순간 갑자기 그들 곁이나 주변 어디에도 바위가 보이지 않았다.

그들은 거대한 칼날같이 수직으로 솟은 바위를 넘어선 것이 분명했다. 잠시 후 그들은 다시 내려가더니, 마지막에는 부드러운 충격과 함께 평탄한 땅에 착지했다.

"최악은 지났어." 퍼시가 창밖을 찡그리며 말했다. "여기서 겨우 5마일이야, 그리고 우리 길—태피스트리 무늬의 벽돌길이 끝까지 이어져 있어. 이 땅은 우리 소유야. 우리 아버지가 말하길 여기서가 미국의 끝이래."

"우린 캐나다에 온 건가?"

"아니. 우린 몬태나 로키 산맥 한가운데야. 다만 네가 지금 있는 곳은 이 나라에서 유일하게 아직 측량되지 않은 다섯 평방마일뿐이야."

"왜 측량을 안 했지? 깜빡한 건가?"

"아니." 퍼시는 웃음을 띠며 말했다. "세 번이나 시도했지. 첫 번째엔 우리 할아버지가 주 측량과를 통째로 매수했어. 두 번째엔 미국의 공식 지도를 손질해 버렸지—그렇게 십오 년 동안 속였어. 마지막엔 더 교묘했어. 우리 아버지는 인공적으로 만들어진 가장 강력한 자기장에 나침반을 들이밀게 만들었어. 측량 장비 한 세트를 약간 결함 있게 제작하게 해서 그 지역이 나타나지 않도록 만들고, 조사에 쓰일 장비들과 바꿔치기했지. 그리고 강의 흐름을 바꾸고 강변에 마을처럼 보이는 것을 세워서, 측량자들이 그것을 보고 '아, 저건 계곡에서 10마일 정도 더 위에 있는 마을이구나'라고 생각하게 만든 거야. 우리 아버지가 두려워하는 건 딱 한 가지뿐이야." 그는 말을 맺었다. "우리를 들춰낼 수 있는 단 한 가지뿐."

"그게 뭐야?"

퍼시는 목소리를 낮춰 속삭였다.

"비행기야." 그가 숨을 내쉬듯 말했다. "대공포만 여섯 대쯤 있어. 지금까지는 어떻게든 막아냈지만, 몇 번 죽은 사람도 있고 포로도 꽤 됐어. 뭐, 아버지나 나는 신경 안 써. 하지만 어머니랑 누이들은 늘 불안해하시지. 언젠가 우리가 더 이상 막지 못하게 될지도 모르니까."

초록빛 달이 걸린 하늘에 친칠라 모피처럼 보드라운 구름 조각들이 지나가고 있었다. 그것은 마치 어떤 타타르 칸의 눈앞에서 진귀한 동양의 비단을 흔들며 선보이는 듯했다. 존에게는 그것이 낮처럼 환히 느껴졌고, 하늘 위를 나는 소년들이 보였다. 그들이 절망에 갇힌 바위 마을들을 향해 구호문과 특효약 광고지를 뿌리며 희망의 메시지를 전하고 있는 듯했다. 그가 상상하기로, 그 소년들은 구름 속에서 아래를 내려다보며, 이곳—자신이 가고 있는 그 신비한 장소—를 바라보고 또 바라보았다. 하지만 그다음은? 교묘한 유인 장치에 걸려들어, 그들이 가지고 있던 특효약과 전단이 아무 소용없는 먼 세상 어딘가에 갇혀버리는 걸까? 아니면 함정에 빠지지 못했다면, 갑작스러운 연기 한 줄기와 포탄의 폭발음이 그들을 떨어뜨려 퍼시의 어머니와 누이들을 '불안하게' 만드는 걸까? 존은 고개를 저으며, 속이 빈 웃음소리의 유령 같은 숨을 흘렸다. 이곳엔 어떤 절망적인 거래가 숨어 있는 걸까? 한 괴이한 크로이소스의 도덕적 책략이란 무엇일까? 그 화려하고도 섬뜩한 비밀은 대체 무엇일까?

이제 친칠라 같은 구름들은 흘러가고, 몬태나의 밤은 한낮처럼 밝았다. 커다란 타이어 밑에서 태피스트리 벽돌길이 매끄럽게 미끄러졌다. 그들은 달빛이 비치는 잔잔한 호수를 따라 돌다가, 잠시 어두운 송림 속으로 들어섰다. 송진의 향기가 짙고 서늘했다. 곧 길은 다시 탁 트였고, 넓은 잔디길이 펼쳐졌다. 그 순간 존은 무심코 감탄사를 터뜨렸고, 퍼시는 짧게 말했다.

"도착했어."

별빛 아래, 호숫가에서 하나의 웅장한 성채가 솟아 있었다. 대리석의 광채는 인접한 산의 절반 높이까지 오르더니, 그곳에서부터는 부드럽고 완벽한 대칭으로, 투명한 여성적 유려함으로, 소나무 숲의 어둠 속으로 녹아들었다. 수많은 탑들, 완만하게 경사진 난간의 섬세한 장식선, 그리고 길게 뻗은 수천 개의 황금빛 창문—그 사각형과 육각형, 삼각형의 불빛들이 빚어내는 찬란한 조각들은 별빛과 푸른 그림자가 엇갈리며 마치 음악의 화음처럼 존의 영혼을 떨리게 했다. 가장 높고 가장 짙은 탑 하나의 꼭대기에는 외벽 조명들이 배치되어 있었는데, 그것이 마치 공중에 떠 있는 요정의 나라처럼 보였다. 존이 그 광경에 넋을 잃고 바라보는 동안, 위에서 희미한 바이올린 소리가 흘러내렸다. 로코코풍의 미묘한 화음, 그가 세상에서 한 번도 들어본 적 없는 소리였다.

잠시 후 차가 멈췄다. 넓고 높은 대리석 계단이 앞에 있었다. 밤공기엔 수많은 꽃 향기가 가득했다. 계단 위에서 두 개의 거대한 문이 소리 없이 열리더니, 호박빛 조명이 어둠 속으로 쏟아져 나왔다. 그 빛 속에 검고 높게 올려 묶은 머리를 한 한 여인의 실루엣이 나타났고, 그녀는 두 팔을 벌려 그들을 향해 다가왔다.

"어머니." 퍼시가 말했다. "이쪽은 제 친구 존 언거예요, 헤이디스에서 왔어요."

그날 밤의 기억은 존의 머릿속에서 색채의 혼돈, 빠른 감각의 폭풍, 사랑에 잠긴 목소리처럼 부드러운 음악, 그리고 빛과 그림자, 움직임과 얼굴들의 아름다움으로 뒤섞인 몽롱한 환상으로 남았다. 흰 머리의 노인은 수정 잔에 꽂힌 황금 줄기의 조그만 잔으로 오색의 리큐어를 마시고 있었다. 꽃잎 같은 얼굴을 한 소녀는 티타니아처럼 차려입고, 머리에는 사파이어를 엮은 머리띠를 두르고 있었다. 어떤 방은 벽 전체가 부드럽고 단단한 순금으로 되어 있었고, 손바닥으로 눌렀을 때 약간 움푹 들어갔다. 또 다른 방은 완벽한 이상향의 감옥 같았다— 천장도 바닥도 모두 다이아몬드로 이루어져 있었고, 크기와 모양이 다른 다이아몬드들이 빈틈없이 이어져 있었다. 모서리마다 세워진 보라빛 조명등이 켜지자, 그 눈부신 흰빛은 인간의 소망이나 꿈으로는 비교할 수 없는, 오직 자신으로만 비교 가능한 광휘로 가득 찼다.

그들은 이런 방들 사이를 헤매며 걸었다. 발밑의 바닥은 때로 아래에서 비치는 조명으로 빛났고, 야만적인 원색 문양이 불타오르기도 하고, 연한 파스텔빛이나 눈처럼 하얀 바닥, 혹은 아드리아 해 연안의 이슬람 사원에서 옮겨온 듯한 복잡한 모자이크 무늬가 번쩍였다. 두꺼운 수정층 아래로는 푸른 물과 초록빛 물이 소용돌이쳤고, 그 속에는 다채로운 물고기와 무지개색 식물들이 살아 움직였다. 그러다 발밑이 온갖 질감과 색의 모피로 덮인 길로 바뀌기도 하고, 또 한없이 이어지는 열은 상아빛 복도를 걷기도 했다. 그것은 마치 공룡의 거대한 상아를 통째로 깎아 만든 듯 완벽히 끊김 없는 통로였다.

그다음의 기억은 희미하게 흐릿했고, 어느새 그들은 저녁 식사 자리에 앉아 있었다. 식탁 위의 접시는 모두 순수한 다이아몬드 두 겹으로 이루어져 있었는데, 그 사이에는 에메랄드빛 공기를 깎아 만든 듯한 정교한 필리그리 무늬가 새겨져 있었다. 멀리 복도 끝 어딘가에서 잔잔하고도 은은한 음악이 흘러들었고, 그의 의자는 깃털처럼 부드럽게 휘어진 등받이로 몸을 감싸며 그를 삼켜버릴 듯했다. 존은 첫 잔의 포트 와인을 마시며 황홀한 기분에 빠졌다. 누군가 자신에게 질문을 던졌던 것 같아 졸린 눈으로 대답하려 했지만, 온몸을 감싼 감미로운 사치의 감촉이 그를 더 깊은 잠으로 이끌었다. 보석과 비단, 와인과 금속이 한데 뒤섞여 달콤한 안개가 그의 시야를 채웠다.

"그렇습니다." 그는 예의를 다해 대답했다. "거긴 정말, 저한텐 충분히 덥죠."

그는 희미하게 웃음소리를 흘렸다. 그러고는 움직임도, 저항도 없이, 마치 공중에 떠오르듯 천천히 의식이 멀어졌다. 분홍빛 꿈처럼 아름다운 냉과가 남겨진 채로 그는 잠들었다.

그가 눈을 떴을 때, 이미 몇 시간이 지나 있었다. 그는 깊은 고요 속의 방에 누워 있었다. 방은 흑단으로 된 벽에 둘러싸여 있었고, 어딘가에서 희미한 빛이 번져 나왔지만 그것은 '빛'이라 부르기엔 너무 약하고, 너무 섬세했다. 그의 젊은 주인 퍼시가 곁에 서 있었다.

"저녁 먹다 잠들었어." 퍼시가 말했다. "나도 거의 그럴 뻔했지. 학교에서 고생한 뒤 이렇게 편안하니 잠이 쏟아질 수밖에. 하인들이 네가 자는 동안 옷을 벗기고 목욕도 시켜줬어."

"이게 침대야, 아니면 구름이야?" 존이 한숨 쉬듯이 말했다. "퍼시, 퍼시, 가기 전에 사과하고 싶어."

"무슨 일로?"

"네가 리츠칼튼 호텔만 한 다이아몬드를 가지고 있다고 했을 때, 그 말을 의심한 것 말이야."

퍼시가 미소 지었다.

"역시 안 믿었지. 그건 바로 그 산이야."

"산?"

"성채가 올라앉은 산 말이야. 산으로 치면 그렇게 크진 않아. 하지만 꼭대기 50피트 정도의 흙과 자갈층을 제외하면 전부 순수한 다이아몬드지. 하나의 다이아몬드, 결점 하나 없는 한 입방마일짜리 덩어리야. 듣고 있지? 이봐—"

그러나 존 T. 언거는 다시 잠들어 있었다.

3

아침. 존이 눈을 뜨자, 방 안이 눈부신 햇살로 가득 차 있음을 느꼈다. 흑단 패널로 된 벽 한쪽이 레일을 따라 미끄러지듯 열리며, 방 절반이 햇빛 속에 드러나 있었다. 침대 옆에는 흰 제복을 입은 커다란 흑인이 서 있었다.

"좋은 저녁이네요." 존이 아직 몽롱한 채로 중얼거렸다.

"좋은 아침입니다, 손님. 목욕 준비되셨습니다. 일어나지 마세요— 제가 모시겠습니다. 파자마 단추만 풀어주시면 됩니다… 그렇죠, 감사합니다."

존은 조용히 누워 있었다. 흑인이 그의 파자마를 벗기는 동안, 그는 우스우면서도 기분이 좋았다. 아이처럼 그 거대한 흑인에게 안겨 들려가겠거니 했지만, 전혀 그렇지 않았다. 대신 침대가 서서히 한쪽으로 기울더니, 그는 깜짝 놀라 몸을 굴리기 시작했다. 벽 쪽으로 굴러가자 벽의 천이 부드럽게 열리며 그를 받아냈고, 이어 폭신한 경사면을 따라 두어 미터 미끄러지자, 그의 몸은 자기 체온과 똑같은 온도의 물 속으로 살짝 떨어졌다.

주위를 둘러보니, 자신이 굴러 들어온 경사면이 천천히 제자리로 접히고 있었다. 그는 다른 방으로 옮겨져 있었고, 바닥과 같은 높이에서 머리만 내민 채 반쯤 잠긴 욕조에 앉아 있었다. 방의 벽과 욕조의 바닥, 그리고 옆면은 모두 푸른 수족관이었다. 투명한 결정면 너머로 물고기들이 호박빛 조명 사이를 유영하고 있었고, 그의 발가락 바로 앞까지 다가와도 아무 호기심 없이 스쳐 지나갔다. 위쪽에서는 바다 빛 유리 천장을 통과해 햇살이 쏟아지고 있었다.

"오늘은 따뜻한 장미수와 비누거품 목욕을 준비해드리겠습니다, 손님. 마무리는 차가운 소금물로 하시죠?"

흑인이 공손히 물었다.

"좋아요." 존이 멍한 웃음을 지으며 대답했다. "알아서 하세요."

그의 평범한 생활 기준에 따라 이 호화로운 목욕을 간섭하려는 생각은 오만할 뿐 아니라, 어쩐지 불경스러운 일처럼 느껴졌다.

흑인이 버튼을 누르자, 머리 위에서 따뜻한 물줄기가 비처럼 쏟아지기 시작했다. 그러나 곧 존은 그것이 천장에서가 아니라, 옆에 설치된 분수 장치에서 흘러나오는 것임을 알아차렸다. 물빛이 옅은 장밋빛으로 변하더니, 욕조 네 모퉁이에 있는 작은 바다코끼리 조각상들의 입에서 액체 비누가 분사되었다. 이내 욕조 옆면에 달린 수십 개의 작은 물레가 돌아가기 시작하며, 거품은 분홍빛 무지개로 피어올랐다. 부드럽고 향기로운 거품이 그를 감싸며, 반짝이는 장미색 거품 방울들이 여기저기서 터졌다.

"영화 장치를 켜드릴까요, 손님?" 흑인이 조심스럽게 물었다. "오늘은 일 분짜리 코미디가 있습니다. 아니면 원하시면 곧바로 진지한 영화로 바꿔드릴 수도 있습니다."

"괜찮아요, 고마워요." 존은 예의 바르게, 그러나 단호히 대답했다. 그는 그저 이 목욕을 즐기고 싶었다. 하지만 곧 또 다른 '방해'가 찾아왔다.

바로 밖에서 피리 소리가 들려왔다. 폭포처럼 맑고, 이 방의 공기처럼 푸르고 서늘한 선율이었다. 가느다란 피콜로가 그 위에 거품 같은 음을 얹어 연주했고, 그 소리는 그를 감싼 비누거품처럼 섬세하고 황홀했다.

장미수 욕이 끝나자 차가운 소금물로 마무리하고, 이어 차가운 맑은 물로 한 번 더 헹궜다. 그는 부드러운 가운을 걸치고, 같은 재질로 덮인 긴 의자에 누웠다. 흑인은 그의 몸을 오일과 알코올, 향신료로 문질러 주었다. 그 후 그는 감미로운 안락의자에 앉아 면도와 이발을 받았다.

"퍼시님께서 응접실에서 기다리고 계십니다."

모든 절차가 끝나자 흑인이 말했다. "제 이름은 긱섬입니다, 언거 선생님. 앞으로 매일 아침 선생님을 모시겠습니다."

존은 거실로 나섰다. 상쾌한 햇살이 방 안을 채우고 있었고, 아침 식사가 차려져 있었다. 퍼시는 흰 염소가죽 반바지 차림에 흠잡을 데 없이 단정하게 앉아, 느긋하게 담배를 피우고 있었다.

4
이것은 워싱턴 가문의 이야기다. 아침 식사 자리에서 퍼시가 존에게 들려준 내용이었다.

현재 워싱턴 씨의 아버지는 버지니아 출신으로, 조지 워싱턴과 볼티모어 경의 직계 후손이었다. 남북전쟁이 끝날 무렵, 그는 스물다섯 살의 젊은 대령이었고, 고향의 대규모 농장은 완전히 쇠락했으며 손에는 금화 천 달러 남짓이 전부였다.

그의 이름은 피츠-노먼 컬페퍼 워싱턴이었다. 젊은 대령은 버지니아의 땅을 동생에게 넘기고 서부로 떠나기로 결심했다. 그는 자신을 신처럼 섬기는 가장 충직한 흑인 스무댓 명을 데리고 서부행 열차표 스물다섯 장을 샀다. 그들의 이름으로 토지를 매입하고, 양과 소를 기르는 목장을 세울 계획이었다.

하지만 몬태나에 도착한 지 한 달도 채 되지 않아, 모든 일이 엉망으로 돌아갔다. 그러던 어느 날, 언덕에서 길을 잃고 배고픔에 시달리던 그는 위대한 발견을 하게 되었다. 하루 종일 먹지 못한 채 굶주림에 시달리던 그는, 소총이 없었기 때문에 다람쥐 한 마리를 쫓기 시작했다. 그런데 그 다람쥐가 입에 번쩍이는 무언가를 물고 있는 걸 보았다. 다람쥐가 굴로 들어가기 직전—하늘은 그 다람쥐가 그의 허기를 채워주게 할 생각이 전혀 없었던 모양이었다—그 물건을 떨어뜨렸다. 자리에 앉아 상황을 가늠하던 피츠-노먼의 눈에, 풀숲 사이로 반짝이는 빛이 들어왔다. 단 10초 만에 그는 식욕을 완전히 잃고, 그 대신 10만 달러를 얻었다. 먹잇감이 되기를 완강히 거부한 다람쥐는 그에게 크고 완벽한 다이아몬드 한 알을 선물한 것이다.

그날 밤 늦게야 그는 캠프로 돌아왔다. 열두 시간 뒤, 그의 흑인 하인들 중 남자들은 모두 다람쥐 구멍 근처의 산비탈을 미친 듯이 파내고 있었다. 그는 자신이 '라인스톤 광맥'을 발견했다고 말했다. 그들 중 단 한두 명만이 작은 다이아몬드를 본 적이 있었기에, 모두 의심 없이 믿었다. 그러나 곧 피츠-노먼은 자신이 처한 상황의 엄청난 규모를 깨닫고 당혹스러워졌다. 산 전체가 다이아몬드였던 것이다—그것은 말 그대로 다이아몬드 그 자체, 하나의 거대한 보석 덩어리였다.

그는 말 안장 가방 네 개를 반짝이는 시료들로 가득 채우고 말을 타고 세인트폴로 향했다. 그곳에서 그는 작은 다이아몬드 몇 개를 팔 수 있었으나, 더 큰 것을 내놓자 상점 주인이 기절했고, 피츠-노먼은 공공질서 교란죄로 체포되었다. 그는 감옥에서 탈출해 뉴욕행 기차에 올랐다. 뉴욕에서는 중간 크기의 다이아몬드 몇 개를 팔고 금화 20만 달러를 손에 넣었다. 하지만 그는 결코 예외적인 크기의 보석을 내놓을 엄두를 내지 못했다. 사실 그는 간신히 도망친 셈이었다. 뉴욕의 보석상 사회는 그의 다이아몬드 크기보다도 그것이 '어디서 나타났는지 알 수 없다'는 사실에 흥분으로 들끓었다. 고양이산맥, 저지 해안, 롱아일랜드, 워싱턴 스퀘어 지하 등지에서 다이아몬드 광산이 발견되었다는 소문이 난무했다. 곡괭이와 삽을 든 사람들이 뉴욕에서 매 시간마다 '새로운 엘도라도'를 향해 떠나기 시작했다. 하지만 그때쯤 젊은 피츠-노먼은 이미 몬태나로 돌아가는 길이었다.

보름이 지나자 그는 산 속의 다이아몬드가 세상에 알려진 모든 다이아몬드를 합친 양과 거의 맞먹는다고 계산했다. 하지만 그것은 단순한 계산으로는 평가할 수 없는 존재였다. 왜냐하면 그것은 하나의 '순수한 다이아몬드'였기 때문이다. 만약 그것이 시장에 나온다면, 다이아몬드의 가격은 폭락할 것이며, 설령 크기에 따라 값이 산술적으로 오른다고 해도, 세상 모든 금을 모아도 그 중 십분의 일조차 살 수 없을 것이다. 그렇다면 그런 다이아몬드를 도대체 어디에 쓸 수 있겠는가?

그것은 기이하고도 놀라운 처지였다. 어떤 의미에서 그는 인류 역사상 가장 부유한 사람이었지만, 동시에 그가 가진 것은 실질적으로 아무런 가치도 없었다. 만약 그의 비밀이 세상에 알려진다면, 정부가 어떤 조치를 취할지 예측할 수 없었다. 금뿐만 아니라 보석 시장 전반에 공황이 일어나는 것을 막기 위해, 정부는 즉시 그 광산을 접수하고 독점권을 행사할지도 몰랐다.

다른 길은 없었다. 그는 자신의 산을 비밀리에 거래해야 했다. 그는 남쪽으로 사람을 보내 동생을 불러오게 했고, 흑인 일꾼들의 감독을 맡겼다. 그 흑인들은 노예제가 폐지되었다는 사실조차 모르고 있었다. 피츠-노먼은 그들이 확신을 잃지 않도록, 자신이 직접 쓴 '선언문'을 읽어주었다. 그 내용은 포리스트 장군이 남부군을 재편성해 북부군을 단 한 번의 대회전에서 격파했다는 것이었다. 흑인들은 그 말을 철저히 믿었고, 곧바로 그것이 '잘된 일'이라며 만장일치로 찬성표를 던지고, 즉시 부흥회를 열어 감사의 기도를 올렸다.

피츠-노먼 자신은 10만 달러와 크고 작은 원석 다이아몬드가 가득 든 여행가방 두 개를 들고 외국으로 떠났다. 그는 중국 정크선을 타고 러시아로 향했고, 몬태나를 떠난 지 6개월 만에 상트페테르부르크에 도착했다. 그는 신분을 감추고 허름한 하숙집에 묵으며 황실의 보석상을 찾아가 "황제에게 드릴 보석이 있다"고 알렸다. 그는 2주 동안 상트페테르부르크에 머물렀다. 늘 암살의 위협에 시달렸고, 하루에도 숙소를 여러 번 옮겼으며, 그 기간 동안 트렁크를 열어본 것은 세 번이나 네 번에 불과했다.

그는 일 년 안에 더 크고 훌륭한 보석을 가져오겠다고 약속했고, 그제야 인도로 떠날 수 있었다. 출국하기 전, 황실 재무관은 그의 이름 대신 사용된 네 개의 가명을 통해 미국 은행에 총 1,500만 달러를 예치했다.

1868년, 그는 약 이 년 만에 미국으로 돌아왔다. 그 사이 그는 22개국의 수도를 방문했고, 5명의 황제, 11명의 왕, 3명의 왕자, 한 명의 샤, 한 명의 칸, 한 명의 술탄을 만났다. 당시 피츠-노먼은 자신의 재산을 10억 달러로 추산했다. 그러나 그의 비밀이 드러나지 않은 데에는 한 가지 이유가 있었다. 그가 내놓은 다이아몬드 중 조금이라도 큰 것은 단 일주일도 공개된 채 남아 있지 못했다. 각 보석은 곧 피비린내 나는 이야기(살인, 연애, 혁명, 전쟁)를 두르고, 마치 바빌로니아 시대부터 이어져 온 보석처럼 전설이 되었다.

1870년부터 1900년 그가 죽을 때까지의 피츠-노먼 워싱턴의 인생은 그야말로 '황금의 서사시'였다. 물론 곁가지 일들도 있었다. 그는 정부의 측량 시도를 교묘히 피했고, 버지니아의 귀부인과 결혼해 아들을 하나 두었으며, 불운한 사건들 끝에 동생을 살해해야 했다. 술에 취해 경솔한 언행을 일삼던 동생은 여러 차례 형제의 비밀을 위태롭게 만들었기 때문이다. 그러나 그 행복하고 부유했던 세월 속에서, 그

외의 살인은 거의 없었다.

죽기 직전 그는 정책을 바꾸었다. 외부 세계에 흩어져 있던 자신의 재산 중 몇 백만 달러를 제외한 모든 돈으로 희귀 광물을 대량 매입했다. 그리고 그것을 '골동품(bric-à-brac)'이라는 명목으로 전 세계 은행의 금고에 보관시켰다. 그의 아들, 브래덕 탈튼 워싱턴은 이 방침을 한층 철저히 이어받았다. 광물들은 더 희귀한 물질, 즉 라듐으로 정제되었다. 그 결과 금 10억 달러에 해당하는 가치를 담은 물질을 시가 상자만 한 크기의 용기에 넣을 수 있었다.

피츠-노먼이 죽은 지 삼 년 후, 아들 브래덕은 '이제 충분하다'고 판단했다. 그와 아버지가 산에서 채굴해낸 부의 규모는 더 이상 정확히 계산할 수 없는 수준이었다. 그는 암호로 된 장부를 써서, 자신이 거래한 천 개의 은행에 보관된 라듐의 양과 각기 다른 가명을 기록했다. 그리고 그는 아주 단순한 결정을 내렸다―광산을 봉인한 것이다.

그는 광산을 완전히 봉인했다. 이미 꺼내온 것만으로도, 앞으로 태어날 워싱턴 가문의 모든 후손은 수세대에 걸쳐 비교할 수 없는 사치 속에서 살 수 있었다. 그가 지켜야 할 유일한 일은 비밀의 보호였다. 만약 그 비밀이 드러난다면, 세상 모든 자산가들과 함께 자신도 철저한 빈곤 속으로 추락하게 될 것이기 때문이다.

이것이 바로 존 T. 언거가 머물고 있는 집안이었다. 그리고 이것이, 그가 도착 다음 날 아침 은빛 벽의 거실에서 들은 이야기였다.

5

아침 식사 후, 존은 대리석으로 된 거대한 현관을 나와 눈앞에 펼쳐진 풍경을 호기심 어린 시선으로 바라보았다. 다이아몬드 산에서 5마일 떨어진 가파른 화강암 절벽에 이르기까지, 온 계곡은 여전히 황금빛 안개를 내뿜고 있었다. 그 안개는 잔디밭과 호수, 정원을 감싸며 게으른 듯 허공에 떠 있었다. 이곳저곳에 모여 있는 느릅나무 군락은 섬세한 그늘의 숲을 이루고 있었고, 그것은 언덕을 감싸고 있는 짙푸른 소나무 숲의 거칠고 단단한 질감과 묘하게 대조를 이루었다. 존이 바라보는 순간, 저쪽 반 마일쯤 떨어진 느릅나무 숲에서 새끼 사슴 세 마리가 일렬로 총총히 뛰어나오더니, 어색하지만 경쾌한 걸음으로 검푸른 그림자 속 다른 숲으로 사라졌다. 존은 만약 염소발을 가진 사티로스가 나무 사이를 지나며 피리를 불거나, 가장 푸른 잎들 사이로 분홍빛 살결과 황금빛 머리카락이 스치는 님프의 모습을 본다 해도 놀라지 않았을 것이다.

그는 그런 신비로운 기대를 품은 채 대리석 계단을 내려갔다. 계단 아래에서 잠들어 있던 비단 같은 털의 러시안 울프하운드 두 마리가 가볍게 몸을 뒤척였고, 존은 흰색과 푸른색 벽돌로 이어진 길을 따라 걸었다. 그 길은 뚜렷한 방향 없이 어디론가 이어지는 듯했다.

그는 자신이 할 수 있는 한 마음껏 즐기고 있었다. 젊음이란 현재에 머물지 못하는 행복이자 결핍이다. 늘 눈앞의 하루를 자기 안의 찬란히 그려진 미래와 견주며 살아간다. 꽃과 금빛, 소녀와 별빛, 그것들은 모두 그가 도달할 수 없지만 언제나 꿈꾸는, 비교할 수 없는 젊음의 환상을 미리 비추는 예언과도 같았다.

존은 장미 덤불이 짙은 향기를 뿜어내는 길모퉁이를 돌아, 나무 아래의 이끼밭을 향해 걸어갔다. 그는 아직 한 번도 이끼 위에 누워본 적이 없었기에, 그 부드러움이 정말 형용사로 쓰일 만한 가치가 있는지 시험해보고 싶었다. 그러다 잔디 위로 걸어오는 한 소녀를 보았다. 그녀는 그가 지금까지 본 사람 중 가장 아름다웠다.

그녀는 무릎 아래까지 오는 흰 드레스를 입고 있었고, 머리에는 미뇽 향초꽃과 파란 사파이어 조각으로 엮은 화환을 둘렀다. 분홍빛 맨발이 이슬을 흩뜨리며 다가왔다. 그녀는 존보다 어려 보였고, 열여섯을 넘지 않아 보였다.

"안녕." 그녀가 부드럽게 말했다. "키스마인이라고 해요."

그러나 이미 존에게 그녀는 그 이름 이상의 존재였다. 그는 조심스레 다가가며, 혹시라도 그녀의 발가락을 밟지 않으려는 듯 거의 움직이지 않았다.

"저하고는 처음이죠?" 그녀의 목소리는 부드러웠고, 그녀의 푸른 눈은 말하고 있었다.

"하지만 당신, 많은 걸 놓쳤어요. 어젯밤엔 우리 언니 자스민을 봤겠네요. 난 상추 중독 때문에 아팠어요." 그녀의 부드러운 목소리가 이어졌고, 눈빛이 그 말을 완성했다. "난 아플 때도 사랑스럽고, 건강할 때는 더 그렇답니다."

"당신은 제게 깊은 인상을 주네요." 존이 눈으로 말했다. "저도 그럭저럭 괜찮은 남자랍니다."

"만나서 반가워요." 그의 입이 말했다. "이젠 좀 나아졌나요?"

"사랑스러운 당신." 그의 눈빛이 떨리며 덧붙였다.

그들이 걷고 있다는 걸 존은 그제야 깨달았다. 그녀의 제안으로 둘은 함께 이끼 위에 앉았다. 그러나 존은 그 부드러움을 판단할 겨를도 없었다.

존은 여자를 볼 줄 아는 사람이었다. 발목이 두껍다든가, 목소리가 거칠다든가, 유리눈[45]이라도 하나 있다면 그는 순식간에 흥미를 잃곤 했다. 그런데 생애 처음으로, 그는 아름다움이 육체를 통해 완성된 듯한 소녀와 마주 앉아 있었다.

"당신은 동부에서 왔나요?" 키스마인이 사랑스러운 호기심으로 물었다.

"아뇨." 존이 단순하게 대답했다. "헤이디스에서 왔어요."

그녀는 헤이디스라는 곳을 들어본 적이 없거나, 딱히 좋은 말을 떠올리지 못한 듯, 그 주제에 더 이상 말을 잇지 않았다.

"이번 가을에 동부로 유학을 가요." 그녀가 말했다. "뉴욕의 벌지 양숙학교에 다닐 거예요. 굉장히 엄격하대요. 그래도 주말에는 가족이랑 뉴욕 저택에서 지낼 수 있대요. 아버지가 들으셨는데, 거긴 소녀들이 둘씩 짝지어 걸어 다녀야 한대요."

"당신 아버진 자부심이 대단하신가 봐요." 존이 말했다.

"그렇답니다." 그녀가 대답했다. 눈동자에는 고결한 자부심이 빛났

---

45 사고나 질병 등으로 한쪽 눈을 잃은 사람이 외관을 복원하기 위해 넣는 인공 눈. 과거에는 실제로 유리로 만들어서 '유리눈'이라 불렀다.

다. "우리 가족은 한 번도 벌을 받아본 적이 없어요. 아버지는 우리가 그런 일을 겪어선 안 된다고 하셨어요. 언젠가 언니 자스민이 어릴 때 아버지를 계단 아래로 밀어버린 적이 있는데, 아버진 그냥 일어나서 절뚝거리며 걸어 나가셨죠."

"엄마가… 음, 조금 놀라셨어요."

키스마인이 말을 이었다.

"당신이 그곳 출신이라고 들으셨을 때요. 어디를 말하는 건지는 아시죠? 엄마 말로는, 자기 젊은 시절엔 그런 사람은… 뭐랄까, 좀 다르게 여겨졌대요. 엄마가 스페인 분이라서, 약간 옛날식이거든요."

존은 그녀의 말에 약간 상처받은 기분이 들었지만, 그것을 감추기 위해 물었다. "여기서 시간을 자주 보내요?"

"퍼시랑 자스민, 그리고 나는 여름마다 여기 있어요. 하지만 내년 여름엔 자스민이 뉴포트에 갈 거예요. 그리고 내후년 가을엔 런던 사교계에 데뷔할 거예요. 궁정에 정식으로 인사하겠죠."

"있잖아요." 존이 조심스럽게 말을 꺼냈다. "처음 봤을 땐 몰랐는데, 생각보다 훨씬 세련된 것 같아요."

"아니에요, 절대 그렇지 않아요." 그녀가 급히 외쳤다. "아, 세련되다니 그런 생각은 하지도 말아요. 세련된 젊은이들은 정말 흔하잖아요, 그렇죠? 저는 정말 아니에요. 만약 그렇게 말한다면, 울지도 몰라요."

그녀의 입술이 떨릴 만큼 진심으로 당황해 있었다. 존은 얼른 해명했다.

"그런 뜻이 아니었어요. 그냥 놀리려고 한 말이에요."

"정말이에요? 사실, 세련되면 상관없을 텐데." 그녀가 고집스럽게 말했다. "하지만 전 그렇지 않아요. 아주 순수하고 여자애 같아요. 담배도 안 피우고, 술도 안 마셔요. 시 말고는 아무것도 읽지 않아요. 수학이나 화학은 거의 몰라요. 옷도 아주 단순하게 입어요—사실, 거의 안 입는 편이죠. 그러니까 세련됐다고 말하는 건 말도 안 돼요. 저는 여자애들이 젊은 시절을 건강하게 즐겨야 한다고 생각해요."

"저도 그렇게 생각해요." 존이 진심 어린 목소리로 대답했다.

키스마인은 다시 밝아졌다. 그녀는 미소 지었고, 파란 눈 한쪽에서 막 태어난 듯한 눈물이 살짝 흘러내렸다.

"전 당신이 좋아요." 그녀가 속삭이듯 말했다. "여기 있는 동안 퍼시랑만 있을 거예요? 아니면 저한테도 조금은 다정하게 대해줄 거예요? 생각해봐요. 저는 완전히 새로워요. 남자에게 사랑받아본 적도 없고, 이렇게 남자랑 있는 것도 처음이에요. 퍼시 말고는요. 사실 오늘 숲에 나온 것도, 당신을 우연히 만나고 싶어서였어요. 가족 눈을 피해서요."

존은 몹시 감동해, 헤이디스에서 다니던 사교댄스 학원에서 배운 대로 허리 굽혀 인사했다.

"이제 돌아가야겠어요." 키스마인이 다정하게 말했다. "열한 시에는 엄마와 함께 있어야 하거든요. 그런데, 당신은 키스해달라는 말 한 번도 안 했네요. 요즘 남자애들은 다 그러는 줄 알았는데."

존은 자존심이 깃든 표정으로 어깨를 폈다.

"그런 남자들도 있죠." 그가 대답했다. "하지만 저는 아니에요. 헤이디스에서는 여자애들이 그런 짓 안 하거든요."

그들은 나란히 걸으며 저택 쪽으로 돌아갔다.

6

존은 한낮의 햇살 아래서 브래덕 워싱턴과 마주 서 있었다. 그는 마흔 살가량 되어 보였고, 자부심으로 가득 찬 허허로운 얼굴에 지적인 눈빛을 지닌, 건장한 체격의 남자였다. 아침에는 늘 말 냄새가 났다─그것도 최고급 말의 냄새였다. 손에는 회색 자작나무로 만든 지팡이를 들고 있었고, 손잡이에는 커다란 오팔 한 개가 박혀 있었다. 그는 아들 퍼시와 함께 존에게 저택 주변을 안내하고 있었다.

"저쪽이 노예들의 숙소네."

그는 지팡이를 왼쪽으로 들어 보였다. 산자락을 따라 우아한 고딕 양식으로 이어진 대리석 회랑이 있었다.

"젊은 시절, 나는 한때 인생의 본분에서 잠시 벗어나 바보 같은 이상주의에 빠진 적이 있네. 그 시절엔 저 사람들이 사치스럽게 살았지. 예를 들면, 나는 그들의 방마다 타일 욕조를 설치해줬어."

"그분들이 그 욕조에 석탄을 넣어두셨겠네요." 존이 머쓱한 웃음을 지으며 말했다. "슈닐처-머피 씨가 예전에 자기가─"

"슈닐처-머피 씨의 의견 따위는 별로 중요하지 않네."

브래덕 워싱턴이 냉정하게 말을 잘랐다.

"내 노예들은 욕조에 석탄을 넣어두지 않았어. 그저 그들에게 매일 목욕하라고 명령했고, 그들은 그대로 따랐지. 만약 그렇지 않았다면 황산으로 머리를 감기게 했을지도 모르네. 욕조를 없앤 건 전혀 다른 이유 때문이야. 몇몇이 감기에 걸려 죽었거든. 물은 특정 인종에게는 해롭지—마시는 용도로 쓰지 않는 이상 말이야."

존은 억지로 웃다가, 곧 진지한 표정으로 고개를 끄덕였다. 브래덕 워싱턴은 그를 어딘가 불편하게 만들었다.

"이 흑인들은 모두 우리 아버지가 북쪽으로 데려온 사람들의 후손이야. 지금은 약 이백오십 명 정도지. 세상과 너무 오래 떨어져 살아서, 본래의 방언이 거의 알아들을 수 없을 정도의 잡음 같은 사투리로 변했네. 우리는 몇 명만 따로 불러서 영어를 가르치고 있지—내 비서나 집안 하인 두세 명 정도 말이야."

그는 부드러운 겨울 잔디 위를 걸으며 말을 이었다.

"이쪽은 골프장이네. 보다시피 전부가 그린(Green)이야. 페어웨이(Fairway)도 없고, 러프(rough)도 없고, 장애물도 없어."

그는 상냥한 미소를 지으며 존을 바라보았다.

"우리 새장 안에 남자들 많아요, 아버지?" 퍼시가 느닷없이 물었다.

브래덕 워싱턴이 걸음을 멈추더니, 불쑥 저주를 내뱉었다.

"있어야 할 사람보다 한 명 적지." 그는 어두운 목소리로 중얼거렸다. 그러고는 잠시 뒤 덧붙였다. "좀 문제가 있었지."

"엄마한테 들었어요." 퍼시가 말했다. "그 이탈리아인 선생님 말이에요—"

"끔찍한 실수였다." 브래덕 워싱턴이 성난 듯 말했다. "물론 아직

가능성은 있지. 어쩌면 숲 어딘가에서 굴러 떨어졌을 수도 있고, 낭떠러지에 발을 헛디뎠을 수도 있지. 게다가 설령 도망쳤다 해도, 그의 이야기를 믿을 사람은 없을 거야. 그래도 혹시 몰라서 주변 마을마다 수색대를 두어 명씩 보냈다네."

"성과는 있었어요?"

"조금. 열네 명이 내 대리인에게 보고했지. 자신들이 그 사람과 닮은 남자를 죽였다고 말이야. 하지만 아마도 현상금 때문에 그런 말을 한 걸 거야—"

그는 말을 멈췄다. 세 사람은 어느새 대지에 커다란 구멍이 뚫린 곳에 다다랐다. 놀이공원의 회전목마만 한 원형 구덩이 위에는 두꺼운 쇠창살이 덮여 있었다. 브래덕 워싱턴이 존을 손짓으로 불러 세우고, 지팡이 끝을 쇠창살 아래로 가리켰다. 존은 구멍 가장자리로 다가가 아래를 내려다보았다. 그리고 곧 귀를 때리는 듯한 아수라장의 외침이 치솟았다.

"지옥으로 내려와 봐!"

"안녕, 꼬마! 거기 공기 좀 어떤가?"

"이봐! 밧줄 좀 던져줘!"

"오래된 도넛 하나, 친구, 아니면 중고 샌드위치 두 개 있나?"

"자, 친구, 네 옆에 있는 녀석 좀 밀어 떨어뜨려 봐, 그러면 우린 너한테 멋진 '사라지는 장면'을 보여주지."

"좀 한 대 쳐줘, 알았지?"

아래 구덩이를 선명히 보기에는 너무 어두웠지만, 그 거친 낙관과

튼튼한 생기 어린 말투로 보아, 그들의 목소리는 활달한 중산층 미국인들임을 존은 알 수 있었다. 그러자 워싱턴 씨가 지팡이를 내밀어 잔디에 있는 버튼을 눌렀고, 아래의 장면이 환히 불빛으로 드러났다.

"요즘처럼 엘도라도를 발견하는 불운을 겪은 모험가들이로군." 그가 말했다.

그들 아래에는 대접 속처럼 생긴 커다란 땅구멍이 있었고, 그 옆면은 가파르며 광택 나는 유리 같은 모습이었다. 그 약간 오목한 바닥 위에는 비행사풍의 반쯤 복장, 반쯤 제복 같은 차림을 한 스무두 명 남짓한 남자들이 서 있었다. 노려보는 얼굴들은 분노와 악의와 절망, 냉소적인 유머로 빛났고 길게 자란 수염으로 덮여 있었으나, 몇몇은 눈에 띄게 야위어 있었음에도 불구하고 대체로 잘 먹고 건강해 보였다.

브래덕 워싱턴은 정원용 의자를 구덩이 가장자리로 끌어와 앉았다.

"자, 여러분, 기분은 좀 어떤가?" 그가 상냥하게 물었다.

곧이어 거의 외침에 가까운 저주의 합창이 터져 나왔다. 기운이 다해 소리조차 내지 못한 몇몇을 빼면, 모든 목소리가 햇빛 속으로 울려 퍼졌다. 그러나 브래덕 워싱턴은 태연하게 그 소리를 듣고 있었다. 마지막 메아리가 사라지자, 그가 다시 입을 열었다.

"그래서, 이 난국에서 빠져나갈 방법은 생각해 봤나?"

여기저기서 몇몇 말이 떠올랐다.

"우린 사랑 때문에 여기 남기로 했어!"

"우릴 위로 올려 보내면 방법을 찾아보겠소!"

브래덕은 그들이 조용해질 때까지 기다렸다가, 천천히 말했다.

"내가 상황은 이미 말해줬잖나. 나라고 너희를 여기에 두고 싶어서 그러는 게 아니라고. 솔직히 말하자면 하느님 맙소사, 차라리 너희 같은 인간들을 본 적이 없었으면 좋았을 거야."

그는 잠시 숨을 고르고 말을 이었다.

"결국 이건 네놈들 스스로의 호기심 탓이지. 나와 내 이익을 지킬 방법만 찾아낸다면, 그건 기꺼이 검토해 보겠네. 하지만 네놈들이 터널을 파는 데만 매달리는 한—그래, 새로 판 터널도 다 알고 있어—아무 소득도 없을 걸세."

그는 냉소적인 웃음을 지으며 마무리했다.

"집에 남겨둔 사랑하는 이들을 위해 울부짖고 어쩌고 하는 건, 그렇게 떠들어대는 것만큼 나에게 해롭지는 않지. 게다가 정말로 가족을 그렇게 걱정하는 인간이라면, 애초에 그런 비행 따위는 시도하지도 않았을 거야."

한 키 큰 사내가 다른 이들로부터 앞으로 나오더니, 주목을 끌기 위해 손을 들었다.

"질문 좀 하게 해주시오! 당신은 공정한 사람인 척하지."

"참 어이없군. 나 같은 신분이 어떻게 너희에게 공정하겠나? 스페인 사람이 쇠고기 한 점에 공정하길 바라는 꼴이랑 다를 바 없지."

그 거친 관찰에 두어 주먹 정도의 얼굴들이 풀이 죽었으나, 그 키 큰 남자는 계속해서 외쳤다.

"좋아! 우리도 이 문제에 대해 이미 토론을 했네. 당신은 인도주의자도 아니고, 공정한 사람도 아니지. 하지만 적어도 인간이지 않나—최소한 당신 스스로는 그렇게 말했잖아. 그러니 우리 처지를 조금은 헤아려줘야 하지 않겠나? 그러니까, 어떻게—어떻게—어떻게…"

"그래서 뭐가 어쨌다는 거지?" 워싱턴이 차갑게 물었다.

"얼마나 불필요한 짓인가 말이야—"

"나한텐 그렇지 않네."

"그럼, 얼마나 잔인한가—"

"그건 이미 다 말했네. 자기보존이 걸린 일에서 잔인함이란 존재하지 않지. 네들도 군인이었을 테니 알지 않나. 다른 걸 말해보게."

"그렇다면, 얼마나 어리석은가—."

"그래." 워싱턴이 인정했네. "그건 인정하네. 하지만 대안을 생각해보게. 원한다면 나는 네놈들 전부나 일부를 고통 없이 처형해주겠다고 제안했네. 네 아내들이나 애인들, 아이들, 어머니들을 납치해 데려오겠다고도 했지. 아래에 남아 있는 너희 거주지를 넓혀 평생 먹여 살려줄 수도 있고. 만약 영구적 망각을 일으키는 방법이 있다면, 너희 전부에게 수술을 해서 즉시 내 보호구역 밖 어딘가에 풀어줄 테네. 그게 내 생각의 한계일세."

"우릴 믿고 당신에게 밀고하지 않겠다고 약속하면 어때?" 누군가가 외쳤네.

"그런 제안을 진지하게 하는 건 아니겠지." 워싱턴이 경멸 섞인 표정으로 말했다. "내 딸에게 이탈리아어를 가르치던 한 놈을 데려갔지.

지난주에 그가 도망쳤어."

 스무두 개의 목구멍에서 갑자기 환호의 야유가 터져 나왔고 광란의 환희가 이어졌다. 포로들은 즉석에서 클로그 춤을 추고 환호하며 요들송을 부르고 서로 붙잡고 씨름하며 동물적인 기운을 분출했다. 그들은 유리로 된 그릇의 벽을 기어 올라갈 수 있는 만큼 올라가기도 하고, 몸의 자연스러운 완충으로 바닥으로 미끄러져 내리기도 했다. 키 큰 남자가 노래를 시작하자 모두가 합창했다—

 "오, 우린 황제를 달구지에 걸겠네

 시큼한 사과나무에—"

 브래덕 워싱턴은 노래가 끝날 때까지 알 수 없는 표정으로 앉아 있었다.

 "보게." 그가 겨우 주의를 끌며 말했다. "나는 네놈들에게 악의는 없다. 그저 즐기는 꼴을 보는 걸 좋아하지. 그래서 처음부터 전부 말하지 않았다. 그 남자 이름이 뭐였더라? 크리치티첼로였나? 내 부하들이 사로잡아 열네 곳에서 총으로 쏴 죽였지."

 언급된 '열네 곳'이 도시라는 걸 짐작하지 못한 채, 환호의 소음은 즉각 잦아들었다.

 "그럼에도 불구하고." 워싱턴이 약간 분노를 띠며 외쳤다. "그가 도망치려 했지. 그런 경험을 겪었는데 내가 너희 중 누구에게라도 모험을 걸기를 바라나?"

 다시 일련의 외침들이 터져 나왔다.

 "물론이지!"

"당신 딸은 중국어 배우는 걸 좋아할까?"

"이봐, 나 이탈리아어 할 줄 알아! 우리 엄마가 이태리 사람이야."

"아마 뉴욕 말투 배우는 걸 좋아할 거야!"

"그녀가 큰 파란 눈을 가진 그 어린애라면, 이탈리아어보다 더 많은 걸 가르쳐줄 수 있지."

"난 아일랜드 노래 몇 곡 알아. 그리고 예전에 놋쇠도 좀 두드릴 줄 알았어."

워싱턴 씨는 갑자기 지팡이를 앞으로 내밀어 잔디 속의 버튼을 눌렀다. 그러자 아래의 장면은 즉시 꺼졌고, 남은 것은 쇠창살의 검은 이빨로 덮인 거대한 어둠의 입뿐이었다.

"이봐!" 아래에서 한 목소리가 외쳤다. "축복이라도 하나 주고 가야 되는 거 아냐?"

그러나 워싱턴 씨는 이미 두 소년과 함께 골프장의 아홉 번째 홀 쪽으로 천천히 걸어가고 있었다. 마치 그 구덩이와 그 안의 모든 것이 그저 자신의 유연한 아이언샷으로 가뿐히 넘긴 장애물에 불과한 것처럼 말이다.

7

다이아몬드 산의 그늘 아래에서 맞이한 7월은, 담요를 덮고 자야 하는 밤과 따뜻하게 빛나는 낮이 이어지는 달이었다. 존과 키스마인은 사랑에 빠져 있었다.

존은 자신이 키스마인에게 선물한 작은 황금 럭비공이—그 위에는

'하느님과 조국과 세인트 미다스를 위하여(Pro deo et patria et St. Mida)'라는 문구가 새겨져 있었다—그녀의 가슴 가까이 백금 목걸이에 매달려 있다는 사실을 알지 못했다. 그러나 그것은 거기 있었다. 그리고 키스마인 역시 어느 날 머리 장식에서 떨어진 큰 사파이어가 존의 보석함 속에 소중히 간직되어 있다는 사실을 알지 못했다.

어느 늦은 오후, 루비와 흰담비 가죽으로 장식된 음악실이 고요했을 때, 두 사람은 그곳에서 한 시간쯤을 함께 보냈다. 존이 그녀의 손을 잡았고, 그녀는 그를 바라보며 어떤 눈빛을 보냈다. 그 순간 존은 그녀의 이름을 속삭였다. 그녀가 몸을 기울였다가, 잠시 머뭇거렸다.

"지금 '키스마인'이라고 했어?" 그녀가 부드럽게 물었다. "아니면…."

그녀는 확신하고 싶었다. 혹시 잘못 들었을지도 모른다고 생각했으니까. 두 사람 모두 한 번도 키스를 해본 적이 없었다. 그러나 한 시간이 흐르는 동안, 그런 사실은 더 이상 중요하지 않았다.

그날 오후는 그렇게 흘러가 버렸다. 그날 밤, 가장 높은 탑에서 마지막 숨결처럼 흘러내린 음악의 여운 속에서 두 사람은 각자의 침대에 누워 깨어 있었다. 행복한 꿈처럼 낮의 모든 순간을 하나하나 되새기며, 그들은 가능한 한 빨리 결혼하기로 결심했다.

8

매일 워싱턴 씨와 두 젊은이는 깊은 숲속에서 사냥이나 낚시를 하거나, 고요한 골프장에서 라운드를 즐기고, 혹은 산속 호수의 시원한

물속에서 수영을 했다. 존은 외교적인 배려로 워싱턴 씨가 늘 이기게 했지만, 점점 그가 까다롭고 오만한 성격이라는 걸 깨달았다. 그는 자신의 생각과 의견 외에는 아무것에도 관심이 없었다. 워싱턴 부인은 늘 냉담하고 절제된 태도를 유지했으며, 두 딸에게는 무심했고 오직 아들 퍼시에게만 몰두했다. 저녁 식사 자리에서는 늘 빠른 스페인어로 끝없이 이야기를 나누곤 했다.

첫째 딸 자스민은 외모만큼은 키스마인과 닮았지만 약간 안짱다리에 손과 발이 크고, 성격은 완전히 달랐다. 그녀는 가난한 소녀들이 홀로 된 아버지를 위해 헌신하는 이야기들을 좋아했다. 키스마인에 따르면 자스민은 제1차 세계대전이 끝나 유럽으로 자원봉사를 떠나려던 계획이 무산된 뒤 큰 충격에서 회복하지 못했다고 했다. 한동안 병약할 정도로 상심하자 브래덕 워싱턴은 그녀를 위해 발칸 반도에서 새 전쟁을 일으키려 했으나, 자스민은 부상당한 세르비아 병사들의 사진을 본 뒤 모든 일에 흥미를 잃었다. 반면 퍼시와 키스마인은 아버지의 오만함과 냉혹한 위엄을 그대로 물려받았다. 그들의 모든 생각에는 절제된 이기심이 일관되게 흐르고 있었다.

존은 성채와 계곡의 장엄한 풍경에 완전히 매혹되었다. 퍼시의 말에 따르면, 브래덕 워싱턴은 조경가, 건축가, 무대 연출가, 그리고 지난 세기의 프랑스 퇴폐 시인을 납치해와 이곳 설계에 투입했다. 그는 흑인 노동자 전부를 그들의 수하에 붙이고 세상이 제공할 수 있는 모든 자재를 보장했으며, 자유롭게 구상하라고 했다. 하지만 그들은 하나같이 쓸모없었다. 퇴폐 시인은 봄날의 거리에서 떨어져 지내는 슬품을 읊으며 향료와 원숭이, 상아에 대해 애매한 말만 늘어놓았고, 무대 연출가는 계곡 전체를 자극적이고 화려한 장치들로 꾸미려 했다. 건축가와 조경가는 전통적인 틀에서 벗어나지 못했다. 결국 이들 네 사람은 어느 날 새벽, 분수의 위치를 두고 밤새 논쟁을 벌이다 미쳐 버렸고, 지금은 코네티컷주 웨스트포트의 정신병원에서 편히 지내고 있었다.

"그럼, 응접실이며 홀, 복도, 욕실 같은 멋진 공간은 누가 설계했죠?" 존이 물었다.

"부끄럽지만 영화감독이었어." 퍼시가 대답했다. "무한한 예산을 다루는 데 익숙한 사람은 그뿐이었거든. 다만 밥을 먹을 때는 냅킨을 목에 꽂았고, 글은 읽지도 쓰지도 못했지."

8월이 끝나갈 무렵, 존은 학교로 돌아가야 한다는 사실이 아쉬웠다. 그는 키스마인과 함께 다음 해 6월에 도망 결혼하기로 약속했다.

"여기서 결혼할 수 있다면 좋겠지만." 키스마인은 말했다. "아버지가 당신과의 결혼을 허락하실 리가 없어. 그다음으로 좋은 건 도망치는 거지. 요즘 미국의 부자들이 결혼하는 건 끔찍해. 언론에는 '잔여품으로 결혼식을 올린다'고 발표하지만, 사실은 중고 진주 몇 개랑 황후 외제니가 한 번 입었던 레이스 조각뿐이잖아."

"정말 그래." 존이 고개를 끄덕였다. "슈닐처-머피 집에서 봤어. 장녀 그웬돌린이 웨스트버지니아의 절반을 소유한 집안의 남자와 결혼했는데, 은행원 월급으로 힘겹게 산다면서 '그래도 감사하게도 하녀 네 명은 있어서 다행이에요'라고 편지에 썼지."

"말도 안 돼." 키스마인이 웃으며 말했다. "세상에는 수백만의 사람들이 단 두 명의 하녀로도 잘 살고 있는데 말이야."

8월 말 어느 오후, 키스마인의 우연한 한마디가 모든 상황의 판도를 바꿔놓았다. 그 말은 존을 순식간에 공포 속으로 몰아넣었다.

두 사람은 늘 그렇듯 그들이 가장 좋아하던 숲속에서 함께 있었다. 입맞춤 사이사이, 존은 괜스레 감상적인 상상을 늘어놓고 있었다. 그런 말이 두 사람의 관계를 더 애틋하게 만든다고 믿으면서.

"가끔은 우리가 결혼하지 못할 것 같다는 생각이 들어." 그가 슬픈 목소리로 말했다. "넌 너무 부자고, 너무나 완벽해. 너처럼 부유한 사람은 다른 여자들과 다를 수밖에 없지. 난 그냥 오마하나 수시티의 잘사는 철물도매상 딸이랑 결혼해서 그녀의 50만 달러 자산에 만족해야 했을 거야."

"전에 철물도매상 딸을 한 번 만난 적이 있어." 키스마인이 말했다. "당신은 그 여자에게 만족하지 못했을 거야. 그 아이는 언니 친구였어. 여기에도 놀러왔었지."

"여기 다른 손님도 왔었단 말이야?" 존은 놀라며 물었다.

키스마인은 자신의 말을 후회하는 듯 보였다.

"그랬어." 그녀가 서둘러 말했다. "몇 명 있었지."

"그런데 네 아버지는… 그 사람들이 밖에 나가서 이야기라도 할까 봐 두렵지 않았을까?"

"어느 정도는." 그녀가 대답했다. "이제 그만하고 다른 즐거운 이야기 하자."

하지만 존의 호기심은 이미 불타오르고 있었다.

"즐거운 이야기? 이게 뭐가 불쾌한데? 그 여자애들, 나쁜 애들이었나?"

그러자 키스마인은 갑자기 울음을 터뜨렸다.

"아니, 그게 문제였어. 너무 좋은 애들이었어. 나도 정말 정이 들었고, 자스민도 마찬가지였어. 그런데도 자꾸 그 애들을 초대하더라고. 전 이해할 수가 없었어."

존의 가슴에 어두운 의심이 싹텄다.

"그럼 그 애들이 아버지의 비밀을 말해서… 그분이 그 애들을 '처리'했다는 거야?"

키스마인이 흐느끼듯 말했다.

"그보다 더 끔찍했어. 아버지는 절대 위험을 감수하지 않으셨지. 그런데 자스민은 계속 친구들에게 편지를 써서 초대했어. 다들 너무 즐거워했는데…."

그녀는 갑작스런 슬픔에 휩싸여 말을 잇지 못했다. 끔찍한 진실 앞에서 존은 입을 벌린 채 얼어붙었다. 온몸의 신경이 척추를 따라 앉은 새 떼처럼 떨리는 것만 같았다.

"다 말해버렸네." 그녀가 갑자기 침착하게 말했다. "하지만 말하지 말걸 그랬어."

"네 아버지가 그 아이들을 죽였다는 뜻이야?" 존이 믿을 수 없다는 듯 물었다.

그녀는 고개를 끄덕였다.

"보통 8월이나 9월 초에. 그 전에 가능한 한 그들과 함께 즐거운 시간을 보내야 하니까."

"끔찍해! 말도 안 돼! 지금 그걸 인정한 거야?"

"맞아." 키스마인이 어깨를 으쓱였다. "그 조종사들처럼 가둬둘 수도 없잖아. 매일 죄책감만 늘어날 테니까. 게다가 아버지가 우리가 예상한 것보다 일찍 처리하셨기 때문에, 작별 인사 장면을 피할 수 있었어."

"그러니까 살인을 했다는 거잖아!" 존이 외쳤다.

"아주 조용히 처리됐어. 그들은 잠든 사이에 약을 먹었고, 가족들에게는 '뷰트에서 성홍열로 사망했다'고 알려줬지."

"그런데 왜 계속 초대했어?"

"난 초대한 적 없어!" 키스마인이 울분을 터뜨렸다. "자스민이 그랬어. 하지만 다들 즐거워했지. 언니는 마지막엔 꼭 선물까지 줬어. 나도 언젠간 손님을 맞이하겠지. 점점 익숙해질 거야. 인생을 즐기는 데 죽음 같은 필연적인 일을 방해할 순 없잖아. 아무도 오지 않으면 여기서 얼마나 외로울지 생각해봐. 부모님도 우리처럼, 자기 친구들 중 몇 명을 희생시키셨거든."

존이 분노 섞인 목소리로 외쳤다.

"그렇다면 넌 내가 널 사랑하게 내버려두고, 네가 그 사랑을 되돌려주는 척을 하며, 결혼 얘기까지 하면서도 내가 이곳에서 살아 나가지 못할 걸 뻔히 알고 있었다는 거야?"

"그렇지 않아!" 키스마인이 절박하게 외쳤다. "처음엔 그랬어. 어쩔 수 없었어. 당신이 여기 있었으니까. 마지막 며칠이라도 서로 즐겁게 지내면 좋을 것 같았어. 하지만 그다음엔… 나도 당신을 사랑하게 됐어. 정말이야. 당신이… 사라질 거라 생각하니 너무 슬퍼. 그래도 당신이 다른 여자와 키스하느니 차라리 그렇게 되는 게 나아."

"그래? 그게 네 진심이야?" 존이 격렬하게 외쳤다.

"당연하지. 게다가, 결혼할 수 없는 남자와 함께 있을 때가 더 재미있다고들 하잖아. 아, 왜 그 말을 했을까? 이제 다 망쳤어. 당신이 모를 땐 정말 즐거웠는데. 괜히 우울해졌어."

"우울해졌다고?!" 존의 목소리는 분노로 떨렸다. "이제 더는 듣고 싶지 않아. 죽은 사람이나 다름없는 남자와 연애를 하겠다는 네게, 난 더 이상 아무 관심도 없어!"

"당신은 시체가 아니야!" 키스마인이 경악하며 외쳤다. "절대 아니야! 내가 시체랑 키스했다고 말하게 둘 순 없어!"

"난 그런 말 한 적 없어!"

"했어! 내가 시체랑 키스했다고 했어!"

"안 했다고!"

그들의 목소리가 높아졌을 때, 갑작스러운 발자국 소리에 두 사람은 즉시 침묵했다. 장미 덤불 사이로 브래덕 워싱턴이 모습을 드러냈다. 공허하지만 날카로운 눈빛이 두 사람을 응시했다.

"누가 시체랑 키스했다는 거냐?" 그가 불쾌하게 물었다.

"아무도 아니에요." 키스마인이 재빨리 대답했다. "그냥 장난쳤어요."

"여기서 도대체 뭐 하는 거냐?" 워싱턴이 거칠게 물었다. "키스마인, 넌 책을 읽거나 언니랑 골프를 쳐야지. 어서 가! 책 읽어! 골프 쳐! 내가 돌아왔을 때 여기 있으면 안 된다!"

그는 존에게 가볍게 고개를 끄덕이고는 길을 따라 올라갔다.

"이것 봐." 키스마인이 신경질적으로 말했다. "이제 다 망쳤어. 우린 다시는 만날 수 없을거야. 아버지가 우릴 연인 사이라고 생각하신다면, 당신을 독살할지도 몰라."

"우리 사랑은 끝났어!" 존이 분노에 찬 목소리로 외쳤다. "그러니 걱정할 필요 없어. 그리고 착각하지 마. 난 여기 남지 않아. 여섯 시간 안에 저 산을 넘어갈 거야. 기어서든, 이를 갈아 뚫어서든, 무조건 동쪽으로 갈 거야."

그는 벌떡 일어섰다. 그러나 키스마인은 다가와 그의 팔을 붙잡고 팔짱을 꼈다.

"나도 같이 갈 거야."

"정신 나갔군."

"그래도 갈 거야." 그녀는 단호하게 잘랐다.

"그럴 수 없어. 넌―"

"좋아." 그녀가 조용히 말했다. "그럼 아버지를 찾아가서 같이 상의해보자."

존은 패배한 듯 힘없이 웃었다.

"좋아, 사랑하는 내 사람." 그는 창백하고 어색한 다정함으로 말했다. "같이 가자."

그 순간, 그녀에 대한 사랑이 다시 마음 깊이 깃들었다. 그녀는 그의 것이었고, 그의 위험한 여정을 함께할 존재였다. 그는 그녀를 품에 안고 뜨겁게 입을 맞추었다. 결국 그녀는 자신을 사랑했고, 어쩌면 그를 구원해준 셈이었다.

그들은 문제를 의논하며 천천히 성채 쪽으로 걸어갔다. 브래덕 워싱턴이 두 사람을 함께 있는 걸 보았으니, 다음 날 밤에 떠나는 것이 가장 안전하다는 결론에 이르렀다. 그러나 저녁 식사 자리에서 존의 입술은 유난히 바싹 말라 있었고, 그는 긴장한 나머지 공작 깃털 수프 한 숟가락을 잘못 삼켜 왼쪽 폐로 들이붓고 말았다. 결국 그는 터키석과 검은 담비 가죽으로 장식된 카드룸으로 옮겨졌고, 하인 중 한 명이 그의 등을 세게 두드려줘야 했다. 퍼시는 그 광경을 보고 몹시 우스워했다.

9

자정이 훨씬 지난 시각, 존의 몸이 경련하듯 움찔하며 깨어났다. 그는 잠에 잠긴 방 안을 덮은 어둠의 장막을 응시했다. 열려 있는 창문 너머 푸른 어둠의 사각 틈으로 멀리서 희미한 소리가 들려왔지만, 그것은 바람에 실려 사라졌고, 불안한 꿈에 뒤섞인 기억 속에서는 무엇인지 알아차릴 수 없었다. 그러나 그 소리를 이은 날카로운 소음은 훨씬 가까웠다. 바로 문 밖에서—문손잡이를 돌리는 소리, 발자국, 혹은 속삭임 같았다. 존의 명치에 단단한 덩어리가 맺히고, 온몸의 신경이 긴장으로 쑤셨다. 그가 고통스럽게 귀를 기울이자, 어둠의 장막 하나가 녹아내리며 문가에 희미한 형체가 서 있는 것이 보였다. 그것은 어둠 속에 반쯤 잠긴 채, 커튼의 그림자와 뒤섞여 마치 더럽게 닦인 유리창에 비친 왜곡된 모습처럼 보였다.

순간적인 공포와 결심이 뒤섞인 반사적인 행동으로, 존은 침대 옆 버튼을 눌렀다. 다음 순간 그는 차가운 물이 절반쯤 차 있는 인접 욕실의 녹색 욕조 속에 앉아 있었고, 그 충격으로 완전히 깨어났다. 그는 젖은 잠옷에서 물이 줄줄 흐르는 것도 잊은 채, 급히 아쿠아마린색 문으로 달려갔다. 그 문이 바로 상아색 복도로 이어진다는 것을 그는 알고 있었다. 문은 아무 소리 없이 열렸고, 붉은 돔 램프 하나가 위에서 타오르며, 조각된 계단의 곡선을 장엄하게 비추고 있었다. 잠시 동안 존은 숨이 막혔다. 침묵 속의 그 찬란한 광경이 그를 압도했고, 그는 거대한 궁전 속에 고립된 작은 물에 젖은 생명체처럼 떨고 있었다.

그때 두 가지 일이 동시에 벌어졌다. 그의 방 문이 벌컥 열리며 세 명의 벌거벗은 흑인이 홀로 쏟아져 들어왔고, 존이 공포에 질려 계단 쪽으로 물러서려는 순간 복도 반대편 벽의 문이 미끄러지듯 열렸다. 그리고 그 문 안의 밝은 조명 속에, 브래덕 워싱턴이 서 있었다. 그는 무릎까지 오는 승마부츠와 장밋빛 잠옷 위에 모피 코트를 걸치고 있었으며, 표정은 싸늘했다.

그 순간 존은 세 명의 흑인을 처음 보는 사람들이라는 사실을 깨달았다. 그들이 바로 이곳의 '처형 담당자들'임이 직감적으로 떠올랐다. 세 사람은 존에게 다가가다 말고 엘리베이터 속 워싱턴을 바라보며 멈춰 섰고, 그는 냉정하고 단호한 명령을 내렸다.

"이리 들어오게! 셋 다! 지옥보다 빠르게!"

그 말이 끝나자 세 흑인은 순식간에 엘리베이터로 뛰어들었다. 빛의 직사각형이 사라지며 문이 닫히자, 복도에는 다시 어둠이 깔렸다. 존은 무기력하게 상아색 계단에 주저앉았다.

무언가 중대한 일이 벌어지고 있었다. 적어도 지금 이 순간만큼은, 자신의 운명이 잠시 미뤄졌다는 것이 분명했다. 하지만 무엇 때문일까? 흑인들이 반란을 일으킨 걸까, 아니면 포로로 잡힌 조종사들이 쇠창살을 부수고 탈출한 걸까, 혹은 피시 마을의 남자들이 이곳을 찾아와 이 화려한 계곡을 목격한 걸까? 존은 알 수 없었다. 위층으로 엘리베이터가 오르는 바람소리가 희미하게 들렸고, 곧 다시 내려오는 소리가 이어졌다. 아마 퍼시가 아버지를 돕기 위해 내려오고 있는 듯했다. 존은 지금이야말로 키스마인을 찾아 탈출 계획을 세울 기회라고 생각했다.

엘리베이터가 조용해질 때까지 기다린 그는, 젖은 잠옷으로 몸이 으슬으슬 떨리면서도 재빨리 방으로 돌아가 옷을 갈아입었다. 그리고 긴 계단을 올라 러시안 세이블 카펫이 깔린 복도를 따라 키스마인의 방으로 향했다.

그녀의 응접실 문은 열려 있었고, 램프가 방 안을 환히 비추고 있었다. 키스마인은 앙고라 가운을 입은 채 창가에 서서 바깥 소리에 귀를 기울이고 있었다. 존이 조용히 들어서자 그녀는 놀란 듯 돌아보았다.

"아, 당신이구나!" 그녀가 속삭이며 다가왔다. "들었어?"

"당신 아버지 하인들이 내—"

"아니야!" 그녀가 급히 말을 막았다. "비행기야!"

"비행기라고? 아마 그 소리에 내가 깼나 봐."

"비행기들이 최소한 열두 대는 돼. 바로 조금 전 달빛을 배경으로 한 대가 정지해 있는 걸 봤어. 절벽 쪽 경비가 소총을 쐈고, 그 소리가 아버지를 깨운 거야. 이제 바로 저들을 향해 포격을 개시할 거야."

"여기 온 건 일부러야?"

"응—도망간 그 이탈리아 사람 때문이야—"

그녀가 마지막 말을 마치자마자 열린 창문을 통해 연속된 날카로운 폭음이 들려왔다. 키스마인은 작은 비명을 지르고 서랍 위 상자에서 펜니를 더듬어 꺼내 전등 하나를 향해 달려가 퓨즈를 끊었다. 순간 성채 전체가 어두워졌다—그녀가 퓨즈를 끈 것이다.

"가자!" 그녀가 그에게 외쳤다. "지붕 정원으로 올라가서 거기서 지켜보자!"

망토를 두르고 그의 손을 잡은 채 그들은 문을 나섰다. 탑 엘리베이터까지는 한 걸음이었고, 그녀가 버튼을 눌러 그들을 위로 쏘아 올리자 어둠 속에서 그는 그녀를 끌어안고 입맞춤을 했다. 결국 존 언거에게도 로맨스가 찾아온 것이다. 일 분도 지나지 않아 그들은 별빛으로 흰 플랫폼에 섰다. 안개 낀 달 아래, 구름 사이를 미끄러지듯 열두 대의 어두운 날개가 계속 원을 그리며 떠 있었다. 계곡 여기저기에서 불꽃이 튀어오르고 예리한 폭발음이 뒤따랐다. 키스마인은 손뼉을 치며 기뻐했으나 잠시 후 비행기들이 신호에 따라 폭탄을 투하하자 그 기쁨은 공포로 바뀌었다. 계곡 전체가 우뢰 같은 소리와 요란한 빛의 파노라마가 되었다.

곧 공격자들의 목표는 대공포 진지 쪽으로 집중되었고, 그 중 하나는 순식간에 거대한 재더미가 되어 장미 덤불 공원에 뿌옇게 누워 있었다.

"키스마인." 존이 애원했다, "네게 말하면 기쁠 텐데, 이번 공격이 내 살해 직전에 일어난 거야. 만약 절벽 쪽 경비가 총을 쏘지 않았다면 지금쯤 난 돌처럼 죽었을 거야―"

"안 들려!" 키스마인은 광경에 몰두하며 소리쳤다. "더 크게 말해야 해!"

"그냥 말했을 뿐이야." 존이 고함쳤다. "성채에 포격이 시작되기 전에 우린 떠나는 게 좋겠다고!"

갑자기 흑인 숙소의 현관 전체가 갈라지며 기둥 밑에서 불기둥이 솟아올랐고, 커다란 조각의 날카로운 대리석들이 호수 기슭까지 날아갔다.

"오만 달러어치의 노예들이 저 아래로 사라졌네." 키스마인이 외쳤다. "전쟁 전 시가(市價)로. 재산을 존중하는 미국인은 별로 없구나."

존은 그녀를 떠나게 만들기 위해 다시 설득을 시도했다. 비행기들의 사격 정밀도는 분마다 높아지고 있었고, 남아 반격하는 대공포는 이제 두 대뿐이었다. 포위된 수비대가 오래 버티기 힘들다는 것은 분명했다.

"가자!" 존이 키스마인의 팔을 잡아당기며 외쳤다, "가야 해. 저 비행사들이 널 발견하면 주저 없이 죽일 걸 알아?"

키스마인은 마지못해 동의했다.

"자스민을 깨워야겠어!" 그녀가 엘리베이터를 향해 달려가며 말했다. 그러고는 아이처럼 즐거운 목소리로 덧붙였다. "가난해지겠지? 소설 속 사람들처럼. 난 고아가 되고 완전히 자유로워질 거야. 자유롭고 가난한 거야! 재밌겠다!" 그녀는 서서 그의 입술에 기쁜 키스를 보냈다.

"둘 다 동시에 가질 순 없어." 존은 무겁게 말했다. "사람들은 이미 그걸 알아냈어. 난 자유를 택하겠어. 추가로 조심하려면 네 보석함 내용물은 주머니에 쑤셔 넣는 게 좋아."

십 분 후 두 소녀는 어두운 복도에서 존을 만나 성채의 주층으로 내려왔다. 마지막으로 화려한 홀들을 지나 테라스에 서서 타오르는 흑인 숙소와 호수 건너편에 떨어진 두 대의 비행기 잔불을 바라보았다. 고립된 포 한 문이 여전히 튀는 소리를 내고 있었고, 공격자들은 더 낮게 내려오길 꺼리는 듯했으나 그 포를 중심으로 포위하듯 천둥 같은 불꽃을 뿜어댔다. 어느 한 발이 에티오피아 승무원을 전멸시킬 수도 있는 상황이었다.

존과 두 자매는 대리석 계단을 내려와 왼쪽으로 급히 방향을 틀었다. 그들은 다이아몬드 산을 빙 둘러가는 좁은 오솔길을 오르기 시작했다. 키스마인은 산 중턱쯤에 울창한 숲이 있는 은신처를 알고 있었다. 그곳에서는 계곡 아래서 벌어지는 격렬한 밤의 광경을 지켜볼 수 있었고, 상황이 위급해지면 바위 골짜기를 따라 난 비밀 통로를 통해 도망칠 수 있었다.

10

 그들이 목적지에 도착했을 때는 새벽 세 시였다. 친절하지만 무덤덤한 자스민은 도착하자마자 커다란 나무줄기에 기대 깊은 잠에 빠졌다. 존과 키스마인은 서로의 품에 안긴 채, 그날 아침까지만 해도 정원처럼 평화롭던 계곡이 이제는 잿더미 속에서 치열한 전투의 끝자락을 맞이하는 모습을 지켜보았다. 새벽 네 시가 조금 넘자 마지막 대공포가 쇳소리를 내며 폭발했고, 붉은 연기를 내뿜으며 완전히 침묵했다. 달은 이미 지고 없었지만, 그들은 여전히 하늘을 선회하는 비행기들이 점점 더 낮게 내려오는 것을 볼 수 있었다. 포대가 완전히 침묵한 지금, 비행사들은 수비대가 더 이상 저항할 수 없음을 확인하자마자 착륙할 것이고, 워싱턴 가문의 어둡고도 찬란했던 지배는 끝날 터였다.

 사격이 멎자 계곡은 고요해졌다. 추락한 두 대의 비행기 잔해는 풀숲 속 괴물의 눈처럼 불타는 잔불을 내뿜었다. 성채는 불빛 하나 없는 어둠 속에서도 여전히 장엄하고 아름다웠다. 공중에서는 복수의 여신 네메시스의 마차바퀴처럼 윙윙거리는 소리가 들려오며 공기를 진동시켰다. 그러던 중 존은 키스마인도 언니처럼 곤히 잠든 것을 알아차렸다.

 새벽 네 시가 훌쩍 지난 뒤, 그는 방금 자신들이 지나온 오솔길 아래쪽에서 들려오는 발소리를 들었다. 존은 숨을 죽인 채 그들이 지나가기를 기다렸다. 잠시 후, 인간의 것이 아닌 공기의 미세한 흐름이 느껴졌고, 차가운 이슬이 스며들었다. 새벽이 머지않았음을 그는 알았다. 발소리가 산 위로 멀어져 완전히 사라지자, 존은 조심스럽게 그 뒤를 따라 나섰다. 산 정상의 절벽 가까이에 이르자 나무들이 사라지고, 단단한 암반이 드러나 다이아몬드 산의 표면을 덮고 있었다. 그는 걸음을 늦추며 본능적으로 그 앞에 생명이 있음을 느꼈다. 커다란 바위 뒤에 몸을 숨기고 머리를 천천히 들어 올리자, 눈앞에 펼쳐진 광경이 그의 호기심을 보상했다.

브래덕 워싱턴이 그곳에 서 있었다. 회색 하늘을 배경으로 한 그의 실루엣은 소리도 움직임도 없이 완전히 고요했다. 동쪽에서 여명이 피어나며 땅을 황금빛과 연둣빛으로 물들일 때, 그 고립된 인물은 새로 떠오르는 날빛 앞에 보잘것없이 대비되었다.

존이 지켜보는 동안, 워싱턴은 잠시 알 수 없는 사색에 잠긴 듯 서 있었다. 그러다 발치에 웅크리고 있던 두 흑인에게 손짓을 보냈다. 그들은 그 사이에 놓인 짐을 들어 올렸다. 그들이 몸을 일으키는 순간, 첫 햇살이 수많은 프리즘 면을 가진 거대한 다이아몬드에 닿았다. 그러자 공중에는 마치 새벽별의 조각처럼 눈부신 흰빛이 번져나갔다. 흑인들은 잠시 그 무게에 휘청였지만, 곧 근육이 단단히 수축되며 빛나는 피부 아래서 버텼고, 세 인물은 다시 하늘 앞에 도전적인 무력함으로 멈춰 섰다.

잠시 후, 백인은 고개를 들고 두 팔을 천천히 들어올렸다. 마치 거대한 군중을 향해 말을 시작하려는 자의 제스처였다. 그러나 그곳에는 청중이 없었다. 오직 산과 하늘의 광막한 침묵, 그리고 아래쪽 숲에서 희미하게 들려오는 새들의 소리뿐이었다. 바위 마루 위의 그 인물은 마침내 천천히, 그리고 꺼지지 않는 오만함으로 말을 시작했다.

"거기 있는 당신!" 그가 떨리는 목소리로 외쳤다.

"거기—당신—!" 그는 잠시 멈추고 두 팔을 올린 채, 응답을 기다리듯 고개를 들고 있었다. 존은 산을 내려오는 사람이 있는지 눈을 부릅떴지만 산엔 인간의 기척이 없었다. 하늘과 나무 꼭대기를 스쳐 가는 조롱 섞인 바람 소리만 있을 뿐이었다. 워싱턴이 기도라도 하는 걸까, 잠깐 존은 그렇게 생각했다. 그러나 곧 환상이 걷히고—그의 전체 태도는 기도와 정반대라는 느낌이 들었다.

"오, 저기 위에 있는 자여!"

목소리는 어느새 강하고 자신감 있는 어조가 되었다. 이것은 애처로운 탄원 같은 것이 아니었다. 그 말투에는 거대한 깔봄이 배어 있었다.

"너 거기—"

이해하기 어려울 만큼 빠르게 이어지는 말들이 흘러나왔다. 존은 숨을 죽이고 귀를 기울이며 구절들을 부분적으로 붙잡았다. 목소리는 끊어졌다가 이어지고, 때로는 힘있게 주장하다가 느린, 어리둥절한 조소로 물들기도 했다. 그러다 한 가지 확신이 청취자에게 서서히 다가왔다. 혈관을 타고 뜨거운 혈류가 치밀었다. 브래덕 워싱턴은 하나님께 뇌물을 바치고 있었다!

의심의 여지가 없었다. 노예의 품에 안긴 다이아몬드는 일부 샘플이자 더 많은 것을 약속하는 선물이었다.

그제야 존은 그 연설을 꿰뚫는 핵심을 알아차렸다. '부유한 프로메테우스[46]가 잊혀진 희생과 잊혀진 의식, 그리고 그리스도가 태어나기도 전에 사라진 기도들을 불러내고 있었다. 잠시 동안 그의 연설은 신에게 바쳐진 옛 제물들을 상기시키는 형식을 띠었다. 도시를 역병에서 구해달라는 조건으로 세워진 위대한 교회들, 몰약과 금, 인간의 생명과 아름다운 여인들, 포로가 된 군대, 아이들과 왕비, 숲과 들의 짐승들, 양과 염소, 수확과 도시, 심지어 정복된 온 땅까지— 이 모든 것이 신의 진노를 달래기 위해 정욕과 피의 제물로 바쳐졌던 것들이었다.

그리고 이제 브래덕 워싱턴, 다이아몬드의 황제이자 황금시대의 왕이자 제사장이며, 찬란함과 사치의 심판자인 그는, 그 이전의 어떤 군주도 꿈꾸지 못했던 보물을 바치려 하고 있었다. 간청이 아니라, 오만으로서.

그는 계속해서 구체적인 설명으로 내려가며 말했다. 자신은 하나님께, 세상에서 가장 거대한 다이아몬드를 바칠 생각이었다. 그 다이아몬드는 한 그루 나무의 잎사귀보다도 더 많은 수천 개의 면으로 정교하게 깎일 것이었고, 그러면서도 전체의 형태는 파리 한 마리만큼 작은 보석처럼 완벽할 것이다. 그 돌 하나를 위해 수많은 장인들이 수년 동안 일하게 될 것이다. 그것은 두들겨 만든 거대한 황금 돔 안에 세

---

46 부유한 프로메테우스(Prometheus Enriched): 실제 신화 작품 제목 Prometheus Unbound("속박에서 풀린 프로메테우스", 퍼시 셸리의 시극)를 풍자적으로 비튼 표현으로, 인간에게 불을 준 대신 벌을 받은 프로메테우스와 달리, 부(富)를 통해 신적 지위를 얻은 인간을 비꼰다. 여기서는 다이아몬드로 세계를 지배하려는 브래덕 워싱턴을 가리킨다.

워지고, 그 표면에는 놀라우리만큼 섬세한 조각이 새겨지며, 문은 오팔과 사파이어로 장식될 것이다. 그 중앙에는 안쪽이 파인 예배당이 마련되고, 그 안의 제단에는 무지갯빛으로 빛나는 방사능 광물, 끊임없이 분해되고 색을 바꾸며 기도 중 고개를 드는 자의 눈을 태워버릴 라듐이 자리할 것이다. 그리고 그 제단 위에서는, 하나님께서 원하신다면 세상에서 가장 위대하고 강력한 사람일지라도, 그분의 즐거움을 위해 제물로 바쳐질 것이다.

그는 그 대가로 단 한 가지, 너무나 단순한 것을 요구했다. 하나님께는 어처구니없을 만큼 쉬운 일—단지 모든 일이 어제 이 시간과 똑같이 돌아가고, 그대로 머물러 있게 해달라는 것이었다. 너무나 간단한 일 아닌가! 하늘이 열려 저 남자들과 그들의 비행기를 삼키고, 다시 닫히기만 하면 되는 것이다. 그러면 그는 다시 노예들을 되찾을 수 있을 것이다. 되살아나고, 멀쩡히 살아 있는 모습으로.

그는 그동안 그 누구와도 협상하거나 흥정을 할 필요가 없었다.

의심한 것은 단 하나, 자신이 바친 뇌물이 충분히 컸는가 하는 점이었다. 하나님께도 그분의 대가가 있을 터였다. "하나님이 인간의 형상으로 창조되었다"는 말처럼, 그렇다면 하나님에게도 그분의 값이 있을 것이다. 그리고 그 값은 특별해야 했다—오랜 세월에 걸쳐 세워진 성당도, 만 명의 인부가 쌓은 피라미드도, 그가 바치려는 이 성당과 이 피라미드와는 비교조차 되지 않을 것이었다.

그는 잠시 말을 멈추었다. 그것이 바로 그의 제안이었다. 모든 것은 정확한 설계에 맞춰 이루어질 것이며, 그는 그것이 값을 매길 수 없을 만큼 가치 있는 일이라고 자신 있게 말하고 있었다. 그는 섭리가 그 제안을 받아들여도 좋고 거절해도 좋다는 듯한 태도를 보였다.

연설이 끝에 다다르자 그의 문장은 점점 끊어지고 짧아졌으며, 목소리에는 불안이 섞였다. 그는 주위의 공기 속, 생명의 미세한 숨결이나 속삭임 하나라도 붙잡으려는 듯 온몸을 긴장시켰다. 그리고 마침내 그의 머리카락은 서서히 백발로 변해 있었고, 그는 고대의 예언자처럼 머리를 높이 들고 하늘을 향해 바라보았다—장엄할 만큼 미쳐버린 얼굴로.

존이 아찔한 매혹 속에 바라보던 그때, 주위 어딘가에서 기묘한 현상이 일어나는 듯했다. 하늘이 잠시 어두워졌고, 바람 속에는 낮은 속삭임과 멀리서 울려오는 나팔 소리 같은 것이 섞였다. 그리고 한순간, 비단옷이 스치는 듯한 거대한 숨결이 지나갔다. 자연 전체가 그 어둠의 떨림에 동참했다. 새들의 노래가 멎고, 나무들도 바람을 멈추었으며, 산 너머 어딘가에서 낮고 불길한 천둥이 웅얼거렸다.

그게 전부였다. 곧 바람은 계곡의 풀잎 사이를 따라 사라졌고, 새벽과 낮은 제자리를 되찾았다. 떠오른 태양은 황금빛 안개를 내뿜으며 길을 밝혔다. 잎들은 햇살 속에서 웃었고, 그 웃음은 가지마다 퍼져 마치 요정 학교의 소녀들이 깔깔대는 듯 흔들렸다. 하나님은 그 뇌물을 거절한 것이다.

존은 잠시 그 찬란한 아침의 승리를 바라보다가 시선을 돌렸다. 호숫가 아래에서 갈색의 그림자가 흔들렸다. 또 한 번, 그리고 또 한 번—마치 하늘에서 내려오는 황금빛 천사들의 춤처럼 보였다. 비행기들이 착륙한 것이었다.

존은 바위에서 몸을 미끄러뜨려 산비탈을 달려 내려갔다. 나무숲에 이르자 두 소녀가 깨어 기다리고 있었다. 키스마인은 주머니 속 보석들이 짤랑거리게 뛰어올랐고, 입술 사이로 질문이 흘러나오려 했지만, 존은 말할 틈이 없다는 걸 직감했다. 그들은 지체 없이 산을 내려가야 했다. 그는 두 사람의 손을 붙잡고, 떠오르는 빛과 안개가 뒤섞인 나무들 사이를 빠져나갔다. 계곡 뒤편에서는 공작들의 멀고도 애잔한 울음소리와, 아침의 잔잔한 숨결만이 들려올 뿐이었다.

그들은 반 마일쯤 걸은 뒤, 정원을 피해 좁은 오솔길로 접어들었다. 길은 다음 구릉으로 이어졌고, 가장 높은 지점에서 그들은 멈춰 서서 자신들이 내려온 산비탈을 돌아보았다. 두려움과 예감이 뒤섞인 불길한 침묵이 내려앉았다.

하늘을 배경으로, 머리카락이 하얗게 변한 한 남자가 천천히 가파른 경사를 내려가고 있었다. 그 뒤에는 거대한 두 흑인이 있었고, 그들 사이에는 햇빛을 받아 반짝이는 어떤 짐이 들려 있었다. 그 중턱쯤에서 다른 두 인물이 합류했다—워싱턴 부인과 아들 퍼시였다. 부인은 아들의 팔에 몸을 기댄 채 걸었다. 한편 비행사들은 이미 비행기에서 내려와 샤토 앞 잔디밭 위에서 소총을 들고 산을 향해 진격하고 있었다.

그러나 모든 시선을 끈 것은 그 위쪽 바위턱에 멈춰 선 다섯 사람의 무리였다. 흑인 둘이 몸을 굽혀 산비탈의 바위 벽에서 함정문 같은 것을 들어 올렸고, 그들은 그 속으로 하나씩 사라졌다. 먼저 백발의 남자가 들어가고, 그 뒤로 아내와 아들, 마지막으로 보석으로 장식된 머리장식을 쓴 두 흑인이 뒤따랐다. 잠시 햇빛이 그 머리장식을 번쩍 비추더니, 문이 내려앉으며 모두를 삼켜버렸다.

키스마인은 본능적으로 존의 팔을 꽉 붙잡았다.

"오, 저 사람들 어디로 가는 거야? 지금 뭐 하는 거야?"

키스마인이 절규했다.

"아마 지하로 도망칠 길이 있는 거겠지—"

존이 말하던 그때, 두 소녀의 비명이 그를 끊었다.

"모르겠어? 산 전체에 전선이 연결돼 있어!"

키스마인이 히스테릭하게 흐느꼈다.

그녀의 말이 끝나기도 전에 존은 반사적으로 두 손을 들어 눈을 가렸다. 그들의 눈앞에서 산 전체의 표면이 순식간에 눈부시게 타오르는 노란빛으로 변했다. 잔디와 흙을 뚫고 나오는 그 불빛은 마치 사람의 손을 비출 때 핏줄 사이로 새어 나오는 빛처럼 보였다. 잠시 동안 견딜 수 없는 광휘가 온 산을 뒤덮더니, 이내 필라멘트가 꺼지듯 사라졌다. 남은 것은 검게 타버린 황폐한 대지뿐이었다. 그 위에서 푸른 연기가 천천히 피어올라, 초목과 인간의 살점이 타고 남은 마지막 흔적을 실어갔다. 비행사들의 모습도, 피도, 뼈도 남지 않았다. 그들은 지하로 사라진 다섯 영혼과 마찬가지로 완전히 소멸했다.

그리고 동시에, 거대한 폭발음과 함께 샤토[47]가 마치 스스로를 내던

---

47 샤토(château) = 프랑스식 성(城) 또는 귀족의 대저택.

지듯 공중으로 솟구쳤다. 불타는 파편이 사방으로 흩어지며 폭발했고, 이내 그 모든 것이 다시 붕괴되어 호숫가 절반쯤을 뒤덮은 채 연기 나는 잔해 더미로 내려앉았다. 불길은 더 이상 타오르지 않았고, 흩어진 연기는 햇빛 속으로 희미하게 스며들었다. 얼마 지나지 않아 대리석 가루의 가벼운 먼지가 그 무형의 잔해 위로 흩날렸고, 그 한때 '보석의 집'이라 불리던 곳은 이제 아무 형체도 남지 않은 폐허가 되었다.

모든 소리가 사라졌다. 계곡에는 오직 세 사람만이 남아 있었다.

11

해 질 무렵, 존과 두 소녀는 워싱턴 가문의 영토 경계를 이루던 거대한 절벽에 도착했다. 그들은 잠시 멈춰 서서 황혼 속에 잠긴 계곡을 바라보았다. 불타는 저녁놀 아래, 한때의 황금빛 낙원은 고요하고 아름답게 빛났다. 셋은 자스민이 바구니에 담아온 음식을 꺼내어 식사를 하기로 했다.

"자, 봐요." 자스민이 식탁보를 펼치며 말했다. "샌드위치가 정말 맛있어 보이지 않아요? 저는 언제나 야외에서 먹는 음식이 제일 맛있다고 생각해요."

"그 말로 자스민은 이제 중산층에 진입했네."

키스마인이 빈정거리며 말했다.

"좋아, 이제 보석을 꺼내보자. 잘 골랐다면, 우리 셋은 평생 편하게 살 수 있을 거야."

존이 서둘러 말했다. 키스마인은 순순히 주머니에 손을 넣더니, 반짝이는 돌멩이 두 줌을 그의 앞에 쏟아놓았다.

"꽤 괜찮은데?"

존이 감탄하다가, 한 알을 집어 저무는 햇살에 비춰보더니 표정이 급격히 변했다.

"이건 다이아몬드가 아니야! 뭔가 잘못된 거야."

"이런 세상에! 내가 완전 바보였네!"

키스마인이 깜짝 놀라며 말했다.

"이건 가짜 보석이잖아!"

"알아." 그녀가 웃음을 터뜨렸다. "서랍을 잘못 열었어요. 자스민에게 놀러 왔던 여자애의 드레스 장식이었지. 그 아이한테 진짜 다이아몬드랑 바꿨거든. 난 그때까지 진짜 보석밖에 본 적이 없었어."

"그래서 그걸 가져온 거야?"

"그런 것 같아." 그녀는 그 가짜 보석들을 애틋하게 손가락으로 굴리며 말했다. "하지만 이게 더 마음에 들어. 솔직히 다이아몬드는 좀 질렸어."

"좋아." 존이 침울하게 말했다. "그럼 우리는 해디스에서 살 수밖에 없겠네. 네가 평생 여인들에게 '서랍을 잘못 열었다'는 얘기를 하며 늙어가겠지. 안타깝지만, 네 아버지의 통장도 함께 타버렸으니까."

"헤이디스에서 사는 게 뭐 어때서요?"

"내 나이에 결혼한 아내를 데리고 돌아가면, 아버지는 틀림없이 날 호되게 내쫓을 거야."

"전 빨래를 좋아해요." 자스민이 조용히 말했다. "언제나 손수건은 제가 직접 빨았어요. 제가 빨래를 해서 두 사람을 먹여 살릴게요."

"헤이디스에도 빨래부가 있어?" 키스마인이 천진하게 물었다.

"물론 있지." 존이 대답했다. "다른 곳이랑 다를 게 없어."

"난 너무 더워서 옷도 못 입는 줄 알았어."

존은 웃었다. "한번 해보라지. 반쯤 벗기도 전에 쫓겨날걸."

"그럼 아버지는 거기 계시겠네?" 그녀가 물었다.

존은 놀란 눈으로 그녀를 바라보았다.

"네 아버지는 죽었잖아." 그가 어둡게 대답했다. "그가 왜 해디스로 가겠어? 넌 지금 이미 오래전에 사라진 다른 곳을 혼동하고 있는 거야."

식사를 마친 셋은 식탁보를 접고 담요를 펴 잠자리를 준비했다.

"모두 꿈같아." 키스마인이 별빛을 올려다보며 한숨 섞인 목소리로 말했다. "이렇게 옷 한 벌에, 가진 것 하나 없는 약혼자와 함께 있다니 이상한 기분이야. 별 아래라니... 전에 별을 본 적이 없어. 전엔 그저 누군가의 다이아몬드처럼 느껴졌지. 그런데 지금은 두려워. 모든 게 꿈이었던 것 같아. 내 젊음도 다 꿈이었어."

"그건 꿈이었지." 존이 조용히 말했다. "모든 젊음은 화학적인 광기 같은 꿈이야."

"그렇다면, 미쳐 있는 것도 행복하겠네."

"그렇다고들 하더군." 존이 침울하게 말했다. "이젠 나도 잘 모르겠어. 어쨌든, 잠시라도—한 해쯤이라도—우리 서로 사랑하자. 그건 누구나 시도해볼 수 있는 일종의 신성한 취기니까. 세상엔 다이아몬드뿐이야. 다이아몬드와, 아마도 환멸이라는 초라한 선물 하나쯤. 그래, 난 그 마지막 걸 가지고 있고, 그걸로 아무 의미 없는 인생이나 만들어야겠지."

그는 몸을 떨며 덧붙였다.

"코트 깃을 세워, 작은 아가씨. 밤공기가 차서 폐렴 걸리겠어. 의식을 처음 만들어낸 자의 죄는 참으로 컸지. 몇 시간만이라도 그걸 잊어 보자."

그리고 그는 담요 속으로 몸을 감싸며 잠에 빠져들었다.

벤자민 버튼의 시간은 거꾸로 간다

이 이야기는 마크 트웨인의 말에서 영감을 받았다. 그 말인즉, 인생에서 가장 좋은 시기가 처음에 오고, 가장 나쁜 시기가 끝에 오는 것은 안타까운 일이라는 것이었다. 나는 이 생각을 완전히 공정하게 실험해 본 것은 아니다. 정상적인 세계 속의 단 한 사람에게만 이 실험을 적용해 봤을 뿐이니까.

이 작품을 완성하고 몇 주가 지난 뒤, 나는 새뮤얼 버틀러의 『노트북(Note-books)[48]』에서 거의 동일한 줄거리를 발견했다. 이 이야기는 작년 여름 「콜리어스[49]」에 실렸는데, 그 뒤 신시내티의 한 익명의 독자로부터 놀라운 편지 한 통을 받았다.

"선생— 저는 「콜리어스」에서 '벤자민 버튼의 이야기'를 읽었습니다. 그리고 단편소설가로서 선생은 훌륭한 미치광이가 될 자격이 있다고 말씀드리고 싶습니다. 나는 평생 수많은 치즈 조각[50]을 보았지만, 당신만큼 큰 치즈 조각은 본 적이 없습니다. 당신에게 편지지를 낭비하고 싶지 않았지만, 그래도 이렇게 씁니다."

---

48 영국의 풍자 작가 새뮤얼 버틀러(1835~1902)의 사후 유고집. 인간 존재에 대한 아이러니를 다룬 짧은 메모들이 담겨 있다. 피츠제럴드가 유사한 아이디어를 발견하고 '선행 저작'에 대한 존중을 표했다.

49 Collier's(콜리어스): 20세기 초 미국의 대중 잡지로, 사회 풍자와 단편소설을 폭넓게 실었다. 피츠제럴드의 작품들은 이 잡지를 통해 일반 독자층에 널리 알려졌다.

50 당시 피츠제럴드의 '기이한 상상력'에 대한 대중 반응을 상징한다. '치즈 조각'은 '형편없는 이야기'라는 속어로, 독자가 모욕의 의미로 사용했다. 피츠제럴드는 이 편지를 유쾌한 자기풍자로 남겼다.

벤자민 버튼의 시간은 거꾸로 간다

1

 1860년 무렵만 해도 아기를 '집에서' 낳는 것이 당연한 일이었다. 그러나 요즘은—적어도 내가 들은 바로는—의학의 최고 권위자들이 갓난아기의 첫 울음소리는 병원의 마취된 공기 속에서 울려야 한다고 선언했다고 한다. 그것도 가능하면 '유행하는 병원'에서 말이다. 그러니 1860년 여름 어느 날, 로저 버튼 부부가 첫 아이를 병원에서 낳기로 결심했을 때, 그들은 시대보다 무려 50년은 앞서 있었던 셈이다. 이 시대착오적인 결정이 내가 지금부터 기록하려는 놀라운 사건에 어떤 영향을 미쳤는지는 영원히 알 수 없을 것이다.

 나는 그저 일어난 일을 이야기할 뿐이다. 판단은 당신에게 맡기겠다.

 로저 버튼 부부는 남북전쟁 이전의 볼티모어에서 사회적으로나 경제적으로나 부러움을 살 만큼 부유한 가문이었다. 그들은 명문 가문인 '이(This)' 가문과 '저(That)' 가문[51] 모두와 친척 관계였는데, 남부 사람이라면 누구나 알듯, 이는 곧 남부 연합의 귀족층을 구성하는 자격을 의미했다. 이번이 그들이 처음 겪는 출산이었다. 그래서 버튼 씨는 몹시 긴장해 있었다. 그는 첫아이가 아들이길 바랐다. 그래야 커서 예일 대학에 보낼 수 있었기 때문이다. 예일에서 버튼 씨는 네 해 동안 다

---

51 실제 가문 이름이 아니라, 피츠제럴드가 풍자적으로 만든 표현. 남부 귀족층이 가문 혈통에 대한 집착을 비꼬는 표현으로 이름조차 구체적으로 밝힐 가치가 없다는 뜻에서 'this'와 'that'으로 처리한 것.

소 단순한 별명인 "커프(Cuff)[52]"로 불렸었다.

아이의 탄생이 예정된 9월의 어느 아침, 버튼 씨는 여섯 시에 불안한 마음으로 일어나 단정하게 옷을 차려입고, 완벽하게 매무새를 갖춘 뒤 볼티모어 거리를 서둘러 걸었다. 밤의 어둠이 새로운 생명을 품고 왔는지 확인하기 위해, '숙녀와 신사를 위한 메릴랜드 개인 병원'을 향한 것이다.

그가 병원에서 약 100야드쯤 떨어진 거리에서 가족 주치의인 킨 박사가 병원 정문 계단을 내려오는 모습을 보았다. 그는 언제나처럼 손을 비비며 내려오고 있었다. 모든 의사들이 그렇듯, 그건 직업적 습관이었다.

로저 버튼―'로저 버튼 상회(Roger Button & Co.)'의 사장이자 도매 철물 업계의 명망가―는 남부 신사답지 않게 체면도 잊은 채 킨 박사에게 달려갔다.

"박사님! 킨 박사님!"

그의 부름에 의사가 돌아서며 기다렸다. 버튼 씨가 다가오자, 박사의 매서운 얼굴에는 묘한 표정이 스쳤다.

"무슨 일입니까?" 버튼 씨는 숨을 헐떡이며 물었다. "아이는요? 어떻게 됐죠? 아내는 괜찮습니까? 아들입니까? 딸입니까? 아니면―"

"정신 좀 차리세요!" 킨 박사가 날카롭게 잘랐다. 그는 짜증이 난 듯

---

52 원래 '셔츠 소매 끝'을 뜻하지만, 동시에 '때리다', '경멸적으로 대하다'라는 뜻도 있다. 결국 피츠제럴드는 예일에 가서 세련된 별명을 가졌지만, 결국 그는 겉모습뿐인 전형적인 남부 귀족이었다는 풍자를 심어놓은 것.

했다.

"아이는 태어났나요?" 버튼 씨가 간절히 물었다.

박사는 찡그린 얼굴로 말했다. "글쎄요, 태어났다고 해야겠죠―어떤 의미에서는요." 그는 다시 한 번 이상한 눈빛으로 버튼 씨를 쳐다봤다.

"아내는 무사하죠?"

"네."

"그럼 아들인가요, 딸인가요?"

"이보세요!" 킨 박사는 폭발하듯 외쳤다. "직접 가서 보세요! 터무니없는 일이에요!" 마지막 단어는 거의 한 음절처럼 거칠게 튀어나왔다. 그는 몸을 돌리며 중얼거렸다. "이런 일이 내 의사 경력에 무슨 도움이 되겠습니까? 이런 케이스가 한 번만 더 생겨도 난 완전히 망해요―누가 됐든 마찬가지죠."

"대체 무슨 일입니까?" 버튼 씨는 아연실색했다. "혹시 세 쌍둥이인가요?"

"아니요, 세 쌍둥이 아닙니다!" 킨 박사가 냉정하게 잘라 말했다. "직접 가서 보세요. 그리고 다른 의사를 부르세요. 내가 당신을 세상에 태어나게 했고, 당신 집안을 40년간 돌봤지만, 이제 끝입니다! 다시는 당신이나 당신 친척들 얼굴을 보고 싶지 않아요! 잘 가요!"

그는 말끝을 채 마치자마자 홱 돌아서서 인도에 기다리고 있던 마차에 올라타더니, 냉정하게 채찍을 휘둘러 떠나버렸다.

버튼 씨는 인도에 멍하니 서서, 온몸이 덜덜 떨렸다. 대체 무슨 끔찍한 일이 일어난 걸까? 그는 갑자기 병원에 들어가고 싶은 마음이 싹 사라졌다. 그러나 잠시 후, 큰 결심 끝에 겨우 발을 옮겨 계단을 올라 병원 안으로 들어섰다.

복도는 어둑했고, 책상 뒤에는 간호사 한 명이 앉아 있었다. 수치심을 삼키며 버튼 씨가 다가갔다.

"좋은 아침입니다." 간호사가 환하게 인사했다.

"좋은 아침이오. 저는—버튼입니다."

그 말이 끝나자, 간호사의 얼굴에는 순식간에 공포가 번졌다. 그녀는 자리에서 벌떡 일어나, 금방이라도 복도를 뛰쳐나갈 듯한 자세로 섰다. 가까스로 자신을 억누르는 듯했다.

"내 아이를 보고 싶소." 버튼 씨가 말했다.

간호사가 히스테릭하게 비명을 질렀다. "그럼요, 물론이에요! 2층이에요! 곧장 올라가세요! 어서요!"

그녀가 방향을 가리켰고, 버튼 씨는 온몸에 식은땀을 흘리며 비틀거리듯 계단을 올랐다. 2층 복도에서 그는 대야를 들고 다가오던 또 다른 간호사에게 말을 걸었다.

"나는 버튼이오. 내 아이를—"

쨍! 대야가 바닥에 떨어지며 굴러갔다. 덜그럭, 덜그럭, 덜그럭—마치 이 남자가 불러일으킨 두려움에 동조하듯, 대야는 계단을 따라 규칙적으로 굴러 내려갔다.

"내 아이를 보고 싶소!" 버튼 씨는 거의 비명처럼 외쳤다. 그는 금방이라도 쓰러질 듯했다.

쨍! 대야는 1층에 도달했다. 간호사는 가까스로 제정신을 차리더니, 버튼 씨에게 경멸 섞인 눈빛을 던졌다.

"좋아요, 버튼 씨." 그녀는 낮은 목소리로 말했다. "알겠어요. 하지만 아시긴 하겠죠? 오늘 아침 그 아이 때문에 병원이 어떤 난리가 났는지! 말도 안 되는 일이에요! 이 병원 명성은 이제 끝이에요—"

"어서요!" 버튼 씨가 쉰 목소리로 외쳤다. "이 이상은 못 참겠소!"

"그럼 이쪽으로 오세요, 버튼 씨."

그는 간호사를 따라 비틀거리며 걸었다. 긴 복도를 지나 그들이 도착한 곳은 온갖 울음소리가 들려오는 방이었다. 나중 세대의 표현으로 하자면, 그곳은 '아기 울음실'이라 불렸을 것이다.

그들이 들어서자 버튼 씨는 숨을 몰아쉬며 물었다.

"자, 내 아이는 어디 있소?"

"저기요." 간호사가 손가락으로 한 곳을 가리켰다.

버튼 씨의 시선이 그 방향을 따라가자, 그는 믿을 수 없는 광경을 보았다. 하얀 담요로 덮인 채 요람에 반쯤 들어가 앉아 있는 노인 하나가 있었다. 나이는 아무리 적게 보아도 일흔 살은 되어 보였다. 머리는 듬성듬성 희끗했고, 턱 밑에는 연기빛의 긴 수염이 늘어져 바람에 부드럽게 흔들리고 있었다. 그 노인은 희미하게 빛이 바랜 눈으로 버튼 씨를 올려다보았다. 그 눈에는 뭔가 이해할 수 없는 의문이 깃들어 있었다.

"내가 미쳤단 말인가?" 버튼 씨가 두려움에 찬 분노로 소리쳤다. "이게 무슨 끔찍한 병원 농담이오?"

"우리 입장에서는 전혀 농담처럼 느껴지지 않아요." 간호사는 단호하게 대답했다. "당신이 미쳤는지는 모르겠지만, 저건 분명 당신의 아이예요."

버튼 씨의 이마에 식은땀이 두 배로 솟았다. 그는 눈을 감았다가 다시 떴다. 착각일 리 없었다. 요람 안에 앉은 것은 분명 일흔 살짜리 노인이었다—일흔 살짜리 '아기'. 그의 발은 요람 밖으로 축 늘어져 있었다.

그 노인은 잠시 조용히 두 사람을 번갈아 보더니, 갈라지고 노쇠한 목소리로 불쑥 말했다.

"당신이 내 아버지요?"

버튼 씨와 간호사는 동시에 움찔했다.

"그렇다면 말이오." 노인이 투덜거리며 말을 이었다. "날 여기서 좀 꺼내줘요. 아니면 최소한 흔들의자라도 하나 넣어달라고 해줘요."

"이런, 세상에!" 버튼 씨는 거의 절규하듯 외쳤다. "당신은 누구요? 어디서 온 거요?"

"정확히는 말씀 못 드리겠네요." 노인이 신경질적으로 말했다. "내가 태어난 지 몇 시간밖에 안 됐으니까요. 하지만 내 성은 분명 버튼이오."

"거짓말이야! 사기꾼이군!" 버튼 씨가 소리쳤다.

노인은 지친 듯 간호사 쪽으로 고개를 돌렸다.

"참 기가 막힌 환영 인사로군요." 그는 쇠약한 목소리로 투덜댔다. "저 사람이 틀렸다고 말 좀 해주시죠."

"틀렸어요, 버튼 씨." 간호사가 냉정하게 말했다. "이게 당신의 아기예요. 받아들이셔야죠. 그리고 가능한 한 빨리—오늘 중으로—집에 데려가세요."

"집에요?" 버튼 씨는 믿을 수 없다는 듯 되물었다.

"그렇습니다. 여긴 도저히 둘 수 없어요. 병원 명성도 문제고요."

"잘 됐네요." 노인이 푸념하듯 말했다. "조용히 살고 싶은 사람에겐 이만큼 끔찍한 곳도 없어요. 이 울음소리들 때문에 한숨도 못 잤다니까요. 뭐라도 먹을 걸 달랬더니"—그의 목소리가 갑자기 높아졌다—"우유병을 내밀더군요!"

버튼 씨는 아들의 곁 의자에 주저앉아 얼굴을 두 손으로 감쌌다.

"세상에!" 그는 절망의 탄식 속에서 중얼거렸다. "사람들이 뭐라 하겠어? 난 이제 어떻게 해야 하지?"

"당신이 직접 데려가셔야 해요." 간호사가 단호하게 말했다. "지금 당장요."

버튼 씨의 머릿속에는 끔찍할 정도로 생생한 장면이 그려졌다. 자신이 이 괴이한 존재를 데리고 볼티모어의 번화가를 걸어가는 모습이었다.

"안 돼. 그럴 수 없어." 그는 신음했다.

사람들이 멈춰서서 그에게 말을 걸 것이다. 그는 뭐라고 대답해야 할까? "오늘 아침 태어난 제 아들입니다."라고 말해야 하나? 그럼 이 노인은 담요를 여미고, 두 사람은 사람들로 붐비는 상점가를 지나, 노예 시장을 지나 걸어갈 것이다—잠시, 버튼 씨는 간절히 바랐다. 차라리 아들이 흑인이었더라면! 그들은 다시 부유한 저택가를 지나고, 노인 요양원을 지나갈 것이다….

"어서 정신 차리세요." 간호사가 명령하듯 말했다.

"이봐요." 노인이 갑자기 끼어들었다. "이 담요만 두르고 집까지 걸어가라고 생각한다면 큰 오산이오."

"아기들은 다 담요를 덮고 있어요."

노인은 얇은 하얀 포대기를 들고, 손끝으로 바스락거리며 비꼬듯 말했다.

"보시오! 이게 나한테 준비해둔 옷이라네요."

"아기들은 원래 그걸 입어요." 간호사가 새침하게 말했다.

"좋아요." 노인이 투덜댔다. "하지만 이 아기는 이 분만 지나면 아무것도 안 입을 거요. 이 담요는 가렵단 말이오. 최소한 시트라도 줬어야죠."

"그냥 덮고 있어요! 덮고 있으라구요!" 버튼 씨가 다급하게 말했다. 그리고 간호사를 향해 속삭였다. "이제 어쩌죠?"

"도심으로 가서 아기 옷을 사오세요."

버튼 씨가 복도를 내려갈 때, 아들의 목소리가 뒤에서 따라왔다.

"그리고 지팡이도 하나요, 아버지. 지팡이도 원해요."

버튼 씨는 문을 쾅 닫으며 병원을 나섰다….

2

"좋은 아침이오." 버튼 씨는 조심스럽게 체서피크 잡화점의 점원에게 말했다. "아이 옷을 좀 사고 싶습니다."

"아이가 몇 살이죠, 손님?"

"약 여섯 시간쯤 됐습니다." 버튼 씨는 별 생각 없이 대답했다.

"그럼 아기용품 코너는 매장 뒤편에 있습니다."

"그런데, 글쎄요… 그건 아닌 것 같군요. 제 아이는 좀, 음, 비정상적으로 큽니다. 아주, 예, 큽니다."

"거기에도 제일 큰 사이즈가 있습니다."

"그럼 소년복 코너는 어디죠?" 버튼 씨는 불안한 마음에 말을 돌렸다. 그는 점원이 자신의 '비밀'을 눈치챌까 두려웠다.

"바로 여깁니다."

"음…" 버튼 씨는 머뭇거렸다. 아들을 어른 옷으로 입히는 건 도저히 내키지 않았다. 하지만 혹시 아주 큰 소년용 옷을 찾을 수 있다면, 길고 흉한 수염을 잘라내고, 하얀 머리카락을 염색해서 감출 수도 있을 것이다. 그럼 자신의 체면과 볼티모어 사회에서의 지위도 어느 정도는 지킬 수 있겠지.

그러나 그는 필사적으로 소년복 코너를 뒤졌지만, 신생아에게 맞을 만한 옷은 전혀 없었다. 물론 그는 매장을 탓했다—이럴 때는 매장을 탓하는 것이 예의니까.

"그 아들이 몇 살이라고 하셨죠?" 점원이 호기심 가득한 얼굴로 물었다.

"열여섯 살입니다."

"아, 죄송합니다. 저는 여섯 '시간'이라고 들은 줄 알았어요. 청소년복 코너는 바로 옆 통로에 있습니다."

버튼 씨는 절망스럽게 몸을 돌렸다. 그러다 문득 뭔가 떠올랐는지 얼굴이 밝아졌다. 그리고 쇼윈도 안의 마네킹을 가리켰다.

"저기요!" 그는 외쳤다. "저기 전시된 옷, 저걸로 하죠."

점원이 어이없다는 듯 바라보았다.

"저건 아이 옷이 아닙니다. 아니, 뭐, 일종의 의상은 맞지만, 무도회 복장이에요. 손님께서 직접 입으셔도 되겠네요."

"포장해주세요." 버튼 씨는 초조하게 말했다. "그게 딱 제가 원하는 겁니다."

놀란 점원은 시키는 대로 포장을 했다.

병원으로 돌아온 버튼 씨는 신경질적으로 탁 아이에게 꾸러미를 내던졌다.

"이게 네 옷이다."

노인은 포장을 풀고 내용물을 의심스러운 눈으로 살폈다.

"이거 좀 우스꽝스럽네요." 그는 투덜댔다. "저를 원숭이로 만들 작정입니까?"

"넌 이미 날 원숭이로 만들었어!" 버튼 씨가 분노에 찬 목소리로 맞받았다. "어떻게 보이든 상관 마. 그냥 입어. 아니면⋯ 아니면 내가⋯ 내가 널 때려줄 테니까."

그는 마지막 말을 삼키며 어색하게 내뱉었다. 하지만 그 말이 '아버지로서 해야 할 말'처럼 느껴졌다.

"좋아요, 아버지." 노인은 우스꽝스럽게 공손한 태도를 취했다. "당신이 더 오래 살아봤으니 잘 아시겠죠. 말씀하신 대로 하겠습니다."

"아버지"라는 단어가 다시 들리자, 버튼 씨는 저도 모르게 몸을 움찔했다.

"어서 입어."

"입고 있어요, 아버지."

잠시 후, 아들이 옷을 다 입자 버튼 씨는 깊은 절망감에 빠져 그를 바라보았다. 분홍빛 반바지와 점무늬 양말, 넓은 흰 칼라가 달린 허리끈 블라우스—그 위로 길고 희끄무레한 수염이 거의 허리까지 늘어져 있었다. 그 모습은 처참했다.

"잠깐!" 버튼 씨가 외치며 병원 가위를 집어 들었다. 획획 세 번 가위질을 하자, 수염의 상당 부분이 잘려 나갔다. 그러나 그나마도 별로 나아지지 않았다. 듬성한 머리카락, 물기 어린 눈, 낡은 이빨은 여전히 이 우스꽝스러운 복장과 어울리지 않았다.

그래도 버튼 씨는 단호했다. 그는 손을 내밀며 말했다.

"가자!"

아들은 순순히 손을 잡았다.

"아버지, 그럼 제 이름은 뭐라고 부를 거예요?" 그는 떨리는 목소리로 물었다. "당분간은 그냥 '아기'라고 부를 건가요? 더 좋은 이름을 생각하실 때까지?"

버튼 씨는 신음하듯 대꾸했다.

"글쎄다." 그는 거칠게 말했다. "므두셀라[53]라고 부르지."

3

 버튼 가문에 새로 태어난 아기가 머리카락을 짧게 자르고, 부자연스러운 검은색으로 염색하고, 얼굴의 수염을 면도해 반질반질하게 만든 뒤, 깜짝 놀란 재단사가 맞춤 제작한 어린이 옷을 입혔음에도 불구하고, 버튼 씨는 아들이 '가문의 첫 손주'로는 도저히 어울리지 않는다는 사실을 외면할 수 없었다. 나이 든 체구와 구부정한 자세를 가진 그의 아들—적절하지만 불쾌한 이름 '므두셀라' 대신, 사람들은 그를 벤자민 버튼이라 불렀다—은 키가 5피트 8인치나 됐다. 옷으로도 그 길이를 감출 수 없었고, 눈썹을 다듬고 염색해도 흐릿하고 피로한 눈빛을 숨길 수는 없었다. 예정되어 있던 아기 돌보미는 아이를 한 번 보자마자 얼굴이 새빨개진 채로 집을 떠나버렸다.

 하지만 버튼 씨는 뜻을 굽히지 않았다. 벤자민은 아기였고, 아기로 있어야 했다. 처음엔 벤자민이 따뜻한 우유를 싫어하면 굶기겠다고 선언했지만, 결국 타협 끝에 빵과 버터, 그리고 오트밀 정도는 허락했다. 어느 날 버튼 씨는 딸랑이를 사 와서 벤자민에게 건네며 단호히 말했다. "이걸로 놀아라!" 그러자 노인은 피곤한 표정으로 그것을 받아 들더니 하루 종일 간헐적으로 딸랑딸랑 소리를 내며 놀아주는 시늉을 했다.

---

53 므두셀라(Methuselah): 『창세기』에 나오는 인물로, 969세까지 살았다고 전해지는 인류 최고령자. 오래됨이나 낡음을 상징한다.

물론 벤자민은 딸랑이에 전혀 흥미를 느끼지 않았다. 혼자 있을 때면 그보다 훨씬 마음이 편안해지는 다른 오락거리를 찾았다. 예컨대 어느 날 버튼 씨는 자신이 평소보다 시가를 훨씬 많이 피운 사실을 알아차렸다. 며칠 뒤 그는 뜻밖에 유모실 문을 열고 들어갔다가, 방 안에 푸른 담배 연기가 자욱한 것을 보고 경악했다. 벤자민은 죄지은 듯한 얼굴로 어두운 아바나 시가 꽁초를 숨기려 하고 있었다. 당연히 이건 '심한 매질'감이었다. 그러나 버튼 씨는 차마 손을 들 수 없었다. 대신 "그러다 성장이 멈출 거다!"라며 어색하게 훈계했다.

그래도 그는 '아기 교육'을 포기하지 않았다. 납병정, 장난감 기차, 솜으로 만든 동물들을 사오고, 장난감 가게 점원에게는 "아기가 분홍 오리를 입에 넣으면 물감이 벗겨지진 않겠죠?"라고 진지하게 물었다. 자신만큼은 그 '착각'을 완벽히 유지하고 싶었던 것이다. 그러나 벤자민은 끝내 아무 관심을 보이지 않았다. 몰래 뒤쪽 계단을 내려가 《브리태니커 백과사전》 한 권을 들고 와서 오후 내내 정독했으며, 바닥에 굴러다니는 솜 인형과 노아의 방주는 전혀 거들떠보지 않았다. 버튼 씨의 노력은 완강한 아들에게 아무런 소용이 없었다.

볼티모어는 그야말로 발칵 뒤집혔다. 처음의 충격은 대단했다. 만약 곧이어 남북전쟁이 터지지 않았다면, 버튼 부부와 친족들은 이 일로 사회적 파장을 크게 겪었을 것이다. 그래도 늘 예의 바른 사람들은 그 상황에서 적절한 칭찬을 하려고 애썼고, 결국 "아기가 할아버지를 꼭 닮았네요!"라는 말로 위기를 넘겼다. 이 말은 사실이었고, 일흔 살 노인에게 공통적으로 나타나는 '노쇠함' 덕분에 부정할 수도 없었다.

하지만 버튼 부부는 불쾌했고, 진짜 할아버지는 그 말을 듣고 격분했다.

병원을 나온 벤자민은 주어진 인생을 그대로 받아들였다. 몇몇 소년들이 그를 보러 왔고, 그는 뻣뻣한 관절을 억지로 움직이며 팽이와 구슬치기에 흥미를 느끼려 애썼다. 심지어 새총을 다루다 우연히 부엌 창문을 깨기도 했는데, 그 일로 속으로 흡족해한 사람은 그의 아버지였다.

그 후 벤자민은 매일 무언가를 부수기 시작했다. 그것이 '아기답게 굴기'를 기대받은 유일한 방식이었고, 본래 그에게는 남을 만족시키려는 친절한 성향이 있었기 때문이다.

할아버지의 처음 분노가 가라앉자, 두 사람은 놀라울 만큼 좋은 친구가 되었다. 두 노인은 나이와 경험의 간극에도 불구하고 몇 시간이고 함께 앉아 느릿한 하루의 사건들을 끝없이 이야기했다. 벤자민은 부모보다 할아버지와 함께 있을 때 훨씬 편안했다. 부모는 늘 그를 두려워했고, 권위를 내세우면서도 종종 그를 "버튼 씨"라 불렀다.

그 역시 자신이 태어날 때부터 늙은 몸과 정신을 가진 이유를 이해하지 못했다. 의학 잡지를 뒤져보았지만, 이런 사례는 전무했다. 아버지의 권유로 또래 소년들과 어울리려 노력했지만, 축구는 너무 힘들었고, 뼈라도 부러지면 노인의 몸이라 금세 붙지 않을까 두려워했다.

다섯 살이 되자 유치원에 보내졌다. 그곳에서 그는 초록색 종이를 주황색 종이에 붙이고, 색실로 직조한 지도를 만들고, 종이 목걸이를 엮는 법을 배웠다. 하지만 그는 수업 도중 자꾸 졸았고, 이 버릇은 젊은 교사를 짜증나게 하면서도 두렵게 했다. 결국 선생님이 부모에게 항의했고, 버튼 부부는 그를 학교에서 빼냈다. 그들은 친구들에게 "아직 너무 어리다고 생각했어요."라고 설명했다.

열두 살이 되었을 무렵, 벤자민의 부모는 이미 그에게 익숙해져 있었다. 습관의 힘이란 얼마나 강력한지, 이제 그들은 그가 다른 아이들과 다르다고 느끼지 않았다. 단지 가끔 어떤 기묘한 불일치가 눈에 띌 때에만, 그 사실을 새삼 떠올릴 뿐이었다.

그런데 열두 번째 생일이 지난 지 몇 주쯤 되었을 때, 벤자민은 거울을 보다 놀라운 사실을 발견했다. 아니, 아마 그렇게 생각했다. 눈이 착각을 일으킨 걸까? 아니면 머리카락이 태어난 뒤 열두 해 동안 새하얀 색에서 염색 아래로 숨은 철회색으로 변한 걸까? 얼굴의 주름살이 조금 옅어지고 있는 건 아닐까? 피부가 더 건강하고 단단해지고, 겨울 햇빛 아래 붉은 기운까지 도는 것 같기도 했다. 확신할 수는 없었다. 다만 이제는 더 이상 몸을 구부정하게 하지 않고, 예전보다 훨씬 건강해졌다는 것은 분명했다.

'설마… 그럴 리가?'

그는 속으로 그렇게 생각했다. 아니, 그렇게 생각하려 했다.

그는 아버지를 찾아가 단호하게 말했다.

"저 이제 다 컸어요. 긴 바지를 입을래요."

아버지는 망설였다.

"음…" 그가 마침내 입을 열었다. "잘 모르겠구나. 긴 바지는 열네 살이 돼야 입는 거야. 너는 아직 열두 살이잖니."

"그건 인정하시겠죠." 벤자민이 항의했다. "제 나이에 비하면 큰 편이라는 걸요."

아버지는 그를 곰곰이 살펴보며 애써 냉정하게 말했다.

"글쎄, 그건 모르겠는데. 내가 열두 살 때도 너만큼 컸단다."

물론 그것은 사실이 아니었다. 로저 버튼은 아들이 '정상적인 아이'라는 믿음을 유지하기 위해 스스로와 맺은 조용한 약속을 지키고 있었을 뿐이었다.

결국 타협이 이루어졌다. 벤자민은 계속 머리를 염색해야 했고, 또래 아이들과 더 잘 어울리기 위해 노력해야 했다. 길에서는 안경을 쓰거나 지팡이를 들고 다녀서는 안 됐다. 이 조건을 지키는 대가로, 그는 생애 처음으로 긴 바지 한 벌을 허락받았다.

4

나는 벤자민 버튼이 열두 살에서 스물한 살 사이에 어떤 삶을 살았는지 길게 이야기할 생각은 없다. 그 시절은 '정상적인 역성장'의 세월이었다는 것만 기록해두면 충분할 것이다.

열여덟 살이 되었을 때, 벤자민은 마치 쉰 살 남자처럼 꼿꼿했다. 머리숱은 더 많아졌고, 색깔은 짙은 회색으로 변했다. 걸음걸이는 단단했고, 목소리에서는 더 이상 노인의 떨림이 사라지고 건강한 바리톤의 울림이 났다. 그러자 아버지는 그를 코네티컷으로 보냈다. 예일대 입학시험을 치르게 하기 위해서였다. 벤자민은 시험에 합격했고, 신입생으로 등록되었다.

입학 사흘째 되는 날, 그는 대학 등록계인 하트 씨에게서 호출 통지를 받았다. 수업 일정을 정하기 위해 사무실로 오라는 내용이었다. 거울을 본 벤자민은 머리 염색약을 새로 발라야겠다고 생각했지만, 서랍을 살펴보니 염색약 병이 보이지 않았다. 그제야 떠올랐다. 전날 다 써서 버렸던 것이다.

그는 곤란에 빠졌다. 등록계 사무실 약속까지 5분밖에 남지 않았다. 어쩔 수 없었다. 그는 있는 그대로의 모습으로 가야 했다.

"좋은 아침입니다." 등록계가 공손히 인사했다. "아드님 입학 문제로 오셨죠?"

"아, 사실 제 이름은 버튼—" 벤자민이 말을 꺼내려 했지만, 하트 씨가 끊었다.

"만나 뵙게 되어 반갑습니다, 버튼 씨. 아드님이 곧 오실 겁니다."

"그게 저예요!" 벤자민이 외쳤다. "제가 신입생이에요."

"뭐라고요?"

"저 신입생이라니까요."

"농담하시는 거죠?"

"전혀요."

등록계는 찡그린 얼굴로 앞의 서류 카드를 내려다봤다. "이곳 기록에는 벤자민 버튼의 나이가 열여덟로 되어 있는데요."

"맞아요, 제 나이가 열여덟이에요." 벤자민은 약간 얼굴을 붉히며 단호히 말했다.

등록계는 피로한 눈빛으로 그를 바라보았다. "설마 그 말을 믿길 바라시는 건 아니겠죠, 버튼 씨."

"전 정말 열여덟 살이에요." 벤자민이 다시 되풀이했다.

등록계는 문을 가리키며 단호히 말했다. "나가시오. 학교에서, 그리고 이 도시에서 나가시오. 당신은 위험한 정신이상자요."

"전 열여덟 살입니다."

하트 씨는 문을 활짝 열며 외쳤다. "세상에 이런 일은 처음 봤소! 이런 나이에 신입생으로 들어오겠다니. 열여덟이라구요? 좋아요, 그럼 18분 안에 이 도시를 떠나시오!"

벤자민 버튼은 품위를 지키며 방을 나섰다. 복도에 있던 여섯 명가량의 학생들이 호기심 어린 눈으로 그를 쳐다보았다. 그는 조금 걷다가 멈춰 서서, 여전히 문가에 서 있는 분노한 등록계를 향해 또렷하게 외쳤다.

"전 열여덟 살이에요."

복도에 있던 학생들이 킥킥거리며 웃음을 터뜨렸고, 벤자민은 조용히 걸어 나갔다.

그러나 그는 그렇게 쉽게 벗어날 운명이 아니었다. 침울하게 기차역으로 걸어가던 그는 이내 몇몇 학생들에게 미행당하고, 그 무리가 점점 불어나더니 곧 거대한 인파가 되어 그를 뒤쫓았다.

"미친 노인이 예일대 입학시험을 통과했다더라."

"자신을 열여덟 살 청년이라고 속였다더라."

이 소문은 삽시간에 퍼졌고, 학교 전체가 흥분의 열기에 휩싸였다. 학생들은 수업도 팽개치고 모여들었고, 풋볼팀도 연습을 멈추고 군중에 합류했다. 교수들의 아내들까지도 모자를 비틀고 옷매무새가 흐트러진 채 따라 달리며 소리를 질러댔다. 거리에는 벤자민의 귀를 아프게 하는 외침이 쏟아졌다.

"저 사람 떠돌이 유대인 아니야?"

"저 나이에 예비학교나 다시 다녀야지!"

"신동이시네, 신동이야!"

"여긴 노인 요양원이 아니라고요!"

"하버드로 가버려!"

벤자민은 걸음을 재촉하더니 이내 달리기 시작했다. 그래, 두고 보라. 정말 하버드에 가서 보여주겠다고. 그때면 이 조롱이 얼마나 어리석었는지 그들이 후회하게 될 것이다.

그는 결국 기차를 타고 볼티모어행 열차에 몸을 실었다. 창밖으로 몸을 내밀며 외쳤다.

"두고 봐! 너희들 분명 후회할 거야!"

"하하하!" 학생들은 웃었다. "하하하하!"

그것은 예일대 역사상 가장 어리석은 실수였다.

5

1880년, 벤자민 버튼은 스무 살이 되었다. 그는 자신의 생일을 기념하듯 아버지의 회사, 로저 버튼 앤 컴퍼니 도매 철물상에서 일하기 시작했다. 그리고 그해는 또 다른 의미로 전환점이 되는 해였다. 그는 처음으로 사교계에 나가기 시작한 것이다. 물론 그것은 그의 뜻이라기보다, 아버지 로저 버튼의 강권에 의한 일이었다. 아버지는 벤자민을 몇 차례 유행하는 무도회에 데리고 나갔다.

이제 오십 살이 된 로저 버튼과 벤자민은 점점 더 친구처럼 지내게 되었다. 사실 벤자민이 머리 염색을 그만둔 뒤(머리는 여전히 회색빛이었지만), 두 사람은 거의 같은 나이로 보였고, 멀리서 보면 형제라고 해도 믿을 법했다.

8월 어느 밤, 그들은 연미복 차림으로 마차를 타고 볼티모어 교외의 셰블린 저택에서 열리는 무도회로 향했다. 달빛이 찬란한 밤이었다. 보름달이 도로를 은빛 플래티넘처럼 빛나게 덮고 있었고, 늦게 피어난 수확철의 꽃들이 바람 한 점 없는 공기 속에 은근하고 달콤한 향을 흩뿌렸다. 사방으로 펼쳐진 밀밭은 달빛에 비쳐 낮처럼 투명하게 빛났다. 그런 하늘의 아름다움에 마음이 흔들리지 않기란 거의 불가능했다. 거의.

"건어물보다 철물 장사 쪽이 훨씬 전망이 있단다." 로저 버튼이 말했다. 그는 미적 감각이란 거의 없는, 영혼보다는 실속을 중시하는 사내였다.

"나 같은 늙은이들은 새로운 기술을 배울 수가 없지." 그는 깊은 생각이라도 하는 듯 덧붙였다. "앞으로는 너 같은 젊고 활기찬 녀석들이 세상을 이끌게 될 거야."

멀리 도로 끝에서 셰블린 저택의 불빛이 어른거렸다. 그리고 곧 달빛 아래 바람결처럼 스며드는 미묘한 울림이 들려왔다. 그것은 아마도 현악기의 섬세한 탄음이었을까, 아니면 달빛 아래 흔들리는 은빛

밀밭의 바스락거림이었을까.

그들은 마차를 세우고, 막 내리고 있던 또 다른 마차 뒤에 멈춰 섰다. 먼저 한 여인이 내렸고, 이어 한 노신사가 내렸다. 그리고 마지막으로, 죄만큼이나 아름다운 한 젊은 여인이 내렸다.

그 순간, 벤자민은 몸 전체가 화학적으로 뒤섞이는 듯한 충격을 받았다. 피가 머리끝까지 솟구쳤고, 심장은 귀를 울릴 정도로 쿵쾅거렸다. 그것은 첫사랑이었다.

그 여자는 가늘고 연약했으며, 달빛 아래에서는 은빛처럼, 현관의 가스등 아래에서는 꿀빛처럼 반짝이는 머리카락을 가지고 있었다. 그녀의 어깨에는 가장 부드러운 노란색 스페인산 망토가 나비처럼 걸쳐져 있었고, 드레스 끝단에는 단추처럼 반짝이는 구두가 빛났다.

로저 버튼이 몸을 기울이며 아들에게 속삭였다.

"저 아이가 힐데가르드 몽크리프 양이란다. 몽크리프 장군의 딸이지."

벤자민은 냉정한 척 고개를 끄덕였다.

"예쁜 아가씨군요." 그가 무심한 듯 말했다. 하지만 마부가 마차를 몰고 떠나자, 그는 덧붙였다.

"아버지, 저 아가씨를 소개시켜 주세요."

그들은 곧 힐데가르드를 중심으로 모여 있는 사람들 속으로 다가갔다. 힐데가르드는 전통적인 교육을 받은 듯, 그 앞에서 공손하게 허리를 숙여 인사했다. 예, 그와 춤 한 곡을 함께해도 좋다고 했다. 벤자민은 감사를 표하며 걸어 나왔다. 아니, 비틀거리며 걸어 나왔다.

그의 차례가 돌아올 때까지의 시간은 끝도 없이 느리게 흘렀다. 그는 벽 가까이에 서서 침묵한 채, 이해할 수 없을 만큼 분노에 찬 눈빛으로 힐데가르드 주위에서 맴도는 젊은 청년들을 노려보았다. 그들의 얼굴에는 열정과 찬탄이 가득했다. 벤자민에게 그들은 모두 역겨웠다. 그들의 건강하게 붉은 얼굴은 참을 수 없이 밉상스러웠고, 갈색 곱슬수염은 그에게 거의 소화불량 같은 짜증을 일으켰다.

그러나 그의 차례가 되었을 때, 그녀와 함께 파리에서 막 유행한 왈츠에 맞춰 춤을 추기 시작하자, 모든 질투와 불안이 눈 녹듯 사라졌다. 마치 주문에 걸린 듯, 그는 삶이 이제 막 시작된 것만 같은 황홀함에 잠겼다.

"당신과 당신의 형은 우리보다 조금 전에 도착하셨죠?" 힐데가르드가 파란 유리처럼 빛나는 눈으로 그를 올려다보며 물었다.

벤자민은 잠시 머뭇거렸다. 그녀가 자신을 아버지의 동생으로 착각한 걸까? 진실을 말해야 할까? 예일대에서의 경험이 떠올랐다. 그는 입을 다물기로 했다. 여인을 정정하는 것은 무례할 뿐 아니라, 이 특별한 순간을 괴이한 출생 이야기로 망치는 일은 죄악에 가까웠다. 나중에, 언젠가 말해도 될 일이다.

그래서 그는 그저 고개를 끄덕이며 미소 지었다. 듣고, 웃고, 행복했다.

"난 당신 같은 나이의 남자를 좋아해요." 힐데가르드가 말했다. "젊은 남자애들은 너무 멍청하죠. 대학에서 얼마나 샴페인을 마셨는지, 카드로 얼마를 잃었는지 자랑만 해요. 하지만 당신 같은 나이의 남자는 여자를 제대로 아는 법을 알죠."

벤자민은 거의 청혼할 뻔했다. 간신히 그 충동을 삼켰다.

"당신은 딱 낭만적인 나이예요." 그녀가 계속 말했다. "쉰 살. 스물다섯은 세상 물정에 너무 밝고, 서른은 일에 지쳐 창백하죠. 마흔은 담배 한 개비 피우는 동안에도 끝나지 않는 이야기를 하는 나이예요. 예순은—아, 예순은 칠십이랑 너무 가까워요. 하지만 쉰은 완숙한 나이죠. 난 쉰 살을 사랑해요."

쉰 살은 벤자민에게 찬란한 나이처럼 느껴졌다. 그는 진심으로, 열렬히 쉰 살이 되고 싶었다.

"난 늘 말했어요." 힐데가르드는 계속했다. "차라리 쉰 살 남자랑 결혼해서 돌봄을 받는 게 낫지, 서른 살 남자랑 결혼해서 내가 돌보는 건 싫어요."

그날 밤의 남은 시간은 벤자민에게 황금빛 안개 속처럼 흐릿했다. 힐데가르드는 그에게 두 번 더 춤을 허락했고, 그들은 세상 모든 문제에 놀라울 만큼 의견이 잘 맞았다. 둘은 다음 일요일에 마차를 타고 드라이브를 하기로 했다. 그때 오늘 나눈 대화를 이어가자며.

새벽녘, 벌들이 윙윙 울고 이슬에 달빛이 희미하게 반짝이던 길을 따라 집으로 돌아가는 마차 안에서, 벤자민은 어렴풋이 아버지가 도매 철물사업 이야기를 하고 있다는 것을 알아차렸다.

"그래서, 망치와 못 다음으로 우리가 가장 신경 써야 할 품목이 뭐라고 생각하니?" 아버지가 물었다.

"사랑(love)이요." 벤자민이 멍하니 대답했다.

"뭐라고?" 로저 버튼이 되물었다. "난 방금 '러그(lugs)' 이야기를 끝냈는데?"

벤자민은 멍한 눈으로 아버지를 바라보았다. 그때 동쪽 하늘이 갑자기 새벽빛으로 갈라졌고, 나무 위 어치새가 날카롭게 아침을 알리는 울음을 터뜨렸다.

6

6개월 후, 힐데가르드 몽크리프 양과 벤자민 버튼 씨의 약혼 소식이 알려졌을 때('알려졌다'고 표현하는 이유는, 몽크리프 장군이 직접 발표하느니 차라리 스스로 칼끝에 쓰러지는 편이 낫다고 말했기 때문이다), 볼티모어 사교계는 문자 그대로 들끓었다.

오래전에 잊혀졌던 벤자민의 출생 이야기가 다시 떠올랐고, 풍문은 온갖 기괴하고 황당한 형태로 세상에 퍼져나갔다. 사람들은 벤자민이 사실 로저 버튼의 아버지라고도 했고, 혹은 40년간 감옥살이를 했던 그의 형제라고도 했다. 또 어떤 이는 그가 변장한 존 윌크스 부스라고 주장했으며, 심지어 그의 머리에서 두 개의 뾰족한 악마의 뿔이 자라고 있다는 말까지 돌았다.

뉴욕의 일요판 신문들은 이 기이한 사건을 대서특필했다. 기사에는 벤자민 버튼의 얼굴이 물고기의 몸, 뱀의 몸, 그리고 마지막에는 황동으로 된 몸에 붙은 스케치들이 실렸다. 기자들은 그를 '메릴랜드의 수수께끼 남자'라고 불렀다. 그러나 언제나 그렇듯, 진실한 이야기는 널리 퍼지지 못했다.

모두가 몽크리프 장군의 말에 동의했다. "볼티모어에서 가장 아름다운 처녀가 누구든 사로잡을 수 있는데, 하필 쉰 살로 보이는 남자에게 몸을 던지다니, 그건 범죄나 다름없다." 로저 버튼 씨는 아들의 출생증명서를 신문 볼티모어 블레이즈에 대문짝만 하게 실어 해명하려 했으나, 아무 소용이 없었다. 사람들은 "그저 벤자민의 얼굴만 봐도 다 알 수 있다"고 했다.

그러나 정작 두 당사자만큼은 흔들리지 않았다. 세상에 떠도는 이야기들 중 대부분이 허구였기에, 힐데가르드는 진짜 이야기조차 믿으려 하지 않았다. 몽크리프 장군이 쉰 살 남자의 사망률이 얼마나 높은지, 아니 최소한 '쉰 살처럼 보이는 남자'의 수명이 얼마나 짧은지를 아무리 설명해도, 소용없었다. 도매 철물 사업이 얼마나 불안정한 업종인지 경고해도, 헛수고였다.

힐데가르드는 이미 결심을 마쳤다. 그녀는 '원숙함'을 위해 결혼하기로 택했고, 결국 그렇게 결혼했다.

7

적어도 한 가지 점에서만큼은, 힐데가르드 몽크리프의 친구들이 완전히 틀렸다. 도매 철물 사업은 놀라울 정도로 번창했다. 1880년 벤자민 버튼이 결혼한 이후부터, 1895년 그의 아버지가 은퇴할 때까지의 십오 년 동안, 버튼 가문의 재산은 두 배로 늘어났다. 그리고 그 공로의 대부분은 바로 젊은 파트너, 벤자민에게 있었다.

말할 필요도 없이, 볼티모어 사회는 마침내 그 부부를 품에 안았다.

심지어 힐데가르드의 아버지, 몽크리프 장군마저 사위를 받아들이게 되었다. 벤자민이 장군에게 20권짜리 『남북전쟁사』 출간 자금을 내주었기 때문이다. 그 책은 아홉 명의 유명 출판사에게 연이어 거절당했던 원고였다.

그로부터 십오 년 동안, 벤자민에게도 많은 변화가 일어났다. 그의 핏속에는 다시금 생기가 돌기 시작했다. 아침에 눈을 뜨는 일이 즐거워졌고, 햇살이 쏟아지는 분주한 거리를 경쾌한 걸음으로 걷는 것도 기분 좋았다. 망치와 못을 실어 나르는 일에도 피곤함을 느끼지 않았다.

그리고 1890년, 그는 유명한 사업상의 기지를 발휘했다. 그는 '못을 포장하는 상자에 사용되는 못은 모두 화주(貨主)의 소유로 본다'는 제안을 내놓았다. 이 제안은 법으로 제정되었고, 최고재판소의 포실 판사에게 승인받았다.

그 결과 로저 버튼 앤 컴퍼니 도매 철물상은 매년 못 600개 이상을 절약하게 되었다. 게다가 벤자민은 점점 더 인생의 즐거운 면에 끌렸다. 그는 볼티모어에서 가장 먼저 자동차를 구입하고 직접 운전한 남자로 기록되었다. 거리에서 마주친 동년배들은 건강과 활기로 빛나는 그의 모습을 부러운 눈으로 바라보곤 했다.

"해마다 젊어지는 것 같군."

사람들은 그렇게 말했다. 그리고 이제 예순다섯이 된 로저 버튼은, 처음에는 아들을 제대로 환영하지 않았던 과거를 속죄라도 하듯, 거의 숭배에 가까운 존경을 그에게 보냈다. 그러나 여기서 불쾌한 주제 하나를 언급하지 않을 수 없다. 가능한 한 빨리 지나가는 편이 좋을 것이다.

벤자민 버튼을 괴롭히는 유일한 문제가 하나 있었다. 그의 아내가 더 이상 그에게 매력적으로 느껴지지 않는다는 것. 그 무렵 힐데가르드는 서른다섯 살의 여인이었고, 그들에겐 열네 살 난 아들 로스코가 있었다. 결혼 초기에 벤자민은 그녀를 거의 숭배하다시피 했다. 하지만 세월이 흐르자, 그녀의 꿀빛 머리카락은 밋밋한 갈색으로 바랬고, 푸른 눈동자의 광채는 값싼 도자기처럼 탁해졌다. 무엇보다 그녀는 성격이 지나치게 안정되고, 평온하며, 안주하는 여인이 되었다. 열정은 희미해지고, 취향은 지나치게 절제되어 버렸다.

신혼 시절에는 그녀가 벤자민을 억지로 무도회와 만찬에 끌고 다녔지만, 이제 상황이 완전히 바뀌었다. 그녀는 여전히 그와 함께 외출하긴 했으나, 열정은 이미 사라져 있었다. 그녀는 인간이라면 누구나 결국 맞이하게 되는 영원한 무기력에 이미 사로잡혀 있었다. 벤자민의 불만은 점점 커져갔다.

1898년, 미국-스페인 전쟁이 발발했을 때, 그는 집이 더 이상 그에게 아무런 매력도 주지 못한다는 사실을 깨달았다. 그래서 그는 군에 입대하기로 결심했다. 사업상의 인맥 덕분에 그는 대위로 임관할 수 있었고, 군에 적응이 빨라 중령으로까지 진급했다. 그리고 마침내 산후안 언덕 전투에서 용맹을 발휘해 참여할 수 있었다. 그는 약간의 부상을 입었고, 훈장을 받았다. 군 생활의 활기와 긴장감에 깊이 매료된 그는, 제대가 아쉬울 정도였다. 하지만 사업이 그를 다시 불러들였다.

결국 그는 군복을 벗고 고향으로 돌아왔다. 그가 역에 도착했을 때, 브라스 밴드가 그를 맞이했고, 사람들은 그를 집까지 호위했다.

8

힐데가르드는 현관에서 큰 비단 깃발을 흔들며 그를 맞았다. 벤자민은 그녀의 볼에 입을 맞추는 순간, 가슴이 서늘하게 내려앉는 것을 느꼈다. 지난 삼 년이 그녀에게 남긴 흔적이 너무나 뚜렷했기 때문이다. 힐데가르드는 이제 마흔 살의 여인이 되었고, 머리카락에는 희미한 은빛 줄무늬가 드러나 있었다. 그 광경은 그를 깊이 침울하게 했다.

그는 방으로 올라가 익숙한 거울 앞에 섰다. 가까이 다가가 자신의 얼굴을 불안한 눈빛으로 살폈다. 그러고는 전쟁에 나가기 전, 군복 차림으로 찍은 사진과 비교했다.

"세상에!" 그는 소리쳤다. 변화는 계속되고 있었다. 의심의 여지가 없었다. 그는 이제 서른 살 남자처럼 보였다. 그러나 그는 기뻐하기보다 불안했다. 그는 자신이 점점 젊어지고 있었다.

그동안 그는, 육체의 나이와 실제 연령이 같아지면, 태어날 때부터 자신을 따라다닌 이 기괴한 현상이 멈출 것이라 믿어왔다. 그러나 그렇지 않았다. 그는 몸서리쳤다. 자신의 운명이 끔찍하고도 믿을 수 없게 느껴졌다.

그가 아래층으로 내려갔을 때, 힐데가르드는 식탁에서 그를 기다리고 있었다. 그녀는 약간 짜증이 난 표정이었고, 벤자민은 혹시 그녀가 무언가 눈치챘나 싶었다. 저녁 식사 자리에서 그는 분위기를 누그러뜨리려는 마음으로 조심스레 말을 꺼냈다.

"다들 나보고 요즘 더 젊어 보인대." 그가 가볍게 말했다.

힐데가르드는 그를 경멸하듯 쳐다보며 코웃음을 쳤다.

"그게 자랑할 일이야?"

"자랑이 아니야." 벤자민이 불편한 듯 대꾸했다.

그녀는 다시 콧방귀를 뀌었다. "정말 어이없네. 자존심이 있다면 그만해야 하는 거 아니야?"

"내가 어떻게 그걸 멈춰?"

"당신하고는 말도 안 통하네." 그녀가 냉정하게 잘라 말했다. "무슨 일이든 옳은 방식과 그른 방식이 있는 거야. 당신이 남들과 다르게 살겠다고 마음먹었다면, 내가 막을 수야 없겠지. 그래도 너무 이기적인 거 아냐?"

"힐데가르드, 나도 어쩔 수가 없어."

"어쩔 수 있다고! 당신은 그냥 고집이 센 거야. 언제나 남들과 다르게 보이고 싶어 했잖아. 앞으로도 그럴 거고. 하지만 세상 모든 사람이 당신처럼 생각하면 세상이 어떻게 되겠어?"

그 말은 허무맹랑하고 반박할 가치도 없는 논리였다. 벤자민은 아무 대답도 하지 않았다. 그날 이후, 두 사람 사이에는 말로 설명할 수 없는 틈이 생겼고, 그 틈은 점점 더 벌어졌다. 그는 이제 자신이 한때 그녀에게 왜 끌렸는지조차 이해할 수 없었다.

세월이 새로운 세기(20세기)를 향해 달려가면서, 그 간극은 더욱 커졌다. 벤자민의 마음속에는 다시금 젊음과 즐거움에 대한 갈증이 치밀어 올랐다. 볼티모어에서 열리는 파티라면 종류를 막론하고 그는 반드시 나타났다. 그는 젊은 유부녀들과 춤을 추었고, 인기 많은 데뷔 무도회 여인들과 담소를 나누었다. 그들은 모두 그에게 매력적이었다. 반면 그의 아내 힐데가르드는 이제 초라한 미망인처럼 보였고, 항상 동석한 귀부인들 사이에서 냉담한 표정으로 앉아 있었다. 때로는 경멸하듯, 때로는 당혹스럽고도 슬픈 눈빛으로 그를 지켜보았다.

사람들은 수군거렸다.

"저 젊은이가 불쌍하네. 쉰 살 여인에게 묶여 있다니. 부인이 남편보다 스무 살은 많아 보이잖아."

그들은 잊고 있었다. ─1880년, 그들의 부모 세대 역시 이 부부를 두고 '언밸런스한 커플'이라 말했었다는 사실을.

집에서의 불행은 벤자민의 새로운 열정들로 조금씩 상쇄되었다. 그는 골프를 배우기 시작했고, 놀라운 재능을 보였다. 춤에도 열중했다.

1906년 그는 '보스턴 스텝'의 대가로 불렸고, 1908년에는 '맥신'을 완벽히 소화했다. 1909년이 되자, 그의 '캐슬 워크'는 볼티모어 젊은이들의 부러움을 샀다. 물론 이런 사교 활동은 사업에 다소 지장을 주었다. 하지만 그는 이미 이십오 년 동안 도매 철물 사업에 헌신했으며, 이제는 막 하버드를 졸업한 아들 로스코에게 회사를 물려줄 때라고 생각했다.

그와 로스코는 종종 형제처럼 보였다. 이 사실은 벤자민을 무척 기쁘게 했다. 그는 전쟁에서 돌아올 때 느꼈던 그 은밀한 불안감을 서서히 잊어버렸고, 젊어지는 자신의 모습에서 순진한 기쁨을 느꼈다. 하지만 완벽한 행복에는 언제나 흠이 하나 있기 마련이었다. 그는 아내와 함께 외출하는 것이 싫었다. 이제 거의 쉰 살이 된 힐데가르드를 보는 순간마다, 그는 마치 자신이 우스꽝스러운 존재가 된 것 같은 기분을 느꼈다.

9

1910년 9월의 어느 날—로저 버튼 앤 컴퍼니 도매 철물상이 아들 로스코 버튼에게 완전히 넘겨진 지 몇 년 후—겉보기엔 스무 살쯤 되어 보이는 한 남자가 케임브리지의 하버드대학교 신입생으로 입학했다. 그는 "다시는 쉰 살을 넘기지 않을 것이다" 같은 어리석은 말을 하지 않았고, 십 년 전에 이미 자신의 아들이 같은 대학을 졸업했다는 사실도 언급하지 않았다.

그는 무사히 입학했고, 곧 동기들 사이에서 두각을 나타냈다. 다른 신입생들의 평균 연령이 열여덟 살 남짓이었던 데 비해, 그는 조금 더 성숙해 보였기 때문이다. 그러나 그의 성공은 주로 풋볼 경기에서 비롯되었다. 예일대와의 경기에서 그는 눈부신 활약을 펼쳤다. 냉정하고 잔혹할 만큼 거침없는 플레이로 일곱 번의 터치다운과 열네 번의 필드골을 성공시키며 하버드를 승리로 이끌었다. 그날 예일 선수 전원이 부상으로 들것에 실려 나갔고, 벤자민은 단숨에 대학 내의 영웅이자 전설이 되었다.

그러나 이상한 일이었다. 3학년이 되었을 때 그는 팀에 간신히 들

정도였다. 코치들은 그가 몸무게를 잃었다고 말했고, 세심한 관찰자들은 그가 예전보다 키가 조금 줄어든 것 같다고 수군거렸다. 그는 더 이상 터치다운을 하지 못했고, 그가 팀에 남을 수 있었던 이유는 오직 그가 지닌 명성이 상대팀, 특히 예일대 선수들에게 공포를 줄 것이라는 기대 때문이었다.

4학년이 되자, 그는 아예 팀에서 제외되었다. 몸이 너무 가늘고 약해졌기 때문이다. 어느 날 그는 몇몇 2학년 학생들에게 신입생으로 오해받았고, 그 일에 몹시 자존심이 상했다. 그는 '천재 같은 4학년생'으로 불렸지만, 아무리 봐도 열여섯 살 남짓밖에 되어 보이지 않았다. 그는 때때로 동급생들의 세속적인 말투와 행동에 충격을 받았다. 공부도 점점 어려워졌고, 수업 내용이 지나치게 난해하다고 느꼈다.

그는 친구들에게서 세인트 미다스 사립학교라는 이름을 자주 들었다. 그곳은 하버드 진학 준비를 하는 명문 학교였다. 그는 졸업 후 그곳에 입학하기로 결심했다. 또래의 소년들과 함께 지내는 편이 지금의 자신에게 더 어울릴 것 같았기 때문이다.

1914년 졸업식이 끝난 후, 그는 하버드 졸업장을 품에 넣고 볼티모어로 돌아왔다. 그 무렵 힐데가르드는 이탈리아에 살고 있었기에, 그는 아들 로스코와 함께 지내기로 했다. 그러나 겉으로는 반갑게 맞이했어도, 로스코의 마음속에는 아버지에 대한 진심 어린 따뜻함이 없었다. 오히려 그는 청소년기 특유의 우울한 기분으로 집 안을 서성이는 아버지가 거추장스럽다고 느꼈다. 이제 결혼하여 볼티모어 사회의 유력 인사가 된 로스코는, 가족에게 어떤 추문이라도 생길까 두려워했다.

 벤자민은 이제 더 이상 젊은 여성들이나 대학생 무리에 섞일 수도 없었다. 그는 홀로 지내는 시간이 많아졌고, 가끔은 동네의 열다섯 살 소년 서너 명과 어울리는 것이 유일한 위안이었다. 그러다 문득, 오래전부터 마음속에 품고 있던 생각이 다시 떠올랐다―세인트 미다스 학교에 가고 싶다.

 "있잖아." 어느 날 그는 로스코에게 말했다. "나 사립학교에 가고 싶다고 몇 번이나 말했잖아."

 "그럼 가면 되잖아요." 로스코는 짧게 잘라 말했다. 그에게 그 주제는 불쾌했고, 대화를 길게 이어가고 싶지 않았다.

 "혼자선 못 가." 벤자민이 힘없이 말했다. "네가 나 대신 입학 수속도 하고 데려다줘야 해."

 "그럴 시간 없어요." 로스코가 단호하게 잘랐다. 그의 눈이 가늘어지더니 불안한 기색이 스쳤다.

 "솔직히 말해서요. 이런 짓, 이제 그만두는 게 좋아요. 여기서 멈추라고요. 아니, 그냥―" 그는 잠시 머뭇거리며 얼굴이 붉어졌다. "―그냥 돌아서세요. 이제 농담으로 넘길 단계가 아니에요. 더 이상 웃기지도 않아요. 제발, 정신 좀 차리세요!"

 벤자민은 울먹이며 아들을 바라보았다.

 "그리고 한 가지 더요." 로스코가 계속 말했다. "집에 손님이 오면, 절 '로스코'라고 부르지 말고 '삼촌'이라고 부르세요. 열다섯 살짜리 애가 저를 이름으로 부르는 건 웃기잖아요. 그냥 평소에도 '삼촌'이라고 부르세요. 그래야 익숙해질 테니까."

로스코는 차가운 시선을 아버지에게 던지고는 돌아섰다.

10

그 대화가 끝난 뒤, 벤자민은 축 처진 어깨로 계단을 올라가 거울 속 자신을 멍하니 바라보았다. 면도를 하지 않은 지 석 달이 지났지만, 얼굴에는 손댈 필요조차 없을 만큼 옅은 흰 솜털만이 남아 있었다. 하버드에서 막 돌아왔을 무렵, 로스코는 그에게 안경을 쓰고 인조 수염을 뺨에 붙이자고 제안한 적이 있었다. 그때 벤자민은 잠시, 어린 시절의 그 우스꽝스러운 연극이 반복되는 것만 같았다. 그러나 수염은 가렵기만 했고, 그는 스스로가 부끄러웠다. 결국 그는 울음을 터뜨렸고, 로스코는 마지못해 그를 내버려두었다.

벤자민은 소년용 소설 《비미니 만의 보이스카우트》를 펼쳤다. 그러나 책에 집중할 수 없었다. 머릿속에는 자꾸 전쟁이 떠올랐다. 미국이 한 달 전 연합군 쪽으로 참전했고, 벤자민은 입대하고 싶었다. 하지만 안타깝게도 최소 입대 연령은 16세였다. 그는 그 나이보다 어려 보였다. 물론 실제 나이인 57세라면 어차피 자격이 없었겠지만.

문득 문을 두드리는 소리가 났다. 하인이 들어와 구석에 큼지막한 공식 인장이 찍힌 편지를 내밀었다. 수신인은 '벤자민 버튼 씨'. 벤자민은 들뜬 마음으로 봉투를 찢어 열었다. 그 안에는 뜻밖의 소식이 담겨 있었다.

"스페인-미국 전쟁에서 복무한 예비 장교들이 다시 소집된다. 상위

계급으로 재임명된다."

그리고 그 편지에는 미합중국 육군 준장 임명장과 함께, 즉시 복귀하라는 명령이 들어 있었다. 벤자민은 자리에서 벌떡 일어나며 온몸을 떨었다. 바로 이것이었다! 그가 바라던 것이었다. 모자를 움켜쥔 그는 10분도 채 되지 않아 찰스 스트리트의 큰 재단사 가게로 들어섰다. 변성기의 불안정한 목소리로 말했다.

"군복 맞춰주세요."

점원이 무심하게 물었다.

"장난감 군인 놀이하려고, 꼬마야?"

벤자민은 얼굴이 붉어졌다.

"그딴 말은 집어치워! 난 버튼이라고, 마운트 버넌 플레이스에 산다! 믿을 만한 집안이야!"

"흠… 뭐, 그렇겠죠." 점원이 머뭇거리며 말했다. "아니면 당신 아버지가 대신 내주겠죠."

벤자민은 치수를 재었고, 일주일 뒤 완성된 군복을 받았다. 문제는 장군의 계급장을 구하는 일이었다. 판매상은 끝내 그를 어린아이로 여기며 말했다.

"이 예쁜 Y.W.C.A. 배지는 어때요? 훨씬 재밌게 갖고 놀 수 있을걸요."

벤자민은 아무 말도 하지 않았다. 그날 밤, 그는 로스코에게 한마디도 알리지 않고 집을 나섰다. 기차를 타고 사우스캐롤라이나의 모스비 군사 캠프로 향했다. 그는 그곳에서 보병 여단을 지휘할 예정이었다.

무더운 4월의 어느 날, 그는 역에서 택시를 타고 부대 입구에 도착했다. 운전사에게 요금을 치른 뒤, 보초에게 말했다.

"내 짐 좀 옮기게 사람을 불러오게!"

보초는 그를 나무라는 듯 바라보았다.

"야, 꼬마. 그 장군 옷 입고 어디 가는 거냐?"

스페인-미국 전쟁의 참전 용사인 벤자민은 불타는 눈빛으로 그를 노려보았다.

그러나 목소리는 불행히도 아직 변성 중이었다.

"차렷!" 그는 호통치려 했으나, 숨이 막혀 잠시 멈췄다. 그때 보초는 쿵 소리를 내며 발을 맞추고 소총을 들었다.

벤자민은 만족스러운 미소를 지었지만, 이내 미소가 사라졌다. 그가 복종한 대상은 자신이 아니라 말을 탄 위엄 있는 포병 대령이었다.

"대령님!" 벤자민이 날카로운 목소리로 외쳤다.

대령은 고삐를 당기며 말에서 멈춰 섰다. 눈가에 웃음기를 띤 채 그를 내려다보았다.

"넌 누구 아들이냐, 꼬마야?"

"곧 알게 될 걸요!" 벤자민이 으르렁거리듯 말했다. "그 말에서 내려요!"

대령은 폭소를 터뜨렸다.

"허허, 나를 체포하겠다는 건가, 장군님?"

"이걸 봐요!" 벤자민이 절박하게 외치며 임명장을 내밀었다.

대령은 문서를 읽고 눈이 휘둥그레졌다.

"이걸 어디서 구했지?"

그는 임명장을 슬쩍 자기 주머니에 넣었다.

"정부에서 받았어요! 곧 알게 될 거예요!"

"좋아, 그럼 나랑 같이 가세." 대령은 묘한 표정으로 말했다. "본부로 가서 얘기를 좀 해보자고."

그는 말을 돌려 천천히 본부 쪽으로 걸음을 옮겼다. 벤자민은 최대한 체면을 지키며 뒤따를 수밖에 없었다.

마음속으로는 복수를 다짐했다.

그러나 그 복수는 실현되지 않았다.

이틀 후, 볼티모어에서 허겁지겁 달려온 로스코가 도착했다. 그는 화가 잔뜩 난 얼굴로 아버지를 붙잡아 눈물짓는 장군을 군복도 없이 집으로 데리고 돌아갔다.

11

1920년, 로스코 버튼의 첫아이가 태어났다. 그러나 그 경사스러운 날의 축하 분위기 속에서도, 아무도 입 밖에 내지 않았다―집 안에서 납으로 된 병정과 작은 서커스 장난감을 가지고 놀고 있던, 열 살 남짓 되어 보이는 초라한 꼬마가 사실은 그 갓난아기의 친할아버지라는 사실을.

그 소년을 싫어하는 사람은 아무도 없었다. 그의 얼굴은 맑고 명랑했지만, 그 위에는 알 수 없는 슬픔의 그림자가 어렴풋이 드리워져 있었다. 그러나 로스코 버튼에게 그의 존재는 고통 그 자체였다. 로스코의 세대 언어로 말하자면, 이 일은 전혀 "효율적이지 않았다."

그의 아버지가 육십 살로 보이길 거부하는 태도는 결코 "남자다운 기백"이라 부를 만한 것이 아니었다. 오히려 괴상하고, 어긋난 짓이었다. 이 문제를 서른 분만 생각해도 미칠 것만 같았다. 로스코는 "활력 있는 사람"은 젊음을 유지해야 한다고 믿었지만, 이토록 철저하게 되돌아가는 것은—그의 표현대로—"비효율적이었다." 거기서 그의 사고는 멈췄다.

오 년이 지나자, 로스코의 아들은 벤자민과 함께 놀 만큼 자라 있었다. 두 아이는 같은 유모의 보살핌을 받으며 지냈고, 로스코는 그들을 같은 날 유치원에 데려다주었다.

벤자민은 색색의 종잇조각을 붙이며 매트를 만들고, 사슬을 엮고, 아름다운 무늬를 만드는 일을 세상에서 가장 흥미로운 놀이로 여겼다. 한 번은 잘못을 저질러 구석에 세워져 울기도 했지만, 대체로 유치원에서의 시간은 즐겁고 행복했다. 창문으로 햇살이 들어오고, 베일리 선생님이 그의 헝클어진 머리칼 위에 다정히 손을 얹어주던 그 순간들이.

일 년 후, 로스코의 아들은 초등학교 1학년으로 올라갔지만, 벤자민은 여전히 유치원에 남았다. 그는 그곳에서 행복했다. 그러나 다른 아이들이 "커서 뭐가 될 거야?"라며 꿈을 이야기할 때면, 그의 어린 얼굴 위에 잠시 그림자가 스쳤다. 마치 그가 어렴풋이, 자신은 그런 미래를 결코 누리지 못하리라는 걸 알고 있는 듯했다.

날들은 고요하고 단조로운 만족 속에 흘러갔다. 그는 유치원에 세 번째로 돌아왔다. 하지만 이제는 너무 어려져서, 반짝이는 색종이 조각들이 무엇을 위한 것인지조차 이해하지 못했다. 다른 아이들이 자신보다 훨씬 크다는 이유로 그는 두려워했고, 그 때문에 울었다. 선생님이 다정하게 이야기했지만, 그는 그 말을 알아들을 수 없었다.

결국 벤자민은 유치원을 그만두었다. 빳빳하게 풀 먹인 깅엄 드레스를 입은 유모 나나가 이제 그의 세상의 중심이 되었다. 맑은 날이면 둘은 공원으로 산책을 나갔다. 나나는 커다란 회색 짐승을 가리키며 말했다.

"코끼리야."

벤자민도 그 말을 따라 했다. "코끼리."

그날 밤 잠자리에 들기 전까지 그는 그 단어를 계속 중얼거렸다.

"코끼리, 코끼리, 코끼리."

가끔 나나는 그에게 침대 위에서 뛰게 해주었고, 그것은 세상에서 가장 재미있는 놀이였다. 엉덩이를 딱 맞게 내리면 침대가 그를 톡 튀어 올려주었고, "아—" 하고 길게 소리를 내면 목소리가 파도처럼 출렁였다. 그는 모자걸이에 걸린 커다란 지팡이를 들고 다니며 탁자와 의자를 두드리고 외쳤다.

"싸워라! 싸워라! 싸워라!"

사람들이 있을 때면 노인들은 혀를 찼고, 젊은 여자들은 그를 안고 입을 맞추려 했다. 그는 약간 지루해하면서도 얌전히 그 입맞춤을 받아주었다. 그리고 오후 다섯 시, 하루가 끝나면 나나와 함께 위층으로 올라가 오트밀과 부드럽고 따뜻한 죽을 숟가락으로 먹었다.

그의 어린 잠 속에는 어떤 괴로운 기억도 없었다. 대학 시절의 영광도, 수많은 여인의 마음을 뒤흔들던 그 찬란한 시절도, 그에게 다시 찾아오지 않았다. 그의 세상에는 오직 하얀 아기침대, 나나, 가끔 찾아오는 어떤 남자, 그리고 나나가 잠들기 전마다 손가락으로 가리키며 "해(sun)"라고 불렀던 커다란 주황색 공 하나뿐이었다.

해가 지면 그의 눈꺼풀은 무겁게 내려앉았고, 꿈은 없었다. 그를 괴롭히는 꿈은 하나도 없었다. 그의 과거—산후안 언덕을 돌격하던 군인의 나날, 젊은 힐데가르드를 사랑하며 여름밤 늦게까지 일하던 시절, 그보다 더 전에는 음울한 먼로가의 집에서 할아버지와 함께 밤새 담배를 피우던 시간들—그 모든 것은 연기처럼 사라져버렸다.

그는 더 이상 기억하지 못했다. 그는 마지막으로 먹은 우유가 따뜻했는지 차가웠는지조차 알지 못했다. 시간이 흐르고 흘러, 이제 그의 세상은 오직 침대와 나나의 손길뿐이었다. 그리고 곧 그는 아무것도 기억하지 못하게 되었다. 배가 고프면 울었다. 그것이 전부였다. 낮과 밤이 흘러가는 동안 그는 숨을 쉬었고, 그 위로 들려오는 부드러운 속삭임과 희미한 냄새, 그리고 빛과 어둠의 교차만이 있었다. 그러다 마침내, 모든 것이 어두워졌다. 그의 하얀 요람도, 그 위로 기울던 희미한 얼굴들도, 우유의 달콤한 향기마저도 서서히 사라져갔다.

치프사이드의 타르퀸[54]

이 이야기는 거의 6년 전, 프린스턴 대학 시절에 쓴 작품이다. 대폭 수정된 후 1921년 「스마트 셋」에 발표되었다. 처음 구상했을 때 나는 시인이 되고 싶다는 생각뿐이었다. 그래서 문장 하나하나의 울림[55]에 집착하고, 줄거리가 아니라 산문의 어투에서 '진부함[56]'을 피하려고 했던 흔적이 곳곳에 드러난다. 아마도 내가 이 작품에 느끼는 애정은 작품 자체의 가치보다, 그것이 내 젊은 시절의 일부였다는 사실에서 비롯된 것일 것이다.

~~~~~~

54 고대 로마의 왕 타르퀸을 빗대어, 영국 런던의 하층 지역 '치프사이드(Cheapside)'를 배경으로 욕망과 권력의 야망을 풍자한 단편이다.

55 ring of every phrase(문장의 울림): 피츠제럴드의 미학적 문체관을 보여주는 표현. 그는 단어의 의미뿐 아니라 '소리의 리듬'이 문학적 감정선을 만든다고 믿었다.

56 the obvious in prose(산문 속의 진부함): 피츠제럴드는 평면적 사실 서술을 경계했다. 그가 '진부함을 두려워했다'는 말은 이후 그의 대표작 『위대한 개츠비』로 이어지는 문체적 완성의 예고이기도 하다.

치프사이드의 타르퀸

달려오는 발자국 소리—신기하게도 실론에서 들여온 가죽 같은 천으로 만든 가볍고 밑창이 부드러운 구두가 박자를 유지하고. 뒤따라 한 덩이의 무겁고 긴 부츠가 두 켤레, 짙은 남색과 금빛으로 달빛을 무딘 광채와 얼룩으로 반사하며 돌 던질 거리 뒤에서 쫓아온다.

'발소리 없는 자(Soft Shoes)'가 달빛이 드리운 틈을 스치듯 지나가더니 골목의 맹목적인 미로 속으로 날아들어가, 포옹하듯 감싼 어둠 어딘가에서 간헐적인 발구르기 소리로만 남는다. '긴 부츠를 신은 추격자들(Flowing Boots)'이 짧은 칼을 흔들고 긴 깃털이 흐트러진 채 따라들어와 신에게 저주를 퍼붓는 숨을 찾아낸다. '발소리 없는 자(Soft Shoes)'가 그림자진 대문을 뛰어넘어 생울타리를 와작거리며 지나간다. '긴 부츠를 신은 추격자들(Flowing Boots)'도 대문을 뛰어넘어 생울타리를 와작거리며 지나간다—그리고 거기, 전방에 깜짝 놀랄 만한 경비가 있다—네덜란드와 스페인 변경에서 익힌 살기 어린 입 모양을 하고 있는 두 명의 살벌한 모양의 창병들이다.

그러나 도움을 구하는 외침은 없다. 쫓기는 자는 지갑을 움켜쥐고 경비의 발 앞에 숨이 차 쓰러지지 않는다. 추격자들도 소리치며 고함치지 않는다. '발소리 없는 자(Soft Shoes)'는 빠른 공기의 돌풍 속으로 지나간다. 경비들은 저주를 퍼붓고 망설이며 도망친 자를 흘끔 쳐다본 다음, 창을 도로에 무겁게 가로질러 세우고 '긴 부츠를 신은 추격자들(Flowing Boots)'을 기다린다. 달빛은 거대한 손처럼 그 균등한 흐름을 끊어 버린다.

그 손이 달을 비켜가자, 창백한 달빛의 애무가 처마와 문틀을 다시 찾아내고, 경비는 부상당해 먼지투성이로 널브러진다. 거리를 따라 한 명의 '긴 부츠를 신은 추격자들(Flowing Boots)'이 달려가며 검은 얼룩 같은 자국을 남기다가, 달리는 중에 거칠게 목에 감긴 고운 레이스를 몸에 묶는다.

이는 경비의 일이 아니었다. 오늘 밤 사탄이 풀려나 있었고, 흐릿하게 앞에 나타난 이는 바로 사탄처럼 보였다—대문 위에 발꿈치, 울타리 위에 무릎을 걸친 채 희미하게 보이는 자. 더구나 적은 분명히 자기 집 근처, 혹은 적어도 그의 거친 기호들이 성역처럼 여기는 런던 구역 근처를 지나고 있었으니, 거리는 그림 속의 길처럼 점점 좁아지고 집들은 점점 더 몸을 굽혀 살인을 위한 천연의 매복처와 연극적 자매인 '돌연사'에 알맞게 몸을 숨긴다.

긴 구불구불한 골목을 따라 사냥꾼과 피사냥감은 늘 달빛 속을 들락거리며 흑백 체스판 위의 여왕이 움직이는 것 같은 수로 영원히 이동한다. 앞에서는, 가죽 재킷을 잃어버리고 땀방울에 반쯤 눈이 멀어 그라운드를 필사적으로 살피던 도망자가 양쪽을 살피느라 급히 속도를 줄였고, 그 결과 갑자기 걸음을 멈추고 뒤로 조금 되돌아가 아주 어둡고 태양과 달이 마지막 빙하가 우르르 지나간 이래로 식어버린 듯한 골목으로 슬그머니 숨어 들어간다. 이곳에서 그는 이백 야드쯤 아래에 멈춰 벽의 틈새에 몸을 밀어 넣고 웅크린 채 숨을 몰아쉬며, 어둠 속에서 부피나 윤곽도 없는 괴상한 신처럼 엎드려 있다.

두 켤레의 '긴 부츠를 신은 추격자들(Flowing Boots)'이 다가와 그를 지나쳐서 스무 야드쯤 더 가서 멈추고, 숨을 깊게 들이쉬는 듯 적은 소리로 속삭인다.

"그 소란 들었나. 멈췄어."

"스무 걸음 안쪽이야."

"숨었군."

"붙어서 가자. 갈기갈기 찢어 놓자."

목소리는 부츠의 낮은 바스락거림 속으로 사라지고, '발소리 없는 자(Soft Shoes)'는 더 들을 겨를도 없이 골목을 세 번 뛰어가 건너뛰어 벽 위로 폴짝 올라, 거대한 새처럼 잠깐 퍼덕거리다가 사라지고, 게걸스럽게 밤에게 한 입에 삼켜진다.

2

"그는 포도주를 마시며 읽었고, 침대에서도 읽었으며, 숨이 닿는 한 소리 내어 읽었다. 그의 모든 생각은 죽은 자들과 함께였고, 마침내 그는 읽다가 죽었다."

피츠힐 근처의 제임스 1세 시대 묘지를 찾는 방문객이라면 누구든 이런 졸렬한 운문 한 구절을 판독할 수 있을 것이다. 엘리자베스 시대의 모든 비문 중에서도 단연 최악으로 꼽히는 이 글귀는 웨셀 캐스터의 묘비에 새겨져 있다.

고문헌학자의 말에 따르면, 그는 서른일곱 살에 죽었다고 한다. 그러나 이 이야기가 다루려는 것은 바로 어둠 속의 한 추격의 밤이므로, 지금 이 시점의 그는 아직 살아 있다. 여전히 책을 읽고 있었다. 그의 눈은 약간 침침했고, 배는 불룩했으며, 체격은 엉성하고 게으른 사람이었다. 오, 하나님! 하지만 시대는 시대였다. 루터의 종교개혁으로 신앙이 새로워지고, 엘리자베스 여왕의 통치 아래 영국이 번영하던 그때에는, 누구라도 그 강렬한 시대의 열정에 감화되지 않을 수 없었다. 치프사이드의 다락방마다 새로 유행하는 무운시를 실은 『마그눔 폴리움(Magnum Folium)』[57]을 펴냈고, 치프사이드[58] 극단은 "퇴보적인 기적극에서 벗어나기만 한다면" 어떤 작품이든 즉시 무대에 올렸다. 그리고 영어 성경은 불과 일곱 달 사이에 일곱 번째 "대형판" 인쇄를 마쳤다.

그리하여 한때 선원 생활을 했던 웨셀 캐스터는 지금 손에 잡히는 대로 읽는 독서가가 되어 있었다. 그는 원고를 '성스러운 우정'의 이름으로 탐독했고, 시궁창 냄새 나는 시인들과 함께 식사했으며, 『마그눔 폴리움』이 인쇄되는 가게 주변을 배회하며 젊은 극작가들이 서로 언쟁하고 헐뜯는 소리를 관대하게 들었다. 그들은 서로의 등 뒤에서 표절이니 뭐니 할 수 있는 모든 악의적 비난을 퍼부었다.

이 밤, 웨셀은 한 권의 책을 들고 있었다. 그가 생각하기에 다소 과도하게 운율이 맞춰졌으나 정치적 풍자가 탁월한 작품이었다. 촛불 아래 그의 앞에는 에드먼드 스펜서의 『요정 여왕(The Faerie Queene)』이

---

57 실제 존재하는 잡지가 아니라, 피츠제럴드가 창작한 가상의 문예지 이름이다. 라틴어로 Magnum Folium은 "큰 잎" 또는 "큰 종이"를 뜻하며, 16~17세기 런던의 유행 문학 풍조—특히 '무운시(blank verse)' 유행을 풍자적으로 표현한 것이다.

58 치프사이드(Cheapside): 런던 시티 중심가에 위치한 거리 이름으로, 중세부터 17세기까지 상인과 인쇄업자, 극단이 밀집해 있던 상업·문화의 중심지였다. 문학에서는 종종 '대중문화의 중심' 또는 '상업적 예술의 상징'으로 쓰인다.

펼쳐져 있었다. 한 편의 노래를 겨우 헤치고 다음으로 넘어가려는 참이었다.

브리토마르티스의 전설 혹은 정절에 관하여
지금 나는 정절을 기록하려 하노라.
가장 고귀한 덕목이여, 그 어떤 것보다 높은—

그때 갑자기 계단을 쿵쿵 울리며 달려오는 발자국 소리, 삐걱이며 열린 낡은 문, 그리고 숨이 턱 막힌 남자가 방 안으로 몸을 밀어넣었다. 저킨(짧은 상의)조차 입지 않은 채, 헐떡이며 거의 쓰러질 지경이었다.

"웨셀!" 그가 숨이 막혀 단어를 토해냈다. "성모님 맙소사, 나 좀 숨겨 줘!"

웨셀은 책을 조심스레 덮고 약간의 걱정이 섞인 얼굴로 문을 빗장질했다.

"놈들이 쫓아와!" 발소리 없는 자(Soft Shoes)가 외쳤다. "맙소사, 단세포 같은 칼잡이 둘이 나를 다진 고기로 만들려 하고 있어, 거의 성공할 뻔했지. 놈들이 내가 뒷담을 넘는 걸 봤어!"

"그래도 너 정도를 안전하게 지키려면." 웨셀이 호기심 어린 눈빛으로 그를 보며 말했다, "총을 든 대대 몇 개와 아르마다 두세 척쯤은 필요할 거야."

발소리 없는 자(Soft Shoes)는 안도감에 미소를 지었다. 헐떡이던 숨은 빠르게 가라앉고, 사냥당한 듯한 기색은 엷은 냉소로 바뀌어갔다.

"그럴 줄 알았지." 웨셀이 계속 말했다.

"놈들은 정말 한심한 원숭이들이야."

"그럼 합쳐서 셋이 되는군."

"둘뿐이야, 네가 날 숨겨주지 않으면. 어서, 정신 좀 차려. 놈들이 순식간에 계단을 타고 올라올 거야."

웨셀은 구석에서 해체된 창대를 들고 천장까지 올리더니, 위층 다락으로 통하는 거친 뚜껑문을 밀어 올렸다.

"사다리는 없네."

그는 벤치를 옮겨 그 아래에 두었고, 발소리 없는 자(Soft Shoes)는 그 위에 올라 웅크렸다가 망설이고, 다시 웅크린 뒤 믿기 어려운 높이로 도약했다. 그는 입구의 가장자리를 붙잡고 잠시 흔들리다가 자세를 바꾼 후 몸을 반으로 접어 어둠 속으로 사라졌다. 뚜껑문이 다시 닫히며 쥐들이 허겁지겁 달아났고…… 정적이 흘렀다.

웨셀은 다시 책상으로 돌아와 『브리토마르티스의 전설 혹은 정절』을 펼쳐놓고 기다렸다. 거의 1분쯤 뒤, 계단 아래서 요란한 발소리와 참을 수 없는 문 두드리는 소리가 들려왔다. 웨셀은 한숨을 쉬며 촛불을 들고 일어섰다.

"누구요?"

"문 열어라!"

"누구냐고 묻잖소?"

한 차례의 강한 타격에 부서질 듯한 문이 삐걱거렸고, 나무 가장자리가 쪼개졌다. 웨셀은 문을 겨우 세 치 열고 촛불을 높이 들었다. 이번에는 겁에 질린 듯하지만 점잖은 시민의 연기를 해야 했다.

"밤 한 시쯤은 좀 조용히 쉬게 해도 되지 않겠소? 매번 난장판을 벌이는 건—"

"조용히, 이 친구! 땀에 젖은 사내 못 봤나?"

계단의 좁은 공간에 두 신사의 그림자가 커다랗고 불규칙하게 드리워졌다. 웨셀은 촛불 아래서 그들을 자세히 살폈다. 그들은 귀족 차림새였으나 다소 허겁지겁한 모습이었다. 한 사람은 손에 깊은 상처를 입었고, 두 사람 모두 격앙된 공포를 발산하고 있었다. 웨셀의 일부러 오해한 듯한 태도를 무시한 채, 그들은 그의 옆을 밀치고 방 안으로 들어와, 칼끝으로 의심스러운 어두운 구석마다 세심히 찔러보았다. 이어서 그들의 수색은 웨셀의 침실로까지 이어졌다.

"그 자, 여기 숨었나?" 부상당한 사내가 사납게 물었다.

"누구 말이오?"

"당신 말고 다른 놈 말이야."

"내가 아는 한, 여기엔 나 말고 둘뿐이오."

그 한마디가 너무 건방졌던지, 웨셀은 잠시 등골이 서늘해졌다. 칼끝이 금방이라도 자신을 꿰뚫을 것 같았다.

"계단에서 사람 소리가 들렸소." 그는 서둘러 덧붙였다. "꼭 오 분 전쯤이었지. 하지만 위로 올라오진 않았소."

그는 자신이 『요정 여왕(The Faerie Queene)』에 몰두해 있었다는 이야기를 늘어놓았으나, 잠시 동안 그들의 귀에는 어떤 문화와 관련된 말도 닿지 않았다. 성인(聖人)들처럼, 그들은 문학에는 완전히 무감각했다.

"무슨 일이 있었소?" 웨셀이 물었다.

"폭행이오!" 상처 입은 남자가 대답했다. 그의 눈은 미친 듯이 광기로 빛났다. "내 여동생이오. 오, 주여, 그 자를 내게 주소서!"

웨셀은 얼굴을 찡그렸다.

"그 자가 누굽니까?"

"하나님 맙소사! 우리도 그건 모르오. 그런데, 저 위의 뚜껑문은 뭐요?" 그가 갑자기 물었다.

"못으로 막혀 있소. 수년째 쓰인 적이 없소." 웨셀은 순간 구석에 세워둔 창대를 떠올렸고, 속이 서늘해졌다. 하지만 두 남자는 절망에 잠겨 그 정도의 재치를 발휘할 정신이 없었다.

"곡예사라도 아니면 못 올라갈 거요." 상처 입은 자가 맥없이 말했다.

그의 동료가 히스테릭하게 웃음을 터뜨렸다.

"곡예사라! 그래, 곡예사라니! 오, 하하—"

웨셀은 그들을 놀란 눈으로 바라보았다.

"정말 웃기지 않은가!" 그 남자가 외쳤다. "저 위로 올라갈 수 있는 건, 오직 곡예사뿐이라니 말이야!"

부상당한 남자는 짜증스럽게 멀쩡한 손가락을 딱 소리 내며 튕겼다.

"이제 옆집으로 가세—그리고 그다음엔 또—"

그들은 마치 폭풍우 몰아치는 하늘 아래를 걷는 두 그림자처럼 무력하게 사라져갔다. 웨셀은 문을 닫고 빗장을 걸더니, 잠시 그 앞에 서서 얼굴을 찌푸린 채 그들을 향한 연민을 품었다.

그때, 낮게 내뱉은 "하!" 소리에 그는 고개를 들었다. 발소리 없는 자(Soft Shoes)가 이미 위의 뚜껑을 열고 방 아래를 내려다보고 있었다. 그 엘프 같은 얼굴은 절반은 혐오, 절반은 냉소로 일그러져 있었다.

"놈들은 헬멧과 함께 제 목을 잘라버리더군." 그가 속삭였다. "하지만 우리 둘은, 웨셀, 참으로 영리한 사내들이야."

"저주받을 놈!" 웨셀이 격하게 외쳤다. "네 놈이 개 같은 인간이란 건 알았지만, 이런 짓 이야기를 절반만 들어도 알겠군. 네 놈은 천박한 불한당이야. 당장 몽둥이로 네 두개골을 깨부수고 싶다."

발소리 없는 자(Soft Shoes)는 눈을 깜박이며 그를 바라보다가, 마침내 침착하게 대꾸했다.

"어쨌든, 이런 자세로선 품위를 유지하기가 참 어렵군."

그는 그 말과 함께 몸을 아래로 내리고, 잠시 매달렸다가 7피트 아래 바닥으로 가볍게 떨어졌다.

"쥐 한 마리가 내 귀를 맛보려 하더군." 그가 계속했다. 바지에 묻은 먼지를 털며. "그래서 나는 그 녀석의 언어로 '나는 독이다'라고 말해줬지. 그랬더니 놈은 곧 사라졌어."

"네 놈이 이 밤에 저지른 추잡한 짓을 낱낱이 말해!" 웨셀이 분노에 차서 외쳤다.

발소리 없는 자(Soft Shoes)는 엄지손가락을 코끝에 대고 손가락을 까딱이며 비아냥거렸다.

"거리의 부랑아 같은 짓을!" 웨셀이 중얼거렸다.

"종이 있나?" 발소리 없는 자(Soft Shoes)가 전혀 상관없는 질문을 던졌다가, 불쑥 거칠게 덧붙였다. "아니면 글이라도 쓸 줄 아나?"

"왜 내가 종이를 줘야 하지?"

"그 밤의 이야기를 듣고 싶다고 하지 않았나. 좋아, 펜과 잉크, 종이 한 다발, 그리고 조용한 방을 주면 모두 써주지."

웨셀은 망설였다.

"나가!" 마침내 그는 내뱉었다.

"좋을 대로. 하지만 자네는 꽤 흥미로운 이야기를 놓치게 될 걸세."

웨셀은 흔들렸다. 그는 본디 사탕처럼 물렁한 사내였다. 결국 굴복했다. 발소리 없는 자(Soft Shoes)는 마지못해 내어준 필기구를 들고 옆방으로 들어가 문을 정확히 닫았다. 웨셀은 불만스러운 소리를 내며 다시 『요정 여왕』을 펼쳤다. 그리고 다시, 집 안에는 고요가 내려앉았다.

3

세 시에서 네 시로 넘어갔다. 방 안의 어둠은 희미해졌고, 바깥의 검은 밤은 축축한 냉기에 찔려 금이 갔다. 웨셀은 머리를 두 손으로 감싸 쥔 채, 탁자 위에 몸을 굽히고 기사와 요정, 그리고 수많은 여인들의 고통으로 짜인 이야기의 무늬를 더듬고 있었다. 바깥 좁은 거리를 따라 용들이 낄낄거리며 웃는 듯한 소리가 들려왔다. 새벽 다섯 시

반, 졸린 갑옷장이의 견습 소년이 일을 시작하자 무거운 철판과 쇠사슬이 부딪히는 '쨍그랑' 소리가 행군하는 기병대의 행렬처럼 울려 퍼졌다.

첫 새벽의 빛이 번쩍이자 안개가 내려앉았다. 여섯 시 무렵, 방은 잿빛에 노란 기운이 섞인 듯 흐릿해졌고, 웨셀은 살금살금 자신의 붙박이 침실로 다가가 문을 열었다. 그의 손님은 마치 양피지처럼 창백한 얼굴로 돌아보았다. 그 얼굴 위에는 두 개의 광기 어린 눈이 커다란 붉은 글자처럼 이글거리고 있었다. 그는 웨셀이 기도용 탁자(prie-dieu)로 쓰던 작은 책상 곁에 의자를 가져다 놓고 앉아 있었고, 그 위에는 빽빽하게 써 내려간 놀라운 분량의 원고 뭉치가 쌓여 있었다. 웨셀은 긴 한숨을 내쉬며 문을 닫고 물러났다. 그리고 자신이 새벽이 밝을 때 이곳에서 잠을 청하지 않은 어리석음을 마음속으로 자책했다.

밖에서는 부츠 밑창이 바닥을 두드리는 소리가 들리고, 다락과 다락 사이로 늙은 여인들의 쉰 목소리가 개골개골 울려 퍼졌다. 아침의 둔한 소음이 그를 불안하게 만들었다. 그는 그만 의자에 몸을 묻고 꾸벅꾸벅 졸기 시작했다. 머릿속은 소리와 색채로 가득 차 있었고, 그 이미지들이 뒤엉켜 고통스럽게 회전했다. 그의 뒤틀린 꿈속에서 그는 태양 가까이에 짓눌린 천 개의 신음하는 몸 중 하나였고, 눈빛이 날카로운 아폴론에게 짓밟히는 무력한 다리였다. 그 꿈은 그를 찢어발기며, 거칠게 날이 선 칼로 정신을 긁어내듯 괴롭혔다. 뜨거운 손이 그의 어깨를 건드렸을 때, 웨셀은 거의 비명을 지르며 깨어났다. 방 안에는 짙은 안개가 자욱했고, 그 옆에는 종이 뭉치를 들고 선 그의 손님이 있었다. 그는 안개로 빚어진 회색의 유령 같았다.

"꽤 흥미로운 이야기일 듯합니다. 다만 손을 좀 봐야겠지요. 부탁인데, 그걸 잠가 두고… 제발, 신의 이름으로, 잠 좀 자게 해주시오."

그는 대답을 기다리지도 않았다. 종이 뭉치를 웨셀의 손에 밀어 넣고는, 마치 거꾸로 기울어진 병에서 쏟아지는 액체처럼 몸을 소파 위로 흘려보냈다. 이내 깊이 잠들었지만, 그의 숨결은 고르고, 이마에는 묘하고도 불길한 주름이 잡혀 있었다.

웨셀은 졸린 눈으로 하품을 하며, 삐뚤빼뚤하고 불확실한 첫 장을 집어 들었다. 그리고 아주 조용히, 소리 내어 읽기 시작했다.

루크리스의 능욕(The Rape of Lucrece)[59]

**"포위된 아르데아에서 급히 떠나,
거짓된 욕망의 믿을 수 없는 날개에 실려,
음욕의 숨을 내쉬며 타르퀸은 로마 군대를 떠나가네."**

---

59 셰익스피어의 서사시 첫머리로, 로마 왕자 타르퀸이 욕망에 이끌려 귀부인 루크리스에게 향하는 장면을 그린다. "거짓된 욕망의 날개(trustless wings of false desire)"는 사랑으로 포장된 음욕을, "로마 군대를 떠나다(leaves the Roman host)"는 도덕과 질서의 이탈을 상징한다. 발소리 없는 자가 이 구절로 글을 시작한 것은, 자신의 죄를 문학적으로 합리화하려는 위선의 표현이다.

오 루셋 마녀!

이 글을 썼을 당시, 나는 두 번째 장편소설[60]의 초고를 막 완성한 참이었다. 그래서 자연스러운 반작용으로, 한 명의 인물도 진지하게 다룰 필요가 없는 이야기 속에서 마음껏 즐기고 싶었다. 아마도 나는 어떤 '일정한 틀'이나 '구성[61]'에 얽매일 필요가 없다는 느낌에 다소 들뜬 나머지 조금 지나쳤던 것 같다.

하지만 신중히 다시 검토한 끝에, 나는 이 작품을 그대로 두기로 했다. 비록 독자들은 '시간의 흐름'이 다소 혼란스럽다고 느낄지도 모르겠지만 말이다.

다만 밝혀두자면, 세월이 멀린 그레인저[62]에게 어떤 영향을 주었던 간에, 적어도 나 자신은 언제나 현재 시점에서 그를 생각하고 있었다는 점을 밝혀둔다.

이 작품은 '메트로폴리탄'에 실렸다.

---

60 『아름답고도 저주받은 사람들(The Beautiful and Damned, 1922)』을 가리킨다. 피츠제럴드는 이 작품의 집필 후 창작의 피로감과 동시에 해방감을 느꼈다고 여러 차례 언급했다.

61 피츠제럴드는 이 시기에 '이야기 구조의 실험'을 시도했다. 즉, 사건이 시간 순서대로 배열되지 않고, 주인공의 내면 인식에 따라 시간감이 흔들리는 서사를 구사했다.

62 멀린 그레인저(Merlin Grainger): 주인공의 이름. '멀린'은 아서왕 전설의 마법사 이름에서 따온 것으로, 현실과 환상을 잇는 인물상을 암시한다.

오 루셋 마녀!

1

 멀린 그레인저는 47번가 리츠칼튼 호텔 모퉁이를 돌아가면 나오는 '문라이트 퀼 서점'에서 일하고 있었다. 당신도 한 번쯤 들러봤을 법한 곳이다. 문라이트 퀼은, 아니 정확히 말하자면 '과거에는', 아주 낭만적인 작은 서점이었다. 급진적이면서도 은근히 어두운 분위기로 평판이 났던 곳. 내부는 숨이 막힐 듯 이국적인 포스터들이 붉고 주황빛으로 벽을 점점이 물들이고 있었고, 특별판 서적의 반짝이는 표지와 낮에도 하루 종일 켜져 있는 진홍빛 새틴 램프가 가게를 비추고 있었다. 정말이지, 그곳은 온기가 감도는 서점이었다. 문 앞에는 '문라이트 퀼(Moonlight Quill)'이라는 글자가 뱀처럼 꼬인 자수로 새겨져 있었고, 창문에는 언제나 검열을 간신히 통과한 듯한 책들이 진열되어 있었다. 짙은 주황색 표지에 하얀 종이 조각으로 제목만 달린 책들. 그 모든 것 위로는 신비로운 주인, 문라이트 퀼 씨가 직접 뿌리게 한 머스크 향이 은은히 퍼져 있었다. 디킨스 시대 런던의 골동품 가게와 보스포루스 연안의 커피하우스 냄새가 절묘하게 섞인 향이었다.

 아침 아홉 시부터 오후 다섯 시 반까지 멀린 그레인저는 검은 옷을 입은 지루한 노부인들과 눈 밑에 다크서클이 진 젊은 남자들에게 "이 작가를 좋아하시나요?" 혹은 "초판본에 관심 있으세요?"라고 물었다. 표지에 아랍인이 그려진 소설을 살지, 아니면 "사우스다코타의 서튼 양에게 영적으로 받아 적은 셰익스피어의 최신 소네트집"을 고를지를 묻곤 했다. 멀린 본인은 사실 후자 쪽을 더 좋아했지만, 근무 시간 동안은 염세적인 문학 감식가의 태도를 유지해야 했다.

매일 다섯 시 반이 되면, 그는 창문 진열대 위로 기어올라 앞면 블라인드를 내리고, 문라이트 퀼 씨와 여자 점원 맥크래큰 양, 그리고 타이핑을 맡은 마스터스 양에게 인사한 뒤 집으로 향했다. 하지만 저녁은 캐롤라인과 함께 먹지 않았다. 캐롤라인이 그의 방에서 저녁을 먹겠다고 생각하는 건 상상조차 할 수 없었다. 셔츠 단추 옆에 놓인 코티지치즈, 넥타이 끝이 닿을 듯한 우유 잔— 그런 식사는 그녀가 견딜 수 없을 것이다. 그는 그런 제안조차 한 적이 없었다. 멀린은 늘 혼자 먹었다. 6번가의 브라그도르트 델리에서 크래커 한 상자, 엔초비 페이스트 한 통, 오렌지 몇 개를 사거나, 작은 소시지 병과 감자 샐러드, 청량음료 한 병을 사 들고 58번가 서쪽 어딘가의 하숙방으로 돌아왔다. 그는 그 음식을 갈색 종이봉지째 풀어놓고 혼자 저녁을 먹으며, 캐롤라인을 바라보았다.

캐롤라인은 아마 열아홉 살쯤 되어 보이는 젊고 명랑한 여자였다. 나이 든 부인과 함께 살았고, 마치 유령처럼 저녁에만 존재했다. 오후 여섯 시쯤 그녀의 아파트에 불이 켜질 때 그녀는 '태어났고', 자정이 되면 사라졌다. 그녀의 아파트는 센트럴파크 남쪽 맞은편의 흰 석조 건물로, 아주 괜찮은 동네였다. 그리고 그 건물의 뒤쪽 창문이 바로 멀린의 하숙방 창문과 마주 보고 있었다.

멀린은 그녀를 '캐롤라인'이라 불렀다. 서점 진열대에 있던 『캐롤라인(Caroline)』이라는 제목의 책 표지 속 여자가 꼭 그녀를 닮았기 때문이다.

멀린 그레인저는 스물다섯 살의 마른 청년으로, 짙은 머리칼을 하고 있었지만 수염도 콧수염도 없었다. 반면 캐롤라인은 눈부시게 환했고, 머리칼 대신 빛을 머금은 듯한 적갈색 물결을 지녔으며, 첫사랑의 얼굴을 닮은 듯하지만 오래된 사진을 꺼내보면 전혀 그렇지 않은 ─ 그런 착각을 일으키는 아름다움을 가지고 있었다. 그녀는 보통 분홍색이나 하늘색 옷을 입었지만, 가끔씩 날씬한 검은 드레스를 입었다. 그 드레스는 그녀의 자부심인 듯했고, 그것을 입을 때마다 벽의 어느 한 지점을 오래 바라보곤 했다. 멀린은 그곳에 거울이 있다고 생각했다.

그녀는 주로 창가의 의자에 앉았지만, 때로는 램프 옆의 긴 안락의자에 기대 앉았다. 그리고 종종 몸을 뒤로 젖혀 담배를 피웠는데, 팔과 손끝의 동작이 어찌나 우아한지 멀린은 매번 넋을 잃고 바라보았다.

한 번은 그녀가 창가에 서서 달을 바라본 적이 있었다. 길 잃은 달빛이 마당으로 쏟아져 내려, 재떨이와 빨랫줄을 은빛 통과 거대한 거미줄로 바꾸어 놓고 있었다. 그때 멀린은 창문이 훤히 보이는 곳에서 코티지치즈에 설탕과 우유를 타서 먹고 있었는데, 황급히 커튼 줄을 잡으려다 그만 치즈를 무릎에 엎질렀다. 차가운 우유와 설탕 알갱이가 바지에 얼룩을 남겼고, 그는 그녀가 분명 자신을 봤다고 확신했다.

가끔 캐롤라인에게는 손님들이 찾아왔다. 연미복을 입은 남자들이 모자와 코트를 팔에 걸친 채 서서 그녀와 이야기를 나누다가, 정중히 고개를 숙여 인사하고는 그녀와 함께 불빛 밖으로 사라졌다. 분명 연극이나 무도회에 가는 길이었다. 또 다른 젊은 남자들은 와서 담배를 피우며 뭔가 그녀에게 말하려 애썼다. 그녀는 창가의 옆모습 의자에 앉아 그들을 진지하게 바라보거나, 혹은 램프 곁의 긴 안락의자에 앉아 있었다. 그 모습은 정말로 아름답고, 젊고, 읽을 수 없을 만큼 신비로웠다.

멀린은 이런 방문들을 즐겼다. 어떤 남자들은 마음에 들었고, 어떤 이들은 마지못해 용납할 수 있었다. 그러나 한두 명은 견딜 수 없이 싫었다. 특히 가장 자주 오는 한 남자—검은 머리에 검은 염소수염, 그리고 새까만 영혼을 가진 자—그는 어딘가 익숙해 보였으나, 멀린은 그가 누구인지 끝내 알아차릴 수 없었.

그렇다고 해서 멀린의 인생이 "그가 만들어낸 이 낭만에 온전히 매여 있었던 것"은 아니었다. 그것이 그의 하루 중 "가장 행복한 시간"이었던 것도 아니었다. 그는 캐롤라인을 누군가의 "손아귀에서 구해낸 적도" 없었고, 그녀와 결혼한 적도 없었다. 훨씬 이상한 일이 일어났다. 그 이상한 일은 지금부터 이 글 속에 펼쳐질 것이다.

그 일은 어느 10월 오후, 캐롤라인이 느긋하면서도 경쾌한 걸음으로 문라이트 퀼 서점의 따스한 실내로 들어섰을 때 시작되었다.

그날 오후는 어두웠고, 비가 올 듯하며 세상의 끝을 암시하는 듯했다. 뉴욕의 오후만이 낼 수 있는 음울한 회색빛으로 물든 날이었다. 거리에는 바람이 울며 신문지와 부서진 종잇조각들을 흩날리고 있었고, 건물 창문마다 작은 불빛이 하나둘 켜졌다. 도시의 풍경은 쓸쓸함 그 자체였다. 마치 저 높이 하늘의 녹회색 구름 속에 갇힌 마천루들의 꼭대기를 불쌍히 여길 정도로, 이제 곧 모든 것이 무너져 내리고 세상은 먼지와 함께 끝날 듯한 기분이었다.

멀린 그레인저는 이런 생각들로 눌린 채 창가에 서 있었다. 담비털 장식을 단 여인이 태풍처럼 들이닥쳐 책을 어지럽힌 후 떠난 탓에, 그는 책을 다시 제자리에 꽂고 있었다. 창밖을 보며 그는 괴로운 상념에 빠졌다. H. G. 웰스의 초기 소설들, 창세기의 구절들, 그리고 30년 뒤엔 맨해튼의 집들이 사라지고 거대한 장터만 남을 것이라 했던 에디슨의 말까지. 그는 마지막 책의 표지를 바로 세우고 몸을 돌렸다—그리고 바로 그 순간, 캐롤라인이 태연하게 가게 안으로 들어왔다.

그녀는 발랄하지만 단정한 외출복을 입고 있었다. 훗날 그날을 떠올릴 때, 그는 그 옷차림을 또렷이 기억했다. 스커트는 주름진 체크무늬였고, 재킷은 부드럽지만 산뜻한 황갈색이었다. 구두와 스패츠는 갈색, 작고 단정한 모자가 그 모든 것을 완성시켜, 마치 고급 사탕 상자의 리본처럼 그녀의 모습을 완벽히 마무리했다.

멀린은 숨이 막히고 심장이 두근거려 긴장한 채 그녀에게 다가섰다.

"안녕하세요—" 그가 말했다. 그러나 그다음 말은 이어지지 않았다. 왜인지는 알 수 없었다. 다만 그 순간, 인생에서 중대한 일이 막 일어나려 하고 있으며, 그것은 어떤 장식이나 말보다 침묵과 기대감으로 맞이해야 한다는 예감이 들었다.

그 짧은 순간 동안, 그는 마치 시간이 멈춘 듯한 정적 속에서 주위를 또렷하게 인식했다. 유리 칸막이 너머에서 문라이트 퀼 씨의 뾰족하고 사악해 보이는 머리가 서류 위로 구부러져 있는 것이 보였다. 맥크래큰 양과 마스터스 양은 각각 머리카락 두 무더기로만 보였다. 그리고 천장에 매달린 붉은 램프—그 빛 덕분에 서점 전체가 기묘하게도 아늑하고 낭만적으로 느껴졌다.

그리고 일이 일어났다. 아니, 정확히 말하면 시작되었다.

캐롤라인은 시집 한 권을 집어 들고, 가느다란 흰손가락으로 무심히 페이지를 넘기더니, 갑자기 가볍게 팔을 들어 천장 쪽으로 던졌다. 시집은 붉은 램프 속으로 사라져 그 안에 걸려버렸고, 불빛에 비쳐 어두운 직사각형으로 볼록하게 떠 있었다.

그녀는 그걸 보고 어린아이처럼 웃음을 터뜨렸다.

"걸렸어요!" 그녀가 명랑하게 외쳤다. "정말 걸렸어요, 그렇죠?"

둘 다 그 단순한 일이 어찌나 우스운지 숨이 막힐 정도로 웃음을 터뜨렸다. 웃음소리가 서점 안을 가득 채웠고, 멀린은 그녀의 목소리가 마법처럼 매혹적이라는 걸 깨달았다.

"하나 더 던져요." 그가 말했다. "빨간 책으로요."

그녀는 더 크게 웃음을 터뜨렸다. 너무 웃겨서 손으로 쌓인 책더미를 짚고 몸을 지탱해야 했다.

"하나 더요!" 그녀는 웃음 속에서 간신히 말했다. "아, 큰일이에요, 계속 웃다가 숨이 막히겠어요!"

"그럼 두 권 던져요."

"그래요, 두 권! 아, 정말 그만 웃어야 하는데! 자, 간다—!"

말 그대로의 행동으로 옮기며, 캐롤라인은 빨간 책 한 권을 집어 천장 쪽으로 완만한 곡선을 그리며 던졌다. 책은 위에 걸린 램프 속으로 사라져, 앞서 던진 책 옆에 고이 박혔다. 두 사람은 한동안 웃음을 멈추지 못하고 몸을 앞뒤로 흔들며 웃기만 했다. 그러다 서로의 눈짓으로 다시 경기를 재개하기로 합의했다.

멀린은 크고 특별 제본된 프랑스 고전을 잡아 올려 던졌다. 정확하게 명중하자 그는 스스로 박수를 쳤고, 한 손엔 베스트셀러를, 다른 손엔 따개비에 관한 책을 쥔 채 캐롤라인의 다음 차례를 기다렸다. 이제 본격적으로 난투전이 시작됐다. 때로는 번갈아 던졌고, 멀린은 그녀의 모든 동작이 얼마나 유연한지 감탄하며 바라봤다. 때로는 한쪽이 연달아 책을 던지기도 했고, 그럴 때면 단지 다음 책을 집어 던지기 전, 방금 던진 책이 어떻게 날아가는지만 잠깐 확인할 뿐이었다.

3분쯤 지나자 그들은 탁자 위의 자리를 완전히 비웠고, 붉은 새틴 램프는 너무나 많은 책으로 불룩해져 금방이라도 터질 듯했다.

"이런 게임, 농구보다 더 바보 같네요." 캐롤라인이 책을 던지며 비웃듯 외쳤다. "고등학생 여자애들이 흉한 바지 입고 하잖아요."

"완전히 한심하죠." 멀린이 맞장구쳤다.

그녀는 막 던지려던 책을 멈추더니, 갑자기 다시 제자리에 내려놓았다.

"이제 앉을 자리가 생긴 것 같아요." 그녀가 진지하게 말했다.

정말 그랬다. 두 사람이 앉을 만큼의 공간이 생겨 있었다. 멀린은 약간 긴장한 눈빛으로 문라이트 퀼 씨의 유리 칸막이 쪽을 흘끗 보았지만, 세 사람의 머리는 여전히 책상 위로 숙여져 있었다. 아무도 이 소동을 보지 못한 것이 분명했다. 그래서 캐롤라인이 손을 탁자 위에 얹고 몸을 올리자, 멀린도 자연스럽게 그녀를 따라 탁자 위로 올라앉았다. 두 사람은 나란히 앉아 서로를 진지하게 바라보았다.

"당신을 꼭 만나야 했어요." 캐롤라인이 말했다. 그녀의 갈색 눈에는 약간의 슬픔이 어려 있었다.

"알아요." 멀린이 조용히 답했다.

"지난번 일 때문이에요." 그녀의 목소리가 조금 떨렸다. 애써 담담히 하려 했지만, 긴장이 묻어났다. "당신이 서랍 위에서 밥 먹는 게 싫어요. 그러다… 단추 삼킬까 봐 너무 걱정돼요."

"거의 그럴 뻔 한 적이 있죠." 멀린이 마지못해 인정했다. "하지만 그렇게 쉽진 않아요. 납작한 쪽만 삼키면 되는데, 문제는 둥근 쪽이에요. 두 개를 한 번에 삼키려면 목이 특수 제작되어야 하죠."

자신이 얼마나 재치 있게 말하는지 멀린 스스로도 놀랐다. 그에게 처음으로 말들이 마치 살아 있는 것처럼 밀려왔다. 문장들이 단정히 줄지어, 단락이라는 군대의 대열로 그에게 다가왔다.

"그게 바로 제가 무서웠던 거예요." 그녀가 말했다. "특수 제작된 목이 있어야만 삼킬 수 있는데, 당신은 없다는 걸… 아니, 없을 거라고 확신했거든요."

멀린은 솔직히 고개를 끄덕였다.

"없어요. 그걸 만들려면 돈이 필요하죠. 제가 불행히도 가진 것보다 훨씬 더 많은 돈이요."

그는 이 고백이 부끄럽지 않았다. 오히려 솔직히 말할 수 있어 기뻤다. 그가 무슨 말을 하든, 무슨 처지에 있든 그녀는 이해할 거라는 확신이 있었다. 특히 가난과 그로부터 벗어날 수 없다는 사실조차도.

캐롤라인은 손목시계를 내려다보다가 작은 탄성을 지르며 탁자에서 미끄러지듯 내려왔다.

"벌써 다섯 시가 넘었어요!" 그녀가 외쳤다. "시간 가는 줄도 몰랐네요. 다섯 시 반까지 리츠호텔에 가야 해요. 이거 내기 중이거든요. 어서 마무리해요."

그들은 동시에 다시 움직이기 시작했다. 캐롤라인은 벌레에 관한 책을 집어 들더니 휙 던졌다. 책은 유리 칸막이를 뚫고 문라이트 퀼 씨의 사무실 안으로 날아가며 깨졌다. 문라이트 퀼 씨는 놀란 얼굴로 고개를 들었다가, 책상 위의 유리 조각을 몇 개 털어내더니 아무 일 없다는 듯 다시 편지에 집중했다. 맥크래큰 양은 전혀 반응이 없었고, 마스터스 양만이 깜짝 놀라 작은 비명을 내지르고는 황급히 다시 일에 집중했다.

그러나 멀린과 캐롤라인에게는 아무 상관이 없었다. 둘은 완전히 몰입해, 책을 사방으로 던지는 광란의 축제에 빠졌다. 때로는 세 권, 네 권이 동시에 공중에 떠올랐다. 책들은 선반에 부딪혀 쾅쾅 소리를 내며 떨어졌고, 벽의 그림 유리를 깨뜨리며, 찢기고 구겨진 채 바닥 위에 산더미처럼 쌓였다.

손님이 들어오지 않은 것은 천만다행이었다. 만약 들어왔다면 다시는 오지 않았을 것이다. 소음이 너무나 굉음이었기 때문이다. 유리가 깨지고 종이가 찢기며, 두 사람의 거친 숨소리와 웃음이 뒤섞여 폭풍처럼 휘몰아쳤다.

다섯 시 반 정각, 캐롤라인은 마지막 책 한 권을 램프 쪽으로 던졌다. 그 충격으로 램프를 지탱하던 약한 새틴 천이 찢어지며, 그 속에 쌓인 책들이 흰색과 색색의 표지를 흩날리며 한꺼번에 쏟아져 내렸다.

그녀는 안도의 한숨을 내쉬며 멀린을 돌아봤다. 그리고 손을 내밀었다.

"안녕히 계세요." 그녀가 간단히 말했다.

"가시려는 건가요?"

그는 그녀가 떠날 것을 알고 있었다. 그 질문은 단지 그녀를 조금이라도 더 붙잡기 위한 마지막 꾀였다. 그녀의 존재로부터 자신이 끌어내던 그 눈부신 빛의 향기를 한순간이라도 더 느끼고 싶었다. 그리고 그녀의 얼굴을, 마치 입맞춤처럼 느껴지는 그 사랑스러운 얼굴을, 그가 1910년에 알던 어떤 소녀의 얼굴과도 닮은 듯한 그 모습을 조금이라도 더 오래 바라보고 싶었다.

잠시 동안 그는 그녀의 부드러운 손을 꼭 쥐었다. 그러나 그녀는 미소를 지으며 손을 빼냈고, 그가 문을 열어주려 몸을 일으키기도 전에 스스로 문을 열고 나가버렸다. 47번가 위로 낮게 깔린, 흐릿하고 불길한 황혼 속으로 그녀는 사라졌다.

나는 이렇게 말해주고 싶다.

멀린은 아름다움이 세월과 그 지혜를 대하는 태도를 보고 나서, 그 길로 문라이트 퀼 씨의 칸막이 사무실로 들어가 곧장 일을 그만두었다고. 그리고 거리로 나와 한층 고귀하고, 더욱 통찰력 있고, 아이러니에 찬 인간으로 거듭났다고.

하지만 진실은 훨씬 평범했다.

멀린 그레인저는 천천히 일어서서 서점의 참상을 둘러보았다. 망가진 책들, 찢겨나간 새틴 천 조각, 그리고 서점 전체 바닥에 고운 먼지처럼 흩뿌려진 깨진 유리 조각들. 그는 한쪽 구석으로 가서 빗자루를 꺼냈다. 그리고 청소를 시작했다. 책들을 제자리에 돌려놓고, 바닥을 쓸고, 가능한 한 예전의 상태로 되돌려놓으려 했다.

몇몇 책들은 멀쩡했지만, 대부분은 크고 작은 손상을 입었다. 어떤 책은 제본이 떨어져 나갔고, 어떤 책은 페이지가 찢겨 있었으며, 또 어떤 책은 겉표지만 살짝 갈라져 있었다. 하지만 모든 서점을 다녀본 이라면 알 것이다. 겉표지가 약간이라도 금이 간 책은 더 이상 새 책이 아니며, 결국 중고책 취급을 받는다는 사실을.

그럼에도 멀린은 6시까지 대부분의 피해를 수습했다. 책들을 원래 자리로 돌려놓고, 바닥을 말끔히 쓸고, 천장의 전구도 새것으로 갈았다. 그러나 붉은색 갓은 되살릴 수 없을 만큼 망가져 있었다. 그는 그걸 새로 사야 한다면, 아마 자기 월급에서 제할지도 모른다는 생각에 마음이 조금 조여왔다.

그래도 그는 할 수 있는 한 최선을 다했다. 그리고 6시가 되어 쇼윈도 앞에 올라가 블라인드를 내렸다. 조심스럽게 내려오던 중, 문라이트 퀼 씨가 자리에서 일어나 외투와 모자를 챙기더니 매장 안으로 나왔다. 그는 알 수 없는 표정으로 멀린을 한번 바라보더니, 문 쪽으로 향했다. 손잡이에 손을 얹은 채 잠시 멈추어 돌아서서, 맹렬하면서도 어딘가 불안이 섞인 목소리로 말했다.

"그 아가씨가 다시 오면, 이번엔 얌전히 굴라고 하게."

그 말과 함께 그는 문을 열었다.

"예, 알겠습니다." 멀린이 조용히 대답했지만, 문이 삐걱이며 닫히는 소리에 묻혀버렸다.

멀린은 잠시 그 자리에 서서, 아직 일어나지도 않은 미래의 일로 걱정하지 않기로 현명하게 결정했다. 그리고 매장 뒤편으로 가서 마스터스 양에게 말했다.

"풀팟의 프렌치 레스토랑에서 저녁 같이 하시겠어요?"

그곳은 금주법이 시행된 연방 정부의 단속 속에서도, 여전히 식사 때 레드 와인을 제공하는 곳이었다.

마스터스 양은 기꺼이 수락했다.

"와인을 마시면 몸이 간질간질해져요." 그녀가 말했다.

멀린은 속으로 웃었다. 캐롤라인을 떠올렸기 때문이다. 아니, 정확히 말하면, 마스터스 양과 캐롤라인을 비교하지 않으려 했다. 그럴 필요조차 없었기 때문이다. 둘은 애초에 비교할 수 없는 존재였다.

2

문라이트 퀼 씨는 신비롭고 이국적이며 동양적인 성격을 지녔지만, 그럼에도 단호한 결단력을 가진 사람이었다. 그리고 그 결단력으로 그는 자신의 망가진 서점을 다룰 방법을 정했다. 서점을 예전처럼 유지하려면, 전 재고의 원가에 맞먹는 거금을 들여 새로 들여놔야 했다. 하지만 그는 사적인 이유로 그럴 생각이 없었다. 따라서 선택지는 단 하나였다. 그는 신속히 결단을 내렸다 — 최신 유행의 서점이던 문라이트 퀼을 단박에 헌책방으로 바꿔버린 것이다.

손상된 책들은 정가에서 25%에서 50%까지 할인되었다. 한때 뱀처럼 번쩍이며 문 위를 장식하던 '문라이트 퀼'의 글자는 점점 빛을 잃어갔고, 오래된 페인트처럼 희미하고 애매한 색깔로 바래갔다. 그리고 의식을 중시하던 그는 아예 형편없는 붉은 펠트로 된 두 개의 스컬캡을 사서, 하나는 자신이, 또 하나는 직원 멀린 그레인저 씨에게 씌웠다. 게다가 턱수염을 기르기 시작했는데, 마치 늙은 참새의 꼬리깃털처럼 보일 때까지 길렀다. 그리고 한때는 말쑥했던 양복 대신, 반들반들한 알파카 천으로 만든, 마치 경건함을 가장한 옛날식 정장을 입었다.

그 결과, 캐롤라인이 서점을 초토화시킨 그 사건이 있은 지 일 년이 채 지나기도 전에, 그 안에서 여전히 '최신'을 유지하고 있는 것은 마스터스 양뿐이었다. 맥크래큰 양은 문라이트 퀼 씨의 전철을 따라가며, 견딜 수 없을 만큼 구식의 촌스러운 여자가 되어버렸다.

멀린 역시 충성심과 무기력함이 뒤섞인 감정 속에서 외면적으로 서서히 쇠락해갔다. 그는 붉은 펠트 모자를 자신의 타락의 상징처럼 받아들였다. 한때는 '성실한 청년'이라 불리던 그는, 뉴욕 고등학교 실업과를 졸업한 이래로 늘 옷과 머리, 치아, 심지어 눈썹까지도 말끔히 손질하던 사람이었다. 그는 양말을 깨끗이 세탁한 뒤, 서랍 속 '양말 전용칸'에 발끝과 뒤꿈치를 가지런히 맞춰 정리해두는 법을 배웠다.

 그의 이런 습관 덕분에 그는 문라이트 퀼에서 나름 번듯한 자리를 얻을 수 있었다고 믿었다. 만약 이런 성실함이 없었다면, 그는 여전히 고등학교에서 배운 대로 "물건을 보관하기 좋은 상자"를 만들며, 그런 상자를 쓸 만한 사람 — 아마도 장의사 같은 이들에게 — 팔고 있었을 것이다. 그러나 진보적이던 문라이트 퀼이 퇴락한 서점으로 변모하자, 멀린은 기꺼이 그와 함께 가라앉기를 택했다. 그는 양복 위에 먼지가 쌓이도록 내버려 두었고, 양말을 셔츠 서랍이나 속옷 서랍, 아니면 아무 서랍에도 넣지 않은 채 방치했다. 그의 부주의는 점점 심해져, 깨끗한 옷을 입지도 않은 채 세탁소로 다시 보내버리는 일도 잦았다. 이는 가난한 독신자에게 흔히 보이는 괴벽이었다.

 그럼에도 그는 잡지들을 읽으며, 부유한 작가들이 가난한 자들의 '오만'을 비난하는 글들을 자주 보았다. 예컨대 새 옷을 사입는다든가, 좋은 고기를 사 먹는다든가, 은행 이자보다 개인 장신구에 투자한다는 이유로 말이다.

 이 시대는 분명 기이하고도 서글픈 시절이었다. 한때 신실하고 근면했던 많은 남성들에게는 받아들이기 힘든 현실이었다. 미국 역사상 처음으로, 조지아 이북의 거의 모든 흑인이 1달러짜리 지폐를 거슬러 줄 수 있게 되었으니 말이다. 하지만 당시 1센트는 이미 중국의 '우부' 동전만큼이나 무가치해져, 음료수를 사고 거스름돈으로나 받는 수준이었고, 고작 체중을 재는 데 쓰이는 정도였으므로, 그리 이상할 것도 없는 현상이었다.

그러나 그 모든 시대적 기이함 속에서도, 멀린 그레인저가 감히 취한 다음 행동은 더욱 뜻밖이었다. 바로 마스터스 양에게 청혼한 것이다. 더 놀라운 건, 그녀가 그 청혼을 받아들였다는 사실이었다. 그 일은 토요일 밤, 풀팟의 프렌치 레스토랑에서 일어났다. 물과 값싼 포도주를 섞은 1달러 75센트짜리 병 하나를 앞에 두고서였다.

"와인을 마시면 몸이 막 간질간질해져요, 그렇죠?"

마스터스 양이 경쾌하게 웃으며 말했다.

"그렇죠." 멀린이 건성으로 대답했다. 잠시 무거운 침묵이 흘렀다. 그리고 그는 결심한 듯 입을 열었다.

"마스터스 양… 올리브, 할 말이 있어요. 제 말을 들어줄 수 있나요?"

무슨 말을 하려는지 이미 알고 있던 마스터스 양의 얼굴은 긴장으로 전류가 흐르는 듯했다. 그러나 그녀의 대답은 놀라울 만큼 차분했다.

"네, 멀린."

멀린은 입 안에 고여 있던 공기를 꿀꺽 삼켰다.

"저에겐 재산이 없습니다." 그는 마치 중대한 선언을 하듯 말했다.

"정말 아무 재산도 없어요."

두 사람의 시선이 마주쳤다. 그 눈빛은 묘하게 아름답고, 슬프며, 몽환적이었다.

"올리브." 멀린이 말했다. "당신을 사랑합니다."

"저도 사랑해요, 멀린." 그녀가 담담하게 대답했다. "우리 와인 한 병 더 시킬까요?"

"좋아요!" 멀린은 심장이 요동치는 걸 느끼며 외쳤다. "그건 혹시…"

"우리의 약혼을 축하하기 위해서요." 그녀가 용기 내어 말을 이었다. "짧은 약혼이 되길 바라요."

"아니요!" 멀린이 거의 소리치며 테이블 위를 세차게 내리쳤다. "영원히 이어지길 바라요!"

"뭐라고요?"

"아, 무슨 뜻인지 알겠어요. 맞아요. 짧은 약혼이 되길 바래요."

멀린은 웃으며 덧붙였다. "내 실수였어요."

와인이 다시 채워지자, 두 사람은 본격적으로 이야기를 나누기 시작했다.

"처음엔 작은 아파트에서 시작해야 할 거예요." 멀린이 말했다. "그런데 생각해보니, 네, 확실해요, 바로 제가 사는 건물에 그런 방이 하나 있어요. 큰 방 하나에, 탈의실 겸 주방 같은 공간이 딸려 있고, 같은 층에 욕실도 함께 쓰는 곳이죠."

올리브는 기쁘게 손뼉을 쳤다. 멀린은 그 순간 그녀가 꽤 예쁘다는 생각을 했다. 정확히 말하자면, 코 윗부분까진 아주 예뻤다. 코 아래로는 약간 어긋나 있었지만. 그녀는 열정적으로 말을 이어갔다.

"그리고 형편이 좀 나아지면 진짜 멋진 아파트로 옮기는 거예요. 엘리베이터도 있고, 전화 받는 아가씨도 있는 곳으로요."

"그다음엔 시골에 별장 하나, 그리고 자동차도 사죠."

"세상에, 그것보다 더 즐거운 일이 있을까요?"

멀린은 잠시 말을 멈췄다. 자신이 지금 살고 있는, 4층 맨 뒷방을 포기해야 한다는 사실이 떠올랐다. 하지만 이제는 그것이 별로 중요하지 않았다. 지난 일 년 반 동안, 정확히는 캐롤라인이 문라이트 퀼 서점에 찾아왔던 그날 이후로, 그는 다시는 그녀를 본 적이 없었다.

그 사건이 있던 뒤 일주일 동안 그녀의 불빛은 켜지지 않았다. 어둠이 그녀의 창에서 골목길로 번져 나왔고, 그것은 마치 멀린의 커튼 없는 창문 안으로 더듬으며 들어오려는 듯했다. 그리고 마침내 불빛이 다시 켜졌을 때, 그 안에는 더 이상 캐롤라인과 손님들이 없었다. 대신 지루해 보이는 가족이 있었다 — 콧수염이 삐죽한 남자와, 저녁 내내 엉덩이를 두드리며 장식품을 만지작거리는 풍만한 여인. 멀린은 이틀 만에 냉정하게 커튼을 내려버렸다.

그는 이제 올리브와 함께 사회적 상승을 꿈꾸는 것보다 더 즐거운 일이 없다고 생각했다. 교외에 파란색으로 칠한 오두막을 사는 것이다. 녹색 지붕과 하얀 외벽의 고급 별장보다는 한 단계 아래의 소박한 집. 잔디밭에는 녹슨 모종삽과 부서진 녹색 벤치, 한쪽으로 기울어진 등나무 아기 유모차가 놓여 있을 것이다. 그리고 그 잔디와 유모차, 오두막과 그 모든 세상을 둘러싸는 건 올리브의 팔. 시간이 흘러 그녀의 팔에는 살이 조금 붙고, 얼굴에는 마사지로 인한 잔잔한 떨림이 생길 것이다.

멀린은 마치 지금 그녀의 목소리를 코앞에서 듣는 듯했다.

"오늘 당신이 이 말을 할 줄 알았어요, 멀린. 내 눈에는 다 보였죠—"

 그녀는 볼 수 있었다. 아, 그는 갑자기 생각했다. 그녀는 정말 얼마나 볼 수 있는 걸까? 혹시 그 옆 테이블에 앉은 여자가 캐롤라인이라는 걸 볼 수 있을까? 그녀는 그걸 알아차릴까? 그녀는 알 수 있을까 — 그 남자들이 세 배는 더 독한 술을 들고 와, 레스토랑의 값싼 와인을 희석시킨 것보다 훨씬 더 강한 기운을 풍기고 있다는 걸?

 멀린은 숨을 죽이고 바라보았다. 올리브의 부드럽고 낮은 목소리가 꿀벌처럼 달콤한 기억 속을 맴돌았지만, 그는 반쯤은 다른 소리에 사로잡혀 있었다. 얼음 부딪히는 소리, 네 사람의 웃음소리, 그리고 그 중에서도 너무나 익숙한 캐롤라인의 웃음소리 — 그 웃음은 멀린의 심장을 일으켜 세웠고, 그를 재촉하듯 그녀의 테이블로 이끌었다.

 그는 그녀를 뚜렷이 볼 수 있었다. 그리고 지난 일 년 반 동안 그녀가 조금은 변했다는 생각이 들었다. 빛의 착각일까, 아니면 볼이 조금 더 홀쭉해지고 눈빛이 덜 생기 있는 대신 더 깊어진 걸까? 하지만 여전히 그녀의 붉은 갈색 머리카락 속 그림자는 보랏빛이었고, 그녀의 입술은 여전히 입맞춤을 부르는 듯했다. 그것은 마치 붉은 램프 아래서 황혼이 깔리던 서점에서, 책 한 줄 사이로 보이던 그녀의 옆모습처럼 그려졌다.

 그리고 그녀는 술에 취해 있었다. 그녀의 볼을 물들이는 세 겹의 홍조는 젊음과 와인, 그리고 고운 화장 때문이었다. 그녀는 왼쪽의 젊은 남자, 오른쪽의 뚱뚱한 남자, 맞은편의 늙은 신사까지 모두 즐겁게 만들고 있었다. 특히 그 늙은 신사는 간간이 놀라거나 꾸짖는 듯한 웃음을 터뜨렸다. 멀린은 그녀가 흥얼거리는 노래의 가사를 엿들었다.

"걱정 따윈 손가락 튕기며 날려버려요,

다리 건너야 할 때까지는 미리 걱정하지 말아요—"

뚱뚱한 남자가 그녀의 잔에 차가운 황금빛 술을 채워줬다.

웨이터는 몇 번이나 테이블 주위를 돌며 주문을 받으려 했지만, 캐롤라인은 음식의 맛을 계속 물으며 명랑하게 떠들어댔다. 그 덕에 그는 겨우 주문 비슷한 걸 받아낼 수 있었고, 급히 자리를 떠났다.

그제야 올리브가 멀린에게 말을 걸었다.

"그래서, 언제쯤?" 그녀의 목소리엔 약간의 실망이 배어 있었다. 멀린은 자신이 그녀의 질문에 무심코 '아니요'라고 대답했음을 깨달았다.

"언젠가요."

"당신은… 별로 상관없다는 건가요?"

그녀의 질문에는 묘한 서글픔이 담겨 있었다. 멀린은 시선을 그녀에게 돌렸다.

"가능한 한 빨리예요, 올리브." 그는 뜻밖의 부드러움으로 말했다.

"두 달 뒤, 6월에."

"그렇게 빨리?"

올리브는 숨이 막힐 정도로 들뜬 기색을 감추지 못했다.

"그래요, 6월로 하는 게 좋겠어요. 괜히 기다릴 필요 없잖아요."

그러자 올리브는 두 달이라는 시간이 너무 짧다고, 준비할 시간이 없다고 투정을 부렸다. 그는 너무 성급하다고, 버릇을 고쳐야 한다고,

심지어 이렇게 갑작스럽게 굴면 결혼을 다시 생각해 봐야겠다고까지 했다.

"6월이에요." 멀린이 단호하게 말했다.

올리브는 한숨을 쉬고는 미소 지으며 커피를 마셨다. 작은 손가락을 높이 든 채, 마치 귀부인 흉내를 내는 듯 우아한 자세였다.

멀린은 그 손가락을 보며 문득 이런 생각이 들었다. 반지를 다섯 개쯤 사서 저 손가락에 던져버리고 싶다고.

"이런!" 그가 중얼거렸다. 이제 그는 진짜로 그녀의 손가락에 반지를 끼워줄 사람이라는 사실이 떠올랐던 것이다.

그의 시선이 오른쪽으로 휙 돌아갔다.

옆 테이블의 네 사람은 이미 시끄럽게 떠들어대고 있었고, 급기야 지배인이 다가가 그들에게 주의를 주고 있었다. 캐롤라인은 지배인에게 짜증 섞인 목소리로 대꾸하고 있었다. 그녀의 목소리는 너무나 맑고 젊어서, 식당 전체의 이목이 쏠릴 정도였다 — 식당 전체, 올리브 마스터스 양을 제외하고는 말이다. 그녀는 자기 비밀스러운 행복에 빠져 아무것도 듣지 못했다.

"안녕하세요?" 캐롤라인이 말했다. "아마도 세상에서 제일 잘생긴 지배인님이겠네요. 시끄럽다구요? 유감이네요. 뭔가 조치를 취해야겠어요. 제럴드!" — 그녀는 오른쪽 남자에게 말을 걸었다 — "지배인님이 우리 보고 시끄럽대요. 조용히 하라시네요. 뭐라고 할까?"

"쉿!" 제럴드가 웃으며 제지했다. "쉿!" 그리고 그는 낮게 덧붙였다. "부르주아들이 깨겠군. 여기서 바닥 정리하는 애들이 프랑스어 배우나 봐."

캐롤라인은 눈을 반짝이며 자세를 고쳐 앉았다.

"바닥 정리하는 애? 어딨어요? 보여줘요, 어딨어요?"

그 말에 일행은 모두 폭소를 터뜨렸다. 캐롤라인도 함께 웃었다.

지배인은 마지막으로 절박한 경고를 남긴 뒤, 양 어깨를 으쓱하며 뒤로 물러섰다.

잘 알려져 있듯, 풀팟의 레스토랑은 단정하고 고루한 곳이었다. 화려한 분위기와는 거리가 멀었다.

사람들은 와인을 마시며 조금 들떠서 평소보다 목소리가 커질 뿐, 밤 아홉 시 반이면 식당은 문을 닫았다. 경찰관은 사례금과 아내를 위한 와인 한 병을 받아 돌아가고, 코트룸 아가씨는 팁을 정산한 뒤 퇴근했다. 그럼으로써 작은 원탁들과 함께 불빛이 사라지고, 식당은 고요히 어둠 속으로 가라앉았다.

하지만 오늘 밤 풀팟에는, 전혀 다른 종류의 흥분이 기다리고 있었다. 적갈색 머리카락에 보랏빛 그림자를 띤 한 여자가 테이블 위로 올라가 춤을 추기 시작한 것이다.

"*Sacré nom de Dieu!*(역: 프랑스 욕설) 거기서 내려오세요!" 지배인이 소리쳤다. "연주를 멈춰요!"

하지만 악사들은 이미 너무 크게 연주하고 있었고, 젊은 시절의 열정을 떠올리며 더 큰 소리로, 더 흥겹게 연주를 이어갔다.

캐롤라인은 연기처럼 가볍고 우아하게 춤을 췄다. 분홍빛의 얇은 드레스가 회오리치듯 몸을 감쌌고, 그녀의 날렵한 팔은 연기처럼 공기 속을 그렸다.

근처 테이블의 프랑스인들이 박수를 치며 환호했다. 다른 테이블들도 그 환호에 합류했고, 곧 식당 전체가 박수와 웃음소리로 뒤덮였다.

손님 절반이 일어서서 몰려들었고, 구석에서는 주인이 허겁지겁 소리치며 이 난동을 진정시키려 애썼다.

"…멀린!" 마침내 올리브가 소리쳤다. 그녀는 깜짝 놀라 일어났다.

"저 여자 정말 타락했어요! 우리 나가요, 지금!"

멀린은 홀린 듯 바라보다가 겨우 말했다.

"계산이 아직—"

"괜찮아요. 그냥 테이블 위에 5달러 두세요. 난 저 여자가 역겨워요. 도저히 볼 수가 없어요."

올리브는 벌써 일어나 멀린의 팔을 잡아당기고 있었다.

멀린은 힘없이, 그리고 내키지 않는 걸음으로 그녀를 따라 일어섰다. 두 사람은 광란에 가까운 소란을 헤치며 문으로 나왔다. 식당 안은 이제 완전한 아수라장이 되어가고 있었다. 테이블 위에서 춤추는 발소리, 웃음소리, 그리고 터져 나오는 환호가 세상을 흔드는 듯했다.

그들은 조용히 걸었다. 축축한 4월의 공기 속, 5번가를 향해, 버스를 타기 위해. 그리고 다음 날, 올리브는 그에게 말했다. 결혼 날짜를 앞당겼다고. 5월 1일에 결혼하는 게 더 낫겠다고.

3

그리고 그들은 결혼했다. 다소 답답한 분위기 속에서, 올리브가 어머니와 함께 살던 아파트의 샹들리에 아래에서였다. 결혼 후에는 잠시 들뜸이 찾아왔고, 이내 점차 피로가 깃들기 시작했다. 멀린에게는 책임감이 주어졌다. 주당 30달러를 버는 그의 월급과 올리브의 20달러를 합쳐, 두 사람의 배를 그럴듯하게 채우고, 옷으로 그 살집을 단정히 감춰야 하는 책임 말이다.

몇 주간의 재앙과 굴욕적인 외식 실험 끝에, 그들은 마침내 결정을 내렸다. 외식은 그만두고, 델리에서 음식을 사 먹는 사람들의 군대에 합류하기로 한 것이다. 멀린은 다시 예전 습관으로 돌아갔다. 매일 저녁 브래그도르트 델리에서 감자샐러드, 슬라이스 햄, 그리고 가끔은 사치스럽게 토마토 속을 채운 요리를 사서 돌아왔다.

그는 묵직한 발걸음으로 어두운 복도를 지나, 낡은 카펫이 깔린 삐걱거리는 계단을 세 층이나 올랐다. 그 복도에는 오래된 냄새가 배어 있었다. 1880년대 채소의 향기, 브라이언과 맥킨리[63]가 경쟁하던 시절 유행하던 가구 광택재 냄새, 먼지를 한 온스쯤 더 머금은 포르티에르 커튼, 낡은 신발에서 나온 가루, 그리고 한때 드레스였다가 조각보 이불이 되어버린 천의 냄새까지. 그 냄새는 멀린이 계단을 오를 때마다 되살아났다. 층마다 식사 준비 중인 이웃들의 냄새와 뒤섞여 더욱 선명해지다가, 다음 층으로 오를 때면 다시 죽은 세대들의 일상으로부터 풍겨오는 희미한 향기로 바뀌었다.

---

63 라이언과 맥킨리: 1896년 미국 대통령 선거에서 맞붙은 민주당의 윌리엄 제닝스 브라이언과 공화당의 윌리엄 맥킨리를 가리킨다. 이 선거는 '은본위제 대 금본위제' 논쟁으로 대표되며, 농민·서민층과 산업자본가·금융권의 대립을 상징하는 역사적 사건이었다.

마침내 그들의 방 앞에 도착하면, 문은 언제나 지나치게 기꺼이 열렸고, 거의 비웃듯 "안녕, 자기야! 오늘은 특별한 걸 사 왔어."라는 멀린의 인사를 들으며 닫혔다.

버스를 타고 집으로 돌아오는 올리브는 언제나 "바람 좀 쐬려고" 했다. 집에 도착하면 침대를 정리하고 옷을 걸어두곤 했다. 멀린의 인사에 그녀는 다가와 빠르게 입을 맞췄다. 그때 그녀의 눈은 크게 떠 있었고, 멀린은 그녀의 두 팔을 잡고 마치 균형을 잃은 인형을 붙잡듯 그녀를 세워두었다. 그는 손을 놓으면 그녀가 그대로 뒤로 넘어질 것만 같았다. 그것은 결혼 이 년 차에 찾아오는 '습관의 키스'였다. 신혼 첫해의 키스 — 다소 연극 같고, 영화 속 열정적인 장면을 흉내 낸 듯한 키스 — 를 대신한 것이다.

그 후엔 저녁식사, 그리고 산책이었다. 두 블록쯤 걸어 센트럴파크를 지나거나, 가끔은 영화를 보러 갔다. 그 영화들은 언제나 그들에게 말해주었다. 인생이란 이런 사람들이 살아가도록 설계된 것이며, 순종하고 성실히 윗사람의 뜻에 따르기만 하면, 머지않아 위대한 무언가가 찾아올 거라고.

그들의 하루는 이렇게 세 해 동안 이어졌다. 그리고 변화가 찾아왔다. 올리브가 아기를 낳은 것이다. 덕분에 멀린의 삶에는 다시 한 번 '현실적인 긴급함'이 찾아왔다. 올리브가 출산한 지 3주째 되던 날, 멀린은 몇 시간이나 머릿속으로 말을 되뇌다 마침내 문라이트 퀼 씨의 사무실로 들어가, 대대적인 급여 인상을 요구했다.

"제가 여기서 일한 지 벌써 10년이 됐습니다." 멀린이 말했다. "열아홉 살 때부터요. 회사의 이익을 위해 언제나 최선을 다해 왔습니다."

문라이트 퀼 씨는 곰곰이 생각해보겠다고 말했다. 그리고 다음 날, 멀린의 놀라운 기쁨 속에서 그가 선언했다. "오래전부터 계획해 온 일을 실행하려네. 이제 나는 서점의 일선에서 물러나고, 주기적으로 들르는 정도로만 하겠네. 그 대신 자네가 이곳의 지배인이 되어 일주일에 50달러를 받고, 가게의 10분의 1 지분을 가지게 될 걸세."

그 말이 끝나자 멀린의 두 볼은 상기됐고, 눈에는 눈물이 고였다. 그는 고용주의 손을 덥석 잡고 세차게 흔들며 말했다.

"정말 감사합니다, 선생님. 너무 고맙습니다. 정말, 정말 감사합니다."

그리하여 그는 10년간의 성실한 근무 끝에 마침내 인정을 받았다.

그는 자신의 지난 세월을 돌아보았다. 그토록 지루하고 잿빛으로만 느껴졌던 10년 — 걱정과 의욕 상실, 무너지는 꿈들, 점점 희미해지는 문라이트의 불빛, 그리고 올리브의 얼굴에서 사라져간 젊음 — 이 이제는 장엄하고 의지에 찬 승리의 시간으로 보였다.

그를 비참함으로부터 지켜주던 낙관적 자기기만은 이제 '불굴의 결단력'이라는 금빛 옷을 입었다. 그는 여러 번 서점을 그만두고 더 나은 일을 찾아 떠나려 했지만, 번번이 용기가 모자라 머물렀다. 그러나 지금 돌이켜보면, 그때야말로 자신이 굳은 결심으로 싸워 이겨낸 시기였다고 믿었다.

지금 이 순간만큼은, 멀린이 자신을 새롭게 바라보며 느끼는 그 황홀한 자부심을 시샘하지 말자. 그는 도달했다. 서른 살에 이르러 마침내 중요한 자리에 올랐다. 그날 저녁, 그는 빛이 나는 얼굴로 서점을 나와 브래그도르트 델리에서 자신이 가진 모든 돈을 쏟아부어 인생 최고의 만찬을 샀다. 종이 봉투 네 개에 음식을 가득 담아 들고 집으로 돌아가며 그는 그 기쁜 소식을 품고 비틀거리듯 걸었다.

비록 올리브는 입맛이 없어 한입도 먹지 못했고, 멀린 자신은 네 개의 속을 채운 토마토와 씨름하다가 가볍지만 분명한 소화불량에 시달렸으며, 대부분의 음식이 냉장고도 없는 '얼음 없는 냉장고' 속에서 빠르게 상했지만, 다음 날 내내 그에게는 아무런 흠도 되지 않았다. 결혼 첫 주 이후 처음으로 멀린 그레인저의 하늘에는 한 점 구름도 없는 평온이 깃들었다.

아들은 '아서'라는 이름으로 세례를 받았다. 인생은 어느덧 품격을 띠었고, 의미를 얻었으며, 한 중심을 향해 모였다. 멀린과 올리브는 자신들이 이제 우주의 주인공이 아니라 조연쯤으로 물러섰다는 사실을 받아들였다. 하지만 잃은 개성만큼 원초적인 자부심을 얻었다. 시골집은 끝내 이루지 못했지만, 매년 여름 아스베리 파크의 하숙집에서 한 달을 보내며 그 빈자리를 채웠다. 멀린의 2주 휴가 동안, 그 여행은 언제나 즐겁고 들뜬 나들이였다. 아기가 바다를 향해 열린 넓은 방에서 잠들면, 멀린은 올리브와 함께 사람들로 북적이는 산책로를 걸었다. 그는 시가를 피우며 마치 연봉 2만 달러쯤 되는 사람인 양 어깨를 세웠다.

세월이 점점 느리게 흘러가는 듯하면서도, 해마다 빠르게 그를 지나쳤다. 멀린은 서른하나, 서른둘, 그리고 어느새 서른다섯이 되었다.

청춘의 모래를 체로 걸러 모아 보아야 한줌밖에 남지 않는 나이였다. 그리고 바로 그날, 5번가에서 그는 캐롤라인을 보았다.

그날은 부활절 아침이었다. 화사하고 꽃향기로 가득한 날. 거리는 백합과 화려한 모자, 그리고 새로 산 회색 코트들로 이루어진 하나의 행렬이었다. 정오가 되자 성 시몬 교회, 성 힐다 교회, 사도 교회가 일제히 문을 열었다. 그 문들은 마치 입처럼 활짝 벌어져, 교인들이 흘러나오며 서로 인사하고 웃으며 담소를 나누었고, 기다리던 운전사에게 하얀 꽃다발을 흔들었다.

사도 교회 앞에는 열두 명의 성직자가 서서, 매년 부활절마다 이어지는 전통에 따라 새 얼굴의 사교계 신여성들에게 파우더가 든 부활절 달걀을 나눠주고 있었다. 그 주위에서는 부유한 가정의 아이들이 세련되게 손질된 머리카락을 반짝이며 즐겁게 뛰어다녔다. 마치 보석처럼 반짝이는 그 아이들은 어머니의 손가락에 끼워진 작은 보물 같았다. 누군가는 가난한 아이들을 위로하는 노래를 부르겠지만, 부자들의 아이들도 저마다 세탁소 향기를 풍기며, 달콤한 비누 냄새와 건강한 피부빛, 그리고 무엇보다 부드러운 실내 목소리를 지니고 있었다.

작은 아서, 다섯 살짜리 중산층의 아이.

눈에 띄지도, 특별하지도 않은 아이였다. 약간 들린 코가 그의 얼굴에서 '그리스적 이상미'를 망가뜨렸다. 그는 어머니의 따뜻하고 끈적한 손을 꼭 쥐고, 다른 쪽에 선 멀린과 함께 집으로 향하는 인파 속을 걸었다. 53번가에 이르자 두 개의 교회에서 쏟아져 나온 사람들로 거리는 가장 붐볐다. 발걸음이 더뎌질 정도였기에, 어린 아서조차 부모의 속도를 맞추는 데 아무런 어려움이 없었다.

그때였다. 멀린은 가장 짙은 자주색의 랜덜렛 한 대가 길가에 천천히 다가와 멈추는 것을 보았다. 그리고 그 안에, 캐롤라인이 앉아 있었다.

그녀는 검은색, 몸에 꼭 맞는 드레스를 입고 있었고, 허리에는 연보라색 난초 꽃다발 장식이 달려 있었다. 멀린은 흠칫 놀라며 그녀를 바라보았다. 결혼 후 팔 년 만에 처음으로 다시 마주하는 얼굴이었다. 하지만 더 이상 '소녀'는 아니었다. 그녀의 몸매는 여전히 날씬했지만, 그 젊고 도도한 소녀의 기운은 이미 사라지고, 첫사랑의 홍조 같던 뺨의 빛깔도 희미해졌다. 그러나 그녀는 여전히 아름다웠다. 오히려 지금은 품격이 있었다. 스물아홉의 우연한 조화가 만들어낸 고운 선들이 그녀의 얼굴을 감싸고 있었다. 그녀는 자동차 안에 앉아 완벽한 자태로, 절묘한 자기 확신을 지닌 채 세상을 내려다보았다. 멀린은 숨이 막혔다.

그러다 그녀가 미소 지었다.

예전과 같은 미소였다 — 부활절 햇살처럼 환하고, 더 깊고 부드러워진 미소. 그러나 그 첫 미소 속에 담겨 있던 끝없는 가능성과 설렘은 없었다. 이제 그 미소는 더 단단했고, 세상을 알고 난 슬픔이 깃든 미소였다.

그럼에도 불구하고 그 미소는 여전히 강렬했다. 두 명의 젊은 남자가 황급히 다가와, 번들거리는 머리에 씌운 실크 해트를 벗고 인사를 건넸다. 그녀는 연보라색 장갑 낀 손으로 그들의 회색 장갑을 살짝 스쳤다. 곧 두 사람은 셋이 되고, 다섯이 되었으며, 순식간에 그녀의 랜덜렛 주변에는 남자들이 몰려들었다.

멀린은 옆에서 한 남자가 동행에게 말하는 걸 들었다.

"잠깐만요, 꼭 인사해야 할 분이 계시네요. 먼저 가세요. 금방 따라갈게요."

3분도 채 안 되어, 캐롤라인의 자동차는 앞뒤좌우 모두 남자들로 가득 찼다. 그들은 서로의 대화를 뚫고 그녀에게 닿을 만한 재치 있는 한마디를 짜내기 위해 애쓰고 있었다.

다행히 그때 작은 아서의 옷이 터질 듯이 흘러내리기 시작했고, 올리브는 황급히 아이를 끌고 벽 쪽으로 가서 응급 수선을 했다. 덕분에 멀린은 방해받지 않고 그 '거리의 살롱'을 지켜볼 수 있었다.

사람들은 점점 더 모여들었다. 첫 줄 뒤에 또 한 줄, 그 뒤에 또 한 줄. 그 한가운데, 검은 옷 속에서 피어난 한 송이 난초처럼, 캐롤라인이 앉아 있었다. 그녀는 그 옛날보다 더 완벽하게 미소 짓고, 더 많이 인사하고, 더 크게 웃었다. 그러자 새로운 무리의 신사들이 아내와 약혼녀를 버려두고, 그녀를 향해 발걸음을 옮기기 시작했다.

군중은 이제 두세 겹으로 늘어서 있었고, 단순한 호기심으로 모여든 사람들까지 더해졌다. 캐롤라인을 알 리 없는 남자들이 연령 불문하고 밀려들었고, 그 거대한 원형의 군중 속으로 스며들었다. 마침내 연보라색 옷의 여인은 거대한 즉석 광장의 중심이 되었다.

그녀 주위에는 온갖 얼굴들이 있었다. 면도를 깔끔히 한 남자, 수염이 덥수룩한 노인, 젊은이, 나이를 짐작할 수 없는 사람들, 그리고 이제는 여기저기서 여성들까지 섞이기 시작했다. 인파는 순식간에 반대편 인도까지 번졌고, 모퉁이의 세인트 앤서니 교회에서 신자들이 쏟아져 나오자 그 물결은 길을 완전히 덮었다. 사람들은 길 건너 부호의 철제 울타리에까지 밀려붙었다.

5번가를 달리던 자동차들은 모두 멈춰 섰고, 눈 깜짝할 사이에 세 대, 다섯 대, 여섯 대가 겹겹이 도로 가장자리에 쌓였다. 거대한 자동차 버스들이 거북이처럼 느릿하게 그 틈새로 파고들었고, 승객들은 흥분한 얼굴로 지붕 가장자리에 매달려 군중의 중심을 내려다보았다. 그러나 이제는 그 중심조차 사람들로 뒤덮여 보이지 않았다.

그 혼잡은 실로 압도적이었다. 예일과 프린스턴의 미식축구 결승전조차, 혹은 월드시리즈의 인파조차, 이 장면과는 견줄 수 없었다. 검은색과 연보라색 옷을 입은 여인을 중심으로, 사람들은 웃고, 떠들고, 빵빵거리며, 미친 듯이 몰려들었다. 그것은 장관이었다. 동시에 공포스러웠다.

몇 블록 떨어진 곳에서는 경찰 한 명이 거의 절박한 목소리로 관할서에 전화를 걸었고, 바로 모퉁이에서는 겁에 질린 시민이 소화전 경보 유리창을 깨뜨리고 도시 전역의 소방차를 불러 모았다. 한편 높은 빌딩의 아파트에서는 히스테리 기질의 노처녀가 연달아 전화를 걸었다 ― 금주법 단속관에게, 볼셰비즘 특별경찰에게, 벨뷰 병원 산부인과에까지.

소음은 점점 커졌다. 첫 번째 소방차가 도착하면서 일요일의 공기는 금속성의 울림으로 가득 찼다. 쇠와 쇠가 맞부딪히는 굉음, 불길한 사이렌 소리가 도시의 벽 사이로 메아리쳤다. 어떤 이들은 재난이 일어난 줄 알고 즉시 기도회를 소집했다. 세인트 힐다와 세인트 앤서니의 거대한 종이 울렸고, 곧 세인트 사이먼 교회와 사도 교회도 경쟁하듯 종을 울려대기 시작했다. 허드슨 강과 이스트 강 멀리에서도 그 소란이 들렸고, 나룻배와 예인선, 여객선들까지 비통한 휘파람을 울리며 도시 전체에 울려 퍼지는 음조를 더했다. 리버사이드 드라이브에서 이스트사이드의 잿빛 부두에 이르기까지, 메아리는 교차하며 도시를 가득 채웠다.

그 모든 소란의 한가운데, 검은색과 연보라색 옷차림의 여인은 여전히 자신의 랜덜렛 안에 앉아 있었다. 그녀는 근처의 남자들과 번갈아 대화를 나누며 태연하게 미소 지었다. 그러나 이내 주변을 둘러보다가 불쾌한 기색을 드러냈다. 하품을 하더니, 옆에 있던 남자에게 물을 좀 가져올 수 있겠느냐고 물었다. 그 남자는 당황하며 사과했다. 그는 손 하나, 발 하나도 움직일 수 없었다. 귀가 가려워도 긁을 수 없는 상태였다.

그때 강가에서 울리는 첫 사이렌 소리가 공기를 가르며 퍼졌다. 올리브는 작은 아서의 옷의 마지막 안전핀을 채우고 고개를 들었다. 멀린은 그녀가 움찔하더니, 서서히 굳어가는 것을 보았다. 마치 굳어가는 석고상처럼. 그리고 그녀는 놀람과 불쾌감이 뒤섞인 짧은 숨을 내쉬었다.

"저 여자." 그녀가 외쳤다. "오, 세상에!"

그녀는 멀린을 향해 고통과 비난이 뒤섞인 시선을 던졌다. 그리고 는 말 한마디 없이 아서의 손을 한쪽으로 잡고, 남편의 손을 다른 쪽 으로 끌었다. 그리고 믿기지 않을 만큼 빠르고 요란하게, 사람들 사이 를 헤집고 달리기 시작했다. 사람들은 이상하게도 그녀 앞에서 길을 내주었다. 그녀는 아들과 남편의 손을 절대 놓지 않았다. 결국 두 블 록쯤 지나서야, 헝클어지고 숨이 가쁜 모습으로 군중을 벗어났다. 그 녀는 곧장 골목길로 들어서더니, 한참 뒤에야 걸음을 늦췄다. 멀리서 그 광란의 소리가 잦아들자, 그녀는 아서를 내려놓으며 말했다.

"일요일에 저게 뭐야? 창피하게 구는 것도 지겹지 않나 몰라."

그녀는 그 한마디만 했다. 그리고 남은 하루 내내, 그녀는 그 말을 아서에게만 하는 듯 중얼거렸다. 이상한 일이었지만, 그녀는 도망치 던 순간부터 단 한 번도 남편을 바라보지 않았다.

4

서른다섯 살에서 예순다섯 살까지의 세월은, 인간의 수동적인 정신 속에서 설명할 수 없이 혼란스러운 회전목마처럼 돌고 돈다. 물론 그 회전목마의 말들은 다리를 절고 숨이 찬 늙은 말들이며, 처음엔 파스 텔 톤으로 칠해졌다가 곧 칙칙한 회색과 갈색으로 바래버린다. 그러 나 그것은 어린 시절이나 청춘기의 회전목마와는 비교할 수 없을 만 큼 혼란스럽고 어지럽다. 청년기의 롤러코스터처럼 분명한 궤도 위 를 질주하지도 않는다. 대부분의 남녀에게 이 삼십 년은 서서히 삶으 로부터 후퇴하는 시기이다. 처음에는 수많은 피난처 — 젊은 날의 오락과 호기심들 — 로 이루어진 전선에서 물러나, 점점 더 좁은 방어선으로 후퇴한다. 야망은 단 하나의 목표로, 취미는 한 가지 여가로, 친구들은 감정이 마비된 몇몇으로 줄어든다. 그리고 마침내, 강하지도 않은 외로운 요새에 도달한다. 그곳에서 죽음의 포탄은 때로는 귀청이 터지도록, 때로는 희미하게 스치며 날아든다. 우리는 두려움과 피로를 번갈아 느끼며 그저 죽음을 기다리고 앉아 있다.

사십이 된 멀린은 서른다섯의 자신과 다를 바 없었다. 배가 더 불렀고, 귀 옆에 흰 머리카락이 반짝였으며, 걸음에는 생기가 더 줄었다. 마찬가지로, 그의 마흔다섯은 마흔의 모습과 거의 다르지 않았다. 다만 왼쪽 귀에 약간의 난청이 생겼다는 점만 빼면 말이다. 그러나 쉰다섯이 되자, 변화는 화학 반응처럼 빠르게 진행되었다. 해가 갈수록 그는 가족들에게 점점 '늙은이'로 여겨졌다. 아내의 눈에는 거의 치매에 가까워 보이기도 했다.

그 무렵, 그는 서점의 완전한 주인이 되어 있었다. 신비한 문라이트 퀼 씨는 이미 세상을 떠난 지 오 년이 되었고, 부인도 남기지 않은 채, 전 재산과 가게를 멀린에게 유산으로 남겼다. 멀린은 여전히 그곳에서 일했다. 이제 그는 거의 3천 년간 인류가 기록해 온 모든 것을 이름으로 알고 있는 인간 도서목록이자, 장정과 제본, 대형판과 초판본에 관한 권위자였다. 그러나 그는 자신이 결코 이해하지 못했으며 실제로 읽어본 적도 없는 천 명의 작가들에 대한 정확한 '목록'일 뿐이었다.

예순다섯이 되었을 때, 그는 확실히 늙었다. 그는 빅토리아 시대의 희극에서 흔히 볼 수 있는 '두 번째 늙은 남자'의 비애어린 습관들을 그대로 답습했다. 안경을 잃어버리고 그것을 찾는 데 끝없는 시간을 쏟았다. 그는 아내를 잔소리로 괴롭혔고, 아내 역시 그를 잔소리로 되갚았다. 그는 매년 세 번씩 같은 농담을 식탁에서 반복했고, 아들에게는 도무지 실현 불가능한 인생 조언을 늘어놓았다. 정신적으로나 육체적으로나, 그는 스물다섯의 멀린 그레인저와 완전히 다른 존재가 되어 있었다. 이제 그가 같은 이름을 쓰고 있다는 사실이 오히려 부조리하게 느껴질 정도였다.

그는 여전히 서점에서 일했다. 새로 고용된 젊은 남자 점원이 있었는데, 멀린은 그를 몹시 게으르다고 생각했다. 물론 늘 그렇듯이. 새로 들어온 여직원 개프니 양도 있었다. 그리고 늙은 맥크래큰 양은 여전히 장부를 관리했다. 그녀 역시 멀린만큼 늙었지만, 그만큼 존경받지도 못했다.

한편, 이제 다 큰 아서—그의 아들은—월스트리트로 갔다. 채권을 파는 일에 뛰어든 것이다. 요즘 젊은이들이 다 그렇듯이. 멀린에게 그것은 자연스러운 일이었다. 늙은 멀린은 책 속에서 얻을 수 있는 '마법'에 만족해야 했다. 젊은 왕 아서의 자리는 이제 회계사무소 안에 있는 것이 옳았다.

어느 날 오후 네 시, 그는 부드러운 고무 슬리퍼를 신고 살금살금 서점 앞쪽으로 나왔다. 그에겐 최근 생긴 버릇이 하나 있었다. 젊은 점원을 몰래 엿보는 버릇. 그 자신도 부끄럽게 여겼지만, 어쩔 수 없이 자주 그러곤 했다. 창문 앞에 서서, 그는 희미해진 시력을 짜내듯

거리 쪽을 바라보았다.

그때였다. 크고 위엄 있는 리무진 한 대가 인도 옆에 천천히 멈춰 섰다. 운전사는 차에서 내려 안쪽 사람들과 잠시 이야기를 나누더니, 어딘가 어리둥절한 얼굴로 서점 입구를 향해 걸어왔다. 그는 문을 열고 들어와, 불확실한 눈빛으로 해진 빨간 펠트 모자를 쓴 늙은 남자를 바라보았다. 그는 안개 속에서 말하듯 탁하고 흐릿한 목소리로 말했다.

"저기요… 애디션 (additions, 덧셈책) 팔아요?"

멀린이 고개를 끄덕였다.

"산수책은 가게 뒤쪽에 있습니다."

운전사는 모자를 벗더니 짧고 빽빽한 머리를 긁었다.

"아니, 그게 아니라요. 탐정 소설을 찾는 거예요." 그는 엄지손가락으로 뒤의 리무진을 가리켰다. "그 여사님이 신문에서 봤다네요. '첫 번째 애디션'(역: 초판본을 뜻하지만, 피츠제럴드의 언어유희를 드러내기 위해 맞춤법이 틀린 애디션으로 편집했다.)이래요."

멀린의 눈빛이 번뜩였다. 혹시 큰 거래가 될지도 몰랐다.

"아, 에디션(edition, 간행물의 판)이군요. 예, 초판본 광고는 냈지만… 탐정 소설이라면… 잘 모르겠는데요. 제목이 뭐였죠?"

"까먹었어요. 범죄 얘기였어요."

"범죄 이야기라… 글쎄요, '보르자 가문의 범죄들'이라는 책이 있긴 합니다. 1769년 런던 초판본, 모로코 가죽 제본이고 아주 아름—"

"아니요." 운전사가 끼어들었다. "그건 한 남자가 저지른 범죄였어요. 여사님이 신문에서 당신네가 그 책 판다고 봤다니까요." 그는 전문가라도 된 듯한 표정으로 몇 가지 제목을 떠올리다, 갑자기 외쳤다.

"'실버 본스(Silver Bones)'요."

"뭐라구요?" 멀린은 혹시 자신의 뻣뻣한 관절을 놀리는 말인가 싶어 되물었다.

"'실버 본스.' 그게 그 범죄 저지른 사람 이름이었어요."

"실버 본스라구요?"

"예, 인디언인가 봐요."

멀린은 거칠게 자란 턱을 문질렀다.

"제발 좀 찾아봐요, 아저씨." 운전사가 애원하듯 말했다. "그 여사님이요, 뭐든 계획대로 안 되면 아주 난리가 난다니까요."

하지만 멀린은 '실버 본스'라는 이름에서 아무런 단서도 떠올릴 수 없었다. 그는 호의적으로 서가를 뒤졌지만 소득은 없었다. 다섯 분쯤 지나서, 의기소침한 마부는 다시 차로 돌아갔다. 멀린은 유리창 너머로 리무진 안의 소동을 볼 수 있었다. 여사님이 크게 화를 내는 모양이었다. 운전사는 필사적으로 자신이 무죄라고 손짓했지만, 소용이 없는 듯했다. 잠시 후, 한층 풀이 죽은 표정으로 다시 운전석에 올라탔다.

그때 리무진 문이 열리더니, 스무 살 남짓 되어 보이는 창백하고 날씬한 젊은이가 내렸다. 그는 최신 유행의 옷차림에, 한 손에는 가느다란 지팡이를 들고 있었다. 그는 태연히 가게 안으로 들어와 멀린을 지나쳐 담배를 꺼내 피웠다. 멀린이 다가가 말을 걸었다.

"찾으시는 책이 있으십니까, 손님?"

"이봐요, 노인장." 젊은이는 침착하게 말했다. "해야 할 게 몇 가지 있네요. 우선, 제가 여기서 담배를 피우게 해주세요. 저 리무진 안에 있는 노부인께는 들키면 곤란하거든요. 그분은 제 할머니예요. 제가 성년이 되기 전에 담배를 피운 걸 알게 되면, 저한테 오천 달러가 날아가요. 두 번째로, 당신네가 지난 일요일 뉴욕 타임스에 광고 낸 '실베스터 보나르의 범죄(The Crime of Sylvester Bonnard)' 초판본을 찾아봐 주세요. 우리 할머니께서 그걸 사고 싶어 하십니다."

탐정 소설! 누군가의 범죄! 실버 본스! — 이제야 모든 게 설명이 되었다.

멀린은 마치 이런 일쯤 즐길 수 있었다면 얼마나 좋았을까 하는 듯, 자조 섞인 미소를 지으며 허리를 굽혔다. 그는 자신이 애써 모아둔 보물들이 있는 가게 안쪽으로 비틀비틀 걸어가, 얼마 전 대형 고서 경매에서 싸게 사둔 책을 꺼내 들었다.

그가 돌아왔을 때, 젊은이는 만족스러운 표정으로 담배 연기를 내뿜고 있었다.

"세상에!" 그가 말했다. "그 노부인은 하루 종일 나를 잡아두고 쓸데없는 심부름만 시켜요. 그래서 이렇게 담배 한 대 피우는 게 여섯 시간 만의 자유라고요. 우유죽만 먹던 시대의 노부인이 한 남자의 '사생활'을 간섭할 수 있다니, 정말 말세 아닙니까? 전 그렇게 살고 싶지 않아요. 자, 책 좀 볼까요."

멀린은 정성스럽게 책을 건넸다. 젊은이는 가벼운 손길로 받아 들더니, 페이지를 엄지손가락으로 쓱쓱 넘기며 대충 훑어보기 시작했다.

"삽화는 없네요, 그렇죠?" 그가 평을 던졌다. "그렇다면, 값이 얼마에요? 말해 봐요! 공정한 값을 드릴게요, 왜 그런지는 모르겠지만."

"백 달러입니다." 멀린이 찡그리며 말했다.

젊은이는 놀란 듯 휘파람을 불었다.

"휴, 자— 들어봐요. 내가 상대하는 사람이 중서부 시골 출신이라고 착각하진 마세요. 나는 엄연히 도시에서 자란 사람이에요. 게다가 내 할머니도 도시에서 자란 분이시라니까요. 물론 그분을 제대로 모시려면 특별세금이 필요할 정도지만 말이죠. 우리가 이걸 25달러에 사겠어요. 그거, 꽤 후한 제안이에요. 우리 다락방에는—내 어릴 적 장난감들이랑 같이 쌓여 있는—이 책보다 훨씬 옛날에 쓰인 책들이 수두룩하거든요."

멀린은 뻣뻣하게 굳어, 꼼꼼하고 깐깐한 혐오를 얼굴에 드러냈다.

"할머니가 그 25달러를 당신에게 주었소?"

"50달러를 주시긴 했죠. 하지만 거스름돈을 기대하고 계세요. 그 할머니 성격 제가 잘 알거든요."

"그렇다면." 멀린이 품위를 지키며 말했다. "그분께 이렇게 전하세요. 정말 큰 기회를 놓치셨다고."

"그럼요, 그럼요." 젊은 남자가 서둘러 말했다.

"40달러로 합시다. 자, 이 정도면 합리적이잖아요. 너무 욕심부리지 말고 우리 좀 봐줘요—"

멀린은 귀중한 권책을 팔꿈치에 끼고 돌아서서 사무실의 특수 서랍에 다시 넣으려 했으나 갑작스런 소란이 끼어들었다. 전례 없이 장엄하게 정문이 '열리다'라기보다 터져 열리며 어둑한 내부로 검은 비단과 모피를 두른 한 사람이 위엄 있는 모습으로 난폭하게 걸어들어왔다. 도시 젊은이의 손가락에서 담배가 튕겨 나갔고 그가 무심코 "젠장!"을 내뱉었으나, 이 출현이 가장 괴이하고 어울리지 않는 영향을 받은 이는 멀린이었다―그의 가게에서 가장 귀중한 보물이 손에서 미끄러져 담배와 함께 바닥에 떨어졌다. 그의 앞에 서 있던 이는 캐롤라인이었다.

그녀는 노부인이었다. 그러나 놀라울 만큼 잘 보존된, 보기 드물게 단정하고 당당한 노부인이었다. 머리는 부드럽고 아름다운 흰빛으로 정교하게 꾸며져 보석으로 장식되어 있었다. 얼굴은 대담한 숙녀풍으로 연하게 색을 띠고 있었고 눈가에는 주름 망이 보였으며 코에서 입가까지는 두 줄의 깊은 선이 기둥처럼 연결되어 있었다. 그녀의 눈은 흐릿했고, 성질이 나빠 보였으며, 투덜거리는 듯했다.

그러나 의심의 여지 없이 그 사람은 캐롤라인이었다. 쇠락했음에도 캐롤라인의 이목구비, 단단하고 경직된 몸동작일지라도 캐롤라인의 체격, 기묘하게도 매력적인 건방스러움과 부러울 만한 자기 확신이 뒤섞인 태도; 무엇보다도, 깨지고 떨리는 목소리이지만 여전히 운전기사들이 세탁마차를 몰고 싶게 만들고 도시 손자의 손가락에서 담배를 떨어뜨리게 만드는 울림을 품은 캐롤라인의 목소리였다.

그녀는 서서 쿵쿵거렸다. 눈은 바닥에 떨어진 담배를 찾았다.

"저건 뭐야?" 그녀가 소리쳤다. 그 말은 질문이 아니었다—의심, 고발, 사실 확인, 결정이 한 줄로 쏟아진 장(場)이었다. 그녀는 잠깐 머뭇거리더니 거의 한숨도 주지 않고 말했다. "일어나!" 그녀는 손자에게 명령했다, "일어나서 그 니코틴을 폐에서 뿜어내!"

젊은이는 벌벌 떨며 그녀를 쳐다보았다.

"불어!" 그녀가 명령했다.

그는 얼른 입술을 오므리고 공기 쪽으로 불었다.

"불어!" 그녀가 더 단호히 반복했다.

그는 또 불었다, 비참하고 어처구니없게.

"네가 알기는 하냐." 그녀는 재빨리 이어 말했다, "네가 지금 오 분 만에 오천 달러를 몰수당했단 걸?"

멀린은 순간 젊은이가 무릎 꿇고 애원할 줄로 예상했으나, 인간성의 숭고함이란 그런 것이어서 그는 여전히 서 있었다—부분적으로 긴장 때문에, 부분적으로는 아마도 어렴풋한 재들어맞추기의 희망에서 소리 내어 또 한 번 불었다.

"이 어리고 멍청한 놈아!" 캐롤라인이 외쳤다. "한 번만 더 하면 대학 그만두고 일하러 가."

이 협박은 젊은이에게 압도적인 효과를 내어 그의 안색은 본래보다 더 창백해졌다. 그러나 캐롤라인은 말이 아직 끝나지 않았다.

"너, 내가 너나 네 형제들—그래, 그 멍청한 아버지까지—나를 어떻게 생각하는지 모를 줄 알아? 다 알아. 내가 늙고 정신이 흐려졌다고 생각하지? 내가 물러터졌다고 생각하겠지? 아니야!"

그녀는 스스로 증명이라도 하듯 주먹으로 자기 가슴을 쳤다. 온몸이 아직도 근육과 힘줄로 이루어져 있음을 보여주려는 듯했다.

"내가 어느 날 햇살 잘 드는 응접실에 누워 있을 때—그러니까 네놈들이 내 장례를 치를 그날에도—나는 여전히 너희 전부보다 더 많은 머리를 가지고 있을 거다!"

"하지만, 할머니——"

"입 다물어라. 마른 막대기 같은 녀석이, 내 돈이 아니었으면 브롱크스 변두리의 이발사 견습이나 됐을 게 뻔하지. 손 좀 보여봐." 그녀가 말했다. "흥! 이발사 손이로군. 감히 나한테 건방을 떨어? 나 말이야, 로마에서 뉴욕까지 나를 쫓아온 작위 셋과 진짜 공작 하나, 거기에 교황청의 작위 여섯 개쯤은 달고 다닌 여자야." 그녀는 잠시 숨을 고르고, 다시 명령했다. "일어나! 불어!"

젊은이는 순순히 입술을 오므리고 공기 쪽으로 불었다.

그와 동시에 문이 벌컥 열리고, 모피로 장식된 외투와 모자를 쓴 중년 남자가, 게다가 콧수염과 턱수염마저 같은 모피로 덮인 듯한 인물이, 흥분한 기색으로 가게 안으로 달려 들어와 캐롤라인에게 다가왔다.

"드디어 찾았습니다!" 그가 외쳤다. "도시 전체를 다 뒤졌어요. 댁에 전화했더니 비서가 문라이트— 뭐시기라는 서점에 가셨다고 하길래—"

캐롤라인이 성가신 듯 돌아섰다.

"내가 자네를 회상담화나 하라고 고용했나?" 그녀가 쏘아붙였다.

"자네는 내 개인교사인가, 내 중개인인가?"

"중개인입니다." 모피 달린 남자가 움찔하며 말했다. "실례했습니다. 축음기 주식 건으로 왔습니다. 지금 백오에 팔 수 있겠어요."

"그럼 팔아."

"알겠습니다. 다만 제가—"

"어서 가서 팔아. 난 손자와 얘기 중이오."

"네, 알겠습니다. 그럼—"

"잘 가게."

"안녕히 계세요, 부인." 남자는 가볍게 인사하더니 약간 당황한 기색으로 가게를 빠져나갔다.

"자, 너는." 캐롤라인이 손자를 향해 말했다. "거기 가만히 서 있고, 아무 말도 하지 마."

그녀는 멀린에게 돌아서서, 그의 머리끝부터 발끝까지 훑어보았다. 그리고 미소 지었고, 멀린도 자신도 모르게 따라 웃었다. 다음 순간, 둘은 거의 동시에 터져 나온 듯, 쩌렁쩌렁하고도 천진한 웃음을 터뜨렸다. 그녀는 그의 팔을 붙잡고 가게 반대편으로 그를 끌고 갔다. 거기서 둘은 마주 서더니 또 한참을 허약한 웃음 속에 파묻혔다.

"그게 유일한 방법이에요." 그녀가 헐떡이며, 그러나 이상한 승리감에 찬 목소리로 말했다. "나 같은 늙은이들을 즐겁게 하는 건, 다른 사람을 이리저리 움직이게 할 수 있다는 그 기분뿐이라고. 늙고 부자인 데다 가난한 자식놈들이 있으면, 젊고 예쁜데 못생긴 언니들이 있는 것만큼 재미있지요."

"그렇겠네요." 멀린이 쓸쓸하게 웃으며 말했다. "부럽습니다."

그녀는 눈을 깜빡이며 고개를 끄덕였다.

"마지막으로 여기에 왔던 게 벌써 사십 년 전이네요." 그녀가 말했다. "그때 당신은 젊고, 세상 다 가진 사람처럼 들떠 있었죠."

"그랬죠." 그가 인정했다.

"내 방문이 꽤 큰 의미였겠네요."

"당신은 늘 그랬어요." 멀린이 외쳤다. "처음엔 정말 사람인가 생각했어요. 인간 말이에요."

그녀가 웃었다.

"많은 남자들이 나를 비인간적이라고 하더군요."

"하지만 이제는 알아요." 멀린이 들뜬 목소리로 말했다.

"이해하는 건 늙은 사람들에게만 허락된 특권이죠 ─ 더 이상 아무것도 중요하지 않게 된 뒤에야 비로소요. 이제 알겠어요. 그날 밤, 당신이 탁자 위에서 춤을 췄을 때, 당신은 그저 내가 그리던 '아름답고 위험한 여자'의 환상이었어요."

그녀의 늙은 눈빛은 멀리 허공을 바라보았다. 목소리는 마치 잊힌 꿈의 메아리 같았다.

"그날 밤… 정말 미친 듯이 춤췄지. 기억나요."

"당신은 나를 흔들어 깨우려 했어요. 올리브의 팔이 내게 감기던 순간, 당신은 내게 자유로우라고, 젊음과 무모함을 잃지 말라고 경고했죠. 하지만 그건 너무 즉흥적이었어요. 늦어버렸죠."

그녀는 알 수 없는 표정으로 말했다.

"당신, 아주 많이 늙었군요. 미처 몰랐어요."

"그리고 난 당신이 내게 했던 일을 아직 잊지 않았어요. 내가 서른다섯이었을 때, 교통 체증으로 나를 붙잡았었죠. 그건 대단했어요. 당신이 뿜어내던 그 아름다움과 힘! 당신은 내 아내에게조차 실체를 가진 존재로 느껴졌고, 그녀는 당신을 두려워했죠. 몇 주 동안 나는 밤이 되면 집을 빠져나가 음악과 칵테일, 그리고 젊음을 되찾게 해줄 여자를 찾아 헤매고 싶었어요. 하지만 그땐… 이미 방법을 잊어버렸더군요."

"그리고 이제, 당신은 정말 늙었군요."

그녀는 경외감에 사로잡힌 듯, 한 발자국 뒤로 물러섰다.

"그래요, 가요!" 멀린이 외쳤다. "당신도 늙었소. 영혼도 피부처럼 시들어버렸지. 당신은 나에게, 내가 차라리 잊어야 할 걸 상기시키러 온 건가요? 늙고 가난한 게, 늙고 부자인 것보다 더 비참하다고? 내 아들이 내 회색빛 실패를 얼굴에 던진다는 걸 다시 떠올리게 하려는 건가요?"

"내 책 내놔요." 그녀가 거칠게 명령했다. "어서요, 늙은이!"

멀린은 그녀를 다시 한 번 바라보더니, 묵묵히 말을 들었다. 그는 책을 집어 들어 그녀에게 건넸고, 그녀가 지폐를 내밀자 고개를 저었다.

"왜 이런 가식적인 거래를 해야 하죠? "왜 이런 연극을 해야 하죠? 당신 덕에 한때 이 가게를 완전히 망가뜨린 적도 있는데.."

"그랬죠." 그녀가 분노에 차서 말했다. "그리고 잘한 일이라고 생각해요. 아마 그때 이미 나를 망치기엔 충분했겠죠."

그녀는 멀린을 반쯤 경멸, 반쯤은 감춰지지 않은 불안의 눈길로 흘겨보고는, 손자에게 한마디를 던지고 성큼 문 쪽으로 향했다.

그리고 그녀는 사라졌다—그의 가게에서, 그의 인생에서. 문이 딸깍 닫혔다. 멀린은 한숨을 쉬며 돌아서서, 수십 년간의 누렇게 빛바랜 장부들과 주름진 매크래큰 양을 가둔 유리 칸막이 쪽으로 터벅터벅 걸어갔다.

멀린은 그녀의 바싹 마르고 거미줄 낀 얼굴을 묘한 연민의 눈빛으로 바라보았다. 적어도 그녀는 자신보다 삶에서 얻은 것이 적었다. 불현듯 찾아오는 반항적이고 낭만적인 열정이 그녀의 생애를 잠시라도 빛내주었던 적은 없었을 것이다.

그때 매크래큰 양이 고개를 들어 그에게 물었다.

"그래도 여전히 기운찬 노부인이죠, 그렇죠?"

멀린은 깜짝 놀랐다.

"누구요?"

"앨리시아 데어 말이에요. 지금은 물론 토머스 앨러다이스 부인이 됐지만요. 벌써 삼십 년이 넘었죠."

"뭐라고요? 무슨 말입니까?" 멀린은 갑자기 철제 회전의자에 털썩 앉았다. 두 눈이 커졌다.

"아니, 그걸 잊으셨다고요? 그래도 그 여자는 십 년 동안 뉴욕에서 가장 악명 높은 여인이었어요. 한때 스록모튼 이혼 사건의 상간녀로 나와서, 5번가가 교통 마비될 정도로 사람들의 시선을 끌었다니까요.

신문에서 못 보셨나요?"

"나는 예전엔 신문을 안 봤소." 그의 늙은 뇌가 삐걱거리며 돌아갔다.

"그럼, 그녀가 이 가게에 와서 장사를 말아먹던 때를 잊으셨어요? 그 일 때문에 나, 문라이트 퀼 씨한테 급여 정산하고 나갈까 했어요."

"그녀를… 봤다고요?" 멀린이 더듬었다.

"봤다고요? 그 소란 중에 안 볼 수가 있었겠어요? 주여, 문라이트 퀼 씨도 그걸 좋아하지는 않았죠. 하지만 아무 말도 못 했어요. 완전히 그녀에게 반해서, 그녀 손가락 하나로 휘둘렸죠. 그가 한 번이라도 그녀의 변덕에 반대하면, 그녀는 '당신 부인한테 다 말하겠어요' 하고 협박했죠. 자업자득이에요. 그런 남자가 어떻게 그 요부에게 빠질 수 있죠? 물론 그 사람은 그녀 눈에 찰 만큼 부자도 아니었지만요, 그때는 가게가 꽤 잘됐는데도 말이에요."

"하지만 내가 그녀를 봤을 땐—그러니까, 내가 그렇게 '생각했을 땐'—그녀는 어머니와 살고 있었소."

"어머니라니, 말도 안 돼요!" 매크래큰 양이 분개했다. "그녀는 '이모'라고 부르는 여자를 데리고 있었어요. 피 한 방울 안 섞인 여자였죠. 아주 나쁜 여자였지만, 똑똑하긴 했어요. 스록모튼 이혼 사건이 끝나자마자, 토머스 앨러다이스와 결혼해서 평생 안정된 인생을 손에 넣었어요."

"그 여자가 도대체 누구였던 거요?" 멀린이 외쳤다. "제발 말해줘요, 도대체 뭐였던 겁니까—마녀라도 된단 말이오?"

"아니, 앨리시아 데어라니까요. 그 유명한 무용수 말이에요. 그 시절엔 신문을 펼치기만 해도 그녀 사진이 실려 있었어요."

멀린은 조용히 앉아 있었다. 그의 머리는 갑자기 피로해졌고, 완전히 멎은 듯했다. 그는 이제 진정 늙은 사람이었다. 너무나 늙어서, 자신이 젊었던 시절이 있었다는 걸 상상할 수도 없었다. 너무나 늙어서, 세상의 모든 황홀함이 사라져버렸다. 그 황홀함은 더 이상 아이들의 얼굴이나, 따뜻한 생의 위안 속으로 흘러들지 않았다. 그것은 시야와 감정의 범위 너머로 사라졌다.

그는 다시는 미소 짓지 않았다. 봄밤 아이들의 웃음소리가 창문으로 스며들어, 어린 시절의 친구들이 자신을 불러내는 듯한 그 긴 명상에 다시 잠길 일도 없었다. 그는 이제 너무 늙어서, 기억조차 버거웠다.

그날 밤, 그는 자신을 이용해 자기들 뜻대로만 살아온 아내와 아들과 함께 저녁 식탁에 앉아 있었다.

"그렇게 죽은 사람처럼 앉아만 있지 말고 뭐라도 좀 말해요." 올리브가 말했다.

"그냥 두세요." 아서가 투덜거렸다. "괜히 말 붙였다간 또 예전 얘기나 꺼내겠죠. 백 번도 더 들은 얘기 말이에요."

멀린은 아홉 시 정각에 조용히 2층으로 올라갔다. 방 안으로 들어와 문을 꼭 닫은 그는 한동안 그 문가에 서 있었다. 마른 팔다리가 떨리고 있었다. 그는 이제야 알았다. 자신은 평생 바보였다는 걸.

"오, 루셋 마녀여!"

하지만 이미 너무 늦었다. 그는 수많은 유혹을 거부하며, 신의 섭리를 거스른 대가를 치르고 있었다. 이제 그에게 남은 것은 오직 천국뿐이었다. 그곳에서 그는, 자신처럼 이 세상을 허비한 이들과만 다시 만나게 될 것이다.

Unclassified Masterpieces
분류되지 않은 걸작들

행복의 앙금 (The Lees of Happiness)[64]

이 이야기에 대해서는 단 하나의 말만 할 수 있다. 그것은 내게 너무도 강렬한 형태로 떠올라, 도저히 쓰지 않을 수 없었다는 것이다. 아마 누군가는 이 작품을 단순한 감상주의의 산물이라 비난할지도 모른다. 그러나 내게는 그것이 훨씬 더 깊은 무엇이었다. 그러니 만약 이 이야기에 진정성의 울림이나 비극의 여운이 부족하다면, 그 책임은 주제에 있는 것이 아니라 내 솜씨에 있을 것이다.

이 작품은 「시카고 트리뷴[65]」에 처음 실렸고, 이후 어떤 선집 편집자에게서 '금월계잎 네 개 상(quadruple gold laurel leaf)' 같은 거창한 찬사를 받았다고 들었다. 그 편집자는 대개 '화산 폭발'이나 '존 폴 존스[66]의 유령'이 운명의 화신으로 등장하는 순도 100퍼센트의 멜로드라마를 즐겨 쓰는 사람인데, 그런 이야기를 제임스식의 문체[67]로 치장해 처음 몇 문단만큼은 그럴듯한 심리소설처럼 가장하곤 한다. 대개 이런 식이다.

"쇼 매크피의 경우는 이상하게도 마틴 술로의 거의 믿기 힘든 태도와 아무런 관련이 없었다. 이는 부연 설명에 지나지 않으며, 적어도 세 명의 관찰자들에게는(그들의 이름은 지금은 밝힐 수 없다.) 그 사실이 불가능하게 보였다. 등등 등등."

그러다가 마침내 불쌍한 소설 속 생쥐가 숨어 있던 구멍에서 끌려나오고, 그제야 진짜 멜로드라마가 시작된다.

---

64 'lees'는 '와인 찌꺼기, 앙금'을 뜻하며, 행복의 남은 흔적을 상징한다. 피츠제럴드 특유의 '낭만의 잔여물로서의 인생' 테마가 드러나는 단편이다.

65 Chicago Tribune(시카고 트리뷴): 19세기 후반~20세기 초 미국의 대표적 일간지로, 피츠제럴드의 단편들이 자주 실렸다.

66 존 폴 존스(John Paul Jones): 미국 독립전쟁의 해군 영웅으로, 피츠제럴드가 예시로 든 '멜로드라마의 진부한 소재'를 풍자하기 위해 사용했다.

67 제임스식 문체(Jamesian manner): '헨리 제임스'의 문체를 의미한다. 장황하고 심리묘사 중심의 서술 방식을 조롱하는 표현이다.

행복의 앙금

1

 만약 당신이 20세기 초반의 오래된 잡지들을 뒤적여 본다면, 리처드 하딩 데이비스나 프랭크 노리스 같은, 이제는 세상을 떠난 작가들의 이야기들 사이에 '제프리 커튼'이라는 이름을 발견하게 될 것이다. 장편소설 한두 편, 그리고 서너 다스 정도의 단편들. 흥미가 있다면 그 작품들을 차례로 읽어나갈 수 있을 것이다. 그러다 1908년 즈음에 이르면 그의 이름이 갑자기 잡지에서 사라진다는 사실을 깨닫게 될 것이다.

 그 모든 작품을 다 읽은 뒤라면, 당신은 분명 확신하게 될 것이다. 이건 걸작이 아니라고. 단지 그저 그런, 나름 재미있지만 지금 읽기엔 조금 구식인 이야기들, 치과 대기실에서 무료한 시간을 보내기엔 나쁘지 않은 정도의 소품들이라고. 작가는 분명 지적인 사람이었고, 재능 있고, 글솜씨도 좋았으며, 아마도 젊었을 것이다. 그의 글에서는 인생의 기묘한 장난에 대한 옅은 흥미만이 느껴질 뿐, 깊은 웃음도, 허무의 그림자도, 비극의 낌새도 없다.

 당신은 하품을 하며 잡지를 제자리에 꽂고, 혹시나 도서관 열람실에 있다면, 기분 전환 삼아 당시 신문을 펼쳐볼 것이다. "일본군이 포트 아서(Port Arthur)[68]를 점령했는지" 확인하기 위해서 말이다. 그런데 운이 좋다면, 당신이 고른 신문이 딱 '그 신문'일 수도 있다. 극장면을

---

68 1904~1905년 러일전쟁 당시 중국 랴오둥 반도 남쪽(현재의 뤼순)에 있던 러시아 해군의 요새 도시. 일본군은 이곳을 포위한 끝에 점령했으며, 이 승리는 당시 세계적으로 큰 화제를 불러일으켰다. 이후 '포트 아서'는 전쟁, 포위, 함락의 상징적인 표현으로도 쓰이게 되었다.

펼친 순간, 당신의 눈은 한 여성의 초상화에 사로잡혀, 포트 아서뿐 아니라 샤토 티에리(Château-Thierry) 전투까지도 잊고 한동안 그곳에 머물 것이다.

그 시절은 〈플로로도라(Florodora)⁶⁹〉와 여섯 명의 코러스 걸, 잘록한 허리와 부풀린 소매, 거의 버슬 같은 치마와 발레 스커트의 시대였다. 하지만 그녀는, 그 낯선 복장과 시대의 유행 속에서도 분명 '나비 중의 나비'였다. 그 시절의 생기와 환락, 눈빛의 포도주, 가슴을 흔드는 노래, 건배와 부케, 무도회와 만찬의 향연이 그녀에게 모두 있었다. 마차의 비너스, 절정의 깁슨 걸, 그 모든 환상의 결정체가 바로 이 초상 속의 그녀였다.

그리고 이름을 보니―록샌 밀뱅크. 그녀는 〈데이지 체인(The Daisy Chain)〉의 코러스 걸이자, 주연 배우의 대역이었던 인물이었다. 그리고 어느 날, 주연이 몸이 아파 무대에 오르지 못하자 대신 무대에 올라 훌륭한 연기를 펼친 덕분에, 주연으로 발탁되었다고 했다.

당신은 다시 한번 그 사진을 보고 궁금해질 것이다. 왜 이런 배우를 들어본 적이 없는지, 왜 그녀의 이름이 유행가나 보드빌 개그, 시가 밴드, 혹은 당신의 유쾌한 옛 삼촌의 추억 속에서 릴리언 러셀, 스텔라 메이휴, 안나 헬드와 함께 회자되지 않았는지 말이다. 록샌 밀뱅크―그녀는 어디로 사라진 걸까? 갑자기 열린 어둡고 깊은 함정 속으로, 그녀는 그렇게 삼켜져 버린 걸까? 일요일 신문 부록의 '영국 귀족

---

69 1899년 런던에서 초연된 뮤지컬 코미디로, "플로로도라 걸즈"라는 합창단을 통해 재즈시대 이전의 미녀상과 도시적 세련미를 상징하게 된 작품.

과 결혼한 여배우들 명단'에도 그녀의 이름은 없다. 아마 죽었을 것이다. 아름답고 젊은 채로, 완전히 잊혀진 채로.

하지만 나는 소망한다. 당신이 우연히 제프리 커튼의 단편들을 읽고, 그 다음에 록샌 밀뱅크의 사진을 발견하길. 그리고 믿기 어렵겠지만, 여섯 달 후의 신문 한 구석에서, 단 네 줄짜리 짧은 기사를 찾아내길 바란다.

"〈데이지 체인〉의 투어단에서 활약한 록샌 밀뱅크 양이 인기 작가 제프리 커튼 씨와 조용히 결혼식을 올렸다. 커튼 부인은 무대에서 은퇴할 예정이다."

그건 사랑의 결혼이었다. 그는 세상에 충분히 응석받이로 자라서 매력적이었고, 그녀는 순수하고 솔직해서 거부할 수 없었다. 두 개의 통나무가 강물 위에서 부딪혀 하나로 엉키듯, 그들은 서로에게 휘말려 함께 흘러갔다.

그러나 제프리 커튼이 40년을 글로 써도 그의 인생에 일어난 그 '이상한 반전'만큼 기묘한 이야기를 만들어내진 못했을 것이다. 그리고 록샌 밀뱅크가 서른 여섯 개의 배역을 맡아 오천 번의 무대에 섰다 해도, 그녀가 실제로 겪은 결혼만큼의 행복과 절망을 담은 역할은 단 하나도 없었을 것이다.

그들은 일 년 동안 호텔을 전전하며 살았다. 캘리포니아, 알래스카, 플로리다, 멕시코를 여행하며 사랑했고, 때로 다투었지만 늘 부드럽게 화해했다. 그의 재치와 그녀의 아름다움이 만들어내는 황금빛 유희 속에서 젊은 두 사람은 서로에게 모든 것을 주고받았다. 그녀는 그의 빠른 말투와 근거 없는 질투까지 사랑했고, 그는 그녀의 어두운 광채와 하얀 홍채, 그리고 따뜻하고 열정적인 미소를 사랑했다.

"그녀 예쁘지 않아요?"

제프리가 수줍게, 그러나 자랑스레 묻곤 했다.

"정말 멋진 사람이에요. 운 좋네요." 친구들은 웃으며 대답했다.

그 해가 지나고, 그들은 호텔 생활에 질렸다. 시카고에서 반 시간쯤 떨어진 말로(Marlowe) 근처에 오래된 집과 20에이커의 땅을 샀다. 조그만 자동차도 한 대 들였다. 개척자라도 된 듯 들뜬 마음으로 이사하며 외쳤다.

"당신 방은 여기에요!"

"그리고 내 방은 여기에!"

"우리 아이들이 생기면 이건 놀이방으로 쓰자."

"내년에 베란다도 만들어요!"

그들은 4월에 이사했고, 7월에는 제프리의 절친 해리 크롬웰이 찾아왔다. 부부는 잔디밭 끝까지 나가 그를 반갑게 맞이했다. 해리는 결혼한 지 이 년쯤 되었고, 그의 아내는 6개월 전에 아이를 낳은 뒤 뉴욕 어머니 댁에서 요양 중이었다. 제프리의 말을 들어보면, 해리의 아내는 별로 매력적이지 않다고 했다. 제프리는 그녀를 한 번 본 적 있는데, "피상적인 여자"라 평한 것이다. 그러나 해리는 행복해 보였다. 제프리는 그가 아내와 잘 지내는 걸 보며, "그럼 괜찮은 여자겠지"라고 생각했다.

"저, 지금 비스킷 만들고 있어요." 록샌이 진지하게 말했다. "당신

부인은 비스킷 만들 줄 아세요? 요리사가 가르쳐 주고 있어요. 저는 모든 여자는 비스킷을 만들 줄 알아야 한다고 생각해요. 너무 귀엽잖아요? 비스킷을 구울 줄 아는 여자는, 그걸로 다 용서받을 수 있을 것 같아요."

"너희도 이 근처로 이사 와." 제프리가 말했다.

"우리처럼 교외에 집 하나 짓고 살아봐. 너랑 키티도."

"키티는 시골을 싫어해. 극장이나 보드빌 없으면 못 산다니까."

"그래도 데려와. 여기 사람들 다 괜찮아. 우리끼리 작은 마을을 만들자고. 꼭 데려와."

그들은 이제 현관 계단에 도착해 있었다. 록샌은 오른쪽에 있는 허름한 건물을 가리키며 말했다.

"차고예요. 곧 제프리 작업실이 될 거예요. 한 달 안에요. 그건 그렇고, 저녁은 일곱 시예요. 그 전에 제가 칵테일 한 잔 만들게요."

두 남자는 2층으로 올라갔다. 정확히 말하자면, 계단 중간쯤까지만. 왜냐하면 첫 번째 층계참에서 제프리가 친구의 여행가방을 내려놓으며, 물음과 감탄이 섞인 외침을 터뜨렸기 때문이다.

"제발 말해줘, 해리, 그녀 어때?"

"위로 올라가자." 손님이 대답했다. "문 닫고 얘기하자."

반 시간쯤 후, 두 사람이 서재에 함께 앉아 있을 때, 록샌이 부엌에서 다시 모습을 드러냈다. 그녀의 두 손에는 갓 구운 비스킷이 담긴 쟁반이 들려 있었다. 제프리와 해리는 자리에서 일어섰다.

"정말 예쁘네, 여보." 제프리가 열정적으로 말했다.

"완벽해요." 해리가 중얼거렸다.

록샌은 뿌듯하게 웃었다.

"맛 좀 봐요. 다 보여드리기 전엔 도저히 손도 못 대겠더니, 이젠 맛을 보지 않고는 도저히 가져갈 수가 없네요."

"만나[70] 같아, 여보." 제프리가 말했다.

두 남자는 동시에 비스킷을 입술로 가져가 조심스레 한 입 베어물었다. 그리고 거의 동시에, 황급히 다른 화제를 꺼내려 했다. 그러나 록샌은 속지 않았다. 그녀는 쟁반을 내려놓고 비스킷 하나를 집어들었다. 잠시 후, 그녀의 평가는 장례식의 종소리처럼 단호하게 울렸다.

"완전히 망했어!"

"정말——"

"난 몰랐는데——"

록샌은 폭소를 터뜨렸다.

"아, 나 소용없는 여자야." 록샌이 웃으며 외쳤다. "날 내쫓아요, 제프리. 난 기생충이에요. 쓸모없어요—"

제프리가 그녀의 어깨를 끌어안았다.

"그럼 내가 당신 비스킷 다 먹을게."

"그래도 예쁘잖아요." 록샌이 우겼다.

"그건 인정." 제프리가 웃었다.

"그야, 장식용으로는 완벽하지." 해리가 덧붙였다.

---

70 만나(Manna): 구약성서에서 하나님이 이스라엘 백성에게 내려준 하늘의 양식. 문학에서는 "하늘의 선물", "뜻밖의 축복", "기적 같은 행운"을 상징하는 표현으로 자주 사용된다.

제프리는 그 말을 흥분한 듯 받아쳤다.

"그래, 그거야! 장식용이야. 예술작품이지. 우리가 써먹자!"

그는 부엌으로 달려가 망치와 한 줌의 못을 들고 돌아왔다.

"이걸 써먹자고, 록샌! 우리가 프리즈(역: 부조 벽장식)를 만들자!"

"안 돼!" 록샌이 비명을 질렀다. "우리 예쁜 집이——"

"괜찮아. 10월에 서재 벽지를 새로 바꿀 거잖아. 기억 안 나?"

"음——"

쾅! 첫 번째 비스킷이 못에 꽂혀 벽에 박혔다. 그것은 살아 있는 생명체처럼 잠시 덜덜 떨었다.

쾅! ...

록샌이 두 번째 칵테일 잔을 들고 돌아왔을 때, 벽에는 열두 개의 비스킷이 수직으로 정렬되어 있었다. 마치 원시시대의 창끝을 전시해 둔 듯했다.

"록샌." 제프리가 외쳤다. "당신은 예술가야! 요리라니, 말도 안 돼! 이젠 내 책에 삽화를 그려줘야겠어!"

저녁 식사 중, 땅거미가 서서히 내려앉았다. 그리고 조금 뒤에는 별빛 가득한 밤이 찾아왔다. 그 어둠은 록샌의 하얀 드레스의 섬세한 광택과 그녀의 떨리는 낮은 웃음으로 채워지고 있었다.

—참 어린 소녀구나, 해리는 생각했다. 키티보다도 훨씬.

그는 아내 키티와 록샌을 비교했다. 키티는 예민했지만 진짜 감수성은 없었고, 감정적이었지만 그 감정 속엔 아무 깊이도 없었으며, 한곳에 머물지 못하는 여인이었다. 반면 록샌은 봄밤처럼 젊고, 자기 자신 안에 청춘의 웃음을 그대로 품고 있었다.

―정말 잘 어울리는 한 쌍이야, 그는 다시 생각했다. 둘 다 너무 젊어. 이런 사람들은 늘 젊게 살다가, 어느 날 갑자기 자신들이 늙었다는 걸 깨닫는 법이지.

해리는 그런 생각들을, 키티에 대한 다른 생각들 사이사이에 흘려보냈다. 그는 키티 때문에 우울했다. 그녀는 이제 충분히 회복했을 것이고, 아이를 데리고 시카고로 돌아와야 할 때라고 느꼈다. 그는 계단 아래에서 친구 부부에게 작별 인사를 건네며, 어렴풋이 키티를 떠올리고 있었다.

"당신은 우리 집에 초대한 첫 번째 진짜 손님이에요." 록샌이 그의 뒤를 향해 외쳤다. "기쁘고 자랑스럽죠?"

그가 계단 모퉁이를 돌아 시야에서 사라지자, 록샌은 난간 끝에 손을 얹고 서 있는 제프리에게 몸을 돌렸다.

"피곤해요, 내 사랑?"

제프리는 손가락으로 이마 한가운데를 문질렀다.

"조금. 어떻게 알았어?"

"당신을 모르고 어쩌겠어요."

"두통이야." 그가 침울하게 말했다. "깨질 것 같아. 아스피린 좀 먹어야겠어."

그녀는 손을 뻗어 불을 껐다. 그리고 그의 팔이 자신의 허리를 단단히 감싼 채, 두 사람은 함께 계단을 올라갔다.

2

 해리의 일주일이 흘러갔다. 그들은 꿈결 같은 시골길을 드라이브하거나, 호숫가나 잔디밭 위에서 한가롭게 웃고 떠들며 시간을 보냈다. 저녁이 되면 록샌이 집 안에서 피아노를 쳤고, 두 남자는 그 소리를 들으며 시가 끝에 남은 불씨가 하얗게 식어가는 것을 바라보았다. 그러던 어느 날, 키티에게서 전보가 왔다.

 "해리, 나를 데리러 동부로 와줘."

 그렇게 해서 록샌과 제프리는 다시 둘만의 시간을 갖게 되었다. 그들은 결코 질리지 않는, 서로만의 고요한 세상 속으로 돌아갔다. '단둘이 있는 것'은 다시금 그들을 설레게 했다. 그들은 집 안을 함께 돌아다니며, 서로의 존재를 온몸으로 느꼈다. 식탁에 앉을 때도 신혼부부처럼 같은 쪽에 나란히 앉았다. 두 사람은 완전히 서로에게 몰입했고, 완전히 행복했다.

 말로 마을은 비교적 오래된 정착지였지만, '사교계'라는 개념이 생긴 것은 최근의 일이었다. 다섯, 여섯 해 전쯤, 시카고의 매연과 소음이 점점 번지자 젊은 신혼부부 몇 쌍이 교외로 이주하기 시작했다. '방갈로 사람들'이었다. 그들의 친구들이 뒤를 따랐고, 그렇게 새로운 교외 사교계가 형성되었다. 제프리와 록샌 커튼 부부가 그곳에 왔을 때 이미 그들은 반갑게 맞이할 '모임'을 가지고 있었다. 컨트리클럽, 무도회장, 골프장이 그들을 기다리고 있었고, 다리(bridge) 게임 파티, 포커 파티, 맥주를 마시는 파티, 그리고 아무것도 마시지 않는 파티가 있었다.

해리가 떠난 지 일주일 후, 제프리와 록샌은 포커 파티에 초대받았다. 두 개의 테이블이 있었고, 젊은 아내들 중 절반쯤은 담배를 피우며 큰소리로 베팅을 외치고 있었다. 당시로서는 꽤 대담한, '남자 같은' 행동이었다.

록샌은 게임을 일찍 그만두고 이리저리 돌아다니기 시작했다. 그녀는 팬트리로 들어가 포도주스를 따라 마셨다. 맥주는 두통을 일으켰기 때문이다. 그런 다음 테이블 사이를 오가며 사람들의 패를 엿보고, 제프리를 지켜보며, 편안한 마음으로 즐거워했다. 제프리는 온 신경을 집중해 다양한 색깔의 칩을 쌓고 있었고, 그의 두 눈썹 사이에 깊게 파인 주름을 보고 록샌은 그가 '몰입 중'이라는 것을 알아차렸다. 그녀는 제프리가 이런 사소한 일에 열중하는 모습을 좋아했다.

록샌은 조용히 걸어가 그의 의자 팔걸이에 앉았다. 그녀는 오 분 동안 그 자리에 머물며, 남자들의 날카롭고 간헐적인 대화와 여성들의 부드러운 잡담을 들었다. 말소리는 마치 담배 연기처럼 테이블 위로 피어올랐다. 하지만 록샌은 그 모든 소리를 거의 듣지 않았다. 그러다 아주 무심코, 그녀는 제프리의 어깨에 손을 얹으려 팔을 뻗었다. 그 순간, 제프리는 갑자기 몸을 떨더니 짧은 신음소리를 내뱉으며 팔을 세게 휘둘렀고, 그 손끝이 록샌의 팔꿈치를 스쳤다.

순간, 방 안의 숨소리가 멎었다. 록샌은 균형을 잡으며 짧은 비명을 내질렀고, 놀라움과 충격 속에 벌떡 일어섰다. 그것은 그녀 생애 가장 큰 충격이었다. 다정하고 사려 깊던 제프리에게서, 그런 본능적인 폭력의 흔적이 터져 나왔다는 사실이 믿기지 않았다.

숨죽인 정적. 모두의 시선이 제프리에게 쏠렸다. 그는 마치 록샌을 처음 보는 사람처럼 고개를 들었다. 그의 얼굴에는 놀라움이 스며들었다.

"왜—록샌……." 그가 더듬거리며 말했다.

순식간에 열두 명의 머릿속에 의심이 피어올랐다. 이 완벽해 보이는 부부 사이에, 무언가 불길한 앙금이 있는 것일까? 구름 한 점 없는 하늘을 가르는 번갯불 같은 그 한 장면은, 모두의 마음속에 파문을 남겼다.

"제프리!" 록샌의 목소리는 간절하고 떨렸다. 놀라고 두려웠지만, 그녀는 그것이 단순한 실수임을 알고 있었다. 단 한순간도 제프리를 원망하거나 미워하는 생각은 떠오르지 않았다. 그녀의 말은 떨리는 기도였다.

"제프리, 제발… 말해줘요. 록샌에게 말해줘요. 당신의 록샌에게."

"왜, 록샌…." 제프리가 다시 말을 이었다. 그의 당혹스러운 표정이 고통으로 바뀌었다. 그 역시 그녀만큼이나 놀랐다. "그럴 의도는 없었어. 당신이 너무 갑작스러웠어. 나는…… 누군가가 날 공격하는 것처럼 느꼈어. 왜 그랬는지, 나도 모르겠어. 정말 바보 같아."

"제프리……." 그녀의 말은 기도와도 같았다. 알 수 없는 어둠 속에서 신에게 바치는 향처럼, 그 한마디가 흩어졌다.

둘은 모두 자리에서 일어나, 서툴게 인사하고 사과하며 상황을 수습했다. 억지로 웃어넘기려 하지 않았다. 그런 일은 신성모독과도 같았다. 제프리는 요즘 몸이 좋지 않다고 했다. 신경이 예민해졌다고.

그러나 둘 다 알고 있었다. 그 '한 번의 충돌' 속에, 설명할 수 없는 공포가 있었다. 단 한순간, 두 사람 사이에 무언가가 있었다. 그의 분노와 그녀의 두려움. 그것은 사라졌지만, 여전히 아프게 남았다. 그러나 둘 다 믿고 있었다. 그것은 잠시뿐일 거라고. 그리고 바로 지금, 그 간극을 메워야 한다고. 그렇지 않으면 너무 늦을지도 모른다고.

수확의 달빛이 비추는 차 안에서 제프리는 더듬거리며 말했다.

"도무지 이해가 안 돼. 그냥…… 갑자기 그랬어. 포커에 집중하고 있었는데, 어깨에 손이 닿자마자 마치 공격받는 기분이었어. 공격이라니!" 그는 그 말을 붙잡듯 되뇌었다. "누가 날 건드린 게 싫었어. 내 손이 닿는 순간 그 불안이 사라졌어. 난…… 그게 전부야."

둘의 눈에 동시에 눈물이 고였다. 그들은 고요한 밤 아래서 속삭였다. 사랑한다고, 여전히 서로를 믿는다고. 말로의 평온한 거리들이 차창 밖으로 흘러갔다.

그날 밤, 잠자리에 들었을 때 두 사람은 이미 차분해져 있었다. 제프리는 앞으로 일주일간 모든 일을 쉬기로 했다. 아무 일도 하지 않고, 잠을 자고, 산책을 다니며, 신경을 다스릴 예정이다. 그 결정을 내리고 나자, 록샌의 마음에 안도감이 밀려왔다. 베개는 부드럽고 따뜻했으며, 침대는 넓고 흰빛으로 빛나며 창문 너머 달빛 아래 든든하게 그들을 감싸주었다.

5일 뒤, 늦은 오후의 서늘한 바람이 막 불기 시작할 무렵, 제프리는 참나무 의자를 집어 들어 자신의 거실 창문으로 내던졌다. 유리가 산산이 부서졌다. 그는 그 자리에서 아이처럼 소파 위에 쓰러져, 비참하게 울며 죽게 해달라고 애원했다. 그의 뇌 속에서 구슬만 한 크기의 혈전이 터진 것이었다.

3

잠을 하루나 이틀쯤 제대로 자지 못했을 때 찾아오는 어떤 깨어 있는 악몽 같은 상태가 있다. 그것은 극도의 피로 속에서 새해의 햇살을 맞을 때 느껴지는 이상한 감정으로, 마치 자신이 살아 있는 현실이 진짜 삶이 아니라 그 가지에서 뻗어나온 허상의 분지처럼 느껴지는 것이다. 세상이 전혀 다르게 느껴진다. 그때의 존재는 현실과 관계가 없다. 마치 영화 속 장면이나 거울 속 반사처럼, 사람들과 거리와 집들은 아주 희미하고 혼란스러운 과거의 잔상에서 투사된 그림자 같다.

제프리가 병에 걸린 뒤 처음 몇 달 동안, 록샌은 바로 그런 상태에 빠져 있었다. 그녀는 완전히 지쳐 쓰러질 때에만 잠들 수 있었고, 깨어나면 언제나 안개 속에 갇힌 듯한 기분이었다. 길고 낮은 목소리의 의사들의 회진, 집 안에 은은히 배어드는 약 냄새, 그리고 한때 웃음소리로 가득하던 복도에서 들려오는 조심스러운 발소리. 그 모든 것이 그녀를 억눌렀고, 그녀를 돌이킬 수 없을 만큼 늙게 만들었다.

의사들은 희망이 있다고 말했지만, 그것뿐이었다. 긴 휴식과 조용한 환경이 필요하다고 했다. 그렇게 해서 책임은 록샌에게로 넘어왔다. 그녀가 병원비를 내고, 은행 통장을 확인하며, 출판사와의 서신을 주고받았다. 그녀는 늘 부엌에 있었다. 간호사에게 제프리의 식사를 준비하는 법을 배운 뒤, 한 달이 지나자 병실을 완전히 맡게 되었다.

절약을 위해 간호사를 내보내야 했기 때문이다. 두 명의 하녀 중 한 명도 그때 함께 떠났다. 록샌은 그제야 그들이 그동안 단편소설 한 편 한 편으로 근근이 살아왔다는 것을 깨달았다.

가장 자주 찾아오는 사람은 해리 크롬웰이었다. 그는 이 소식을 듣고 큰 충격을 받았고, 시카고에서 아내와 함께 살고 있었지만 한 달에 몇 번씩 시간을 내서 들렀다. 록샌은 그의 위로가 고마웠다. 그에겐 늘 어딘가 슬픔이 묻어 있었다. 내면 깊은 곳의 연민이 그와 함께 있을 때 묘한 안도감을 주었다. 록샌의 성격은 어느새 깊어졌다. 때때로 그녀는 제프리와 함께 아이들까지 잃어버리는 것 같은 기분이 들었다. 지금 그녀에게 가장 필요한 것은 아이들이었고, 있어야 했던 존재들이었다.

제프리가 쓰러진 지 6개월쯤 지났을 때였다. 악몽은 사라졌지만, 세상은 예전의 그 세상이 아니었다. 모든 것이 조금 더 회색빛이었고, 차가웠다. 그날 그녀는 해리의 아내를 만나러 갔다. 시카고에 나왔다가 기차 출발까지 한 시간쯤 여유가 있었기 때문이다. 예의상 들러야겠다고 생각했다.

문 안으로 들어서는 순간, 록샌은 즉시 어딘가에서 본 듯한 기분을 느꼈다. 그리고 곧 떠올랐다. 어린 시절 자주 가던 골목 모퉁이의 빵집이었다. 그곳에는 핑크색 설탕 크림이 덮인 케이크들이 줄지어 있었다. 숨막히게 달콤하고, 음식 같지 않은 분홍빛, 천박하고 눈부신 분홍의 세계였다.

그런데 이 아파트가 바로 그랬다. 온통 분홍빛이었다. 그리고 냄새조차 분홍빛이었다.

핑크와 검정이 섞인 가운을 입은 크롬웰 부인이 문을 열었다. 그녀의 머리카락은 밝은 노란색이었고, 록샌은 매주 린스할 때 과산화수소를 조금 섞는 것 같다고 생각했다. 그녀의 눈은 왁스로 덮인 듯한 옅은 푸른빛이었고, 얼굴은 예뻤지만 지나치게 자신을 의식한 몸짓을 했다. 그녀의 친절함은 지나치게 요란하고, 너무 가까웠다. 적대감과 환대가 번갈아 표정 위를 스쳐 지나가며, 그 아래에 있는 자기중심적인 본질은 결코 드러나지 않았다.

하지만 록샌에게 그런 건 중요하지 않았다. 그녀의 시선은 오히려 그 가운에 사로잡혔다. 그것은 너무나 더러웠다. 밑단 네 치 정도는 바닥의 먼지로 시커멓게 오염되어 있었고, 그 위로 세 치는 회색빛으로 번졌다가, 그 위에서야 비로소 본래의 색—핑크—가 나타났다. 소매와 깃 부분도 때가 탔고, 여자가 몸을 돌려 응접실로 안내할 때 록샌은 그녀의 목까지 더럽다고 확신했다.

일방적인 대화가 시작되었다. 크롬웰 부인은 자신이 좋아하는 것, 싫어하는 것, 두통, 위, 치아, 그리고 이 아파트에 대해 조목조목 설명했다. 그러나 록샌을 삶의 일부로 포함시키는 말은 철저히 피했다. 마치 록샌이 이미 세상으로부터 상처를 입었으니, 그 상처가 닿지 않게 조심하겠다는 듯했다.

록샌은 미소를 지었다. 저 가운, 저 목덜미!

5분쯤 지나자 작은 사내아이가 응접실로 비틀거리며 들어왔다. 그는 더러웠다. 분홍색 누더기 바지를 입고 있었고, 얼굴은 얼룩투성이였다. 록샌은 그를 무릎 위에 앉혀 코를 닦아주고 싶었다. 머리 주변의 여러 부분에도 손이 필요했고, 신발은 앞코가 다 닳아 있었다. 말로 할 수 없는 광경이었다.

"정말 사랑스러운 아이네요!" 록샌은 환하게 웃으며 말했다. "이리 와, 아가."

크롬웰 부인은 아들을 차갑게 바라보았다.

"또 더러워질 거예요. 저 얼굴 좀 보세요." 그녀는 고개를 한쪽으로 기울이고 아들을 비판적으로 바라봤다.

"정말 사랑스럽지 않아요?" 록샌이 다시 말했다.

"저 바지 좀 보세요." 크롬웰 부인이 찡그리며 말했다.

"갈아입어야겠네, 그렇지, 조지?"

조지는 그녀를 호기심 어린 눈으로 바라보았다. 그에게 '롬퍼스(역: 아기용 바지)'란 단어는 그저 이렇게 더럽게 얼룩진 옷을 뜻하는 말이었다.

"오늘 아침에 이 애를 단정하게 보이게 해보려 했어요." 크롬웰 부인이 인내심이 다한 사람처럼 불평했다. "그런데 이 아이가 입을 롬퍼스가 하나도 없는 거예요. 그래서 아무것도 안 입히느니 차라리 이걸 다시 입혔죠. 그리고 얼굴은—."

"몇 벌이나 있어요?" 록샌의 목소리는 사근사근했지만 어딘가 날카로웠다. 마치 "깃털 부채는 몇 개나 있으세요?"라고 묻는 듯했다.

"어머—." 크롬웰 부인은 예쁜 이마에 주름을 잡으며 잠시 생각했다. "다섯 벌쯤 될 거예요. 충분히 많다고 생각했는데요."

"그거 한 벌에 50센트면 살 수 있어요."

크롬웰 부인의 눈에 놀라움과 함께 아주 미세한 우월감의 빛이 스쳤다. 롬퍼스의 가격이라니!

"정말 그래요? 몰랐네요. 충분히 있어야 하는데, 이번 주엔 빨래를 맡길 시간이 전혀 없었거든요." 그녀는 그 말을 하며 화제를 무심히 접어버렸다. "제가 좀 보여드릴 게 있어요."

두 사람은 자리에서 일어났다. 록샌은 그녀를 따라갔다. 문이 열린 욕실 바닥에는 옷가지가 흩어져 있었고, 그 모습이야말로 빨래가 오랫동안 맡겨지지 않았음을 증명하고 있었다. 이어서 그들은 다른 방으로 들어갔다. 그곳은, 말하자면, '분홍색의 정수'였다. 크롬웰 부인의 방이었다.

그녀는 옷장 문을 열고 록샌 앞에 놀라운 속옷 컬렉션을 펼쳐 보였다. 레이스와 실크로 된 속옷들이 수십 벌 걸려 있었다. 모두 깨끗했고, 구김 하나 없이, 마치 아직 한 번도 입지 않은 듯했다. 그 옆 옷걸이에는 새 이브닝드레스 세 벌이 걸려 있었다.

"정말 예쁜 옷들이 많죠." 크롬웰 부인이 말했다. "그런데 입을 기회가 거의 없어요. 해리는 외출하는 걸 싫어하거든요." 그녀의 목소리에 원망의 기운이 섞였다. "그 사람은 내가 하루 종일 아이 돌보고 살림하는 데만 만족해요. 저녁에는 '사랑스러운 아내'가 되길 바라죠."

록샌은 다시 미소를 지었다.

"정말 멋진 옷들이네요."

"그래요, 제가 좀 더 보여드릴게요——"

"아름답네요." 록샌이 말을 끊으며 말했다. "그런데 기차를 타려면 이제 가야겠어요."

그녀는 손이 떨리고 있음을 느꼈다. 그 손으로 이 여자를 붙잡아 흔들고 싶었다. 아니, 그녀를 어딘가 가둬서 바닥을 닦게 하고 싶었다.

"정말 아름다워요." 록샌이 한 번 더 말했다. "그냥 잠깐 들렀을 뿐이에요."

"그래요, 해리가 집에 없어서 아쉽네요."

그들이 문 쪽으로 향했다.

"아, 그리고요." 록샌이 힘겹게 말을 이었다. 그러나 여전히 목소리는 부드러웠고, 입술에는 미소가 머물러 있었다. "그 롬퍼스는 아길(Aargyle's)에서 사실 수 있을 거예요. 안녕히 계세요."

기차역에 도착해 마를로행 표를 사고 나서야, 록샌은 깨달았다. 지난 6개월 동안 처음으로 제프리를 생각하지 않은 오 분이었다.

4

일주일 후 해리 크롬웰이 마를로에 도착했다. 뜻밖에도 다섯 시에 도착해 마당을 걸어 올라와 현관 의자에 숨을 헐떡이며 주저앉았다. 록샌 자신도 바쁜 날을 보낸 뒤라 지쳐 있었다. 다섯 시 반에 의사들이 오기로 되어 있었고, 뉴욕에서 온 유명한 신경과 전문의도 함께였다. 그녀는 긴장되고 철저히 우울했지만, 해리의 눈빛은 그녀를 그 옆에 앉게 만들었다.

"무슨 일 있어요?"

"아무 일도 아닙니다, 록샌." 그가 부인했다. "제프 상태나 보러 왔을 뿐이에요. 제 걱정은 하지 마세요."

"해리." 록샌이 재촉했다. "뭔가 있잖아요."

"아니에요." 그가 되풀이했다. "제프는 어때요?"

불안이 그녀의 얼굴을 어둡게 했다.

"조금 나빠졌어요, 해리. 뉴욕에서 주엣 박사가 왔어요. 이번에는 확실한 얘기를 들을 수 있을지 보러 왔대요. 이번 마비가 예전 혈전 때문인지 알아보려는 거래요."

해리가 일어섰다.

"그거 유감이네요." 그는 떨리는 목소리로 말했다. "진료 중인 줄 알았으면 오지 않았을 텐데요. 그냥 현관에서 잠깐 쉬었다 가려 했어요—"

"앉으세요." 록샌이 단호하게 말했다.

해리는 잠시 망설였다.

"앉으세요, 해리 씨." 이번엔 그녀의 말투에 따뜻함이 배어 있었다. "뭔가 있죠? 얼굴이 너무 창백해요. 시원한 맥주 한 병 가져올게요."

그는 갑자기 의자에 쓰러지듯 앉아 얼굴을 손에 가렸다.

"그녀를 행복하게 해줄 수가 없어요." 그가 천천히 입을 열었다. "정말 노력했어요. 하지만 안 되더군요. 오늘 아침, 우린 아침 식사 문제로 말다툼을 했어요. 난 시내에서 식사를 하고 왔는데… 음, 내가 사무실에 간 바로 뒤에 그녀는 집을 떠났어요. 조지를 데리고, 레이스 속옷이 잔뜩 든 여행가방과 함께, 동쪽으로—어머니 댁으로 갔어요."

"해리!"

자갈을 부수는 소리와 함께 차가 차도에 들어왔다. 록샌이 작게 비명을 질렀다.

"주엣 박사에요."

"오, 난—"

"기다릴 거죠?" 그녀가 추상적으로 끼어들었다. 그의 문제가 이미 그녀의 불안한 마음 표면에서 사그라든 것을 그는 보았다. 어색하고 막연한 소개의 순간이 지나고, 해리는 그들을 따라 안으로 들어가 계단 위로 사라지는 모습을 지켜보았다. 그는 서재로 들어가 큰 소파에 앉았다.

한 시간 동안 그는 햇빛이 창에 드리운 무늬 친츠 커튼 위로 기어오르는 것을 지켜보았다. 고요 속에서 창유리 안쪽에 갇힌 말벌의 윙윙거림은 소란의 규모를 갖게 되었다. 가끔 위층에서 또 다른 윙윙거림이 흘러내려왔는데, 더 큰 유리창에 갇힌 더 큰 말벌들처럼 들렸다. 그는 낮은 발걸음 소리, 병이 부딪히는 소리, 물을 붓는 소란을 들었다.

자기와 록샌이 무슨 짓을 해서 삶이 이런 충격을 주는가 하는 생각이 들었다. 위층에서는 그의 친구의 영혼에 대한 생생한 조사가 벌어지고 있었고, 그는 조용한 방에 앉아 말벌의 애원소리를 듣고 있었다. 마치 소년 때 엄한 이모가 어떤 잘못을 속죄하게 하려고 그를 의자에 한 시간 동안 앉혀놓았던 것과 같았다. 그런데 누가 그를 여기 있게 한 것일까? 어떤 사나운 이모가 하늘에서 몸을 숙여 그를 여기에 앉게 하고 무엇을 속죄하게 만든 걸까?

키티에 대해서 그는 큰 절망을 느꼈다. 그녀는 너무 '비용이 많이 드는' 여자였다—그것이 치명적인 문제였다. 갑자기 그는 그녀를 증오하게 되었다. 그녀를 내동댕이치고 발로 차 버리고 싶었고, 그녀가 사기꾼이자 기생충이라고 말하고 싶었다—더럽다고 말하고 싶었다. 게다가 그녀는 자신의 아이를 돌려줘야 한다고 생각했다.

그는 일어나 방안을 오르내리기 시작했다. 동시에 위층 복도를 어떤 이가 그의 걸음과 정확히 같은 박자로 걷기 시작하는 소리를 들었다. 그는 그 사람이 복도 끝까지 걸을 때까지 그들이 박자를 맞춰 걸을지 궁금해졌다.

키티는 그녀의 어머니 집으로 갔다. 세상에, 무슨 어머니인지 알기나 한단 말인가! 그는 그 만남을 상상하려 했지만 할 수 없었다: 학대받는 아내가 어머니 품에 쓰러지는 모습. 키티가 깊은 슬픔을 겪을 수 있으리라곤 믿을 수 없었다. 그는 점차 그녀를 접근 불가하고 냉담한 존재로 여기게 되었다. 그녀는 이혼을 할 것이고 결국 다시 결혼할 것이다. 그는 그러리라 생각하기 시작했다. 누구와 결혼할까? 그는 씁쓸히 웃다가 멈췄다. 한 장면이 번뜩였다—키티의 팔이 어떤 남자의 주위에 감기고, 키티의 입술이 다른 입술에 닿아 분명 열정에 잠긴 모습을 그는 볼 수 있었다.

"맙소사!" 그가 외쳤다. "오, 제발! 제발... 제발...!"

그때부터 장면들이 쏟아져 들어왔다. 오늘 아침의 키티는 희미해졌고, 그 더러운 가운은 말려 사라졌다. 삐죽거림도, 분노도, 눈물도 모두 씻겨나갔다. 다시 그녀는 키티 카(역: Kitty Carr, 카는 키티의 성이다), 노란 머리에 커다란 아기 같은 눈을 가진 키티 카로 돌아왔다. 아, 그녀는 그를 사랑했다. 그녀는 정말 그를 사랑했었다.

잠시 후 그는 자신에게 뭔가 이상한 점이 있다는 것을 느꼈다. 그것은 키티와도, 제프와도 관계없는, 전혀 다른 부류의 문제였다. 놀랍게도 그 사실이 불현듯 떠올랐다. 그는 배가 고팠다. 단순한 일이었다. 그는 잠시 후 부엌으로 가서 흑인 요리사에게 샌드위치를 달라고 하면 될 일이었다. 그 뒤엔 시내로 돌아가야 했다.

그는 벽 쪽으로 다가가 둥근 무언가를 잡아당겼다. 그리고 그것을 무심코 손끝으로 만지다가, 아기처럼 그것을 입에 대고 맛을 보았다. 이빨이 그것을 깨물었다―아!

그녀는 그 빌어먹을 가운, 그 더럽고 분홍빛 가운을 두고 갔다. 가져갈 최소한의 염치조차 없었구나, 그는 생각했다. 그것은 그들의 병든 결혼을 상징하는 시체처럼 집 안에 걸려 있을 것이다. 그는 그것을 버리려 할 것이지만, 결코 손을 대지 못할 것이다. 그것은 마치 키티 같았다―부드럽고 유연하지만, 어떤 시도에도 반응하지 않는 존재. 키티는 움직일 수 없었다. 닿을 수조차 없었다. 거기엔 닿을 무언가가 존재하지 않았다. 그는 그 사실을 완벽히 이해하고 있었다―사실 처음부터 알고 있었던 셈이었다.

그는 벽 쪽으로 손을 뻗어 또 하나의 비스킷을 잡아당겼다. 못이 함께 빠져나왔다. 그는 천천히 못을 비스킷 중앙에서 빼내며, 아까 첫 번째 비스킷을 먹을 때 못까지 삼킨 게 아닐까 하는 쓸데없는 생각을 했다. 말도 안 되는 일이다! 그는 기억했을 것이다—그건 커다란 못이었다. 그는 배를 눌러보았다. 정말 배가 고팠다. 그는 어제 저녁을 굶었다는 사실을 떠올렸다. 하녀의 휴무일이었고, 키티는 방 안에 누워 초콜릿 조각을 먹고 있었다. 그녀는 "답답해서" 그와 같이 있기가 괴롭다고 했다. 그래서 그는 조지를 목욕시키고 재운 뒤, 잠시 쉬었다가 저녁을 차려 먹으려다 그대로 잠들었다. 그리고 밤 11시쯤 깨어보니 냉장고엔 감자 샐러드 한 숟가락밖에 없었다. 그는 그걸 먹고, 키티의 화장대 위에서 초콜릿 몇 개를 찾아 먹었다. 오늘 아침엔 급히 시내에서 아침을 먹고 출근했다. 그러나 정오 무렵, 키티가 걱정되어 집으로 돌아가 점심을 함께 하기로 했었다. 그런데 침대 위에는 편지 한 장이 놓여 있었다. 옷장에 쌓여 있던 속옷은 사라졌고, 트렁크를 부치라는 메모가 남겨져 있었다.

그는 태어나서 그렇게 배고팠던 적이 없다고 생각했다.

오후 다섯 시, 방문 간호사가 발끝을 들고 계단을 내려왔다. 해리는 소파에 앉아 카펫을 멍하니 바라보고 있었다.

"크롬웰 씨?"

"네?"

"커튼 부인은 저녁 때 손님을 못 뵙는다고 전해달래요. 몸이 좋지 않으세요. 요리사가 저녁을 준비해 드릴 거고, 여분의 방이 있다고 하셨어요."

"아프시다고요?"

"방에서 쉬고 계세요. 진료가 막 끝났거든요."

"그럼... 무슨 결론이라도 나왔나요?"

"네." 간호사는 조용히 대답했다. "주엣 박사 말씀이, 희망이 없대요. 커튼 씨는 오래 살 수도 있겠지만, 다시는 볼 수도, 움직일 수도, 생각할 수도 없을 거래요. 그냥 숨만 쉰대요."

"숨만 쉰다고요?"

"네."

그제야 간호사는 책상 옆 벽을 보고 이상함을 느꼈다. 기억하기로는 거기에 열두 개쯤의 둥근 물건이 장식처럼 줄지어 있었는데, 지금은 하나밖에 남지 않았다. 그 자리에 남은 것은 못 구멍들뿐이었다.

해리는 멍한 눈길로 그곳을 바라보다가 자리에서 일어섰다.

"전... 오늘은 머물지 않겠어요. 기차가 있을 거예요."

간호사는 고개를 끄덕였다. 해리는 모자를 들었다.

"안녕히 가세요." 그녀가 부드럽게 말했다.

"안녕히." 그는 혼잣말하듯 대답했다. 그러고는 마치 어떤 본능적인 충동에 이끌린 듯, 문으로 향하던 발걸음을 멈추고, 마지막으로 남은 물건 하나를 벽에서 떼어 자신의 주머니에 넣는 것을 그녀가 보았다. 그는 방충망 문을 열고, 현관 계단을 내려가더니 시야에서 사라졌다.

5

시간이 흘러, 제프리 커튼의 집 외벽에 칠해졌던 깨끗한 흰색 페인트는 수많은 7월의 태양 아래에서 마침내 타협점을 찾았다. 성실하게도 그것은 회색으로 변해 있었다. 벽면의 페인트는 비늘처럼 벗겨졌고, 마치 늙은 남자들이 괴상한 체조를 연습하듯 뒤로 구부러졌다가, 결국 잡초가 무성한 잔디 위로 떨어져 곰팡이 낀 채 죽어갔다. 현관 기둥의 페인트는 얼룩지고, 왼쪽 기둥 꼭대기의 흰색 공 모양 장식은 떨어져 나갔으며, 초록색 덧문은 점점 어두워지더니 마침내 색깔의 흔적조차 잃었다.

이 집은 점점 마음 약한 이들이 피하는 곳이 되어갔다. 교회 하나가 길 건너 대각선 방향의 땅을 사서 묘지를 만들었고, 사람들은 그곳을 "커튼 부인이 그 살아 있는 시체와 함께 지내는 집"이라고 불렀다. 그것만으로도 그 일대에는 음산한 기운이 감돌았다. 그렇다고 그녀가 완전히 고립된 것은 아니었다. 남녀 불문하고 사람들이 그녀를 찾아왔고, 장을 보러 시내로 나온 그녀를 만나 차로 태워다 주었다. 그리고 종종 집 안으로 들어와 잠시 이야기를 나누며, 그녀의 미소 속에 여전히 깃들어 있던 한 줄기 마법 같은 빛 속에서 휴식을 취했다. 그러나 그녀를 모르는 남자들은 이제 더 이상 거리에서 그녀를 향해 감탄 어린 시선을 보내지 않았다. 그녀의 아름다움 위로는 어느새 투명한 베일이 드리워져, 생기를 지워버렸지만 주름도, 살도 더해지지 않았다.

그녀는 마을에서 하나의 '인물'이 되었다. 그녀에 대한 여러 가지 작은 이야기들이 돌았다. 어느 겨울, 눈과 얼음 때문에 마차나 자동차가 다닐 수 없게 되었을 때, 제프리를 오래 혼자 두지 않으려고 그녀가 스스로 스케이트를 배워 식료품점과 약국에 다녔다는 이야기. 그리고 제프리가 마비된 이후, 그녀는 매일 밤 그의 침대 옆에 있는 작은 침대에서 잠을 자며 그의 손을 꼭 잡고 있었다는 이야기도 전해졌다.

사람들은 제프리 커튼을 이미 죽은 사람처럼 이야기했다. 세월이 흘러, 그를 알던 이들은 죽거나 떠났다. 이제 그와 함께 칵테일을 마시고 서로의 아내를 이름으로 부르던 옛 친구들은 반쯤밖에 남지 않았다. 그들은 한때 제프리를 마를로에서 가장 재치 있고 재능 있는 남자라고 생각했었다. 이제 이곳을 찾는 낯선 이들에게 그는 단지 커튼 부인이 가끔 자리를 일어나 2층으로 올라가는 이유일 뿐이었다. 그의 존재는 일요일 오후의 무거운 공기 속, 거실로 전해지는 신음소리나 날카로운 외침으로만 느껴졌다.

그는 움직일 수 없었다. 그는 완전히 시각을 잃었고, 말을 할 수도 없었으며, 의식조차 없었다. 하루 종일 침대에 누워 있었고, 아침마다 그녀가 방을 정리할 동안만 휠체어로 옮겨졌다. 그의 마비는 서서히 심장으로 번지고 있었다. 처음—첫해 동안만 해도—록샌이 그의 손을 잡으면 아주 약하게나마 손가락이 반응하곤 했다. 그러나 어느 날 저녁, 그 마지막 반응마저 사라졌고, 다시 돌아오지 않았다. 그날 이후 이틀 밤 동안 록샌은 눈을 감지 못한 채 어둠 속을 응시했다. 무엇이 사라진 것일까. 그의 영혼의 몇 조각이 떠나버린 걸까. 부서지고 끊어진 신경들이 아직 얼마만큼의 의식을 두뇌로 보내고 있었을까.

그 후 희망은 죽었다. 그녀의 끊임없는 보살핌이 아니었다면, 그의 마지막 불씨도 훨씬 전에 꺼졌을 것이다. 매일 아침 그녀는 직접 그를 면도시키고, 씻기고, 두 팔로 침대에서 휠체어로 옮기고 다시 침대로 옮겼다. 그녀는 항상 그의 방에 있었다. 약을 가져다주고, 베개를 고쳐주며, 거의 말을 알아듣지 못하는 개에게 말을 건네듯 그와 대화했다. 어떤 응답이나 감사의 표시도 바라지 않았지만, 습관처럼, 믿음이 사라진 뒤에도 남은 기도의 마음으로.

적지 않은 사람들이―그중에는 유명한 신경 전문의도 있었다―그녀에게 이런 보살핌은 무의미하다고 말했다. 제프리가 의식이 있었다면 차라리 죽음을 택했을 것이며, 그의 영혼이 어딘가 더 넓은 공간에 머물고 있다면, 그녀의 희생을 원치 않을 거라고 했다. 오히려 육신이라는 감옥이 빨리 풀리길 바랄 거라고.

그러나 그녀는 고개를 부드럽게 저으며 말했다.

"제가 제프리와 결혼한 건… 그를 사랑하지 않게 될 때까지만이었어요."

"하지만 지금의 그 사람을 사랑할 순 없잖아요." 그들이 반박했다.

"그의 예전 모습을 사랑할 수 있어요. 그 외에 내가 뭘 할 수 있겠어요?"

전문의는 어깨를 으쓱하고 떠나며 이렇게 말했다. "커튼 부인은 놀라운 여자예요. 천사처럼 다정하지요. 하지만 안타까운 일이에요."

그리고 그는 덧붙였다. "그녀를 돌봐주고 싶어 미칠 남자들이 한둘이 아닐 거에요."

실제로 그랬다. 여기저기서 어떤 남자들은 그녀에게 다가왔다. 희망으로 시작해 경외심으로 끝났다. 그녀의 마음에는 사랑이 없었다. 단, 이상하게도 '삶'에 대한 사랑만은 남아 있었다. 세상 사람들에 대한, 거리에 나앉은 부랑자에게 나눠주는 빵 한 조각에서부터, 그녀에게 싼 고기를 건네는 정육점 주인에게까지 닿아 있는 사랑이었다. 다른 형태의 사랑은 이미 봉인되어 있었다. 그것은 늘 빛을 향해 고개를 돌린 채, 마치 나침반 바늘처럼 움직이지 않는 시신 속 어딘가에 묻혀 있었다. 그는 그저 마지막 파도가 심장을 덮칠 때를 묵묵히 기다리고 있었다.

십일 년이 지나, 그는 5월 어느 밤의 한가운데서 세상을 떠났다. 창가에는 라일락 향기가 흩날렸고, 바람이 개구리와 매미의 울음소리를 실어왔다. 새벽 두 시, 록샌은 깨어나 깨달았다. 마침내 그녀는 집 안에서 혼자가 되었다.

6

그 후 록샌은 낡은 페인트가 벗겨진 현관에 앉아 수많은 오후를 보냈다. 그녀의 시선은 느릿하게 굽이치며 내려가는 들판 너머, 흰색과 초록빛이 섞인 마을을 향해 있었다. 그녀는 앞으로 자신의 삶을 어떻게 해야 할지 생각했다. 서른여섯 살—아름답고, 강인하며, 자유로웠다. 세월은 제프리의 보험금을 모두 삼켜버렸고, 그녀는 마지못해 집의 좌우에 있던 땅을 팔았으며, 결국 집에도 작은 담보를 설정해야 했다.

남편이 죽은 뒤, 그녀에게는 이상할 만큼 큰 육체적 불안이 찾아왔다. 아침마다 그를 돌보던 일상이 그리웠다. 시내로 달려가던 분주한 발걸음, 정육점과 식료품점에서 나누던 짧고도 다정한 인사들, 그리웠다. 두 사람을 위한 식사 준비도, 그를 위해 직접 만들던 부드럽고 연한 죽도 모두 그리웠다. 어느 날, 넘치는 에너지를 주체하지 못한 그녀는 정원으로 나가 몇 년 동안 손대지 않았던 땅을 삽으로 갈아엎었다.

밤이 되면 그녀는 결혼의 영광과 고통을 모두 겪었던 그 방에서 홀로 잠을 청했다. 그녀는 다시 제프를 만나기 위해 마음속으로 그 찬란했던 한 해로 돌아가곤 했다. 그 뜨겁고도 깊었던 몰입과 동반자 의식으로 가득 찼던 시절, 그때의 제프리에게로. 그녀는 앞으로 천국에서의 재회를 꿈꾸기보다, 그가 곁에 있던 나날을 되살려냈다. 그녀는 자주 깨어나, 옆자리에 있던 그의 존재를 느끼고 싶었다—비록 움직이지 않아도, 여전히 숨 쉬던, 그 제프를.

그가 세상을 떠난 지 여섯 달쯤 된 어느 오후, 록샌은 현관에 앉아 있었다. 검은 드레스를 입은 그녀의 몸에서는 희미한 살집조차 느껴지지 않았다. 인디언 서머의 오후였다—사방이 황금빛 갈색으로 물들고, 나뭇잎들이 한숨처럼 바스락거렸으며, 서쪽 하늘에는 오후 네 시의 태양이 붉고 노란 줄무늬를 떨어뜨리며 타오르고 있었다. 대부분의 새들은 이미 떠났고, 오직 한 마리 참새만이 현관 기둥 위 처마에 둥지를 틀어놓고 이따금씩 지저귀며 머리 위를 날아다녔다. 록샌은 의자를 옮겨 그 새를 바라보며, 게으른 오후의 품 안에서 멍하니 생각에 잠겼다.

해리 크롬웰이 시카고에서 저녁 식사를 하러 오기로 되어 있었다. 그의 이혼이 있은 지 팔 년이 넘었고, 그동안 그는 자주 록샌을 찾아왔다. 그들 사이에는 일종의 전통 같은 것이 있었다. 그가 도착하면 둘은 함께 제프리의 방으로 가곤 했다. 해리는 침대 옆에 앉아 밝고 다정한 목소리로 말했다.

"그래, 친구. 오늘 기분은 어때?"

록샌은 그 옆에 서서 제프리를 바라보았다. 그녀는 그의 망가진 의식 속 어딘가에서 옛 친구를 알아보는 희미한 기운이 스쳐가길 바라며 꿈꾸었다. 그러나 창백하고 조각처럼 굳은 얼굴은 단지 빛을 향해 천천히 고개를 돌릴 뿐이었다. 마치 눈먼 시선 너머의 세계를 더듬는 것처럼, 이미 오래전 사라진 또 다른 빛을 찾으려는 듯.

이런 방문은 팔 년 동안 계속되었다. 부활절에도, 크리스마스에도, 추수감사절에도, 그리고 수많은 일요일마다 해리는 나타나 제프를 찾아왔다. 그리고는 현관에서 록샌과 오래 이야기를 나누었다. 그는 그녀에게 헌신적이었다. 숨기려 하지도, 관계를 더 깊게 만들려 하지도 않았다. 그녀는 그의 가장 친한 친구의 아내, 그리고 이제는 그 자신에게 남은 유일한 평화였다. 그녀는 쉼이었고, 안식이었으며, 과거 그 자체였다. 그의 비극을 아는 사람은 그녀뿐이었다.

해리는 장례식에도 참석했지만, 그 후 그가 다니던 회사가 그를 동부로 발령 보냈다. 이번에야 겨우 출장길에 들러 시카고 근처에 오게 된 것이다. 록샌은 그에게 "시간이 되면 꼭 오라"고 편지를 보냈고, 그는 시내에서 하룻밤을 보낸 뒤 기차를 타고 왔다.

둘은 악수를 나누고, 해리가 그녀를 도와 흔들의자 두 개를 나란히 옮겼다.

"조지는 어때요?"

"좋아요, 록샌. 학교가 마음에 드는 모양이에요."

"그 애를 학교에 보낸 건 잘한 일이었어요."

"그렇죠—"

"많이 보고 싶죠, 해리?"

"그래요... 많이요. 참 특이한 아이예요—"

그는 한참 동안 조지 이야기를 했다. 록샌은 진심으로 귀를 기울였다. 다음 휴가 때는 해리가 꼭 아이를 데려오겠다고 했다. 그녀는 조지를 평생 딱 한 번 본 적이 있었다. 더러운 우주복을 입은, 어린 소년이었다.

록샌은 그에게 신문을 건네고 저녁 준비를 하러 갔다. 오늘 저녁엔 양갈비 네 조각과, 그녀의 정원에서 갓 따온 늦여름 채소가 있었다. 모든 걸 차려놓고 그를 불러 함께 식탁에 앉았다. 둘은 계속해서 조지 이야기를 나누었다.

"나에게 아이가 있었다면…." 그녀는 그렇게 말하곤 했다.

식사 후, 해리는 그녀에게 투자에 관한 짧은 조언을 해주었다. 그들은 정원을 거닐며, 예전 시멘트 벤치가 있던 자리나, 한때 테니스장이 있었던 곳을 기억해냈다.

"기억나죠—"

그러고는 한순간, 회상의 물결에 휩쓸렸다. 그날 찍었던 모든 스냅사진들, 송아지 위에 올라탄 제프의 사진, 해리가 그렸던 제프와 록샌의 스케치—풀밭 위에 나란히 누워 머리가 거의 맞닿았던 그 모습까지. 그때는 헛간 겸 작업실과 집을 연결하는 격자형 복도를 만들 예정이었는데, 비 오는 날에도 제프가 작업실로 갈 수 있게 하려던 계획이었다. 하지만 그 복도는 끝내 완성되지 못했고, 지금은 집 한쪽에 찌그러진 삼각형 모양의 잔해만 남아 있었다. 그것은 마치 부서진 닭장처럼 보였다.

"그 민트줄렙 기억나요?"

"그리고 제프의 노트! 해리, 우리가 얼마나 웃었는지 기억나요? 제프의 주머니에서 노트를 꺼내 한 페이지를 소리 내 읽던 때, 그리고 그가 얼마나 미친 듯이 화를 냈던지!"

"그랬죠! 그는 글쓰기에 관해서는 완전 애 같았어요."

둘 다 잠시 말을 멈췄다가, 해리가 입을 열었다.

"우리도 여기 근처에 집을 살 계획이었잖아요. 기억나죠? 바로 옆 20에이커짜리 땅을 사기로 했었죠. 그리고 거기서 열릴 파티들도—"

그는 말을 멈추었다. 이번엔 록샌이 낮은 목소리로 물었다.

"그 여자 소식, 가끔 들어요, 해리?"

"음—그래요." 그는 담담히 대답했다. "시애틀에 있어요. 지금은 어떤 '호튼'이라는 남자랑 다시 결혼했어요. 목재 사업으로 성공한 사람이라던데, 그녀보다 훨씬 나이 많은가 봐요."

"그래요? 그 여자는… 잘 지내요?"

"그렇다고 들었어요. 이제는 모든 걸 다 가졌죠. 특별히 할 일도 없고, 그 남자랑 저녁 식사할 때 입을 옷이나 고르는 정도일 거예요."

"그렇군요."

그는 무리 없이 화제를 바꿨다.

"집은 계속 가지고 있을 건가요?"

"그래야겠죠." 그녀가 고개를 끄덕였다. "이 집에 너무 오래 살았어요, 해리. 떠난다는 건 상상만 해도 끔찍하네요. 간호사 자격증을 따볼까 생각도 했지만, 그러면 집을 떠나야 하잖아요. 그래서 결국 하숙집을 열기로 했어요."

"하숙집에서 산다고요?"

"아니요, 운영하려고요. '하숙집 아줌마'라는 말이 이상하게 들리긴 하죠? 아무튼 흑인 하녀 하나를 두고, 여름엔 여덟 명 정도, 겨울엔 두세 명쯤 받으려고요. 가능하면요. 집도 새로 칠하고 내부도 손봐야 할 테고요."

해리는 잠시 생각하다 말했다.

"록샌, 물론 당신이 제일 잘 알겠죠. 하지만 이건 좀 충격이에요. 당신은 이 집에 신부로 들어왔잖아요."

"그래서일지도 몰라요." 그녀가 말했다. "신부로 들어왔으니, '하숙집 아줌마'로 남는 게 그리 나쁘진 않아요."

"그때 만든 그 비스킷들 생각나요?"

"그 비스킷이라니요!" 그녀가 웃음을 터뜨렸다. "그래도 들은 바로는 당신이 그걸 그렇게 맛있게 먹었다던데요. 그렇게 형편없진 않았던 것 같네요. 그날은 정말 너무 지쳤는데, 간호사가 그 비스킷 이야기를 해주자 괜히 웃음이 나왔어요."

"아직도 도서실 벽에 못자국 열두 개가 남아 있더군요. 제프가 그걸

박았던 자리요."

"그래요."

이제는 완전히 어둑해졌다. 공기 속에 차가운 기운이 감돌았고, 한 줄기 바람이 마지막 낙엽 몇 잎을 떨어뜨렸다. 록샌이 살짝 몸을 떨었다.

"들어가야겠네요."

해리가 시계를 보았다.

"이제 늦었군요. 저도 가야겠어요. 내일 동부로 떠납니다."

"꼭 가야 해요?"

그들은 현관 아래에서 잠시 머물렀다. 호수 쪽 먼 하늘에서 눈이 내릴 듯한 달빛이 떠올라 있었다. 여름은 이미 가버렸고, 인디언 서머도 끝나 있었다. 풀은 차가웠고, 이슬도 안개도 없었다. 그가 떠난 뒤 그녀는 집 안으로 들어가 가스등을 켜고 셔터를 닫을 것이고, 그는 길을 따라 마을로 내려갈 것이다.

그 둘에게 인생은 너무 빠르게 다가와 너무 빨리 지나가 버렸다. 그러나 그 자리에 남은 것은 쓴 회한이 아니라 연민, 환멸이 아니라 고통이었다. 달빛은 이미 충분히 밝아, 그들이 마지막 악수를 나눌 때 서로의 눈 속에 고인 따뜻한 온기를 뚜렷이 비추고 있었다.

미스터 이키: 기묘함의 정수(精髓), 1막 희극

이 작품[71]은 뉴욕의 한 호텔에서 집필된 유일한 단편이라는 점에서 특별하다. 모든 일이 뉴욕의 니커보커 호텔[72] 침실에서 이루어졌고, 그로부터 얼마 지나지 않아 그 유명한 호텔은 영영 문을 닫았다.
적절한 애도의 시간이 지난 뒤, 이 작품은 「스마트 셋(The Smart Set)[73]」에 실렸다.

~~~~~~

71 단편 희극극 형태로, '세대 간의 단절'을 풍자한 블랙코미디.

72 니커보커 호텔(Knickerbocker Hotel): 1906년 뉴욕 타임스스퀘어에 세워진 고급 호텔로, 피츠제럴드가 젊은 시절 묵던 장소 중 하나. 1920년 폐업했다.

73 스마트 셋(The Smart Set): 당시 미국 문예지로, 피츠제럴드의 여러 단편이 여기에서 발표되었다.

미스터 이키:
기묘함의 정수(精髓), 1막 희극

무대는 8월의 절망적으로 목가적인 오후, 웨스트 아이작셔(West Issacshire) 의 한 시골 오두막 외부다.

이키 씨(Mr. Icky) 는 엘리자베스 시대 농부의 복장을 한 채, 화분과 흙더미 사이를 어정거리며 돌아다니고 있다. 그는 이미 한참 전 청춘을 지난 노인이다. 말투에 굴절음이 섞이고, 코트를 뒤집어 입은 걸로 보아, 그는 세속적인 사소함 따위에는 이미 초월해 있거나, 아니면 아예 무심한 사람임을 짐작할 수 있다.

그 근처 풀밭에는 피터라는 소년이 엎드려 있다. 그는 마치 젊은 월터 롤리 경의 초상화처럼, 한 손으로 턱을 괴고 있다. 그는 회색빛 눈을 가진, 지나치게 진지하고 장례식 같은 표정을 한 아이로, 마치 한 번도 음식을 먹어본 적이 없는 듯한 신비한 분위기를 풍긴다. (그런 분위기는 보통 소고기 저녁식사 후에 가장 잘 풍길 수 있다.) 피터는 이키 씨를 바라보며 넋을 잃은 듯 매료되어 있다.

정적. 새들의 노랫소리.
피터: 밤이면 자주 창가에 앉아 별들을 바라봐요. 때로는 그 별들이 제 별인 것 같아요…. (진지하게) 언젠가 저도 별이 될 것 같아요….
이키 씨: (기묘하게) 그래, 그래… 그렇겠지….
피터: 별 이름은 다 알아요. 비너스, 마스, 넵튠, 글로리아 스완슨.
이키 씨: 난 천문학 같은 건 믿지 않아…. 요즘은 런던을 생각하고 있단다, 꼬마야. 그리고 타자수가 되겠다며 떠난 내 딸을 떠올리지….
(한숨을 쉰다.)

피터: 저는 얼사가 좋았어요, 이키 씨. 통통하고, 둥글둥글하고, 참 보기 좋았어요.

이키 씨: 그 앤, 종이만큼 값어치도 없어, 꼬마야. (화분 더미에 걸려 휘청거린다.)

피터: 천식은 좀 어떠세요, 이키 씨?

이키 씨: 더 나빠졌지, 주님께 감사드려야겠구나! … (우울하게) 백 살이야… 이제 뼈마저 삭아가고 있지.

피터: 방화질을 그만두시고 나서는 인생이 꽤 조용하셨겠어요.

이키 씨: 그렇지… 그렇지…. 보렴, 피터, 내가 쉰 살 때 한 번 개과천선했지. 감옥에서 말이다.

피터: 또 나쁜 길로 빠지신 거예요?

이키 씨: 그보다 더했지. 형기 만료 일주일 전에, 그놈들이 처형되는 젊은 죄수의 건강한 생식선을 내게 이식하겠다고 우겼거든.

피터: 그게 젊음을 되찾게 해줬나요?

이키 씨: 되찾게 했다니! 악마를 다시 심어놨지! 그 젊은 죄수는 분명 교외의 좀도둑에다 도벽까지 있었던 놈이었어. 가벼운 방화질에 비하면 아무것도 아니었지!

피터: (경악하며) 끔찍해요! 과학은 허튼소리예요.

이키 씨: (한숨 쉬며) 그래도 이제는 꽤 진정시켰단다. 인생에 두 번이나 새 생식선을 소모해야 하는 사람도 흔치 않지. 난 고아원에 있는 온갖 젊은 활력과 맞바꾸더라도, 다시는 새 세트를 원치 않아.

피터: (생각하며) 온화한 늙은 목사님 생식선은 싫으세요?

이키 씨: 목사들에겐 생식선이 없지—영혼이 있을 뿐이야.

(무대 밖에서 낮고 장중한 경적 소리가 들린다. 커다란 자동차가 근처에 멈췄다는 신호. 그 뒤, 연미복에 특히 가죽 모자까지 갖춰 쓴 한 젊은 남자가 등장한다. 그는 세속적이다. 그의 세속적인 분위기는 2층 발코니 첫 줄에서도 느껴질 정도다. 그는 로드니 디바인이다.)

디바인: 얼사 이키를 찾고 있습니다.

(이키 씨가 일어서서 떨리는 손으로 화분 두 개 사이에 선다.)

이키 씨: 내 딸은 런던에 있네.

디바인: 그녀는 런던을 떠났습니다. 여기에 오고 있어요.. 제가 뒤따라왔습니다.

(그는 옆구리에 매단 자개색 작은 가방에서 담배를 꺼낸다. 성냥을 켜서 담배에 갖다 대자, 담배가 즉시 불이 붙는다.)

디바인: 기다리겠습니다.

(그는 기다린다. 몇 시간이 지난다. 오직 흙더미가 서로 싸우며 내는 딸깍딸깍한 소리만 들린다. 이 대목에서 원하는 경우, 몇 곡의 노래나 카드 마술, 혹은 디바인의 곡예 장면을 삽입할 수 있다.)

디바인: 참 조용한 곳이군요.

이키 씨: 그렇지, 아주 조용하지….

(갑자기 요란하게 차려입은 한 여자가 나타난다. 세속적인 인물이다. 그녀는 얼사 이키(Ulsa Icky)다. 초기 이탈리아 회화에나 나올 법한 형체 없는 얼굴을 하고 있다.)

얼사: (거칠고 세속적인 목소리로) 아버지! 저예요! 제가 뭐 했는지 아세요?

이키 씨: (떨며) 얼사, 내 작은 얼사…. (둘은 서로의 몸통을 껴안는다.)

(희망에 차서) 돌아왔구나, 밭일 도우러 온 거지?

얼사: (시큰둥하게) 아니에요, 아버지. 밭일은 너무 힘들어요. 하기 싫어요.

(말투는 거칠지만, 말의 내용은 순수하고 깨끗하다.)

디바인: (화해시키려 하며) 자, 얼사. 우리 솔직히 얘기해보자.

(그는 케임브리지 '보행팀'의 주장일 때 그를 빛나게 한 고른 보폭으로 다가간다.)

얼사: 아직도 그게 잭이라고 말하겠어요?

이키 씨: 무슨 말이냐, 얼사?

디바인: (상냥하게) 내 사랑, 물론 잭이지. 프랭크일 수는 없잖아.

이키 씨: 프랭크가 누구지?

얼사: 그건 프랭크예요!

(이 대목에 약간 외설적인 농담이 삽입될 수도 있다.)

이키 씨: (기묘하게) 싸워서 뭐하냐… 싸워서 뭐하냐….

디바인: (옥스퍼드 조정팀의 '스트로크'로 활약하던 때의 힘찬 손놀림으로 그녀의 팔을 쓰다듬으며) 나랑 결혼하는 게 좋을 거야.

얼사: (비웃으며) 왜요, 당신 집 하인 출입구조차 날 들여보내지 않을 걸요.

디바인: (화를 내며) 그럴 리 없지! 걱정 마—당신은 하녀 출입문으로 들어오게 하진 않을 거요, 주인 부인의 문으로 들어오게 하겠소.

얼사: 뭐라고요, 선생님?

디바인: (당황하며) 실례했어. 내 말뜻은 알겠지요?

이키 씨: (기묘하게 미소 지으며) 자네, 우리 얼사와 결혼하고 싶단 말이지…?

디바인: 그렇습니다.

이키 씨: 전과는 깨끗한가?

디바인: 완벽합니다. 세계 최고의 체력을 자랑하죠—

얼사: 그리고 최악의 사규도요.

디바인: 이튼에서는 '팝(Pop)' 회원이었고, 럭비에서는 '니어-비어(Near-beer)'에 속했었죠. 집안의 둘째 아들로서 원래는 경찰이 될 운명이었습니다—

이키 씨: 됐네, 그건 생략하고… 돈은 있나?

디바인: 돈은 넉넉합니다. 얼사는 매일 아침 두 대의 롤스로이스를 나눠 타고 시내로 나가야겠죠. 유모차도 있고, 개조한 탱크도 있습니다. 오페라 좌석도 가지고 있고요—

얼사: (시큰둥하게) 전 박스석이 아니면 잠을 못 자요. 그런데 당신, 클럽에서 쫓겨났다고 들었어요.

이키 씨: 계산원이었나?…

디바인: (고개를 숙이며) 쫓겨났습니다.

얼사: 이유가 뭐죠?

디바인: (거의 들리지 않게) 어느 날 폴로공들을 몰래 숨겼습니다. 장난으로요.

이키 씨: 머리는 멀쩡한가?

디바인: (우울하게) 그럭저럭입니다. 결국, 총명함이란 뭐겠습니까? 아무도 안 볼 때 씨를 뿌리고, 모두가 볼 때 수확하는 재치일 뿐이죠.

이키 씨: 조심하게… 난 내 딸을 재치 덩어리한테 시집보내진 않겠네….

디바인: (더 우울하게) 안심하시오. 나는 그저 진부한 인간일 뿐입니다.

자주, 타고난 본능 수준으로까지 떨어지곤 하죠.

얼사: (무심하게) 아무리 그래도 소용없어요. 난 '잭'이라고 생각하는 남자와는 결혼 못 해요. 프랭크라면—

디바인: (끊으며) 허튼소리요!

얼사: (단호하게) 바보 같아요!

이키 씨: 쯧쯧… 사람을 함부로 판단하면 안 되지… 자비심을 가지렴, 얘야. 네로가 뭐라고 했더라? "누구에게도 악의를 품지 말고, 모두에게 자비를 베풀라—"

피터: 그건 네로가 아니에요. 존 드링크워터예요.

이키 씨: 좋아, 그럼 이 프랭크는 누구고, 잭은 또 누구냐?

디바인: (시무룩하게) 고치(Gotch)요.

얼사: 뎀프시(Dempsey)요.

디바인: 우리는 만약 저 두 사람이 원수지간으로 한 방에 갇힌다면, 누가 살아남을까를 두고 논쟁하고 있었어요. 난 잭 뎀프시가 이길 거라 주장했고—

얼사: (화내며) 말도 안 돼요! 그럴 리가—

디바인: (재빨리) 좋아, 당신이 이겼소.

얼사: 그럼 다시 당신을 사랑해요.

이키 씨: 결국 내 딸을 잃게 되는구나….

얼사: 아직도 집에 애들이 한가득 있잖아요.

(이때 얼사의 오빠 찰스(Charles)가 오두막에서 나온다. 그는 마치 바다로 나갈 듯한 차림을 하고 있으며, 어깨에는 밧줄이 감겨 있고, 목에는 닻이 걸려 있다.)

찰스: (그들을 못 본 채) 나 바다로 간다! 바다로 간다!

(그의 목소리는 의기양양하다.)

이키 씨: (슬프게) 넌 이미 오래전에 씨가 썩었지.

찰스: '콘래드'를 읽었어요.

피터: (꿈꾸듯) 콘래드! 아, 『돛대 위의 이 년(Two Years Before the Mast)』—헨리 제임스가 쓴 책이죠.

찰스: 뭐라고요?

피터: 월터 페이터의 『로빈슨 크루소』 버전 말이에요.

찰스: (아버지에게) 아버지랑 같이 여기서 썩을 순 없어요. 내 인생을 살고 싶어요. 장어 사냥을 하고 싶단 말이에요.

이키 씨: 난 여기 있을 거다… 네가 돌아올 때까지….

찰스: (비웃으며) 벌레들이 벌써 아버지 이름만 들어도 입맛 다시고 있을걸요.

(잠시 동안 몇몇 인물들은 대사를 하지 않는다. 이때 경쾌한 색소폰 연주를 추가하면 무대 연출이 한층 살아날 것이다.)

이키 씨: (비통하게) 이 골짜기들, 이 언덕들, 이 맥코믹 수확기들… 내 아이들에게는 아무 의미가 없구나. 이해한다….

찰스: (조금 부드럽게) 그렇다면 저를 좋게 생각해 주세요, 아버지. 이해한다는 건 곧 용서하는 거예요.

이키 씨: 아니… 아니야…. 우리는 이해할 수 있는 사람은 용서하지 않지…. 오직 이유 없이 우리를 상처 입힌 사람만 용서할 수 있을 뿐이야….

찰스: (짜증 내며) 인간 본성이 어쩌고 하는 잔소리는 지겨워요. 게다가, 이 동네 시간도 싫어요.

(이키 씨의 아이 수십 명이 집 밖으로 뛰쳐나온다. 그들은 풀밭을 밟고, 화분과 흙더미에 걸려 넘어지며 중얼거린다. "우린 떠날 거예요." "이젠 아버지를 두고 갑니다.")

이키 씨: (가슴이 미어지며) 다 나를 떠나는구나. 내가 너무 친절했지. 매를 아끼면 재미도 사라지는 법이야. 아, 비스마르크의 생식선을 가질 수만 있다면….

(무대 밖에서 자동차 경적이 울린다. 아마도 디바인의 운전사가 주인을 기다리다 못해 신호를 보내는 중일 것이다.)

이키 씨: (비탄에 젖어) 그들은 흙을 사랑하지 않아! 위대한 감자 전통에 대한 신앙을 저버렸어! (그는 흙 한 줌을 움켜쥐어 대머리 위에 열정적으로 문지른다. 그러자 머리카락이 돋아난다.) 오, 워즈워스, 워즈워스여, 당신의 말은 정말이었어!

"그녀는 더 이상 움직이지 않고, 아무런 힘도 없네.

그녀는 듣지도, 느끼지도 않네.

대지의 일일 회전 속에 구르며

누군가의 올즈모빌에 타고 있네."

(아이들이 모두 신음하며 외친다. "삶이야!" "재즈야!" 하면서 천천히 무대 밖으로 나아간다.)

찰스: 흙으로 돌아가자고? 좋아! 난 지난 10년 동안 줄곧 흙으로부터 등을 돌리려 애써왔어!

또 다른 아이: 농부들이 나라의 중추라지만, 누가 중추가 되고 싶겠어?

또 다른 아이: 누가 나라의 상추를 갈든 난 그저 샐러드를 먹을 수

있으면 돼!

모두: 인생! 재즈! 심령실험!

이키 씨: (스스로와 싸우며) 나는 기묘해야 해. 그게 전부야. 중요한 건 인생이 아니라, 인생에 네가 얼마나 기묘함을 더하느냐지….

모두: 우린 리비에라로 미끄러져 내려갈 거야. 피카딜리 서커스 티켓도 있어. 인생! 재즈!

이키 씨: 잠깐! 성경을 읽어주마. 그냥 아무 페이지나 펴도 늘 지금 상황에 맞는 구절이 나오지.

(그는 흙더미 중 하나에 놓여 있던 성경을 집어 들고 무작위로 펼쳐 읽기 시작한다.)

"아합과 이스테모와 아니임, 고손과 올론과 길로, 열한 성읍과 그 마을들. 아랍과 루마와 에사우―"

찰스: (잔인하게) 반지나 열 개 더 사고 다시 시도해 보세요.

이키 씨: (다시 시도하며) "오, 나의 사랑이여, 너는 어찌 그리 아름다우냐! 네 눈은 비둘기의 눈이요, 그 안에 숨겨진 것들도 또한 그러하도다. 네 머리카락은 길르앗 산에서 올라오는 염소 떼 같구나―흠! 좀 거친 구절이군…."

(아이들이 무례하게 웃으며 외친다. "재즈!" "모든 인생은 근본적으로 암시적이다!")

이키 씨: (낙담하여) 오늘은 안 통하는구나. (희망 섞인 목소리로) 어쩌면 습해서 그런가…. (손으로 만져본다.) 그래, 젖었어…. 흙더미 속에 물이 있었어…. 오늘은 안 되겠구나.

모두: 젖었어! 안 돼! 재즈!

아이 하나: 어서 가야 해, 6시 30분 기차를 타야 하니까.

(이 대목에는 다른 임의의 신호 대사를 넣어도 된다.)

이키 씨: 잘 가거라….

(그들은 모두 떠난다. 이키 씨는 혼자 남는다. 한숨을 쉬며 오두막 계단으로 가 누워 눈을 감는다.)

황혼이 내려오고, 무대는 뭍에서도 바다에서도 볼 수 없는 신비한 빛으로 물든다. 멀리서 양치기의 아내가 하모니카로 베토벤의 '열 번째 교향곡'을 연주하는 소리만 들린다. 커다란 흰색과 회색의 나방들이 날아와 노인의 몸 위에 내려앉더니, 그를 완전히 덮어버린다. 그러나 그는 움직이지 않는다.

막이 여러 번 오르내리며 몇 분의 시간이 흐름을 암시한다. 코믹한 효과를 위해 이키 씨가 막에 매달린 채 오르내리게 연출해도 좋다. 이때 철사에 매달린 반딧불이나 요정들을 등장시켜도 된다.

그때 피터가 나타난다. 얼굴에는 거의 어리석을 정도로 달콤한 미소가 번져 있다. 그의 손에는 무언가가 쥐어져 있고, 때때로 그것을 바라보며 황홀에 젖은 표정을 짓는다. 그는 잠시 갈등하다가 그것을 노인의 몸 위에 살며시 올려두고는 조용히 물러난다.

나방들이 서로 웅성거리더니 갑자기 겁먹은 듯 흩어진다. 밤이 짙어질수록 그 자리에는 여전히 작고 하얗고 둥근 무언가가 희미한 향기를 풍기며 반짝인다. 그것은 웨스트 아이작셔의 바람 속에 피터가 남긴 사랑의 선물—하얀 나방방지제 한 알(모스볼)이다.

(이 연극은 여기서 끝날 수도 있고, 원한다면 무한히 이어질 수도 있다.)

산골소녀 제미나

이 작품은 「치프사이드의 타르퀸(Tarquin of Cheapside)」과 마찬가지로 프린스턴 대학 시절에 썼다. 훗날 「배니티 페어(Vanity Fair)[74]」에 실리게 되었는데, 그 기법에 대해서는 스티븐 리콕[75] 선생께 사과드려야 할 것 같다.

나는 이 작품을 쓰고 한동안 크게 웃었다. 그러나 이제는 그만한 웃음을 다시 느끼지 못한다. 그래도 다른 사람들이 여전히 재미있다고 말해주니, 이렇게 함께 실어둔다. 어쨌든 몇 년쯤은 보존할 가치가 있을 것이라 생각한다. 적어도 유행의 피로가 나와 내 책, 그리고 이 이야기마저 묻어버릴 때까지는.

이 어처구니없는 목차에 대해 정중히 사과드리며, 나는 이 재즈 시대의 이야기들을 '읽으며 달리고, 달리며 읽는[76]' 이들의 손에 맡긴다.

---

74 1913년부터 발행된 미국의 고급 패션·문화 잡지. 1920년대에는 문학 작품도 자주 게재했다.

75 스티븐 리콕(Stephen Leacock): 캐나다의 풍자 작가로, 유머러스한 문체와 일상 속 풍자를 특징으로 한다. 피츠제럴드는 이 작품에서 리콕식 유머를 모방했다고 솔직히 인정했다.

76 "those who read as they run and run as they read": 피츠제럴드의 시대풍을 대표하는 표현으로, '빠르게 사는 세대'를 비유한다. 재즈 시대 젊은이들의 속도감 있는 삶과 독서 태도를 동시에 풍자한 말이다.

산골소녀 제미나

이 이야기는 '문학' 따위로 포장되지 않는다. 그저 피 끓는 독자들을 위한 진짜 **이야기**일 뿐이다. 심리분석이니, 내면묘사니 하는 따위는 없다. 이건 순수하게 재미다. 자, 읽어라! 영화로 보고, 축음기로 듣고, 재봉틀로 돌려도 좋다.

야성의 것 (A Wild Thing)

켄터키 산속의 밤이었다. 사방으로 거친 산맥이 솟아 있었고, 산줄기를 따라 맑고 빠른 시냇물이 쉼 없이 흘러내렸다.

제미나 탠트럼은 시냇가에서 가족의 밀주소를 지키며 위스키를 빚고 있었다.

그녀는 전형적인 산골 소녀였다. 맨발에, 크고 단단한 손은 무릎 아래까지 내려와 있었고, 얼굴에는 고된 노동의 흔적이 깊게 새겨져 있었다. 겨우 열여섯 살이었지만, 이미 십이 년 넘게 늙은 부모를 부양하며 산 위스키를 빚어왔다. 가끔 손을 멈추고 바가지에 순수하고 강렬한 원액을 가득 떠서 꿀꺽 마셨다. 그러면 다시 힘이 솟아올랐다. 그녀는 호밀을 통에 붓고, 맨발로 밟아 반죽했다. 이십 분쯤 지나면 투명한 위스키가 서서히 흘러나왔다.

그때, 갑작스러운 외침이 들려왔다. 제미나는 바가지를 기울이던 손을 멈추고 고개를 들었다.

"안녕."

낯선 목소리였다. 숲속에서 사냥용 부츠를 목까지 신은 남자가 나타났다.

"탠트럼네 오두막으로 가는 길 좀 알려주시겠습니까?"

"당신, 아래쪽 정착지에서 왔소?"

그녀는 언덕 아래를 가리켰다. 루이빌이 있는 곳이었다. 가본 적은 없었지만, 태어나기 전 증조부 고어 탠트럼이 보안관 두 명과 함께 그곳으로 갔다가 돌아오지 못했다는 이야기를 들은 적이 있었다. 그 뒤로 탠트럼 가문은 대대로 '문명'을 두려워했다.

남자는 재미있다는 듯 웃었다. 그 웃음은 맑고 가벼웠다. 필라델피아 사람 특유의 웃음이었다. 그 울림 속에서 제미나의 가슴이 두근거렸다. 그녀는 다시 한 바가지의 위스키를 들이켰다.

"탠트럼 씨는 어디 계시죠, 꼬마 아가씨?" 남자가 다정하게 물었다.

제미나는 발을 들어 커다란 엄지발가락으로 숲속을 가리켰다. "저기 소나무 뒤 오두막 안에 계시오. 늙은 탠트럼이 우리 집 어르신이오."

남자는 고맙다고 인사하고 성큼성큼 걸어갔다. 젊음과 생기로 가득한 사람이었다. 걸어가며 휘파람을 불고, 노래를 흥얼대고, 가볍게 공중제비를 돌았다. 맑고 시원한 산 공기를 깊게 들이마시며 그는 생명력으로 충만해 보였다.

밀주소 주변의 공기는 와인처럼 향기롭고 짙었다. 제미나 탠트럼은 넋을 잃은 듯 그를 바라보았다. 그녀의 인생에 그런 사람은 단 한 번도 들어온 적이 없었다. 그녀는 풀밭에 앉아 자신의 발가락을 세었다. 열하나였다. 산골 학교에서 배운 산수 실력으로, 틀림없이 열한 개였다.

산중의 원한 (A Mountain Feud)

십 년 전, 정착지에서 올라온 한 숙녀가 산속에 학교를 세운 적이 있었다. 제미나는 돈이 없었지만, 대신 위스키로 수업료를 냈다. 그녀는 매일 아침 양동이에 위스키를 가득 담아 학교로 가져와 라파르주 선생의 책상 위에 올려두었다. 라파르주 선생은 일 년 뒤, 알코올 중독성 발작으로 세상을 떠났고, 그로써 제미나의 교육은 거기서 멈췄다.

고요한 시냇물 건너편에는 또 하나의 밀조장이 있었다. 돌드럼 가의 것이었다. 돌드럼 집안과 탠트럼 집안은 서로 왕래하지 않았다. 그들은 서로를 증오했다.

오십 년 전, 늙은 젬 돌드럼과 젬 탠트럼은 탠트럼 오두막에서 '슬랩잭'이라는 카드게임을 하다가 다투었다. 젬 돌드럼이 하트 왕을 젬 탠트럼의 얼굴에 내던지자, 격분한 탠트럼이 다이아몬드 아홉 장으로 돌드럼의 머리를 내리쳤다. 이후 다른 돌드럼들과 탠트럼들이 싸움에 뛰어들었고, 오두막 안은 곧 날아다니는 카드로 가득 찼다. 젊은 돌드럼 중 하나인 하스트럼 돌드럼은 바닥에 쓰러져 고통 속에서 몸부림쳤다. 그의 목구멍에는 하트 에이스가 처박혀 있었다.

문가에 서 있던 젬 탠트럼은 증오로 이글거리는 얼굴로 연이어 카드를 뿌려댔다. 늙은 매피 탠트럼은 탁자 위에 올라서서 뜨거운 위스키를 돌드럼들에게 끼얹고 있었다. 한편, 카드가 바닥난 늙은 헥 돌드럼은 담배 주머니로 좌우를 휘두르며 오두막에서 밀려나와 나머지 일가를 모았다. 그들은 즉시 황소를 타고 분노의 질주 끝에 집으로 돌아갔다.

그날 밤, 복수를 다짐한 돌드럼 노인은 아들들을 데리고 다시 탠트럼네로 돌아와 창문에 똑딱이를 달고, 초인종에 핀을 꽂은 뒤 도망쳤다.

일주일 뒤, 탠트럼 일가는 돌드럼네 밀조장에 간유를 붓는 것으로 응수했다. 그렇게 해서 두 집안의 원한은 해마다 이어졌고, 한쪽이 몰살당하면 다음 해엔 다른 쪽이 복수로 몰살당하는 식으로 되풀이되었다.

사랑의 탄생 (The Birth of Love)

매일 제미나 탠트럼은 시냇가 자기 쪽의 밀조장에서 일했고, 보스코 돌드럼은 반대편 자기 쪽 밀조장에서 일했다.

가끔은 세대를 이어 물려받은 자동적인 증오심에 따라 서로에게 위스키를 던지곤 했다. 그래서 제미나는 종종 프랑스식 정찬 식당 냄새를 풍기며 집으로 돌아왔다.

하지만 요즘 제미나는 시냇물 건너편을 바라볼 생각조차 하지 않았다.

그 낯선 남자는 참으로 놀라웠다. 그의 옷차림 또한 이상했다. 순진한 제미나는 지금껏 문명화된 정착지가 실제로 존재한다고 믿어본 적이 없었다. 그런 이야기는 산골 사람들의 허황된 믿음이라고 여겼던 것이다.

그녀가 오두막으로 돌아서던 순간, 무언가가 목덜미에 툭 부딪혔다. 보스코 돌드럼이 던진 스펀지였다. 시냇물 건너 그의 밀조장에서 퍼온 위스키가 듬뿍 스며든 스펀지였다.

"이봐, 거기 보스코 돌드럼!"

제미나가 묵직한 저음으로 소리쳤다.

"어이! 제미나 탠트럼! 젠장할, 반갑다구!" 보스코가 되받아쳤다.

제미나는 그를 무시하고 오두막 쪽으로 발길을 옮겼다.

낯선 남자는 아버지와 이야기를 나누고 있었다.

탠트럼 땅에서 금이 발견되었고, 그 낯선 남자—이름은 에드거 에디슨—은 그 땅을 헐값에 사들이려는 중이었다. 그는 지금 어떤 값을 제시해야 할지 고민 중이었다.

제미나는 두 손을 깍지 낀 채 앉아 그를 지켜보았다. 그는 정말 멋졌다. 말을 할 때마다 입술이 움직이는 게 신기했다. 난로 위에 걸터앉아 여전히 그를 바라보았다.

갑자기 피를 얼리는 듯한 비명이 들려왔다. 탠트럼 일가가 창문 쪽으로 달려갔다.

돌드럼 일가였다.

그들은 황소를 나무에 묶어두고, 덤불과 꽃 뒤에 몸을 숨겼다. 곧 돌과 벽돌이 창문을 향해 퍼부어졌다. 쾅쾅 부딪히는 소리에 유리가 안쪽으로 휘어졌다.

"아버지! 아버지!" 제미나가 절규했다.

노인은 벽에 걸린 새총 걸이에서 새총을 꺼내어 고무줄을 애정 어린 손길로 쓸어보았다. 그리고 총구멍을 향해 다가섰다. 늙은 매피 탠트럼은 석탄통 앞으로 나섰다.

산속의 전투 (A Mountain Battle)

마침내 낯선 남자가 깨어났다. 돌드럼 일가에게 분노가 치밀어 오르자 그는 오두막에서 벗어나려고 굴뚝을 타고 기어오르려 했다. 그러다 침대 밑에 문이 있을지도 모른다고 생각했지만, 제미나가 없다고 했다. 그는 침대 밑과 소파 밑을 샅샅이 뒤졌지만, 제미나는 매번 그를 끌어내며 "거기엔 문이 없다"고 단호히 말했다. 분노에 찬 그는 문을 두드리며 돌드럼들을 향해 소리쳤다. 그러나 그들은 대답하지 않고, 오직 돌과 벽돌을 계속 던지며 창문을 두드렸다. 노인 파피 탠트럼은 돌드럼들이 창문을 뚫기만 하면 들이닥칠 것이고, 그러면 싸움은 끝나리라는 걸 알고 있었다.

그때 입가에 거품을 물고, 좌우로 땅에 침을 뱉으며 늙은 헥 돌드럼이 공격을 지휘했다.

파피 탠트럼의 무시무시한 새총 사격은 헛되지 않았다. 한 명의 돌드럼은 명중탄에 쓰러졌고, 또 한 명은 배를 거의 뚫리다시피 맞으면서도 힘겹게 싸움을 이어갔다. 돌드럼들은 점점 더 가까이 다가왔다.

"우린 도망쳐야 해요!" 낯선 남자가 제미나에게 소리쳤다. "내가 희생하겠소. 당신을 데리고 떠나겠소!"

"안 돼!" 얼굴이 그을린 파피 탠트럼이 외쳤다. "넌 여기 남아서 싸워야 한다! 제미나는 내가 지킬 거다. 매피도 내가 지키겠지. 그리고 나 자신도 함께 버티겠다!"

정착지에서 온 남자는 분노로 창백해진 얼굴로 문가에 서서, 다가오는 돌드럼들을 향해 틈새마다 새총을 던지고 있던 햄 탠트럼을 향해 돌아섰다.

"당신이 후퇴를 막아줄 수 있겠소?"

그러자 햄이 대답했다. 자신도 지켜야 할 탠트럼 가족이 있지만, 만약 좋은 방법이 떠오른다면 낯선 이를 돕기 위해 남겠다고 했다.

곧 연기가 바닥과 천장을 타고 새어 들어왔다. 쉠 돌드럼이 접근해 구멍으로 몸을 내민 늙은 재핏 탠트럼의 입김에 불을 붙였고, 알코올의 불꽃이 사방으로 치솟았다. 욕조 안의 위스키에 불이 붙었고, 벽이 무너져 내리기 시작했다.

제미나와 낯선 남자는 서로를 바라보았다.

"제미나." 그가 속삭였다.

"이방인." 그녀가 대답했다.

"당신과 함께 죽겠소." 그가 말했다. "만약 살아남는다면 당신을 도시로 데려가 결혼했을 거요. 당신 같은 주량이라면 사교계에서 틀림없이 성공했을 거요."

제미나는 잠시 멍하니 그를 어루만지며, 자신만 들릴 만큼 낮은 목소리로 발가락을 세기 시작했다. 연기는 점점 짙어졌다. 그녀의 왼쪽 다리에 불이 붙었다. 그녀는 인간 알코올 램프가 되었다.

그들의 입술이 길고도 뜨겁게 맞닿았고, 그 순간 벽이 무너져 그들을 삼켜버렸다.

하나가 되어 (As One)

돌드럼 일가가 불길의 고리를 뚫고 들어왔을 때, 그들은 서로를 껴안은 채 쓰러져 죽어 있는 두 사람을 발견했다.

늙은 젬 돌드럼은 가슴이 먹먹해졌다.

그는 모자를 벗었다.

모자에 위스키를 가득 채우더니 단숨에 들이켰다.

"그들은 죽었어." 그가 천천히 말했다. "서로를 그리워했지. 이제 싸움은 끝났어. 우린 그들을 떼어놓아선 안 돼."

그래서 그들은 두 사람을 함께 시냇물 속으로 던졌다.

그리고 물 위에 일어난 두 개의 물보라는, 하나의 물보라처럼 합쳐졌다.

옮긴이의 말

'재즈 시대(The Jazz Age)'라는 이름은 F. 스콧 피츠제럴드 자신이 명명한 시대의 이름이다. 이는 주로 1920년대 미국의 사회, 문화, 경제적 격변기를 일컫는 용어였다. '포효하는 20년대(The Roaring Twenties)'라고도 불린 이 시기는 제1차 세계대전(1914~1918) 종전 직후부터 1929년 뉴욕 대공황이 시작되기 전까지의 짧지만 격렬했던 황금기였다.

전쟁 동안 유럽에 무기를 공급하며 미국 경제는 급성장했고, 대량 생산 체제와 월스트리트의 호황이 맞물려 전례 없는 물질적 풍요를 낳았다. 사람들은 소비와 투기에 열광했다. 한편, 전쟁의 참혹함을 겪은 '잃어버린 세대'라 불리는 젊은이들은 기존의 도덕과 가치관에 회의감을 느끼고, 현재를 즐기자는 허무주의적이고 쾌락적인 태도를 갖게 되었다. 1920년에 금주법이 시행되면서, 역설적으로 불법 주류 밀매업과 비밀 술집인 '스피크이지(Speakeasy)' 문화가 번성했고, 법과 도덕의 그림자 속에서 타락과 향락이 더욱 성행하는 기현상을 낳았다.

이름 그대로, 재즈는 이 시대의 영혼을 상징했다. 뉴올리언스의 흑인 음악에서 유래한 재즈는 미시시피강을 따라 시카고와 뉴욕으로 퍼져나가며 대중음악의 중심으로 자리 잡았다. 특유의 즉흥과 변주, 긴장과 해방이 교차하는 자유로운 리듬과 스윙은 당시 젊은이들이

추구했던 자유분방함과 기성세대에 대한 반항을 고스란히 담고 있었다. 피츠제럴드는 제1차 세계대전 이후 젊은 세대가 맞이한 혼란과 해방, 그리고 그 속에서 피어난 방탕한 생의 리듬을 '재즈'라는 단어로 대변했다. 그에게 재즈는 단순한 음악이 아니라 시대 그 자체의 자화상이었다.

또한 이 시기에는 플래퍼(Flapper)가 등장했다. 단발로 머리를 짧게 자르고, 직선형의 짧은 드레스를 입고, 공개적으로 춤을 추고 담배를 피우는 이 젊은 여성들은 전통적인 여성상을 거부하며 여성 해방의 상징이 되었다. 라디오와 영화, 광고 산업이 일상을 바꾸며 도시가 팽창했고, 젊은 세대는 과거의 윤리보다 현재의 쾌락을 더 중시했다. 새로운 부유층이 등장하면서 돈과 사랑, 성공과 타락이 뒤섞인 욕망의 무도회가 매일 밤 열렸다. 그러나 그 화려한 표면 아래에는 깊은 공허와 불안, 전후 세대의 상실감이 자리하고 있었다. 피츠제럴드는 바로 그 시대의 빛과 그림자를 가장 정확하고 세련되게 포착한 작가였다.

그의 문체는 재즈의 리듬을 닮았다. 불규칙하지만 세련된 리듬, 섬세한 감정의 진동, 그리고 허무를 감싸는 낭만적 서정이 그의 문장에 공존한다. 그는 화려한 언어로 퇴폐를 묘사하면서도, 결코 그것을 미화하지 않았다. 피츠제럴드의 인물들은 모두 꿈을 꾸지만, 동시에 그 꿈이 곧 깨질 허상임을 누구보다 잘 알고 있었다. 그의 문장은 시대의 격렬한 박동 속에서도 침묵과 여운의 리듬을 유지하며, 재즈처럼 절제된 흥분으로 인간의 모순을 노래했다.

『재즈 시대 이야기』에 실린 단편들은 그 시대의 다양한 얼굴을 펼쳐 보인다. 「젤리빈」은 남부의 나른한 게으름과 도시 문명의 욕망이 충돌하는 지점을, 「낙타의 등」은 즉흥적 쾌락과 인간적 허무가 희극적으로 뒤섞이는 장면을 그린다. 「메이데이」는 전후 세대의 혼란과 젊은이들의 상실을 그린 집단적 초상화이며, 「리츠 호텔만큼 큰 다이아몬드」는 물질적 욕망이 도달한 광기와 환상의 정점을 보여준다. 「벤자민 버튼의 기이한 사건」은 시간의 질서를 뒤집으며 젊음과 노년, 삶과 죽음의 아이러니를 탐구하고, 「오 루셋 마녀!」는 사랑과 환상, 현실과 시간의 경계를 실험하는 서사이다.

이 이야기들은 서로 다른 인물과 배경을 지녔지만, 모두 '재즈 시대'라는 거대한 무대의 변주곡들이다. 피츠제럴드는 이 단편집을 통해 단순한 세대의 기록을 넘어, 인간 존재의 아이러니를 재즈의 리듬 속에 능숙하게 녹여냈다. 그의 인물들은 모두 리듬에 맞춰 춤을 추지만, 그들의 춤은 언제나 어딘가 삐걱거리는 불협화음을 냈다. 그리고 바로 그 불협화음 속에서 피츠제럴드는 시대의 진실—찬란하지만 불안한 행복, 달콤하지만 끝내 사라질 꿈—을 포착했다.

이러한 시대적 특징이 확실하게 있는 작품인지라, 이번 작품에서 가장 먼저 고려한 것은 '문화적 맥락의 복원'이었다. 1920년대 미국은 금주법, 재즈, 보드빌, 데뷔 무도회, 코틸리온, 셔미 댄스 등 한국 독자에게 생소한 문화적 배경이 얽혀 있다. 이런 요소들을 단순히 번역어로 치환하지 않고, 필요할 때는 각주를 달아 당시의 시대상과 사회적 맥락을 함께 제시했다. 또한 인명과 고유명사는 의미 번역 대신 원음을 유지하여 작품이 놓인 문화권의 질감을 해치지 않도록 했다. 다만 "Mamie"처럼 표기상의 모호함이 있을 경우, 외래어표기법을 근거로 "메이미"처럼 실제 발음을 따랐다. 그 다음으로 중점을 둔 부분은 언어의 시대감과 정서의 현대적 전달 사이의 균형이었다. 피츠제럴드의 문장은 화려하지만, 동시에 절제되어 있다. 그 화려함을 한국어로 옮길 때, 인위적으로 격식을 높이거나 과장된 표현으로 꾸미지 않고, 시대의 공기를 느낄 수 있는 자연스러운 어휘와 리듬으로 풀어내고자 했다. 그가 그린 인물들의 말투와 감정선을 따라가되, 현대 독자에게도 생생히 다가올 수 있도록 조심스러운 조율을 거쳤다.

오늘 우리가 다시 피츠제럴드를 읽는 이유는, 그가 묘사한 시대가 이미 지나갔기 때문이 아니라 그 리듬이 여전히 우리의 삶 속에서 울리고 있기 때문이다. 우리의 욕망과 허무, 사랑과 상실은 시대를 초월해 같은 박자를 연주한다. 피츠제럴드가 남긴 문장들은 지금도 재즈처럼—화려하고, 즉흥적이며, 어딘가 쓸쓸하게—우리 안에서 영원히 흐르고 있다.

2025년 10월
마이너스

재즈 시대 이야기

초판 1쇄 발행 2025년 11월 13일

지 은 이	F. 스콧 피츠제럴드
옮 긴 이	마이너스
펴 낸 이	송누리
편　　집	강영은
디 자 인	강영은
마 케 팅	김경래, 최승윤
펴 낸 곳	해밀누리
등록번호	제2024-000196호
등록일자	2024년 8월 16일
주　　소	서울, 마포구 성지길 25-11, 지층 1190호 (합정동)
메　　일	haemilnuli@gmail.com
I S B N	979-11-7505-206-2　　03840

* 이 책에 대한 출판·판매 등의 모든 권한은 해밀누리에 있습니다.
  간단한 서평을 제외하고는 해밀누리의 서면 허락 없이 이 책의 내용을
  복사·인용·촬영·녹음·재편집하거나 전자문서 등으로 변환할 수 없습니다.
* 책값은 뒤표지에 있습니다.
* 잘못된 책은 구입처에서 교환해 드립니다.